신사의 품격

장편소설

신사의 품격

1

김은숙 극본
박민숙 소설

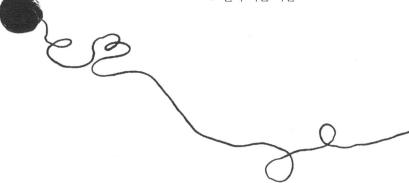

볼에 와 닿는 공기가 종종 뜨겁다. 그럼에도 맑다고 하긴 어려운 날이다. 4월 초입의 봄볕과 함께 사람들의 시선이 달라붙는다. 우리가 어느 정도 눈에 띈다는 건 알고 있다. 도진은 순간 관찰자가 되어 자신을 포함한 네 남자를 바라본다. 영화 속 주인공을 바라보는 관객이 된 것처럼. 드레스코드는 블랙, 훤칠한 남자들이 잘빠진 슈트를 입고 나란히 선 모습을.

지겹도록 긴 겨울을 털어낸 지 얼마 지나지도 않았는데, 해가 바뀔수록 계절의 간극이 좁아진다. 불혹이 되면서는 찰나들이 모여 금세 한 계절이 되곤 했다. 계절은 고유의 정체성을 잃어버린 채 춥거나 더운 쪽으로 편입해간다.

태산의 이마에 엷게 땀이 맺힌다. 어쩌면 오랜만에 차려입은 검은색 정장 때문일지도 모른다. 목까지 채운 셔츠가 갑갑하게 느껴진다.

네 남자는 짐짓 숙연한 표정으로 장례식장 입구를 바라보고 있다. 일렬횡대로 선 네 남자는 언뜻 보면 자못 비장한 듯 보일지도 모른다.

불혹이란, 예정된 사고처럼 지인을 떠나보낼 수도 있는 나이다.

장례식장은 꽤 북적거린다. 영정 사진 속 중년 남자는 편안한 표정이다. 그는 꽤 잘나가는 제약회사의 상무였다. 하지만 네 남자의 시선은, 영정 앞에 황망히 서 있는 미망인의 블랙 드레스 핏으로 향했다. 머리부터 발끝까지 블랙이었지만 지루하기는커녕 미망인의 색기에 쓸데없이 보탬을 주고 있다. 경건해야 할 장소에 어울리지 않는 감탄사가 나오려 한다.

"전직 모델이 어디 안 가지, 암."

묵념하는 자세로 서서는 결혼반지를 빼는 정록이다. 복화술도 하는 줄은 몰랐다. 정록과 함께 선 세 남자의 머릿속도 다를 바 없다.

도진은 미망인이라는 타이틀이 주는 위협적인 섹시함에 눈이 멀어 제한적으로 머물렀던 시선의 범위를 그제야 넓혀본다. 미망인 주위로 선 여자들의 검정 스타킹이 눈부시다. 불투명한 검정색 스타킹은 더더욱. 확연히 드러나는 것보다 보일 듯 보이지 않는 게 더 애가 타는 법.

눈으로 빠르게 스캐닝을 마친 도진이 태산을 흘끗 보는데, 그에게서 알 수 없는 기운이 전해져온다. 말로 설명하긴 어렵지만 분명히 전달되는 느낌. 보기 좋게 그을린 태산의 두꺼운 피부로도 감출 수 없는 기쁨 같은 것.

앞 팀의 조문이 끝나고 그들의 차례가 돌아온다. 네 남자가 옷매무새를 다시 한번 점검한다.

사람들이 장례식에 가는 이유는 천차만별이겠지만 조문의 목적은 단순하다. 죽은 이를 애도하고, 추모하고, 마지막 인사를 건네는 것. 혹은 어느 별점에서 본 예언처럼 '그 남자를 다시 만날 수 있는 장소'로서의 소름끼치는 목적도 있을 수 있다. 두시 방향에 서 있는 여자와 도진의 눈이 마주친다. 미망인의 가녀린 어깨를 감싸 안아주던 그녀의 기나긴 팔을 훑다가 눈길이 멈춘 곳은 독보적인 발육을 자랑하는 그녀의 가슴.

그렇다. 우리는 오늘 결코 싸다고 할 수 없는 입장료를 내고……

"잠시만요."

조문도 새치기를 하는 건가. 이 바닥에도 상도라는 게 있는 건데. 도진이 혀를 찬다. 직접적인 피해자는 윤이었다. 사십대 여자가 만만찮은 풍채로 예고 없이 들이닥친 덕에 윤은 옆으로 밀려나버렸다. 설핏 보니 사십대 여자는 어린 사내아이의 손을 잡은 채다.

대체 어떻게 돌아가는 상황인가. 장례식장에 있는 중년 여성들의 반응이 도래하기 직전이었지만, 네 남자로서는 전혀 흥미롭지 않았다. 우리는 아침 드라마를 보자고 온 게 아니다. 여자의 심상치 않은 분위기에 미끈한 다리들이 분주히 움직인다. 태산이 그 광경을 흐뭇한 눈빛으로 본다.

"인사해, 아빠야."

여자의 나직한 목소리에 순식간에 그들 주변이 술렁인다. 호기심 어린 시선들에 둘러싸인 채, 미망인이 여자의 머리채를 잡으며 선방을 날린다. 아이는 울기 시작하고 누군가는 어쩔 줄 몰라 발만 동동 구르고 미망인과 사십대 여자는 뒤엉켜 육탄전을 펼치고 사태가 점차 심각해진다.

우리가 뭘 그렇게 욕심낸 걸까. 그저 눈 호강이 조금 하고 싶었고, 좋은 인연으로 이어가고 싶었을 뿐이다.

전직 모델 출신들과.

의연하게 지켜보던 네 남자는 장례식장 조문객이라는 본연의 임무에 충실하기로 한다. 태산은 싸움을 뜯어말리고, 정록은 빛의 속도로 조의금 봉투에 이름을 써 내고, 윤이 차분하게 영정 앞에 헌화하는 동안, 도진은 애초의 목적의식을 잊지 않은 듯 손수건을 꺼내 누군가에게 내민다. 어찌할 바를 모르고 울고 있던 전직 모델의 친구(3×세, 역시 모델)이다. 검은색 원피스는 레이스로 부분부분 덧대어져 있어 꼭 시스루룩처럼 보였다. 도진의 눈이 부드럽게 여자의 몸을 훑는다. 여자가 싫지 않은 표정으로 손을 내민다.

하지만, 도진의 손수건이 안착한 곳은 울고 있던 아이의 손이다.

불혹이란, 그 어떠한 일에도 의연하게, 품격을 지킬 수 있는 나이다.

1. 빨간 털실의 행로

"소장님, 작년에 준공한 서초동 빌딩 있잖습니까."

최팀장이 건네준 커피를 받아든 도진이 도면을 훑는다. 사무실에 들어서기가 무섭게 보채는 걸 보면 꽤 급한 일인 것 같다.

"뭔 일인데 자리에 앉을 시간을 안 줘?"

사무실은 부서별로 파티션이 세워져 있기도 하고 방으로 나뉘어 있기도 하다. 건축 사무소인 만큼 설계용 큰 모니터와 듀얼 모니터도 보이고, 이미 출근한 직원들 몇몇은 설계도를 보며 이야기를 나누고 있다. 도진이 지나갈 때마다 인사를 건넨다.

유리벽에 보드마커로 도면을 그리며 설명중이던 직원은 도진에게 가볍게 목례한다. 등을 보인 채 작업대에서 입면 작업에 열중하고 있는 이들도 있다.

도진이 출근해서 자신의 방으로 향하는 동안의 익숙한 풍경이다.

"누수?"

"네, 그저께 폭우 때문에요. 시간당 백이십 밀리 강우량에 맞춰 시공한 배수관이 시간당 백이십 밀리가 넘게 오면서 못 견뎌내고 누수가 발생했는데 건물주가 고소를……"

"시간당 백이십 밀리를 퍼부어댄 하늘을? 대한민국을 아열대기후로 바꾼 지구 온난화를? 아니면, 설계도 무시하고 지 맘대로 백 밀리짜리 갖다 시공한 시공산가? 그도 아니면 백 밀리짜리로는 안 된다, 수차례 경고한 우릴?"

"그게……"

"지구 온난화지?"

듣다 못한 도진이 말을 잘라버리고는 복도 끝의 방문을 노크와 동시에 열어버린다.

"오늘 미팅, 본부장님이 대신 가주세요."

본부장의 대답은 도진이 말을 끝내는 것과 동시에 문을 닫아버리는 바람에 묻혀버린다. 분명 실시설계 들어가면서 백 밀리짜리로는 안 된다고 누차, 몇 번이고 말했던 터였다. 지구 온난화를 고소하는 게 더 설득력 있는 상황이다.

그때 여직원 하나가 다가와 부티크 호텔 건 계약서를 건넨다. 꼭 이렇게 꼬이는 날이 있다. 현장이면 현장, 기관이면 기관, 전화가 빗발친다. 도진은 아직 자신의 자리에 앉지도 못했는데 말이다.

계약서를 휘휘 넘겨 읽으며 코너를 도는데, 이번에는 다른 직원이 무선전화기를 들고 달려온다. 말하지 않아도 누구인지 알 것 같다.

"현장에서 임소장님 전화입니다."

젠장. 왜 나쁜 예감은 항상 틀리질 않을까.

"나 있다고 했어?"

"'나 있다고 했어?' 하면, 소장님에 대한 존경심 따위 버려도 좋다고……"

서로의 패턴을 모르기엔 알고 지낸 시간이 너무 길다. 도진이 체념한 듯 무선전화기를 받아 겨우 방으로 안착한다.

—너 내 전화 왜 썹어. 왜 썹어!

"우리가 나눠야 할 대화 내용이 달콤하지 않아서?"

태산은 현장으로 출근해 와이셔츠에 넥타이, 안전모 차림으로 건물 내부를 보고 있었다. 장신인 태산을 뒤따라오는 건축소 직원과 현장 관계자 들 모두 안전모를 쓰고 있어 흡사 유치원생처럼 보인다. 태산은 현장에서 땀 뻘뻘 흘리는 자신과는 달리 사무소에서 느긋하게 전화로 '건축가로서 자신이 그은 선의 책임' 운운하는 도진 때문에 분통이 터진다.

"우리 지금 나랏돈 받아 예술하니? 책임? 책임도 뭐가 남아야 책임을 질 거 아냐! 단가 차이가 무려 일곱 배야. 송회장은 내가 똥으로 벽을 쌓겠다고 해도 친환경이라 그럴 사람이란 말이야. 이제 사업 좀 피니까 다시 말아먹고 싶나? 여보세요?"

이게 진짜…… 내 전화를 끊은 거지, 지금. 안전모와 맞닿은 피부에 땀이 다 맺힌다. 연결이 끊어진 전화기 액정을 멍하니 본다. 땡볕 아래에서 혼자 얼굴 벌게져서 떠들어댄 자신이 바보 같다. 태산이 키패드에 도진의 전화번호를 꾹꾹 누른다. 이럴 땐 터치보다는 쿼티가 누르는 맛이 있는데.

"반품하고 다시 주문서 넣을까요?"

뒤에 있던 직원이 태산에게 조심스레 묻는다. 이런 식으로 설계 자존심 지키다간 소장 월급이 직원 월급보다 적어지는 날이 올지도 모른다.

지금 도진이 하는 짓으로 봐선 그 꼴을 꼭 보고 싶지만.

• • •

　장갑 두 켤레를 놓고 타들어갈 듯 번갈아 보고 있던 이수가 순간 정신이 든다. 매장 직원이 이수 곁에 와 있다. 백화점 특유의 복작이면서도 느긋한 공기가 귓불부터 스치는 것 같다. 하나에 집중하면 다른 일은 잘 못하는 이수다. 경우의 수가 많은 게 더 쉬울 것 같다.

　"특별히 찾으시는 거 있으세요?"

　비슷하게 생긴 장갑 둘 중 하나를 고르는 건 짬뽕과 짜장을 선택하는 것과 같은 어려움을 준다. 하지만 때론 1, 2번이 아닌 3번을 찾고 싶을 때도 있다. 이수는 3번을 원했다.

　누군가에게 선물할 때 가장 부담스럽지 않으면서도 활용도 높은 것을 고른다면 아마 장갑이 아닐까. 이수는 장갑을 끼는 순간 선물한 사람이 예뻐 보이면서 손도 막 잡고 싶어지는, 그런데 가격은 합리적이고 가죽의 결이 매끈하고도 튼튼한 장갑을 원했다.

　잠시 분주하던 직원이 곧 다른 야구장갑을 이수에게 내보인다. 이 제품이 딱 그런데, 하며 이수에게 말을 거는 것 같다. 그 정도로 마음에 쏙 든다. 포장을 부탁하고 괜히 주변을 한번 훑는다. 이수는 백화점 같은 공간보다는 뻥 뚫린 야구장이 더 편했다. 타석에 서면 관중석까지 한눈에 다 보이는.

　문득 창밖을 보고 싶다. 백화점에 창문이 없는 게 새삼스러워질 때쯤 포장이 끝났다.

바깥 공기가 아까와 다르게 청량하다. 매일 인터넷 쇼핑만 하다가 백화점에서 쇼핑을 하려니 어색한 감은 있었지만 잘해냈다. 서이수 너이 새끼, 잘했어. 만족스러운 쇼핑의 결과물에 쇼핑백을 가볍게 살랑이며 거리를 걷는다. 아직 낮 시간인데 나올 때와는 다르게 해가 보이지 않는다. 어제 세라가 무릎이 쑤신다고 하더니 금방이라도 비가 올 것 같다.

아뿔싸, 그게 오늘이구나. 이수의 발걸음이 바빠진다. 후드득 떨어지기 시작한 빗방울들로 점차 먹색으로 번져가는 아스팔트 바닥을 보며 후드부터 뒤집어쓴다. 일단 제일 가까운 처마 밑으로 가 최악의 피해는 막기로 한다. 커다란 통유리창 위에 캐노피가 있는 카페가 눈에 띈다. 쇼핑백을 품에 안고 도루하듯 달린다. 뛰든 걷든 비를 맞는 양은 똑같다던데. 뛰면서 문득 그런 생각을 한다.

처마 밑에 당도한 이수는 젖은 머리카락을 털어내고 잠시 숨을 돌린다. 비를 보는 건 꽤 오랜만이다. 빗방울이 꽤 굵어진다. 이수처럼 우산을 준비하지 못한 몇몇 이들은 바삐 뛰지만, 우산을 준비한 이들은 여유 있게 걷고 있다. 어깨며 쇼핑백에도 빗방울이 달려 있다. 가볍게 물기를 털어내며 무심코 돌린 시선에 한 남자가 들어온다.

카페 창가에 앉아 작업중이던 도진이다. 그도 이수가 보는 풍경을 보고 있었다. 창밖에 기척이 느껴져 반사적으로 시선을 든 거다. 도진의 눈에 후드를 뒤집어쓴 여자가 들어온다. 여자의 옆얼굴을 찬찬히 살피느라 비가 내리는 걸 아는 데 수초가 걸렸다. 여자는 비를 피하고 있었다.

창밖에 서 있던 이수와 눈이 마주친 시간이 얼마나 됐을까. 유리벽을 사이에 둔 채 서로에게 시선을 고정한 이수와 도진. 그들은 어쩌면 영화의 한 장면을 상상하지 않았을까.

그때 도진의 눈앞이 캄캄해진다.

"손, 뜨겁다."

도진이 무심히 말하며 손을 치우려 하자 여자가 으응, 하며 버틴다. 애교를 부리란 뜻은 아니었는데. 희고 가는 손가락을 떼어내니 창밖의 그 여자는 이미 사라지고 없다.

"누구 있어?"

"우리 약속 세시 아니었나?"

"오빠 보고 싶어서 좀 밟았지."

시계를 보니 세시까진 이십오 분이나 남았다.

"그래도 대화는 세시부터 하는 걸로."

도진이 툭 내뱉고 다시 도면으로 시선을 준다. 토라진 표정의 여자가 자리에 앉는데 그 너머로 사라졌던 이수가 오더카운터에 줄을 서 있다.

이수는 몸이나 녹일 겸 커피를 주문한 참이었다. 카드와 영수증을 받아 지갑에 꽂는데, 주머니에서 진동이 느껴진다. 발신자는 태산이다. 이수의 얼굴에 잠시 들뜬 기색이 스친다. 손에 쥔 쇼핑백을 괜히 한번 흔들어본다.

"네, 태산씨."

괜히 다리도 배배 꼬인다. 목소리 들은 지 오래된 것도 아닌데.

"아뇨, 안 바빠요. 말씀하세요."

커피를 추출하는지 순간적으로 압력이 올라간 기계 소리가 꽤 크게 울린다. 흥분한 기계가 내뿜는 콧김 같기도 하다. 이수가 한쪽 귀를 막는다. 태산의 목소리가 조금 더 선명해진다.

"궁금하신 거요? 뭔데요? 뭔지 되게 궁금하다."

—다른 게 아니라 제가 연애를 해보려고요.

태산의 목소리가 너무 담백해서 이수는 '연애'란 단어가 순간 '밥'만큼이나 일상적으로 다가왔다. 아니 '연애'가 무슨 뜻인지 잠깐 헷갈리기도 했다.

"연애요?"

—네, 지난주에 이수씨 따라 야구장 왔던 친구분 말입니다. 골프 치신다는.

돌처럼 굳어 꿈쩍도 않는 이수 뒤로 도진은 일회용 컵과 냅킨 등을 정리한 트레이를 내려놓다 잠시 이수에게 시선이 간다. 커피를 기다리는 사람치곤 너무 경직돼 보여서일까. 아니다, 그 여자다. 아까 창 너머로 본 이수의 후드는 젖어 본래 색보다 진했는데 지금은 거의 말라 있다.

등을 돌린 이수는 도진의 시선은 알아채지 못한 채 멍하니 전화를 끊을 뿐이다. 세라의 연락처를 알려달라는 태산에게 이수가 할 수 있는 대사는 생각보다 많지 않았다. 고작 문자 넣어드릴게요, 가 다였다. 망연자실한 표정으로 걸어가는 이수를 등진 도진이 커피를 내리던 정록에게 눈짓으로 가볍게 인사를 건넨다.

"어, 가. 멀리 안 나간다."

정록이 건성으로 배웅하며 내려놓은 커피에 우유를 붓는다. 라테 아트를 할까, 하다가 일회용 컵 뚜껑을 닫아버린다. 아트는 무슨. 내 얼굴이 아튼데.

"사장님, 알바 면접 왔는데요."

저건 꼭 내가 뭘 하고 있을 때 말을 건다. 대충 이쪽으로 데려오라는 고갯짓을 한 정록의 눈에 알바생이 들어온다. 예쁘다. 정록의 얼굴 근육이 풀가동된다. 유일한 장점인 잘생긴 얼굴이 돋보일 수 있도록.

"이력서 좀 볼까요? 비 오는 창가에서."

정록의 대놓고 느끼한 대사에 앞서 가던 여자애가 풋, 웃는다. 이런 게 이정록 일상에 활엽수가 되는 거지. 앞치마에 손 닦는 척, 능숙하게 반지를 빼 앞치마 주머니에 넣는다. 흔한 이정록의 일상이다.

"임태산?"

비는 그칠 생각을 않고 줄기차게 내리고 있었다. 이수는 질척거리는 길을 걸어 연습장에 있다는 세라를 만나러 왔다. 꼭 비에 젖은 전단지가 된 기분이었다. 오는 내내 그런 생각을 했다.

막 레슨이 끝났는지 클럽을 챙기던 세라는 표정이 영 부루퉁하다.

"야구장에서 봤던 그 키 큰 남자? 직업이 뭔데? 돈 많아?"

"……공대 나왔고, 건축 사무소 소장이야. 돈 많은지는 직접 물어봐."

"공대에 노가다야?"

같은 말을 해도 어쩜. 세라가 부르르 울리는 핸드폰 액정을 들어 보인다. 태산씨 번호다. 문자로 번호 넣어준 지 얼마나 됐다고 부리나케 전화질이란 말인가.

이수의 얼굴에 실망 어린 표정이 스침과 동시에 요란하던 진동 소리가 멈춘다. 태산의 번호는 소리없이 덩그러니 떠 있었다.

"안 받아?"

"남자한테 비싸고 반짝이는 거 받고 싶음, 공대생 전환 안 받아야 하는 거야."

그러곤 테이블에 툭 던져버린다. 세라의 평소 패턴에 위배되는 행위는 아니지만, 이번엔 상대가 태산이다. 던져진 건 이름도 없는 숫자의 나열이지만, 이수에겐 이름을 가진 번호다.

늘 크리스마스트리 같은 연애가 어디 있어.

"태산씨 좋은 사람이야."

"좋고 안 좋고는 단둘이 골프, 쇼핑, 여행을 해본 후에 판단할 일이야."

"난 이십 초면 충분했어."

"누구?"

세라는 태산의 전화는 벌써 잊어버렸는지 골프백에 클럽을 넣고 있었다. 이수는 대답 없이 창밖으로 시선을 돌린다. 그런 이수를 알 수 없다는 듯 보는 세라다.

"안 그런 것 같은데, 은근 비밀이 많단 말이야."

숍 예약 시간에 맞추려면 조금 서둘러야겠다. 세라의 손이 바빠진다.

"갑자기……"

비는 사람을 감성적으로 만든다. 시간을 더디 가게 만들기도 하고, 쏜살같이 흐르게도 한다. 빗소리를 하염없이 들으며 잠들고 싶다. 오늘은 하루가 너무 길었다. 부재중 전화로 남은 태산은 어떨까. 혹시 체념해주지는 않을까.

빗물에 젖어 쪼그라든 쇼핑백 입구를 괜히 만지작거리는데 종이가 하얗게 불어난다. 조금 긁어내자 물렁해진 종이 찌꺼기들이 손톱에 묻어난다.

내 인생에도 갑자기, 무슨 일이 좀 일어났으면 좋겠다.

가령, 사랑 같은 거.

완연한 봄이 찾아왔음을 가장 빨리 알 수 있는 곳은 어디일까. 이수는 아이들을 가르치기 시작하고 얼마 안 됐을 때 고궁이라고 생각했다. 강산이 현란한 옷을 갈아입는 동안에도 학창 시절의 소풍 코스는 단조롭기 그지없었으니까. 이제는 봄이 되면 으레 덕수궁 돌담길이나 통인동, 효자동이 생각났다. 언제부턴가 경복궁을 끼고 카페들이 생겨나서 이제는 데이트 코스로 더 어울리지만. 아니, 이수가 그렇게 느끼기 전부터도 그런 곳들은 밥 먹고 커피 마시고 산책하기 좋은 코스였다. 콧김이 훈훈해지고 허파에 바람이 드는 계절이라 그런지, 이수는 꽤 많은 현상을 사랑에 빗대어 보고 있는지도 모른다.

의도한 바는 아니었다. 처음엔 단순히 가벼운 외출을 할 생각이었다. 지갑과 핸드폰, 작은 화분 하나만 들고 나왔다. 쇼윈도를 들여다보기도 하면서 걷기 좋은 날씨다. 쇼윈도 안의 원피스를 입고 가방을 들고 구두를 신은 자신의 모습을 상상해보면서. 거리와 골목 사이에는 카페가 즐비했다.

어떤 자동차 디자이너가 그랬다지, 서울이 뉴욕보다 더 시크하다고. 서울만큼 무채색을 많이 쓰는 나라는 보기 힘들단다. 그래서 그런지 이수가 입은 빨간색 니트 원피스는 굉장히 심플함에도 군중 사이에 섞이니 튀는 감이 있다. 빨간 원피스가 이수의 흰 피부에 생기를 더해준다.

카페들 사이에 빼꼼 고개를 내민 소품가게들도 눈길을 끈다. 그중 한 가게는 꽤 넓은 입구 전면이 모두 유리였는데, 그 앞에 전시해놓은 그림이며 그릇 들이 이수의 눈길을 잡아끌었다. 입가에 희미하게 미소가 걸린다.

몇 걸음 더 옮기자 이번엔 앤티크한 소품을 가판대에 내놓은 소품가게가 이수의 걸음을 늦춘다. 크지는 않지만 입구 문을 모두 열어놔 길쭉한 가게의 내부가 한눈에 보인다. 입구에 놓여 있는 개업 축하 화분들이 이 가게가 새로 오픈한 지 얼마 안 되었음을 알려준다. 입구에 선 이수를 발견한 주인 여자가 반갑게 인사를 건넨다.

"개업 축하."

이수가 담백하게 말하면서 여자에게 화분을 건넨다. 주인을 꼭 닮은 가게다. 이런저런 담소를 나누는데 안에서 여자를 찾는 소리가 들린다. 혼자 남은 이수는 눈여겨봤던 가판대로 시선을 준다. 가판대에는 인형이며 워싱 처리를 해 빈티지해 보이는 지갑 같은 것들도 있다. 하지만 이수의 눈길을 가장 오래 잡아둔 건 다이어리다. 평소에도 마음속의 할 말이 많은 이수다. 성격상 이런 소품을 보면 그냥 지나치기 힘들다. 참새가 방앗간 그냥 못 지나치듯.

다이어리는 독특하진 않았지만 이수는 그게 마음에 들었다. 새끼손가락에 빨간 실이 묶여 있는 남녀가 표지를 장식하고 있었는데, 이수의 원피스 색과 비슷한 듯도 하다. 연인이겠지? 빨간 실로 연결된 남녀에게는 무슨 사정이 있는 걸까.

모서리를 둥그렇게 굴린 다이어리 커버를 열어 내피를 꼼꼼히 살핀다. 종이를 한번 쓸어보기도 하고, 괜히 탁 소리나게 덮어보는데 옆구리가 허전하다. 지갑이 바닥에 떨어져 있었다. 바보 아냐? 지갑을 옆구리에 끼워놓은 걸 까먹고 다이어리를 펄럭거리다니. 자책하며 지갑을 줍는다. 수많은 사람들의 발걸음이 지났을 인도의 벽돌 무늬가 이수의 시야를 채운다 싶었는데, 또 탁.

이번엔 물건이 아니다. 뒤로 지나가는 사람을 엉덩이로 친 것 같다.

"죄송합니다."

몸을 일으켜 사과의 말을 전하는데 상대방은 핸드폰에만 시선을 둔 채 이수 쪽은 보지도 않고 손사래를 친다. 괜찮다는 거겠지? 이 지갑 비싼 건데. 부산떨며 지갑을 털고 다시 가판대를 구경한다.

얇은 야상 점퍼 속에 흰 면티, 청바지 차림의 도진. 그도 카페 거리를 걷고 있었다. 제 갈 길만 거침없이 걷고 있었으므로 도진에게는 자신이 누구와 부딪쳤는지는 중요하지 않았다. 그는 태산에게 미팅에 대한 짤막한 브리핑을 문자로 전송한다. 전송완료 팝업을 확인하고 주머니에 넣으려는데 러프하게 메고 있던 가방에 실 뭉치가 엉켜 있다. 빨간 털실이다. 버클에 걸렸나보다. 풀어버리려고 하는데 쉽지 않다. 털실은 도진이 지나온 길을 따라온 것처럼 긴 선으로 이어져 있었다. 어디서부터인 거야? 좁은 인도에 사람들이 빽빽해 근원지가 어딘지를 알 수가 없다. 도진은 미간을 한번 찌푸리곤 실을 탄력 있게 만들면서 당겨본다, 시험하듯.

도진은 빨간 털실을 손바닥에 모으며 실이 자신을 쫓아온 길을 따라간다. 그러는 동안 가판대에 영혼이라도 판 듯 정신없이 소품을 보는 이수 원피스의 니트 올이 풀려나간다. 드르륵, 소리가 날 것 같다. 실을 따라 사람들을 뚫고 나아가는 남자와, 원피스가 점점 짧아지는 여자. 행인 몇은 도진을 지켜보며 저 실의 결말이 뭘까 궁금해하는 것도 같다. 호기심 어린 시선이 실 뭉치와 함께 얽혀든다.

"저기요 언니, 이거 카드 결제하려고 하는데요."

"이것부터 해결하는 게 어때요?"

카드를 꺼내던 이수가 웬 남자 목소리에 돌아본다. 하얀색이 눈에 가득 찬다. 그 위로 빨간 실 뭉치가 꼭 심장이라도 되는 양 도진의 손안에 들려 있다. 의중을 모르겠다는 듯 이수는 빨간 실 뭉치와 도진의 얼굴을 번갈아 바라본다. 왜 날 봐? 뭐? 왜? 이수의 표정이 그렇게 말하고 있다. 일 초도 안 돼서 오늘 입은 팬티 색깔을 알려줄 기세로 허벅지가 훤한 이유를 알게 됐지만.

"어떻게 된 거예요? 내 옷 왜 이래요?"

"난 보면 안 되고 저 사람들은 봐도 되나보죠?"

급한 대로 소품가게 벽에 붙어선다는 게, 유리창이었다는 걸 간과했다. 그 순간 이수는 지구상에 존재하는 모든 사람들이 자신의 엉덩이만 바라보는 것 같다. 반지갑으로 간신히 '보정동 팬티노출녀'에 등극하는 신세는 면했지만. 행동반경이 절대적으로 좁아져서 거의 무의식 상태에 이를 지경이었다.

"어떡해……"

이수가 엉덩이만 간신히 가린 채 안절부절못하고 있는데, 이수의 원피스 앞에 붙은 주머니에 두둑해진 털실 뭉치를 넣어주는 도진이다.

"진정한 하의실종이네요."

"감사합…… 뭐라고요?"

"집은, 가까워요?"

"아니요……"

"차는 있어요?"

"집에요……"

도진도 곤란하기는 마찬가지다. 연신 고개를 절레절레 흔드는 여자를 보니 난감하다. 오도가도 못 하고 이게 뭔가. 최소한의 매너를 발휘하는 수밖에.

"다른 방법이 없네요. 갑시다."

쪽팔린 건 아는지 고개를 떨어뜨리는 이수다. 도진은 대답도 듣지 않고 이수의 팔을 당겨 자기 앞에 세운다. 한 손으론 이수의 허리를 잡은 채. 상황을 모르는 사람이 보면 꼭 도진이 뒤에서 껴안은 줄 알 것이다. 이수의 골격이 손안에 쏙 들어온다.

"어디를요?"

민망하고 쪽팔려서 얼굴은 못 쳐다보겠다. 도진은 다른 한 손으로 적당히 힘주어 이수의 등을 미는 것으로 대답을 대신한다. 이수가 천천히 앞으로 나아간다. 도진과 발을 맞추어.

"이 실 어디서 주우셨어요?"

"이런 걸 어디서 주워요? 그쪽 옷이 내 가방에 걸렸어요."

"그럼, 이거 댁이 그런 거예요?"

이수의 머리카락이 도진의 턱을 간질인다. 이수가 고개를 돌린 탓이다. 적반하장도 유분수지. 도진이 이수를 건조하게 본다. 물에 빠진 거 구해줬더니 봇짐까지 내놓으라 한다더니.

"댁이 그런 거죠. 갑자기 튀어나오는 공격형 엉덩이를 무슨 수로 피해요. 지금도 그렇고."

지금? 하고 정신을 차려보니 몸이 지나치게 밀착해 있다. 외간남자와 이게 무슨 일이람. 죄송하다는 말을 또 하자니 민망하고, 급히 몸을 떼려는데 도진의 손에 힘이 바짝 들어간다. 걷기나 해요. 도진의 악력에 허리가 속절없이 방향을 튼다.

지나가던 사람들이 두 사람을 흘깃거린다. 도진은 아랑곳 않고 이수를 밀어 제 갈 길만 간다. 행인 중 누군가는 차라리 방을 잡든가, 같은 말을 하고 있을지도 모른다.

. . .

"그래서, 그러고 왔단 말이야?"

한창 인조 속눈썹을 붙이며 풀 메이크업중이던 세라가 놀리듯 물었다. 샤워를 마친 이수는 올 풀린 니트와 크림색 융단을 든 채 고개만 주억거린다.

"니트까진 그렇다 치고, 융단은 좀 심했지. 오늘 나를 구해준 분께서 친히 가판대에 깔려 있던 걸 사서 감싸주셨다. 셔링까지 잡고 코사지도 달아주더라. 프로젝트 런웨이 찍는 줄 알았다."

세라도 어지간히 놀랐는지 사정을 들은 뒤엔 계속 같은 말만 반복한다. 나 같으면 죽어버렸을 거라느니. 홍세라라면 목숨 걸 만한 일이긴 하지.

"나 살아 있는 거 언짢니?"

"말도 안 돼. 너 없으면 아침은 누가 해."

"어딜 가는데 화장만 한 시간이야. 속눈썹 붙이면 불편하지 않나?"

"코르셋은? 킬 힐은 편해? 여자는 불편할수록 긴장하고, 긴장할수록 아름다워지는 거야."

세라가 속눈썹 붙인 눈을 느낌표 찍듯 깜빡거린다. 타이밍 좋게도 초인종이 울린다. 택배 왔나보다! 이수가 부리나케 문을 여는데 예상외의 인물이 서 있다.

"태산씨가, 어쩐 일이세요?"

방문자는 다름아닌 태산이었다. 택배 아저씨보다 반갑다.

"잘 찾아오셨네요?"

마침 현관으로 나오던 세라가 태산을 맞는다. 내가 아니라 세라를 만나러 온 거구나.

"이수씨 덕분에 제가 요즘 구름 위를 걷고 있습니다."

태산이 너스레를 떤다. 순간 낭패감이 든다. 몰랐다. 세라와 태산이 이렇게 가까워졌을 줄.

"너도 알잖아. 내가 공대 출신 좋아하는 거. 나 늦어, 기다리지 마."

구두를 신으며 말하는 세라가 오늘따라 얄밉다. 태산이 현관문 위쪽을 잡는다. 이수는 우월한 태산의 팔 밑으로 빠져나가는 세라의 뒷모습만 멍하니 본다.

. . .

"일 년 동안 수고 많았다."

12월 23일. 일 년간 부대끼며 말도 많고 탈도 많았던 아이들과 잠시 이별을 고하는 날이다. 며칠 뒤면 크리스마스였지만 교실은 살풍경하다. 남고생들에게 예수의 탄신일 따위는 겨울방학을 맞는 기쁨에 비할 바가 아니다. 이수는 아이들이 2학년으로 진급하는 게 내심 뿌듯하면서도 섭섭한, 한마디로 정의할 수 없는 기분이 들었다. 동협 패거리가 무사히 진급하게 된 것도 다행인 일 중 하나다.

"끝으로, 방학했다고 미성년자가 법적으로 갈 수 없는 공간에서 사적으로 방학식 하다 걸리기만 해라? 특히 단골 경찰서 있는 놈들."

이수가 1분단 맨 뒤에 앉은 동협 일당을 매섭게 쩨려본다.

"사제지간에 정의구현할 일 만들지 말자~?"

"째려볼 때 겁나 이뻐."

동협의 말에 주변 녀석들이 킥킥 웃어댄다. 종업식은 그런 말을 들어도 순순히 넘길 수 있는 여유가 있다. 유종의 미랄까.

고작 일주일 방학이지만, 이수는 아이들이 공부보다는 청춘에 대해 고민해봤으면 좋겠다는 생각을 한다. 난 어디로 갈 것인지, 내 청춘이 어딜 향해 갔으면 좋겠는지. 뜨거울지, 시시할지.

"이상! 방학 잘 보내고, 다들 메리 크리스마스다."

. . .

거리 곳곳에 크리스마스 분위기가 물씬 풍긴다. 해가 지면 곳곳에 네온사인이며 전구를 단 나무들이 불을 밝히겠지. 그러면 조금 더 쓸쓸해질 것 같다. 케이크 전문점을 나서는데 문자 수신음이 들린다. 메아리다. 이수는 메아리의 문자를 보고 피식 웃는다. 애인 없는 것도 서러운데 제자의 향단이 노릇이나 하고 있고. 이수는 케이크가 기울어지지 않게 상자를 고쳐들고 가던 길로 발걸음을 옮긴다.

"회사 방침입니다. 메리 크리스마스."

윤은 어울리지 않게 산타클로스 모자를 쓰고 있다. 이수가 웃으며 케이크를 건넨다.

"매년…… 고마워요."

나이보다 어려 보이는 인상을 주는 윤의 눈가가 조금 발갛다. 쑥스러운 듯.

"잘 어울리시는데요?"

이수는 진심을 담아 말했지만 윤은 머쓱한 듯 모자에 달린 방울을 매만진다.

"메아리 부탁은 거절할 수가 없어요. 제가 아주 큰 약점을 잡혔거든요. 바람직한 사제지간이죠."

어깨를 으쓱해 보이는 이수를 보며 윤이 미소짓는다. 이수는 윤의 결혼반지에 눈이 간다. 볼 때마다 안쓰러운 구석이 있다. 메아리는 윤이 전화도 안 받고 메일이나 문자를 보내도 답신이 없어 걱정하고 있었다. 몇 년째 계속되는 메아리의 열렬한 구애에도, 윤은 늘 곤란하단 듯 웃어 보이는 게 다다.

그때 갑자기 문이 벌컥 열리며 여직원이 들어온다.

"긴급 상황이라서요."

다급히 말하는 여직원 뒤로 또각또각, 위협적이리만치 분명한 걸음의 하이힐 소리가 들린다. 이내 문을 밀치고 들어오는 여자에게서 은은한 향수 냄새가 풍긴다.

"실례해요."

이수와 딱 마주친 여자는 여직원을 가볍게 묵살하고 윤 앞에 선다. 포스 죽이네. 기가 보통 세 보이는 게 아니다. 윤은 당황한 기색도 없이 여자를 마주한다. 보아하니 처음 있는 일은 아닌 것 같다.

"이혼할래요."

"크리스마스이브에요?"

"크리스마스 당일엔 바빠서요."

여자가 말하며 선글라스를 벗는다. 네 남자 중 유일한 유부남인 정록의 와이프, 민숙이다.

　　　　　• • •

　일 년 중 클럽 웨이팅 줄이 가장 긴 날은 크리스마스일 거다. 혹은 할로윈을 맞은 이태원이라든가. 이곳은 그에 비하면 꽤 차분한 분위기다. 라운지 바의 느낌이지만 바에 선 채 가볍게 리듬을 타거나, 홀 중앙의 그리 크지 않은 스테이지에서 춤을 추는 사람도 보인다. 날이 날이니만큼 약속이라도 한 양 레드 컬러로 드레스코드를 맞춘 이들도 꽤 있다.

　바로 다가간 도진이 주머니에서 반으로 접은 지폐를 꺼내 바텐더에게 건넨다.

　"도진씨."

　병맥주를 들고 자리로 가는데 시끌벅적한 사이로 귀에 익은 목소리가 불쑥 튀어나온다. 가슴 윗부분이 드러날 정도로 푹 파인 드레스를 입은 세라였다. 방금 전까지 서너 명쯤 되는 남자들과 술잔을 기울이고 있었다. 어깨가 시원하네. 도진이 가볍게 손인사를 하고 자리로 향한다. 맥주도 한 모금 마셔가면서.

　태산은 자리에 앉아 나초를 씹고 있었다. 도진이 태산 몫의 병맥주를 건넸지만 내민 손이 무색하게도 태산은 일어나버린다.

　"잠깐만."

　재킷을 챙겨들고 세라 테이블로 걸어가는 태산을 보고 있는데, 도진의 병에 건배하는 소리가 난다. 나 섹시해요, 온몸으로 광고하는 것 같은 여자가 도진의 맞은편에 앉는다. 도진이 혼자 남기만을 노린 것 같다.

　"홍프로 남친 임태산씨 친구고, 직업은 건축가고, 이름은요?"

　"호구조사 별론데."

"난 감추는 남자 별론데. 애인은?"

"일 년에 백육십오 일 정도?"

꼬이려고 작정한 여자도 그리 매력적이진 않다. 지루해진 도진이 흘 끗 태산이 향한 곳을 본다. 진부한 놈. 홍프로의 옷을 본 순간부터 지 재킷 입히고 싶어 얼마나 안달이 났을까. 세라의 이성 친구들과 있는 태산은 성격 좋은 척 웃고 있지만 눈은 웃고 있지 않다. 보아하니 한판 시원하게 할 기세다. 태산이 걸쳐준 재킷을 다시 벗어 의자 등받이에 놓는 세라를 보며 도진이 혀를 찬다.

"나머지 날엔 왜 안 만나는데요?"

"만나요. 애인 아닌 다른 여자."

"나 지금 바람둥이랑 마주 앉아 있는 거예요?"

"뭐 그렇게 참하고 조신한 남잔 아니에요."

도진은 안 어울리게 호들갑을 떠는 여자를 보며 맥주를 깔끔히 비운 다.

"되게 쿨하다. 완전 내 스타일인데 어떡할래요?"

"그래서 일어나려던 참이에요. 홍프로 남친 임태산씨 보면 먼저 갔 다고 전해줘요."

여자가 기막히다는 표정을 지어 보인다. 도진은 미련 없이 클럽을 나 선다.

• • •

"화난 거 알아. 대체 왜 그래?"

세라는 정말 몰라서 묻는 걸까. 태산은 가슴이 먹먹해진다.

"그 새끼들이 네 가슴만 쳐다본 거 모르니?"

태산이 미간을 찌푸리며 세라의 상반신을 훑는다.

"보라고 입은 거야. 나 몸매 끝내준다 자랑하는 옷이라고, 이 옷은. 난 얼어 죽는대도 여기에 뭐 더 안 걸쳐."

"장담하는데 아까 그 자식들, 머릿속으론 이미 너 백 번도 더 만졌어."

"남잔 다 그래. 잘 알 거 아니야. 왜 즐기질 못해, 촌스럽게."

세라가 이런 식으로 나올 때마다 태산은 진심으로, 인내심에 한계를 느꼈다. 일부러 도발하려고 위악적으로 말하는 건지, 정말 아무 자각도 없는 건지, 태산의 입안에서 한숨이 하얗게 부서진다. 몇 번이고.

"태산씨도 처음에 그랬어. 그래서 나한테 끌렸잖아. 그래서 시작했잖아, 우리. 기억 안 나?"

"그래. 그랬어. 근데……"

나니까 네가 괜찮은 줄 알았어. 착각했었구나, 내가.

"너 생각 이상이야, 나쁜 의미로."

평소와는 다른 강한 어조에 세라가 눈썹을 찡그린다. 세라의 이런 면들이 태산과 충돌하면서 피터지게 다툰 적도 많고 헤어진 적도 있지만 그간의 말들과는 다른 방식이었다. 태산은 적어도 실망감을 드러낸 적은 없었다.

"무슨 뜻이야?"

"나 니 애인이야."

"그거 누가 몰라? 저기서 우리 사귀는 거 모르는 사람 있어?"

태산은 문득 세라가 하는 이야기가 아주 아득하게 느껴진다. 한껏 재게 움직여 가까스로 다가왔다 싶었는데, 그저 착시였다는 것을 알게 되었을 때처럼.

"넌, 니 옷보다도 날 배려하지 않았어."

태산은 무거운 목소리도 말했다.

"나 니 상대 아닌 거 같다. 넌, 내 인연 아닌 거 같고."

이쯤 하는 게 맞는 것 같다. 늘 도도한 표정으로 콧대를 꼿꼿이 세운, 어딜 가나 완벽함으로 무장한 세라가 좋았다. 하지만 지금은 세라의 어떤 점들이 좋았는지조차 모르겠다.

우리는 다른 행성인가보다. 서로 다른 방향으로 돌 수밖에 없는.

* * *

"와…… 와우!"

정록은 내뱉은 대사와는 달리 삽시간에 돌처럼 굳어간다. 못 볼 거라도 본 것 같다. 귀가한 정록을 맞은 건 당연하게도 민숙이다. 한데 평소와는 다른 차림인 게 위협적이다. 흰 어깨가 돋보이는 오프 숄더 산타 원피스.

불혹의 나이를 훌쩍 넘긴 민숙이지만 누가 봐도 관리 잘한 삼십대 같다. 거기다 길게 늘어져 흰 방울이 얼굴에 닿는 산타 모자를 쓴 민숙을 누가 마흔네 살로 볼까. 모자의 귀여움이 민숙의 섹시함을 되레 강조하고 있다.

"메리 크리스마스, 허니."

'메리'라는 표현과 어울리지 않는 표정이 정록의 등줄기에 식은땀을 흐르게 한다.

"소년의 마음을 홀린다는 마성의 산타녀야. 알지? 다운로드 목록에 있던데."

아뿔싸. 정록의 얼굴이 점차 굳어간다. 내가 왜 그 아이를 무방비로 방치했던가. 드래그해서 D드라이브 깊숙이 넣는다고 손가락이 부러지는 것도 아닌데. 나란 남자, 치밀하지 못한 남자. 머릿속으로 자신에게 어퍼컷을 서너 대쯤 날린 정록이 본격적으로 빌기 위해 손바닥을 앞으로 모은다. 아, 이건 합장이지.

"설마 겁먹은 거야?"

"쪼, 쫌. 마성의 산타녀는 나쁜 소년한텐 선물을 안 주거든."

"나쁜 소년한텐 안 줘도 나쁜 남자한테는 줘야지. 나쁜 남자는 섹시하니까."

민숙이 싱긋 웃으며 손끝으로 아슬아슬하게 집은 작은 상자를 흔든다. 떨어질 듯 위태로워 보이는 게 꼭 누구 같다.

정록이 냉큼 받아들어 포장을 푼다. 한껏 궁금하단 표정을 지으며. 하지만 내용물이 드러나자마자 망부석처럼 굳어진다. 정록의 정수리에 싸늘한 목소리가 떨어진다.

"낯이 익지? 자기 가게 앞치마 주머니에서 찾았어."

셜록 홈스도 울고 갈 증거 수집력이다. 그 와중에 정록은 멍청하게 감탄하고 있었다.

"아, 깜빡했다 깜빡. 아까 설거지할 때 걸리적거려서."

"알바 새로 들어왔더라? 예쁘던데?"

알바가 예쁘다. 민숙이 봤다. 결과는 불 보듯 뻔하다. 알바는 일자리를 잃는다. 난 성탄절에 초상 치를지도 모른다.

"내가 걔 잘랐어."

"잘랐어?!"

민숙의 말에 발끈했지만 정신을 똑바로 차려야 한다. 정록이 이내 저자세가 된다.

"잘했어, 잘했어."

"안 끼고 뭐해?"

"끼고 있어. 끼고 있어. 짠!"

결혼반지를 원래 자리에 끼운 정록이 민숙의 눈치를 살핀다.

"파티 끝."

민숙이 무섭게 쏘아보더니 방으로 쏙 들어가버린다. 정록이 안 되겠다 싶어 와이셔츠 단추 두어 개를 풀며 방문으로 달려가 뭐 마려운 강아지마냥 노크한다.

오늘 밤은 왠지 매우 길 것 같다.

. . .

일찍 귀가한 도진은 편한 트레이닝복 차림으로 미니어처 만드는 데 열중하고 있었다. 건물 형상이 꽤 잡히기 시작했다. 평소보다 조금 어질러진 책상 위엔 반쯤 비운 와인 잔과 먹다 남은 치즈가 담긴 접시가 아무렇게나 놓여 있다. 미니어처에 시선을 집중한 채 치즈 접시로 손을 뻗는데 그립감이 영 허무하다. 텅 빈 접시엔 치즈 부스러기만 남아 버석거렸다. 귀찮게 됐네. 지갑에서 만원짜리 지폐 한 장을 꺼내 트레이닝 바지 주머니에 펜과 함께 챙긴다.

성탄절이라 아파트 주변은 한산했다. 대부분 번화가로 나갔거나 홈 파티를 하고 있을 것이다. 바지 주머니에 손을 찌르고 터덜터덜 슬리퍼를 끌며 걷는데 누가 앞을 막아선다. 가로등 불빛을 받아 길어진 그림자가 도진의 몸을 덮친다.

"메리 크리스마스, 아저씨."

고딩 두 명이다. 도진이 픽, 바람 빠지는 소리를 내며 웃는다. 물론 고딩들 모르게. 혹시 지금 내게서 삥을 뜯으려는 진부한 상황인 건 아니겠지.

"돈 좀 주실 수 있을까요?"

오, 맨. 이런 진부한 전개라니.

"차림을 보면 알겠지만 지갑을 놓고 나와서."

애써 의연한 척하지만 도진은 조금 쫀 상태였다. 요즘 애들 무섭다고 지겹도록 떠들어댄 뉴스가 불현듯 스쳐지나갔다. '돈 내놔요, 아저씨' 하면 파블로프의 개처럼 덥석 만원을 내줄 것 같다. 손끝으로 지폐 감촉을 느끼는 도진의 몸에 슬슬 힘이 들어간다. 둘 중에 삥 좀 뜯게 생긴 녀석이 도진에게 다가와 정중한 말투로, 뒤져볼 수 있을까요? 하는데 표정은 뒤져서 나오면 죽일 기세다.

"그래도 되지만 그러지 않는 게 좋을 것 같다."

"선택권을 드린다는 얘기는 아니었어요. 손 빼시죠?"

"내, 내가 그럴 이유가 있을까?"

"경고하는데 아저씨, 이제부터 말 짧으면 좀 곤란해."

"아, 내가 그랬나……요?"

도진이 만원을 손에 꼭 쥔다. 결코 돈이 아까워서 이러는 게 아니다. 난 단지 아직 정의는 살아 있다는 믿음으로…… 도진의 코앞까지 다가온 녀석이 위협적으로 콧김을 내뿜는다.

"이 아저씨가 장난 까시나."

"니들 뭐야!"

도진의 의연함이 극에 달할 때쯤 어디선가 윤의 목소리가 들렸다. 이건가, 내 크리스마스 선물.

"최변호사!"

도진이 반갑게 윤을 부른다. 정의를 실현하는 변호사. 최윤에게 이만큼 잘 어울리는 칭호가 없다고 말해주고 싶었다.

"변호사야, 변호사."

윤에게 딱 달라붙는 도진을 고딩 둘이 가소롭다는 듯 본다. 이 자식들이! 윤은 괜히 목청을 더 높여 내면에 감춰두었던 남자의 거친 본능을 뽐내본다.

"어이, 고딩님들! 좋은 말로 할 때 일루 와봐."

윤이 패기 있게 두 녀석에게 손짓하며 여유 있게 웃어 보이는데, 골목에서 두 명이 더 나온다. 윤의 얼굴에 낭패감이 스친다.

"돈 주지 그랬냐."

뒷걸음질치던 도진을 보곤 복화술로 면박을 준다. 도진 역시 사이좋게 복화술로 답한다.

"제 갈 길 잘 가는 애들을 왜 불러세워."

아무래도 생애 처음, 유혈사태를 빚을 일이 생길 것 같다. 그것도 고딩 넷을 상대로.

• • •

동협 패거리가 사고를 치는 동안 이수는 꿀꿀한 기분으로 대청소를 하고 있었다. 이수가 능숙하게 세라의 방에 진공청소기와 함께 진입한다. 구석구석 청소기를 밀고 다니던 이수의 엉덩이가 화장대에 부딪히고, 그 반동으로 마스카라가 툭 떨어진다.

"공격형 엉덩이가 맞긴 맞네."

거울에 제 엉덩이를 비춰보고 나서 마스카라를 집어올려놓으려다 문득 호기심이 생긴다. 화장대 앞에 앉는다. 뚜껑을 열어 세라의 남은 인조 속눈썹을 붙이고 마스카라로 컬링을 준다. 컬링을 거듭할 때마다 속눈썹이 풍성해지면서 눈이 더욱 커 보인다. 만족스럽다.

하지만 그건 본인 생각이고, 민낯에 바른 마스카라가 그리 조화롭게 보이진 않는다. 〈링〉에서 화면 밖으로 기어나온 사다코가 친구 하자고 할 기세다.

그때 핸드폰이 울린다. 액정에 뜬 이름은 '김경장님'. 단골 경찰서에 친히 또 찾아들어가셨나보군. 순간적으로 이수의 이마에 빗금이 빠지직 간 것도 같다.

· · ·

경찰서는 조용하다. 드라마에서 볼 땐 왁자지껄 난리도 아니던데. 도진이 도도하게 팔짱을 낀다. 다 터진 입술이 쓰라리다. 지들끼리 수군대던 고딩들이 도진을 죽어라 노려본다. 헤드폰을 낀 채 노트북 모니터를 주시하고 있던 경장이 한결 겸손해진 태도로 헤드폰을 벗곤 도진에게 펜을 건넨다.

"뭐, 사실 확인은 됐습니다."

윤은 자신의 모든 일과를 녹음하는 도진에게 새삼 감탄한다. 사정은 익히 알고 있지만 말이다.

"근데, 녹음을 하신 이유가……"

"전 제 모든 일과를 녹음합니다. 이유, 궁금하시죠?"

경찰서 안에 있는 그 누구도 궁금하지 않은 표정이다.

"법정에서 말씀드리죠. 합의는, 없는 걸로."

도진이 고딩들을 쏘아본다. 녀석들은 잘못 걸렸다 싶은지 표정이 안 좋다.

"일단 두 분은 가셔도 좋습니다. 애들 선생님이 곧 오신다니까 상황 전달하겠습니다."

"선생이란 자에게도 합의는 없다고, 처벌받기를 원한다고 반드시 전해주세요."

도진의 말을 끝으로 둘은 경찰서를 나선다. 복도를 지나면서도 서로 아무 말도 없다. 고딩들에게 두들겨맞아 나이 마흔에 경찰서 신세라니. 그것도 성탄절에. 윤은 쪽팔려 죽을 것 같았다.

물론 지지 않고 반격한 탓에 미성년자들 얼굴에 생채기를 남겨 불리할 수 있었지만 도진이 늘 휴대하는 녹음기 덕에 판세가 뒤집혔다. 고딩들에게 굴욕적으로 당한 그들의 처량한 신세 때문에, 그것을 알게 된 경찰 때문에 얼굴이 타들어갈 것 같은 윤이었지만 오늘만큼은 도진의 손을 들어주기로 한다. 펜 덕분에 살았다.

"법원은 그렇게 한가한 곳이 아니다. 그리고, 미성년자잖아."

"나보다 덜 맞았다고 이게…… 열일곱이 무슨 미성년자야? 걸음마를 못 뗐어, 한글을 못 깨우쳤어?"

도진이 나불대는 사이에 윤은 저 멀리 경찰서 정문으로 코트 자락을 휘날리며 뛰어들어오는 낯익은 얼굴을 발견한다. 얼마나 급했는지 단추도 못 채웠다. 얼른 기둥 뒤로 숨는다. 도진은 윤이 숨은 것도 모른 채 혼자 걸어가며 주저리주저리 떠들고 있다.

그런 도진을 뛰어들어오던 이수가 스친다. 이수가 경찰서 안으로 들어가는 걸 보곤 윤이 기둥 뒤에서 나온다. 그제야 도진은 혼자 떠들고 있었다는 걸 깨닫는다.

"왜 그래?"

"아는 사람을 봐서. 고등학교 선생님인데, 아까 걔들 담임인가?"

윤의 말에 도진이 바로 발걸음을 경찰서로 돌린다. 윤이 급히 도진의 팔을 잡아끈다. 윤은 이런 데서 이수와 마주치는 게 결코 반갑지 않다.

"우리 이거 억울한 건 맞는데, 절대 자랑은 아니다. 나이 사십에!"

결국 안방 문을 여는 데 실패한 정록은 아지트 바에서 바텐더와 이야기중이다. 정록이 카페와 함께 운영하고 있는 바에는 당구대와 작은 무대가 있다. 무대 위엔 아마추어 밴드가 캐럴을 연주하고 있었다. 주 고객층은 젊은 유학생들인데, 외국인들도 더러 보인다.

"어떻게 그 반지가 부인님한테 갔어요?"

"내부 고발자가 있단 얘기지. 누군지 잡히기만 하면……"

"친구들 와요. 두 명."

"오케이, 오케이."

윤과 트레이닝복 차림의 도진이 정록을 향해 점차 가까워지는데 얼굴이 평소와 다르다. 군데군데 열꽃이 피었다고나 할까?

"뭐냐, 축 성탄에? 얼굴 왜 그래?"

"니 걱정이나 해. 제수씨 이혼하겠대, 축 성탄에."

바텐더가 윤 앞에 능숙하게 병맥주를 따놓는다.

"결혼기념일에도 그랬어. 얼굴 왜 그러냐니까?"

도진 앞에도 맥주가 놓인다. 그는 주머니에서 걸리적거리는 펜 녹음기를 잠시 탁자 위에 꺼내놓는다.

　얼마나 흘렀을까. 재차 묻는 정록에게 도진이 주관적 사건 정황을 설명하지만 잠자코 듣던 정록이 잔뜩 썩은 미소를 날린다.

　"그래서, 너희 둘이 십칠 대 이로 싸웠다고? 그걸 지금 날더러 믿으라고?"

　"왜 안 믿어? 안 믿어서 니가 얻는 게 뭐야?"

　"설마 우리가 고딩한테 맞았다고 생각하는 거야?"

　다급해진 윤이 도진을 거들었다.

　"나 데킬라 한 잔."

　태산이다. 세라와 함께 있어야 할 시간이었다. 모텔이며 호텔 방 잡기가 하늘에 별 따기 수준으로 일 년 중 가장 어렵다는 축 성탄에 어울리지 않는 등장이었다. 태산이 정록의 옆자리에 앉는다. 바텐더가 데킬라 한 잔을 건넨다.

　"뭐야, 제일 재미 좋아야 할 놈이. 세라씨는?"

　"쟤들은 얼굴에 뭐냐, 저게?"

　태산이 정록의 물음을 가볍게 묵살하고 화제를 돌린다.

　"고딩들한테 맞았대."

　"아니거든!"

　도진과 윤이 동시에 합창한다. 태산은 그들의 항변은 들은 척도 않고 땅콩을 씹는다. 으적거리는 소리 사이로, 약 한 네 명에게 맞았네, 따위의 대사를 날리면서.

　"상당히 쪽팔릴 텐데."

　"삥은 안 뜯겼나 몰라."

놀려대는 정록과 태산을 피해자 둘이 확 째려본다. 도진이 자리를 피해 화장실로 향하는데 태산이 또 이죽거린다.

"어디 가. 쪽팔려서? 그 정도면 뭐 맹렬히 저항했네."

도진이 주먹을 꽉 쥔다. 참아준다, 내가.

"화장실 간다."

"다녀와, 다녀와. 파이팅 있게!"

태산의 손은 이미 도진의 녹음기에 가 있다. 도진이 시야에서 사라지자 태산이 녹음기를 튼다. 세 남자가 귀를 쫑긋 세운다. 머리를 맞댄 저들이 불혹의 나이라니.

도진이 물기를 털 듯 손을 가볍게 흔들며 다시 바로 다가간다. 세 놈은 뭐가 그렇게 즐거운지 지들끼리 난리가 났다. 배를 움켜쥐고 깔깔대는 정록과, 등받이가 없는 의자 뒤로 넘어갈 것처럼 허리를 꺾고 박장대소하는 태산, 애써 웃음을 참고 있지만 부풀어오른 광대뼈가 명백히 웃음을 증명해주는 윤까지. 그리고 희미하게 들려오는 낯익은 어떤 목소리……

"야! 내놔!"

순식간에 다가온 도진이 녹음기를 사수하려 하지만 태산이 더 빨랐다. 녹음기를 잽싸게 끄고 품에 감추더니 점차 도진에게서 멀어진다. 놀리는 것도 잊지 않으면서.

"상황 상당히 비굴하드만. '아, 내, 내가 그랬나요?' 무릎은 안 꿇었냐?"

"좋은 말 할 때 내놔라!"

도진이 녹음기를 뺏으려 난리를 친다. 윤은 그 모습이 꼭 고무줄 끊고 도망간 남자애를 아득바득 쫓아다니는 게 저런 느낌일까 싶어 관조적으로 감상한다.

"윤이한테 고맙다고 해. 윤이 아니었음 죽었겠던데 뭐."

"다 해결했는데 저 자식 나타나서 불리해진 거야. 애들을 왜 자극해! 청춘이라잖아!"

"야, 녹음기 주지 마."

잠자코 듣고 있던 윤까지 가세해 녹음기를 돌리고 도진은 뺏기 위해 난리다. 십대들 못지않은 유치함이다.

우린 열일곱 살에 처음 만났고, 이렇게 이십 년 넘게 함께 흘러왔다. 누가 봐도 꽤 마흔다운 남자들이지만, 넷이 함께 있으면 열일곱 살로 돌아간다. 도진의 입가에 괜히 미소가 번진다.

그전에 일단, 녹음기부터 찾고.

• • •

올 겨울은 생각보다 짧게 느껴진다. 마음의 상처를 드러내는 데 신중해지고, 그만큼 사소한 것에 울컥하기도 하는 또다른 이름의 사춘기를 보낸 것 같다. 도진에게, 사십대가 되어 처음 맞은 겨울의 인상은 그랬다. 아직까지 거리에는 턱 위까지 목도리를 칭칭 동여맨 사람들이 많았지만 그들은 알고 있었다. 곧 무거운 외투를 벗게 되리라는 걸. 오늘은 하얗게 부서지는 입김에 어깨를 움츠리지만 봄이 있기에 겨울을 견뎌낼 수 있다는 걸. 그만큼 봄은 어느새 성큼 다가와 있었다.

흑룡의 기운을 받은 임진년답게, 거리는 신년을 맞은 분위기가 물씬 풍긴다. 용 자체가 전설 속에서나 등장하는 영물이며, 따라서 흑룡은 사실 존재하지 않는다. 도진은 명백하지 않은 희망을 좇기엔 너무 많은 계절을 보냈다. 하지만 친구들과 함께라면 앞으로 견뎌야 할 겨울도 그리 나쁘지는 않을 것 같다.

어묵 국물 셔틀 한답시고 어설프게 국자를 놀리다 되레 제 손을 종이컵 삼는 윤이다. 도진이 한껏 놀려준다. 윤은 언제 그랬냐는 듯 어깨를 으쓱해 보인다. 정록과 한참 낄낄대던 태산과 도진의 눈이 마주친다. 태산이 특유의 건강한 미소를 짓는다.

매해 질리지도 않고 해피 뉴 이어가 밝아온다. 우린 마흔한 살이 되었다. 하지만 우린 함께 있었기에 여전히, 열일곱 살이었다.

. . .

"부티크 호텔의 생명은 '나 호텔이야' 하지 않는 데 있습니다."

화담 건축 사무소에서 수주한 이번 호텔 건은 꽤 중요한 프로젝트 축에 든다. 공개 입찰을 하는 대규모 프로젝트 수준까지는 아니었지만 어쩌면 건축가 인생에 획을 그을 만한 기념비적인 건축물을 짓게 될지도 모를 기회다. 이게 다 태산의 열렬한 조력자 송회장 덕분이다. 부티크 호텔은 이미 몇 년 전부터 하나둘씩 생겨나고 있기는 했다. 더 고급스럽게 짓지 못한다면 좀 다르게 지어보자는 게 부티크 호텔의 철학이라면 철학이다. 송회장의 호텔은 기존의 호텔과는 차별화된 유니크함을 지닌 엔터테인먼트 호텔이 될 것이다.

"스위트 층은 유럽의 고성 컨셉으로⋯⋯"

늘 열정적으로 업무에 임하지만 그리 티가 나지 않아 억울할 법도 한 도진이다. 더군다나 상대가 송회장이면 더욱 피곤해진다. 자신의 매력을 자부하는 도진이 테이블에 도면을 비롯해 고화질로 출력한 샘플 사진들을 늘어놓고 열정적으로 설명하고 있는데 턱을 괴는 걸 보면.

그러곤 한다는 소리가, "지루하다. 임소장은 언제 와?"

이럴 땐 포커페이스인 게 도움이 된다.

"근처라고 했으니까……"

심드렁하게 응수해주는데 마침 도진의 방으로 들어오던 태산이 송회장의 뒤통수를 보곤 사색이 된다. 태산이 돌아서서 나가려는 걸 도진은 눈에 흙이 들어가도 그냥은 못 지나친다. 사랑이 어떻게 변하니, 임소장.

"왔네요, 임소장."

태산의 눈에 비친 도진의 미소는 악마와 견주어도 손색이 없었다. 지금 태산의 얼굴을 스캐닝한다면 '빌어먹을'이라는 글자도 함께 스캐닝될 거다.

"어, 야…… 길이 왜 이렇게 막히냐. 어, 송회장님?"

태산이 이를 꽉 물고 평소 즐겨 입는 야상 지퍼를 목까지 올린다.

"왜 이렇게 젊어지셨어요. 신입 여직원 면접 보는 줄 알았네, 난."

이런 수치심도 없는 대사를 날린다. 태산의 사탕발림에도 불구하고 송회장의 표정은 여전히 새초롬하다.

"됐어, 막 속상하려던 참이야."

매번 당하던 송회장도 오늘은 곱게 넘어가지 않을 것 같다.

"나 이거 임소장 보고 맡긴 건데 회의는 왜 맨날 김소장이랑 해야 해?"

태산이 자리에 앉으며 끙 소리를 낸다. 도진 들으란 듯이. 송회장은 도진이 보여줄 땐 거들떠도 안 보던 도면을 빨간 매니큐어를 칠한 손으로 아무렇게나 가리킨다.

"내가 뭐 도면 본다고 알어? 난 그냥 임소장 팔뚝처럼 미끈한 기둥~ 임소장 가슴처럼 넓고 환한 창~ 그거면 된다니까?"

"아, 하하…… 우리 송회장님 안목 바로크적이신 거 봐. 역시, 역시."

놀랍다는 듯 고개를 절레절레하며 오버하는 태산이다. 말과는 달리 야상 앞섶을 꽉 쥔다. 건달에게 겁탈당하기 일보 직전의 시골 처녀 같다. 날이 갈수록 진보해가는 방어기술이다.

"안 덥냐?"

도진의 의도를 알아차린 태산이 손사래를 친다.

"오늘 겁나 춥다."

도진은 해님처럼 따스한 볕으로 태산의 옷을 벗길 마음은 없다. 눈빛으로 말할 뿐이다. 태산도 눈빛으로 응수한다. 뒤질래, 김도팔?

"넌 안 더워도 송회장님이 더워. 시야 답답해서."

도진의 불타는 눈빛에 태산이 화답한다. 너 죽는다, 진짜?

"응! 나 답답해."

송회장이 기다렸다는 듯 대답한다. 그때 운 좋게도 송회장의 핸드폰이 울렸다.

"송회장님! 전화, 전화."

태산의 사람 좋아 보이는 눈웃음에 사모님들 여럿 쓰러졌지. 태산이 건넨 전화를 받곤 송회장이 방을 나간다. 그와 동시에 태산이 도진의 멱살을 잡는다.

"이러라고 들어오랬지."

"내 얘긴 씨알도 안 먹히는데 어떡해, 그럼. 두 마디 했는데 지루하대. 이거 큰 건이다. 호텔 디자인 욕심 없어?"

"니가 자존심 타령만 안 하면 포트폴리오뿐만 아니라 우리……"

작가주의가 강한 도진이었다. 하나의 작품을 할 때면 설계부터 시작해서 외장재까지 일괄적으로 가고 싶은 부분들이 분명 있다. 설계나 디자인은 소장인 두 사람의 개성을 살려 조율해왔지만 현장에 많이 나가 있는 태산은 도진보다 비교적 현실적이었다. 그렇다고 해서 도진의 작품이 페이퍼 아키텍트 수준은 아니지만.

"임소장~ 전에 소개했던 강회장님이 제주도에도 타운하우스 하나 짓자고 하시네? 참, 뭐부터 해결하기로 했지?"

송회장이 도면을 사랑스럽게 바라본다. 부담스러운 콧소리였다. 제주도? 타운하우스? 올 것이 왔다고 느낀 태산이 수청 드는 춘향이 못지않은 비장미로 야상을 벗어던진다. 반팔티 아래로 팔 근육이 촘촘하다. 괜히 팔을 굽혀가며 애꿎은 도면을 바로 펼친다. 힘줄이 근육 위로 불끈 솟아오른다.

"더운 거부터, 더운 거. 시원하게~ 파이팅 있게~!"

"하하, 이 친구."

· · ·

"진짜 시원하게 딱 벗더라니까? 당장 화류계 진출해도 손색없을 서비스였어."

"그래서, 마무리는 잘된 거야?"

윤이 공 던지는 포즈를 취하며 물었다. 도진은 야구장 저편에 서 있는 태산을 본다. 믿음직스러운 애인을 바라보는 여자처럼.

"태산이가 죽지 않는 한 영원한 고객이지."

상대팀 주장과 이야기중이던 태산은 멀리서 몸을 풀고 있는 윤과 멀뚱히 선 도진을 보고 혀를 찬다. 무표정한 도진을 보고 있자니 괜히 울화가 치민다. 자기 순결을 빼앗아간 것도 아닌데.

태산이 그러건 말건 도진은 문자 알림 소리에 핸드폰을 슥 꺼내보곤 다시 주머니에 넣는다.

안녕하세요. 오늘도 합의 건으로 연락드렸습니다. 꼭 뵙고 싶습니다. 부탁드립니다.

축 성탄에 도진에게 상처뿐인 영광을 안겨준 고딩들의 담임이었다. 지치지도 않나보다. '전 안 뵙고 싶습니다.' 혼자 중얼거리는 도진을 아까와는 다른 포즈로 공 던지는 시늉을 하던 윤이 빤히 본다.

"뭔데?"

"나 만나자는 여자."

"좀 한 명한테만 충실할 순 없냐."

"걱정 마. 아무한테도 안 충실하니까."

그때 태산이 급히 뛰어온다. 송구 자세를 취하던 윤이 공중에서 팔을 멈춘다.

"너 옷 갈아입어. 우리 한 명 펑크야."

공 가지고 하는 거라면 질색인 도진이다. 태산은 급한 모양인지 뭐라 평계를 대려는 도진을 막무가내로 몰아세운다.

"충고하는데, 부정적 답변은 피하는 게 좋아. 싫다, 미쳤냐, 기타 등등의 경우, 송회장이랑 우리 회산 오늘부로 전격 결별이야."

도진이 뭐 씹은 얼굴로 태산을 빤히 본다. 치사한 새끼. 옷 벗긴 복수 한번 대차다.

"안 싫은 걸로."

대답하기가 무섭게 태산이 윤에게 옷 갈아입히란 시늉을 한다. 튀지 못하게 묶어놓으란 말도 잊지 않는다.

사회인 야구팀임에도 그라운드 안에선 프로 못지않게 치열하다. 투수로 나선 윤은 몸이 꽤 풀렸는지 구질이 좋다. 상대팀이 여러 번 헛스윙 하는 걸로 증명된다.

호흡을 가다듬은 윤이 손을 가슴 쪽으로 가져가 다시 한번 깊게 숨을 들이마신다. 공이 붕 뜨고, 이번엔 상대팀 타자도 맹렬히 공을 때려보지만 땅볼이다. 아웃! 포수 뒤에서 들린 목소리는 의외로 여자였다. 헬멧에 막혀 잘못 들린 게 아니라면.

이번엔 도진의 차례다. 타자석에 선 도진은 나오기가 무섭게 연신 스트라이크를 맞았다. 반면 태산은 보기 좋게 안타를 날려 팀을 위기에서 구해낸다. 하지만 도진 덕에 다시 아웃. 기세 좋게 스트라이크를 외치는 심판과 한판 뜰 기세인 도진을 태산이 겨우 말린다.

같은 남자가 봐도 야구하는 임태산은 퍽 보기 좋은 모습일 거다. 야구단 식구들도 그걸 알고 있었고, 태산도 블루캣 중추 역할을 훌륭하게 해내고 있었다. 멋진 수비를 보여주는 태산을 보며 선수 중 누군가가 나이스 플레이를 외치며 응원한다. 윤이 마지막 공을 던진다. 꽤 높다.

"삼진, 삼진, 땅볼, 병살. 혼자 국가대표랑 경기했냐?"

"난 비주얼 담당이야. 최선을 다했어. 나머진 심판한테 따져."

태산의 면박에도 도진이 완전 편파 판정이라고 말을 이으며 고갯짓으로 심판을 가리킨다. 헬멧을 벗는 심판의 얼굴이 서서히 드러난다. 헬멧 속에 감추어졌던 오밀조밀한 이목구비가 낯이 익다. 그 여자다. 도진이 못박힌 채 이수만 바라본다. 이수는 주머니에서 핸드폰부터 꺼내본다. 뭐가 그리 애타는지 액정을 하염없이 바라본다.

"아, 여자 심판이야. 언제?"

"뭐가."

"예쁘지."

태산을 향해 다가오는 여자에게 시선을 고정한 채 도진이 무표정을 유지한다. 우연이 세 번이면 필연이라던데. 내가 떠올린 말이지만 참되도 않는 문장이다. 도진은 피식 웃는다.

"뒷모습밖에 제대로 본 게 없어서. 엉덩인 예쁘더라."

원래 표정에 별 변화가 없는 도진이다. 태산이 썩은 표정을 짓는다.

"공은 안 보고 심판 엉덩이만 봤냐?"

"딱 삼십 초."

"뭐가."

"제 번호는요, 하고 나한테 자기 전화번호 주는 데 걸리는 시간. 잘봐."

이수는 그새 더 가까이 다가와 있다. 태산이 다급해진다.

"너 하지 마. 절대 안 돼. 나랑 오래 볼 사람이고 윤이랑 잘되길 바래, 난. 하기만 해!"

태산이 팩 돌아서 이수에게 인사를 건넨다.

"이수씨. 수고 많았어요. 힘들죠?"

"하나도요. 늘 신나고 재밌어요."

"흠, 험."

이수의 말끝에 들으란 듯 헛기침 소리가 겹쳐진다.

"아, 이쪽은 친굽니다."

태산이 하는 수 없이 도진을 소개한다. 하지만 도진의 기대와는 달리 이수는 시선도 마주치지 않고 가볍게 꾸벅할 뿐이다.

"저 지금 바로 가봐야 할 거 같아서요. 일이 좀 생겼어요."

이 여자가…… 수많은 경험과 냉철한 판단을 통해 연마한 제일 멋진 각도로 인사하려는데 이수가 찬물을 끼얹은 셈이었다.

"뒤풀이 안 하고요? 왜요. 무슨 일, 뭐 나쁜 일 생겼어요?"

이수는 진심으로 걱정된다는 표정을 짓고 있는 태산을 물끄러미 본다.

"태산씨, 오늘 완전 멋졌어요."

인사치레로 하는 말이 아니었다. 이수는 진심으로 그렇게 생각했다. 이수가 태산에게 꾸벅 인사하고 걸음을 옮긴다.

"조심히 가요. 도움 필요하면 말하고."

태산의 중저음 목소리는 별다른 수식어의 도움 없이도 따뜻한 울림을 준다. 이수가 태산에게만 환하게 웃으며 손을 흔들자 도진이 아니꼽다는 듯 주시한다.

"삼십 초? 푸하하."

쾌활하게 팀원들에게로 달려가는 태산을 보는 도진에게서 끙, 앓는 소리가 날 것 같다. 그런 상황을 모른 채 이수는 마냥 걷는다. 걸으며 핸드폰 메시지를 확인하는데 퍼뜩, 어떤 장면이 파편처럼 흩뿌려진다. 설마 저 남자……

"저기요."

방금 그 남자였다. 심증도 물증도 있지만 이수는 현실을 받아들이고 싶지 않았다. 두 다리만 건너면 서울에서 못 찾을 사람 없다더니. 그 다리가 하필 태산씨다. 이수는 최대한 표정을 감추고 돌아본다.

"방금 저쪽에서요."

근데? 그래서, 뭐.

"댁한테 내가 꽤 인상적인 사람임에도 불구하고, 날 본체만체했어요."

자백도 유분수지. 기가 막혀 코 평수가 넓어질 뻔했지만 애써 포커페이스를 유지한다.

"그럼 똑같이 본체만체하세요."

톡 쏘곤 바로 돌아서는 이수의 리액션은 도진이 예상치 못한 반응이었다. 이 여자는 최소한의 예의도 없나. 순간 자존심이 팍 상했다. 거절해도 내가 한다. 저기요! 기껏 불렀더니 냉랭하게 돌아보며 네, 가 전부다.

"보통은 여자들이 나한테 하는 질문인데, 나 기억 안 나요?"

이수의 동그란 눈이 도진과 길게 마주친다. 좋게 말하면 아이컨택, 나쁘게 말하면 뚫어질 듯 빤히.

"죄송하지만 혹시……"

"맞아요."

도진이 대답했다. 이수의 말이 채 끝나기도 전에. 그러나 경솔한 판단이었다. 한국 사람 말은 끝까지 들어야 한다.

"학부형이세요?"

또다시 예상 밖의 반응이 돌아오자 도진이 쓰고 있던 모자를 확 벗는다. 눌린 머리를 손으로 헝클어 대충 만진다.

"이제 기억나죠?"

"그럼 혹시……"

이번엔 또 뭐.

"장학사세요?"

"정말 나 기억 안 나요?"

"죄송하지만 너무 쌍팔년도 수법인데다, 제가 지금 시간이 없어서요."

혼자 열받은 도진이 보기 드물게 씩씩거리며 모자를 꽉 움켜쥔다. 뭐이렇게 머리 나쁜 여자가 다 있어!

이수는 운동장을 빠져나오자마자 벽에 딱 붙어서 어쩔 줄 모르겠다는 듯 오금 저린 모습이다. 꼭 여고생처럼 호들갑스럽다.

"아, 쪽팔려, 쪽팔려. 왜 하필 여기서 만나."

사지를 떨며 포효하는 이수를 지나가던 사람들이 흘끗거린다. 태산씨한테 얘기하는 거 아냐? '보정동 팬티노출녀'가 될 뻔했던 그날이 떠오른다.

아, 어떡해. 몸을 배배 꼬며 입술을 잘근잘근 씹어대던 이수가 결심을 한 듯 표정이 굳는다. 가방에서 꾸깃꾸깃 접힌 종이를 꺼낸다. 피해자의 집 주소가 적혀 있었다.

• • •

윤의 차가 도진 아파트 근처에 들어선다. 이미 밤이 꽤 깊어 단지 앞엔 가로등 불만 호젓하다. 도진은 꿈쩍도 않고 조수석에 앉아 있다. 무슨 생각을 하는지 묘한 표정이다. 물건을 잃어버린 양 허무해 보이는 듯도 하고, 평소보다 멍해 보인다.

"뭔 생각 하냐."

"내가 작년에, 전화번호 따고 싶은 여자가 두 명 있었거든?"

앞만 보고 뭐에 홀린 사람마냥 이야기하는 도진을 윤이 물끄러미 본다.

도진의 말인즉슨, 이랬다.

정록의 카페에서 이수를 처음 본 날, 도진은 그날 만났던 여자와 나란히 거리를 걷고 있었다.

그런데 도진은 여자를 만나기 바로 전에 유리창을 사이에 두고 눈이 마주친, 비를 피하고 있던 이수를 떠올리고 있었다. 요지는 무심코, 라는 데 있었다. 자각이 없었다는 점이 조금 쇼크였을지도.

"저녁 뭐 먹을까?"

그때의 장면을 카툰식으로 그리면 여자의 말은 도진의 귀로 들어갔다 바로 다른 쪽 귀를 통해 스르르 흘러나오지 않았을까. 이수를 놓친 것을 아쉬워하던 도진은 그답지 않게 비일상적인 기분이 들었다.

"지난번에 갔던 이탈리안 레스토랑도 괜찮……"

도진이 말을 끊었다.

"미안한데, 가봐야겠다."

물론 최선을 다해 헌신적으로 사랑을 하는 관계는 아니지만 최소한의 예의는 지켜줬어야 했다.

"어딜?"

"어떤 여자 전화번호가 너무 궁금해서."

도진은 여자를 거의 팽개치다시피 하고 카페로 다시 왔지만 이수는 이미 떠나고 없었다. 정록이 그런 도진을 발견했다. 진부하게도, 알바 면접생에게 되도 않는 뻐꾸기를 날리던 중이었다.

"뭐 두고 갔어?"

"어. 근데 없어졌네."

"뭔데. 중요한 거야?"

도진은 못내 아쉬움이 남는지 카페 구석구석을 눈으로 살폈다. 도진의 시선을 따라 정록의 고개가 움직였다.

방금 전까지 여기 있던, 젖은 후드티에 긴 머리 여자 못 봤어?

물론, 생각만 했지 입 밖으로 내지는 못 했다. 머쓱해진 도진의 시선이 머문 건 정록의 허전한 약지였다. 이 자식은 대체 어쩌려고.

"반지나 껴라."

평소엔 신경도 안 쓰던 결혼반지였다. 도진은 정록에게 괜히 성을 낸 기분이 들었다.

"한 명은 그렇게 놓쳤고, 또 한 명도 비슷했어."

신호에 걸려 잠시 멈춘 윤의 차 안은 더없이 고요했다. 윤은 도진과 이런 대화를 나눠본 게 얼마 만인지 가늠할 수도 없었다. 다른 사십대들은 어떨까. 생각에 잠긴 윤의 옆모습을 도진이 흘낏 보더니 말을 이어간다.

"쌍방과실 같거든요?"

걷고 있던 도진의 뒤에서 들려오던 목소리. 원피스 올이 잔뜩 풀려나간 이수에게 융단을 감아주고 나서 각자 갈 길을 가던 차였다. 도진은 어처구니없는 일에 휘말렸다는 생각보단, 재밌었다.

시시각각 변하는 이수의 표정을 떠올리던 도진은 우뚝 멈춰 섰다. 뭔가 결심한 사람처럼. 하지만 고개를 돌렸을 땐 이수가 올라탄 택시의 문이 닫히고 있었다. 낭랑하게 울리던 이수의 목소리만 여운처럼 남았다. 이수가 타고 간 택시의 뒷모습만 하염없이 보는 수밖에.

"운 좋았네, 그 여자들."

이야기를 들은 윤의 감상은 심플했다. 도진은 여전히 회상모드로 앞만 보고 있다. 골똘한 표정으로.

"근데 오늘, 그중 한 명을 우연히 만났고, 방금 새로운 사실을 깨달았어. 그 두 여자가, 같은 여자였다는 걸."

"진짜야?"

"신기하지."

그러고 나서 도진은 아까부터 존재를 알리던 핸드폰을 꺼낸다. 덕분에 진동 소리가 선명해진다. 아, 이 여자 끈질기네. 액정을 보자마자 미간을 찌푸린다. 윤은 오늘 도진의 입에서 '여자'라는 주어를 몇 번이나 들었는지 셀 수도 없을 것 같다.

"여보세요."

—아, 받으시네요. 안녕하세요. 저는……

"알아요, 누군지. 용건도 알고. 제 대답은요."

—자, 잠깐만요. 그렇게 딱 자르지 마시고 제발 선처 부탁드립니다. 철이 없어서 그렇지, 나쁜 애들은 아닙니다. 앞길이 구만리 같은 아이들입니다.

"걔들은 구만리고, 넌 잘해야 오만육천팔백 리 정도니까 니가 참아라, 그 말입니까? 천만에요. 나 아직 충분히 꽃다우니까."

뭐, 뭐다우니까? 도진의 말꼬리 잡는 본새를 조용히 듣고만 있던 윤이 경악한 듯 도진을 쳐다본다.

"가봐야 별볼일 없는 그 구만리, 내가 멈춰준 걸 고맙게 생각하고, 이만 끊죠. 합의 없는 세상도 알아야죠. 그게 교육이고."

상대방의 대답은 듣지도 않고 전화를 끊는 도진이다. 윤은 분명 도진이 제 할 말만 하고 끊었을 거라고 확신했다. 오차율은 일 퍼센트 정도. 합의 얘기가 나오는 거 보면 분명 서선생 전화일 텐데.

"그 전화 혹시."

"어, 그때 그 자식들 담임."

아뿔싸. 이 정도일 줄은 몰랐다, 김도진. 끼익, 소리를 내며 차가 멈춘다. 넷 중 가장 차분하다고 할 수 있는 윤의 급정차라.

"너 아직 합의 안 해줬어?"

"해줄 이유가 없잖아."

무미건조한 말투만 아니었어도 정말 얄미워 보였을 거다. 십중팔구. 윤의 목소리가 절로 높아진다.

"야, 너! 그 선생님 나랑 아는 사이야. 태산이도 알고! 게다가 세라씨랑 같이 사는 친구야."

윤이 도진에게 호통칠 만한 일은 거의 없었다. 거기에 윤은 조근조근 말하는 편이라 격앙된 목소리를 내는 일 자체가 드물었다. 나이 마흔 넘어서 누군가로부터 꾸지람 들을 일이 얼마나 있겠는가. 윤의 큰소리에도 이렇다 할 동요가 없던 도진이 이어지는 말에 눈이 커진다.

"너 오늘 못 봤어? 아까 우리 경기할 때 여자 심판!"

두 여자가 같은 여자라는 걸 오늘에야 알았다. 비를 피하다가 도진과 눈이 마주친 그 여자와 공격형 엉덩이로 도진의 가방을 빨간 털실로 엮은 그 여자가 한 여자라는 것을. 그리고 도진은 방금 그 여자의 새로운 정체를 맞닥뜨렸다. 그러니까 윤이 말한 여자 심판이, 도진의 품위를 훼손한 날카로운 추억을 안겨준 고딩들의 담임이기도 하다는 결론에 도달할 수 있었다. 뭐야, 이 여자. 도진 머릿속의 네 여자가 한 여자로 합쳐지는 순간이었다. 도진이 손에 쥐고 있던 핸드폰을 퍼뜩 윤에게 내민다.

"이 여자가, 그 여자라고?"

"그래 인간아! 꽃다운 김도진씨, 좋은 말로 할 때 합의해라, 어?"

평온하던 도진의 일상에 어느 날 갑자기 새치기하듯 끼어든 여자들이 모두 한 여자라니. 도진은 상념에 잠기며 안전벨트를 풀고 차 문을 연다.

"내려, 얼른."

마침 윤이 재촉한다.

"내리고 있잖아!"

도진이 발끈해 차에서 내리다 뭔가 생각난 듯 다시 고개를 들이민다.

"근데 넌 그 여자가 그 여자다, 지금 얘기하면 어떡해! 꽃다운…… 이 나오기 전에 했어야지! 기회 많았잖아!"

문을 쾅 닫는 소리와 함께 마지막 말이 희미하게 들어온다. 삐친 거야 지금? 왜 나한테 역정을 내? 윤은 황당한지 아파트 입구로 사라지는 도진을 잠시 보다 핸드폰으로 어딘가 전화를 건다.

"네? 그럼 아까 그…… 삼진에 병살에 태산씨 친구라던 사람이……"

윤의 말에 이수가 우뚝 멈춰 선다. 피해자의 집 초인종을 하염없이 누르다 막 아파트를 나온 차였다. 피해자에게 선처를 구하러 집까지 찾아갔다가 허탈하게 발걸음을 돌린 가련한 자신을 동정하고 있던 참이었다.

삼진에 병살에 싸가지까지, 그래, 꽃다운 분이시구나.

—네, 김도진이라고 태산이 건축 사무소 공동대표예요.

이수가 헉 소리를 삼키듯 핸드폰을 움켜쥔다. 태산씨?! 왜 하필 많고 많은 사람 중 태산씨랑 얽혀 있담. 통탄이라도 하는 건지, 단지 답답한 건지 이수가 빗장뼈 부근을 손으로 꾹 누른다.

잠깐, 그날 도진은 동협들에게 혼자 당하지 않았다. 그렇다면 혹시, 설마 그럴 린 없겠지만 최변호사님도?

"그럼 그날 같이 있었던 중년 남자 중 나머지 한 분이……"

—아뇨, 아뇨. 저는 도진이랑 같이 있던 사람은 아니고요. 드, 들었어요, 도진이한테. 너무 걱정하지 마세요. 제가 설득해보고 안 되면 태산이도 있으니까.

묘하게 더듬거리는 윤이었다. 이수가 습관적으로 고개를 주억거린다.

그런 이수를 맞은편에서 아파트를 향해 걸어오던 도진이 발견하고 멈춰 선다. 저 실루엣은 분명, 그 여자다. 도진은 괜히 핸드폰을 만지작거리며 평소보다 느리게 걷기 시작한다. 이수는 천천히 자신에게 다가오는, 정확히 말하자면 가까워지는 도진을 발견하지 못한 채 통화에만 집중한 모습이다. 이수가 점차 다가오자 도진이 긴장한 듯 헛기침을 한다.

"태산씨한텐 절대 얘기하지 말아주세요. 부탁드려요."

도진과 이야기할 때와는 달리 사근사근한 말투다. 아니지, 물론 도진 앞에서도 사근사근한 척은 했었다. 전화를 끊고는 아이처럼 몸을 흔들며 어떡해, 어떡해 하고 주절거리는 이수다.

역시 이상한 여자야. 도진이 의식적으로 이수 곁을 스쳤지만 이수는 못 본 모양이다. 자신을 못 본다는 건 말이 안 된다. 한 번 보면 잊을 수 없는 비주얼의 소유자라는 것쯤, 스스로도 자각이 있는데 말이다. 도진의 심경은 뭐랄까, 황당함에 가까웠다.

"뭔 놈의 인생이 한치 앞을 못 보나, 한치 앞을! 아오, 진짜, 아오!"

잘 알고 있네. 한치 앞에 서 있는 나도 못 보고 지나치는데. 물론 이수가 도진과 우연히 마주친 상황에 놀란 눈을 하고 어머, 호호, 입 가리며 웃을 걸 기대한 건 아니지만 땅에 달라붙은 그림자도 눈에 밟히는 이 마당에. 나를, 나를 못 봤다고? 일부러 그러나?

아직 핸드폰의 액정이 꺼지지 않았는지 그것을 쥔 이수의 뒷모습이 뿌옇게 빛난다. 머리로 추정되는 부위만. 아무래도 '어딘가'로 전화를 걸지 말지 망설이고 있는 듯 보인다. 이수의 탄식 같은 한숨이 도진의 발걸음에 간헐적으로 묻힌다. 즉, 도진은 이수를 따라 발걸음을 옮기고 있단 이야기이기도 하다.

드디어 결심한 듯 핸드폰을 들어올리는 이수의 액션에 도진이 제 핸드폰을 꺼내든다. 그냥 걸어, 받아줄 테니까.

"아, 몰라 몰라. 못 해. 못 해."

받아준다고 이 여자야! 전화를 걸다 끊는 건 뭐냐고! 도진은 답답한 마음에 콧구멍이 넓어지는 느낌이다. 혹자는 벌렁거린다고도 하지.

"그자가 그자라니!"

앞서 걷던 이수가 순간 걸음을 멈춘다. 편의점 앞이다. 이수는 터덜 터덜 편의점 안으로 들어가더니 삼각김밥 하나를 손에 들고 나온다. 편의점 앞에 선 채 시선은 먼 산 어딘가를 보는 듯 멍하다. 배가 고픈가.

설마 저기서 먹으려는 건 아니겠지.

자연스럽게 말 걸 타이밍을 보던 도진이 흠, 헛기침을 한번 하곤 이수에게 다가가는데……

"푸하하하!"

도진이 멈출 수밖에 없는 이유, 충분하다. 방금 전까지만 해도 멍한 표정으로 삼각김밥을 들고 있던 여자가 이유도 없이 박장대소한다? 도진은 순간 움찔했다. 뭐가 웃겨?

"어뜨케, 지가 지 입으로 꽃답대. 푸흐하하."

그러곤 또 실컷 웃는다. 눈썹까지 찡그리고. 도진 이야기를 하고 있는 거다. 아니, 꽃다운 걸 꽃답다고 했는데. 장금이가 홍시 맛을 봤을 때 이런 기분이었을까.

이수는 도진은 발견하지도 못한 채 계속 키들거리더니 갑자기 정색하며 울상을 짓는다.

"어뜨케, 정상 아닌가봐. 정말 매도 먼저 맞는 게 나은 걸까? 해, 하자."

이번엔 정말 결심한 듯 이수가 핸드폰 액정을 열심히 터치한다.

저런 방백은 왜 하는 거야. 졸지에 머리에 꽃이라도 달아서 꽃다운 인, 정상 아닌 자로 낙인찍힌 도진의 핸드폰이 존재를 알린다.

딱 한 번만 뵐 수 없을까요? 제발 부탁드립니다.

인격이 몇 개인 여자일까, 대체. 도진이 핸드폰 액정을 꾹꾹 눌러 답장을 작성한다. 버튼을 누르는 폰이었다면 더 세게 눌렀을 텐데 아쉽다.

보면 알아보기나 하고? 반말이 아니라 혼잣말임.

"뭐야, 이 남자. 문자도 이상해. 만나겠다는 거야, 말겠다는 거야."

도진의 문자를 확인한 이수도 어처구니없기는 마찬가지였다.

알아볼 수 있어요. 있고말고요. 만나만 주신다면 장미꽃인들 못 묻고 있을까요. 장소만 알려주세요.

좋네요. 만납시다. 장미꽃 묻고 와요. 내 사무실로. 꼭 묻고 와요, 장미꽃.

도진의 마지막 문자를 확인한 이수가 오만상을 찌푸린다.

"꽃은 그냥 한 소리지. 아, 이 남자 진짜 또라이 아냐?"

예능을 다큐로 받네, 이자가.

· · ·

이곳이 태산씨의 사무소구나. 어떤 곳인지 궁금했는데, 이런 일로 오게 될 줄이야. 사실 화담 건축 사무소에 처음 방문한 이수의 감상은 그거면 충분했다. 뻔히 왜 찾아왔는지 알면서 모니터만 뚫어져라 쳐다보는 저자만 아니었다면.

"실례합니다."

이수는 괜히 감개가 무량하면서도 오늘 이곳을 방문한 목적에 대해 스스로에게 상기시키는 것도 잊지 않는다. 저자가 피해자라는 걸 잊어서는 안 된다. 그럼에도 저자가 나를 안중에서 아웃시킨 채라 뭐라고 입을 떼야 할지 모르겠다. 내가 오늘 투명인간 코스프레라도 하려고 온 줄 아는 모양이다.

도진은 책상 앞에 쭈뼛거리며 서 있는 이수를 한 번쯤 볼 법도 한데, 눈길도 안 준다. 이수가 간신히 말문을 뗀다.

"많이…… 바쁘신가봐요."

"안 바쁜데 본체만체하는 겁니다. 그렇게 하라고 해서."

생긴 건 안 그런데 뒤끝 쩌는 아저씨네. 하지만 이수는 잊지 않으려 애쓴다. 저자는 피해자다.

"어제 야구장에서 일은 죄송했습니다."

"사과는 안 받는 걸로. 진심일 리 없으니까."

정곡을 찔리니까 오히려 말문이 막힌다. 보기보다 예리한 구석이 있는 것 같다. 도진은 비타민 통을 든 채 책상 앞을 벗어나 성큼성큼 방을 누빈다. 지 구역이라 이거지. 물론 이수도 이런 게 괜한 자격지심인 건 안다.

도진의 뒷모습을 도끼눈을 뜨고 보고 있는데 목소리가 툭 흘러나온다. 깜짝야. 뒤통수에도 입이 달렸나보다.

"그건 그렇고, 정말 나 기억 안 나요?"

올 것이 왔다. 이수 스스로 약점이라고 꼽을 수 있는 것 중 하나, 표정을 숨기는 데 능숙하지 못하다. 이럴 때면 표정이 변하는 자신을 스스로 느끼면서, 상대방에게 들켰을까 간이 콩알만해진다.

"제가 워낙 사람 얼굴을 잘 기억 못 해서…… 저도 얼마나 기억해내고 싶은지 모르실 거예요."

도진이 픽 웃는다. 그렇게 나온다 이거지. 태연자약하려 애쓰는 이수의 모습이 참 갸륵도 하다.

"그렇군요. 근데 어제 일도 기억 못 하는 거 같아 신뢰는 안 가네요."

"……"

"진심인지 아닌지 고민한 모양인데, 진심이었어요. 오늘 미팅은 없던 걸로. 약속은 약속이니까."

"아뇨."

이수가 다급한 마음에 대답이 앞선다. 도진은 이수를 쳐다볼 뿐, 말이 없다. 어차피 이 상황에선 도진이 갑이다. 이수는 작은 걸 피하려다

중요한 걸 놓칠 뻔했다.

도진은 엄밀히, 다시 한번 강조하자면, 피해자다.

"혹시나 해서…… 준비를 하긴 했는데……"

이수가 가방에 손을 넣는 순간부터 도진은 웃음이 터질 것 같아 숨을 삼켜야 했다. 무엇이 나올지 알고는 있었지만, 정말 장미꽃을 꺼내는 걸 보고는 웃음을 참느라 얼굴이 홧홧댄다.

이수도 그런 도진을 모를 리 없었다. 하지만 여기서 멈추면 정말 우스운 꼴을 면치 못할 거다. 기왕 뽑은 장미꽃, 도진을 베진 못하더라도 입에 무는 시늉이라도 해야 하지 않겠는가. 이수의 심정을 한마디로 표현하자면, 돌아버릴 것 같다.

"혹시 야구장에서 제 태도 때문에, 그걸 이런 식으로……"

"사설은 됐어요. 약속대로 하든가."

도진이 싫으면, 까지 말하자 이수가 차분히 말을 자른다.

"정말 죄송하지만."

깜빡이 켜고 들어오시라고, 서이수씨. 이수의 입에서 어떤 대응이 나올까 궁금해하며 도진이 유리잔을 입으로 가져간다. 물끄러미 자신을 바라보는 눈빛에 이수가 어정쩡하게 장미꽃을 얼굴 근처로 가져간다.

"귀에…… 꽂는 건 싫으세요?"

풉. 도진이 참지 못하고 유리잔을 입에서 뗀다. 하마터면 마시려던 물, 장미꽃에 줄 뻔했다. 웃음이 터지려는 걸 간신히 누르고 호흡을 가다듬는 도진이다. 이 정도 성의면, 슬슬 용서해줄까.

"못 참을 정돈 아닐 것 같네요. 꽂고 기다려요. 난 하던 작업이 있어서."

도진이 다시 연필을 집어들며 말을 맺었다. 이 정도로는 아직 부족하지.

이수가 황망히 손에 들린 꽃을 내려놓는다. 피해자께서 기다리라는데 기다려야지. 윤리 선생으로서 윤리적이지 못하게 버럭해버릴 순 없으니까.

금세 체념한 이수가 사무실 벽 쪽에 붙어 있는 의자에 앉아 장미꽃을 가방에 넣으려 한다. 결코 민망해서는 아니다.

"옳은 생각이 아니에요."

헉. 도면 보고 있는 줄 알았는데 정수리에도 눈이 달렸나. 이수가 퍼뜩 장미꽃 줄기를 부러뜨려 귀에 꽂는다. 어떻게 알았대. 비록 우스꽝스러운 꼴일지라도 단정하게 앉아 있는 이수를, 도진이 고개를 들어 본다. 도진의 시선에도 이수는 꼿꼿하다.

도진은 잠시 시간이 멈춘 것 같다, 고 생각한다. 머리카락이 살랑거릴 정도의 미풍이 부는 것 같다. 아니, 불었다. 사방이 다 막혀 있는 사무실에 바람이 들어올 틈은 없는데. 입가에 설핏 웃음이 스칠 때쯤 도진이 다시 도면으로 시선을 거둔다.

평소 도진에게 이곳은, 네 개의 벽으로 막힌 하나의 사무실에 불과했다. 한데 이수가 이 공간에 들어온 순간, 가벼운 바람이 불고, 대리석 바닥이 초록빛으로 물든다. 여기가 초원이다. 햇볕에 말린 빨래에서 나는 냄새 같은 청결하고 상큼한 냄새가 코끝에서 감돈다. 푸른 초원 한가운데 있는 벚나무 한 그루에서 만개한 꽃잎이 바람결을 타고 가벼이 날린다. 책상 위로 점점이 내려앉는 꽃잎들에 도면 한구석이 연분홍빛으로 물든다. 저만치 앉은 이수의 긴 머리카락에도 꽃잎이 내려앉는다. 초조한지 발끝을 까딱이는 이수의 무릎 위에도.

이수는 상기되어 보이는 도진을 보고 입을 삐죽거린다. 무슨 도면을 저렇게 흐뭇하게 봐. 누가 보면 소녀시대 사진이라도 보는 줄 알겠네.

그러곤 사무실을 둘러본다. 사실 이곳저곳이랄 것도 없이 태산의 책상에 시선이 갈 수 밖에 없었다. 다정해 보이는 태산과 세라의 사진이 놓여 있다. 언제나 그렇듯이 사람 좋아 보이는 웃음. 나이를 숨길 수 없는 주름이 되레 태산에게는 여유 있는 느낌을 주었다. 이수는 태산의 그런 여유 때문인지 그가 가끔 섹시하다고 생각했다. 성인 남자의 섹시함은 육체보다는 여유로움으로부터 올 때가 있다.

액자 옆에 놓인 낡은 가죽장갑이 오래 눈에 밟힌다. 태산의 책상을 더 자세히 구경하고 싶어 의자를 조금씩 옮겨본다. 사방이 다 조용한 덕에 도진의 눈치를 봐가며 조심스레 의자를 옮긴다.

태산의 책상에 다가간 이수가 낡은 가죽장갑을 들춘다. 가까이서 보니 태산의 손이 눈앞에 있는 것 같다. 태산이 장갑을 낀 시간들이 만져지는 것 같다.

뭘 하고 있는 거지, 저 여자가? 도진은 아련한 눈빛을 하고 장갑을 보는 이수를 지켜본다. 포개진 장갑 사이로 이수가 조심스레 손을 넣는다. 마치 남녀가 다정하게 손이라도 잡듯. 이수의 모습을 모두 지켜본 도진의 표정이 딱딱하게 굳는다.

그 순간, 초원은 사라지고 사무실에 휑뎅그렁하게 앉아 있는 자신을 발견한다. 이수의 표정과 행동은 누가 봐도 오해의 소지가 충분했다. 그렇다, 저 여자는.

도진이 굳은 표정으로 자리에서 일어난다. 도진의 기척에 이수가 함께 일어난다. 드디어 일이 끝났나? 이수가 기대감에 눈을 반짝인다. 한데 도진이 향한 곳은 예상과는 달리 문 쪽이다.

"오늘은 시간이 안 나네요. 얘긴 다음에 합시다."

"잠시만, 오 분이면 돼요."

"……"

건조하게 보는 도진 때문에 마음이 급해진다. 이수가 손에 든 장미꽃을 들어 보인다.

"어제 야구장에서의 제 언행은 정식으로 사과드립니다. 이렇게 벌 받았으니까 마음 푸세요. 그리고 저희 아이들 일도 선처 부탁드립니다. 아직 보호가 필요한 학생들입니다."

"보호할 만큼 연약하지 않던데."

"보호할 만큼은 어리죠."

"미안하지만 난 그 아이들 미래에 관심 없어요. 합의 의사 없습니다."

그대로 문밖으로 나가는 도진을 이수가 따라 나간다. 잠시만요, 불러도 들은 척도 않는 도진이다. 성큼성큼 잘도 걸어 건물을 빠져나간 도진을 이수가 잰걸음으로 쫓는다.

"김소장님, 잠시만요."

어디까지 가려는 걸까. 수초가 지났을까, 도진이 걸음을 멈춘다. 이때다 싶어 도진의 뒤로 확 붙으려는데 도진이 뒤돌아 이수 쪽으로 걸어오는 바람에 외려 이수가 걸음을 멈춘다. 기세가 심상치 않다. 합의해주기가 그렇게 싫은가?

"뭐 하나만 물어봅시다."

"말씀……하세요."

합의금이라도 요구하려는 걸까? 아냐, 보아하니 잘나가는 건축가 같은데 쪼잔하게 굴지는 않을 거야. 정작 물어보겠다던 도진은 말없이 이수를 바라만 보고 있다. 뭔데 이러는지, 슬슬 불안하다.

"태산이 좋아하죠?"

"네?"

어디선가 와르르 무너지는 소리가 들린 것도 같다. 생각지도 못한 도진의 질문에 이수는 본능에 가까운 반문을 했다. 그게 할 수 있는 최선이었다. 차선, 차악도 없다. 도진이 왜 이런 질문을 하는지 궁금할 겨를도 없었다. 머릿속이 하얗다.

"댁 혼자."

"……"

"일명 짝사랑. 그것도 친구의 애인을."

네 남자가 휴일을 맞았다. 그들이 찾은 곳은 브런치 카페. 가벼운 외투에 꾸미지 않은 듯, 하지만 꾸미지 않은 것처럼 면밀히 계산된 차림이다. 천장이 높고 테이블 간격이 넓어 옆자리에서 어떤 이야기를 하든 음악에 묻혀버리는, 수다 떨기 최적의 장소다. 게다가 벽 한 면이 통유리라 자연광을 쐬기도 좋다.

갓 볶은 예가체프의 잔향을 음미하면서 널따란 접시의 한쪽에 놓인 두툼한 프렌치토스트를 나이프로 썬다. 가니시로 나온 생크림과 블루베리를 프렌치토스트 위에 살짝 얹어서. 메이플 시럽은 뿌리지 않기로 한다.

음악의 볼륨이 애써 귀를 기울여야 어렴풋이 들리는 정도라는 것도 이 카페의 미덕 중 하나다. 집 근처라는 점 또한 매력적이지. 태산은 혼자 고개를 끄덕여본다.

어떤 남자들은 브런치 카페의 존재 이유에 대해 의문을 제기할지도

모르지만, 태산을 포함한 네 신사들은 브런치 카페 특유의 여유로움과
한가함을 좋아한다. 아침과 점심 사이라는 어중간한 시간대도 얼마나
자유로운가. 잠시 즐기는 낮잠처럼 나른한 면이 있다. 잠에서 깨고 나
면 개운한 것이.

그렇다. 오늘도 우린 에메랄드빛 하늘이 환히 내다보이는 브런치 카
페의 통유리 앞에 앉아, 시시각각 변하는 국제정세와 불안한 해외증시
에 대해 논할⋯⋯

법도 한데, 잘나가는 동참놈 뒷담화로 대동단결중이다. 이럴 때면
특히 눈을 반짝거리는 정록이 소시지를 한입 베어문다. 같이 나온 매
시포테이토를 잔뜩 얹어서. 소시지와 함께 동창놈도 씹고 뜯고 맛보고
즐기고.

한 손으로 머그잔을 들고 유리창 밖 어딘가로 시선을 둔 채 신나게
독백중이던 태산이 도진과 눈이 마주친다. 그래, 김도팔만 빼고. 도진
은 아까부터 표정이 그리 좋아 보이지 않는다. 이 햇살 좋은 정오에 저
런 표정은 예의가 아니다. 이런 건 또 물어줘야지. 브런치 카페에서의
품격을 위해서.

"왜, 뭔데?"

태산의 물음에 동창놈을 돼지껍데기 씹듯 씹던 정록과 윤도 도진에
게 집중한다. 잠깐, 도팔이 이거 혹시.

"송회장 계약 깨먹었어?"

"설마. 임태산 노출 투혼이 있는데."

"그럼 왜."

아니라니 다행이다. 그렇다면 슬픔조차 죄스러울 만큼 화창한 날에

김도팔이 저리도 죽상인 이유는 무엇이란 말인가. 귀추가 주목되는 와 중에 도진의 입에선 생각지도 못한 대사가 흘러나온다.

"그냥. 이젠 만으로 해도 마흔이구나, 어쩌다 우린 누가 자길 좋아해도 감도 못 잡는 나이가 됐을까…… 싶어서."

도진은 허심탄회한 표정이었지만 말에 뼈가 있었다. 도진이 가자미 눈을 하고 태산을 본다. 태산의 눈은 호기심으로 번들거리고 있었다.

"누가 너 좋대? 누군데. 예뻐?"

"몇 살인데. 예뻐?"

"……예뻐?"

쯧쯧. 상상력들하고는. 연달아 묻는 태산, 정록, 윤을 한심하다는 듯 보던 도진이 아무렇지 않게 하던 말을 잇는다.

"공자가 그랬지. 불혹이란……"

"야 근데, 그 자식 그거 진짜야?"

도진이 말을 잇기 무섭게 일동 모두 원래의 화제로 돌아간다. 나 다 봤다. 이정록 니가 제일 먼저 말 돌리는 거. 하지만 본디 말을 내뱉었으면 마무리도 깔끔히 지어주는 게 신사의 척도지.

"세상 그 어떤 것에도 미혹되지 않는…… 어……"

그런 느낌이 들 때가 있다. 일순 시선이 한군데로 확 몰리는 느낌. 유리창 바깥을 바라보고 앉아 있던 태산의 시선을 따라 일동 일심동체로 바깥을 본다.

"나이란, 뜻으로……"

하품처럼 전염돼 어느샌가 모두 한곳을 바라보게 하는 것, 그래서 도진도 그들의 시선을 따라갈 수밖에.

한 여자가 눈부신 햇살을 등진 채 더 눈부시게 걸어가고 있었다. 아니, 정확히 말하면 걸음을 멈춘 상태다. 핸드백을 뒤지는 걸 보니 무언가 잃어버린 모양이었다. 잠시 두리번거리다 허리를 숙여 바닥에 떨어진 것을 줍는데, 관전 포인트는 여자의 차림이 하의실종에 가까웠다는 데 있다. 엉덩이와 허벅지가 이어지는 라인을 적나라하게 드러내는 원피스가 위로 쓸려 올라간다. 그와 동시에 네 남자의 고개가 일제히 한쪽으로 꺾인다.

조금만, 조금만 더……

공자가 틀렸다. 우린 아직, 여전히, 계속해서, 남자였고 수컷이었다.

2. 다음 선약은 저이길

태산의 책상 위에는 도면과 필기구, 연필을 깎은 잔재들이 흩어져 있다. 여느 건축가의 책상과 다르지 않다. 잘나가는 건축 사무소 소장인 만큼 탁상 달력은 자질구레한 일정들로 빼곡하다. 널찍한 모니터 옆에 놓인 액자에는 세라와 다정하게 찍은 사진이 들어 있다. 책상 한구석에는 낡은 가죽장갑 한 켤레가 아무렇게나 놓여 있다. 도진은 장갑에 시선을 고정한 채 서 있다.

이수가 다정하게 손이라도 잡듯 장갑 안에 제 손을 넣던 모습이 선연하다. 어찌나 조심스럽게 잡던지, 누가 보면 곧 깨질 것 같은 물건이라도 만지는 줄 알았을 거다. 장갑의 낡은 상태로 보니 금방이라도 찢어질 것 같지만.

얼마나 지났을까. 장갑을 물끄러미 보던 도진이 바삐 손을 움직인다. 음, 괜찮네. 사라진 도진 뒤로 장갑이 덩그러니 놓여 있다. 네 손가락은

접혀 있고 중지만 세운 채다. 그 모양이 꼭 Fuck you! 라고 말하는 것
같다.

. . .

"어떡해⋯⋯"

휴일 낮에 서이수가 침대 속에서 할 수 있는 일은 뭐가 있을까. 여러
가지가 있겠지만 일단 이리 뒹굴, 저리 뒹굴은 아닌 것 같다. 그럼에도
이수는 침대 속에서 이리저리 뒤척이며 끙끙 앓는 소리만 내고 있다.
입에서 단내가 날 정도다. 한꺼번에 너무 많은 일이 일어나서 뭐부터
해결해야 할지 대책이 서질 않는다. 아니 그것보다, 마지막 한 방이 너
무 세서 아직도 무의식 상태다.

이수는 불현듯 도진의 마지막 말이 떠올라 벌떡 일어나 앉는다. 너
무 오래 누워 있었더니 머리가 핑 돈다. 똑똑. 노크 소리와 함께 문이
열린다.

"밥 먹자. 배고파."

당연히 세라다. 벌써 밥 먹을 때가 됐나. 이수가 힘없이 일어나 몸을
추스른다.

"냉장고에 끓일 게 뭐 있나. 그냥 시켜 먹자."

"시킬 거면 사다 먹자. 근데 왜 죽상이야. 무슨 일 있어?"

세라가 '무슨 일'에 대해 알고 묻는 건 아니겠지만 어쩐지 찔리는 이
수다. 침대 끄트머리에 앉아 멍한 표정인 이수를 세라가 심드렁하게
본다.

"혹시, 태산씨랑 공동대표라는 사람 알아?"

"김도진? 김도진씨를 넌 어떻게 알아?"

"야구장에서 잠깐. 어떤 사람이야?"

이수의 물음에 세라가 피식 웃는다. 보고도 몰라? 라는 듯.

"봤다니 알겠지만 잘생겼고, 능력 있고, 그러니 여자 많고, 뭐 하나 아쉬울 거 없으니 당연히 이기적이고. 쿨하다 못해 춥지, 사람이."

세라의 입에서 김도진에 대한 정보가 술술 흘러나올수록 이수의 눈앞은 점차 캄캄해진다. 쿨하다 못해, 춥단 말이지. 괜히 스스로를 꽃답다고 하는 게 아니었구나.

"난 스시. 니가 갔다 올 거지?"

대답도 안 듣고 나가는 세라다. 언젠 뭐 니가 갔냐. 아니, 그것보다.

"태산이 좋아하죠?"

여전히 멍한 표정이었던 이수는 불현듯 스친 말에 침대를 팡팡 내리친다. 수십 번은 리바이벌된 것 같다. 그자를 알고 난 뒤 내 일상은 하루에도 열두 번씩 전복된다. 신경쇠약에 걸릴 지경이라고.

"어떡해. 어떡하냐고…… 합의가 먼절까, 해명이 먼절까."

뭐에 씐 듯 중얼거리던 이수가 퍼뜩 자리를 털고 일어선다. 그래, 결심했어.

"스시 먼저."

• • •

칠판에 분필이 스치는 소리가 오늘따라 귀에 거슬린다. 이수는 유독 서걱거리는 소리가 들리는 것 같아 분필 끝을 조금 으깬다. 수업 주제를 모두 적고 탁, 분필을 놓는다. 돌아보기가 무섭게 이수의 레이더망에 동협이 걸린다.

"보충수업이라고 대놓고 자진 말자."

확 째려보자 엎드려 있던 동협이 부스스 일어난다. 녀석, 입가는 다 터져서.

"자, 오늘 수업은 헤겔의 정반**합의**……"

칠판을 가리키며 본격적으로 수업을 진행하려는데 왜 하필, 합의라는 글자만 눈에 들어오는 것인가. 어째서 헤겔은 정반**합의** 관념으로 대표되는 철학자인 것인가.

이수가 멍한 표정으로 걸음을 옮긴다. 수업을 끝내고 바람이나 쐴 겸 교정을 걷고 있었다. 그런데 이번엔 알림판에 붙어 있는 포스터 속 한 문구가 이수의 눈에 들어온다. 다름 아닌 'GSK 단합의 밤 안내 공지.'

더는 안 되겠다. 도처에서 합의를 원하는데 김도진씨라고 안 될 이유가 무어란 말인가. 어떻게든 도진의 마음을 돌려야 한다.

합의 먼저. 이수가 비장한 표정으로 핸드폰을 꺼내든다.

"십 분 내로 교문 앞 집합. 당연히 네 놈 다 오셔야지."

• • •

차에서 내리던 도진이 동작을 멈춘다. 한 손엔 도면 꾸러미를 들고, 한 손으로는 차 문을 잡은 채다. 불혹의 크리스마스에 잊지 못할 날카로운 추억을 안겨준 동협 패거리를 이끌고 이수가 사무실 앞을 지키고 있었다. 도진은 패거리가 점거하고 있는 사무실 입구를 보며 차 문을 천천히 닫는다.

이수는 서서히 다가오는 도진의 표정을 살피며 자세를 가다듬는다. 점차 가까워지는 도진의 표정은 꼭 뭡니까, 라고 말하는 것 같다.

"진심으로 사과드리려고요."

이수가 도진을 향해 살갑게 웃으며 동협 일당에게 살벌한 눈짓을 보낸다.

"죄송합니다."

사죄를 하면서 못 이기는 척 고개를 숙이는 아이들이다. 목소리에 하기 싫은 티가 역력하지만.

이수가 하기 싫다는 아이들을 겨우 끌고 온 이유는 이런 정성이라도 보여야 할 것 같아서다. 도처에서 합의란 글자가 〈여고괴담〉의 점프컷처럼 쿵 하고 갑자기 다가오지 않도록.

"해 바뀌어서 무슨 일 있었는지 기억도 안 날 지경인데, 정식이라."

"늦은 건 알지만 이 아이들의 진심을 봐주세요."

이수가 아이들에게 다시 눈짓을 하자 방금 전과 같은 톤으로 아이들이 죄송합니다, 를 연발한다.

"껄렁하게 짝다리는 짚었지만 내면은 진심인 걸로?"

도진의 지적에 이수가 짝다리를 한 동협의 발을 콱 밟는다.

"많이 반성하고 있습니다. 선처 부탁드립니다."

"되게 훌륭한 선생님이신가봅니다?"

대놓고 비아냥거리는 도진의 태도에 이수가 숙이고 있던 고개를 든다. 저 말은 비단 이번 합의 건에 대해서만 꼬집는 게 아님이 느껴졌다.

"본인 문제만으로도 충분히 복잡할 줄 알았는데, 아닌가보죠? 너나 잘하라는 충고가 아니었길 바래요."

반문할 여지도, 틈도 주지 않은 채 도진이 사무소 안으로 들어가버린다. 도진의 일갈에 얼떨떨해진 이수는 말없이 서 있을 뿐이다.

"아 진짜, 치명적인 척이 아주 쩌네."

동협은 도진의 태도가 꽤 불쾌했는지 볼멘소리를 했지만 사실 화를
삭여야 하는 건 이수 쪽이었다.

"음소거해라?"

으르렁대며 동협을 묵살시킨 이수가 되레 더 큰소리를 낸다.

"그렇게 싸움질을 왜 해! 왜!"

• • •

"찾으시는 거 있으세요?"

곁에서 들린 목소리에 이수가 화들짝 놀란다. 너무 골똘히 메뉴를 보
고 있었나보다.

정록은 고객님께서 주문하시기만을 오매불망 기다리고 있던 중이었
다. 메뉴를 거의 외울 기세로 보고 있는 이수를 그냥 두자니 지구가 멸
망할 때까지 고민할 것 같다. 뭐 다른 한편으로는, 이게 원래 정록의
'일'이기도 하고.

"까탈스러운…… 남자."

메뉴에 시선을 고정한 채 중얼거리는 이수에게 정록이 느끼하게 한
마디 날린다.

"저희 가게에서는 제가 제일 까탈스럽긴 한데."

"네? 하하."

어머, 이 남자가 느끼하게 왜 이래. 그럼에도 싫지는 않다. 조금 놀라
긴 했지만 부대낄 만큼 느글거리지 않는 남자였다. 대놓고 느끼해서 오

히려 신선한 경우랄까. 정록에게는 그런 마력 아닌 매력이 있었다.

"까탈스러운 남자 취향의 커피를 찾고 있거든요."

"역시 제가 도움이 되겠네요. 제 주위에도 그런 놈이 하나 있거든요. 이기적이고 배려 없고 차가운 놈."

사장님 장사할 줄 아시네. 어쩜 그리 내가 말한 그 사람과 같은지. 이수가 동조의 의미로 고개를 끄덕거린다.

"네. 딱 그런 남자요. 그분은 어떤 커피 좋아하시는데요?"

"아메리카노에 샷 세 개 추가! 시키면 놈이죠."

"그걸로 주세요."

이수가 만족스레 고개를 끄덕이며 사인을 하고 정록이 건네는 진동 벨을 받는다. 카운터에서 가까운 데 앉아 진동 벨을 테이블 위에 올려놓는다. 후우. 저도 모르게 근심 어린 한숨이 흘러나온다. 사실 그자가 고집스레 합의해주지 않는 일보다도 더욱 신경쓰이는 일 때문이다. 휴일에조차 이수를 몸서리치게 한, 도진의 일침.

"태산이 좋아하죠?"

도진의 목소리가 아직까지 생생하다. 이수는 눈을 질끈 감는다. 그 말 한마디에 이수의 일상은 뺑소니라도 당한 양 엉망이다. 조금만 틈이 생겨도 도진이 한 말이 비집고 들어온다.

"일명 짝사랑. 그것도 친구의 애인."

아무 준비도 없이 정곡을 찔려버리면, 꿀 먹은 벙어리처럼 입을 다물게 된다. 이수는 그걸 이번 일을 통해 절절히 깨달았다.

겉으로 내색 한번 않고 지금껏 숨겨온 짝사랑이다. 남에게 폐를 끼친 적도 없고, 세라를 미워하지도 않는다. 어쩌면 딱 그 정도의 감정일지도 모르지. 이수는 그날 밤 한없이 뒤척이며 그렇게 스스로를 위안했다. 다 안다는 식으로 말하는 도진에게 분할 법도 한데, 이수는 반박할 말도 찾지 못하고 굳어 있을 뿐이었다. 도진은 봤을까. 이수의 속눈썹이 바르르 떨리는 걸. 흔들리는 눈동자를 어쩌지 못해 그저 도진을 바라볼 뿐이었다.

"됐어요. 가봐요. 그 표정이면 충분히 답이 됐으니까."

태산을 좋아하게 된 게 너무 당연해서, 이수조차 제대로 들여다보지 않은 마음을 처음으로 파헤친 사람. 그게 하필 그자라니.

"어떡해……"

그때 일을 되새김질하니 얼굴에 열이 확 오른다. 어쩔 줄 모르겠는 이수가 테이블에 머리를 콩콩 찧는다. 으이구, 내 팔자야. 그때, 테이블 위에 올려둔 진동 벨이 요란스레 울린다.

* * *

도진이 커피를 한 번, 책상 앞에 선 이수를 한 번 쳐다본다. 자신에게로 시선이 머문다고 생각했는데 도진은 다시 도면으로 시선을 거둔다.

"뭘 좋아하시는지 몰라서……"

"난 그렇게 단번에 파악되는 사람이 아니에요."

사람이 왔는데 거들떠도 안 보는 건 원래 그런 건지, 상대가 나여서 그런 건지. 하지만 여기서 굴할 것 같았으면 애초에 찾아오지도 않았다.

"아메리카노에 샷 추가 했는데. 두 개, 세 개."

이수가 두 잔을 번갈아 가리키며 알려주자 도진이 샷 추가 세 개짜리 아메리카노를 집어든다. 역시, 시커먼 놈. 커피만 가져간 채 도면에만 집중하는 도진이다. 저기요, 사람이 앞에 있잖아요? 저기요오? 제가 커피 셔틀이나 하러 온 게 아니잖아요?

"잠깐 시간 좀…… 합의 건은 아니고요."

이수의 말에 도진이 턱을 비스듬히 들고 저만치를 향해 턱짓을 한다.

"네?"

무슨 뜻이지? 목이 불편하신가? 이수가 도진의 턱짓을 따라가자 의자가 보인다. 아무것도 없는데. 고개를 돌려 다시 바라본 도진은 이미 하던 일로 돌아가 컴퓨터로 작업하고 있다. 어쩌라는 거야. 혹시, 저 의자에 앉아 저번처럼 하염없이 기다리라는 건 아니겠지?

"또 기다려요?"

"……"

도진은 대답 없이 모니터만 보고 있다. 묵언수행이라도 하는 건가.

"또요?"

"……"

묵언수행이 맞나보다. 정말 일하는 거 맞아? 뭐 야시시한 거라도 보는 거 아냐? 저렇게 집중한 척할 수가 있냐고. 아니면 내가 대꾸할 가치도 없는 질문을 했던가.

마우스 딸깍이는 소리, 도면을 뒤적이는 소리만 간혹 들릴 뿐 사무실은 고요하다. 이수는 적막한 공기를 견디기도 곤혹스럽고, 도진을 부르자니 불렀다가 무슨 소리를 할지 겁도 나고, 긴장한 채 도진의 얼굴만 물끄러미 본다. 이수가 빤히 보는 게 느껴질 텐데도 도진은 신경도 안 쓰는 눈치다. 애꿎은 옷자락만 구기며 도진의 일거수일투족을 살피는데 벌떡, 도진이 자리에서 일어난다. 내 차롄가 싶어 이수가 등을 꼿꼿하게 세운다. 하지만 도진이 발걸음을 옮긴 건 프린터 앞이었다. 도진은 이수가 아닌 연달아 출력되는 사진을 살펴본다. 오늘은 전보다 오래 기다려야 하나보다. 체념한 이수가 가방에서 책을 꺼내든다. 기왕 기다리는 거 읽던 거나 마저 읽을 요량이었다.

출력된 사진들을 넘겨보며 책상 앞에 앉은 도진이 그제야 이수를 본다. 막 재밌는 부분을 읽고 있는지 이수의 눈가에 힘이 들어가 있다. 눈동자는 좌우로 빠르게 문장을 따라간다. 이수는 책을 읽고, 도진은 책 읽는 이수를 보고 있다. 책 내용에 몰입한 이수는 책 속으로 빨려들어간다고 해도 이상하지 않을 것 같다. 시선이 느껴졌는지 책장을 넘기려던 이수가 고개를 살짝 든다. 도진은 이수를 언제 봤냐는 듯 다시 작업에 열중한 척한다.

이상하네. 날 보는 것 같았는데. 이수가 고개를 갸웃거린다.

"얼마나 기다려야 할지……"

도진이 이번엔 제대로 고개를 들어 이수를 본다. 도진이 반응을 하자 이수는 왠지 모를 안도감이 든다.

"그때처럼 치사하게 내빼실……"

헉. 이게 아니지.

"단어 선택이 좀 박력, 넘쳤죠?"

"정말 몰라요, 나? 정말 나 본 기억 없어요?"

"저도 기억이 났으면 좋겠는데……"

"담에 합시다. 선약이 생겨서."

도진이 하던 작업을 멈추고 일어나더니 코트를 챙긴다. 다급해진 이수가 허공에 대고 손짓을 한다.

"저기요, 잠시만, 선약이 어떻게 생겼나요?"

이수가 애타게 불렀지만 도진은 이수 말을 듣지도 않고 나가버린다.

"아뇨. 선약의 선이 먼저 선인 건 알고 나가냐?"

선약이 있는 것도 아니고, 생겼다고? 이수가 분이 채 가시지 않는지 도진이 떠난 책상을 잡고 울부짖는다. 이번엔 그냥 못 넘어가겠다. 이 대로 돌아갔다간 잠자다가도 울분의 하이킥을 날릴 것 같아 책상 위에 놓인 펜을 집어든다. 무슨 펜이 이렇게 두꺼워. 펜꽂이 옆에 놓인 포스트잇을 한 장 떼어내 빠르게 글을 적어내려간다.

'전화 좀 주시겠어요?' 아냐, '전화 기다리겠습니다?' 아냐. 이수는 포스트잇을 떼고 적고 구기기를 반복한다. '일단 합의부터 마무리짓고 다른 문젠 다시⋯⋯'까지 적은 이수가 아차 싶어 다시 포스트잇을 구겨버린다. 한참 쓰고 구기기를 반복하다보니 도진이 작업하던 도면에 연달아 포스트잇을 붙이게 된다.

너무 열심히 했나. 이마에 촉촉이 땀이 배어난다. 숨을 몰아쉬며 도면을 노랗게 채운 포스트잇을 물끄러미 본다. 이 정도면 되려나?

'이럴 거면 왜 기다리랬는데, 이 자식아!' '꽃다운? 푸하하하.' '××같이 생긴 게.' '장난하냐? 지금?' '야, 이 시커먼 놈아.'

⋯⋯참자. 그는 내 엉덩이가 지난겨울에 한 일을 알고 있다. 이수는 열심히 붙여댄 포스트잇을 떼는 스스로를 조금 동정해주고, 구겨버린 포스트잇 무더기를 가방에 쓸어담는다.

증거인멸. 완전범죄의 첫걸음이다.

사무실 안에 있을 땐 몰랐는데 밖에 나오니 꽤 춥다. 너무 열을 내서 그런가. 땀이 식으면서 오한이 드는 것도 같다. 후드를 뒤집어쓰며 옷 매무새를 추스르는데 아까 커피를 산 카페 안에 도진이 홀로 앉아 있다. 참내, 선약 생기셨다더니. 멀리도 가셨네. 태연한 도진의 얼굴을 보니 약이 바짝 오른다. 저자를 알고 난 뒤 얻은 화병은 덤이다. 원 플러스 원도 아니고.

확 째려보는데 마침 시선을 돌리던 도진과 눈이 마주친다. 갑자기 빗소리가 들리는 것 같다. 이 상황, 낯설지 않다. 이 부근이었다. 캐노피 아래에서 비를 피하며 어떤 사람과 눈이 마주쳤던 상황이 이수의 머릿속을 스친다.

그때 그 남자도, 저 남자였어? 도진이 끈질기게 기억 안 나냐고 물은 건 혹시 이 상황도 포함된 걸까.

이수가 놀란 표정으로 도진이 앉아 있는 창가를 본다. 도진은 이미 다 알고 있는 듯 이수를 보고 있다. 비 오던 그날도 이렇게 잠깐, 서로의 눈빛이 얽혔던 것 같다.

잠시 후 흰 손이 도진의 눈을 가리며 반갑게 말을 건다. 이수는 그 광경에 괜히 몸에 힘이 들어간다. 저 손까지 기억난다. 서이수, 생각보다 기억력이 좋구나. 도진은 그때와는 달리 여자의 손을 거칠게 치운다.

이수가 먼저 시선을 거두곤 가방을 뒤져서 쓸어담았던 포스트잇 중 하나를 골라 카페의 창가로 다가간다. 도진이 앉아 있는 바로 앞의 유리창에 붙이고 꾸벅 인사한다. 안녕히 계시라는 듯.

미련 없이 뒤돌아서는 이수를 지켜보던 도진은 밖으로 나와 유리에 붙은 포스트잇을 떼어본다.

'다음 선약은 저이길. 연락 기다리겠습니다.'

돌아보니 이수는 벌써 저만치 멀어져간다. 도진은 멀어지는 이수의 뒷모습을 오랫동안 되새긴다.

"다녀왔습니다……"

"왜 다 죽어가?"

힘없이 들어서는 이수를 바삐 움직이던 세라가 맞아준다. 한껏 드레스업한 세라는 핸드폰이며 지갑을 클러치에 넣고 있다. 잔뜩 힘주어 꾸민 걸 보니 파티라도 있는 모양이다.

"파티 있어?"

"아니, 태산씨 만나려고. 대판 싸울 일이 좀 있거든."

"싸우러 가는데 그렇게 힘을 줬어?"

이수의 물음에 세라가 코웃음을 친다. 작은 손거울로 빨갛게 바른 입술을 점검하며.

"싸울 땐 예쁘면 안 돼? 너 심판 볼 때 맨몸으로 나가? 보호장비 다 하고 나가잖아. 이게 내 보호장비야."

세라가 포즈 취하듯 한 바퀴 휙 돌아 보이곤 문을 나선다. 경쾌한 하이힐 소리가 여음처럼 남는다. 이수는 멍하게 서서 세라의 차림과 대비되는 후줄근한 제 차림을 본다. 내가 이러고 가서 오늘 졌구나. 하루 종일 긴장을 했더니 익숙한 집냄새를 맡는 순간부터 에라 모르겠다, 쓰러져 눕고 싶다. 소파에 그대로 툭 쓰러져 눕는 이수다.

"그 남자가 그 남자라니……"

설마 그자와 나 사이에 뭐 더 나오는 거 아냐? 무슨 광산도 아니고, 캐면 캘수록 뭐가 나오냐. 그때 띵동, 문자 수신음이 울린다. 왠지 불안한 느낌이 스친다. 액정에 뜬 이름을 본다. 메아리다.

일단 이 문자는 예약 문자임을 알려드립니다. 쌤이 이 문자를 받으실 때쯤,

전 아마……

아마? 긴장한 나머지 이수가 침을 꿀꺽 삼킨다. 오늘의 마무리는 설마……

일본 상공을 날고 있을 거예요.

· · ·

잠에서 깨는 순간은 대체로 소리가 들려오기 시작할 때인 것 같다. 아니면 인기척을 간접적으로 느낄 때이거나. 메아리는 잠에서 막 깨려는 그 순간을 언제나 감지하면서도 그게 꿈이란 사실을 모른 채 천장을 맞닥뜨리곤 했다. 오랜 시간을 무의식 상태로 있었는데도 현실로 돌아오는 순간은 어쩜 그렇게 천연덕스러운지. 덕분에 자는 중에 흘린 침도 천연덕스럽게 닦아내는 메아리다.

눈을 한번 꿈뻑, 크게 뜨고 반사적으로 기지개를 켠다. 기지개를 켤 때면 인중이 길어지는 느낌이 난다. 옵션으로 후아암, 육성을 내가며 하품까지 하는데 옆자리의 노트북 화면이 눈에 들어온다. 메아리의 눈이 커진다. 미국에 있으면서도 챙겨봤던 드라마의 한 장면이다. 노트북 주인의 뜨거운 시선이 느껴지지만 굴할 메아리가 아니다. 화면을 가득 메우고 있는 건 그윽한 눈빛을 한 채 누워 있는……

"죄송해요. 제가 못 본 회라. 김주원씨가 뭐래요? 왜 같이 누워 있어요?"

이미 어깨는 노트북 주인인 앳된 남자 쪽으로 쏠려 있다. 이 또한 무의식인지 모른다. 남자는 별다른 표정 없이 메아리를 보다 한쪽 이어폰을 빼 내민다. 감사합니다. 메아리는 냉큼 이어폰을 받아 남자 옆에 딱 붙어 앉는다.

—당신 꿈속은 맨날 뭐가 그렇게 험한 건데?

"어떡해……"

숨죽이고 집중하는 메아리는 자칫 화면 속으로 빨려들어갈 기세다. 메아리는 화면 속 김주원이 한 문장도 아닌 한 음절을 말하기가 무섭게 '쩐다'를 한숨처럼 내뱉는다. 잘 훈련된 작은 새처럼 보이기도 한다.

슬슬 드라마는 엔딩을 향해 달려가고 있었다. 한 회가 끝날 때면 깔리던 곡이 서서히 흘러나오기 시작하자 메아리는 벌써부터 안절부절이다.

"헐! 대박! 이 작가 작두 탔나봐. 다시 한번만 봐도 돼요?"

작두? 처음 듣는 낯선 단어에 남자가 잠시 고개를 갸웃한다.

· · ·

같은 시각, 태산은 누가 서울 땅을 향해 날아오고 있는지도 모른 채 현장에 나와 있었다. 멀지 않은 곳에서는 최팀장이 도시락을 나눠주고 있다. 인부들은 태산보다 도시락이 더 반가울 것이다.

"긍까 공구리칠 때 막 담배꽁초 이런 거 섞는 거는 좀 그래. 그지이?"

"충격 오면 거기서부터 금이 간다고요. 그죠, 소장님?"

달래듯 말하는 태산 곁에 최팀장이 와 말을 거든다.

"에이……"

"에이? 다른 게 부실공사가 아니야. 그런 게 부실공사지."

목젖이 보일 기세로 열변을 토하는 태산을 멀리서 누가 부른다.

"임소장아, 누가 니 찾는다."

"누군데요."

"억수로 예쁘다. 미스코리아쯤 되는갑드라! 누고?"

인부의 말에 태산의 눈에 힘이 들어간다. 그 정도 설명으로도 감이 온다. 암, 충분하지.

태산은 한쪽 구석에 놓아둔 안전모를 쓰고 이어 고글을 착용하고 장갑까지 낀다. 무장이라도 하듯 장착한 아이템들을 철저히 확인한다. 그런 채로 먼지가 풀풀 날리는 공사 현장에 선 태산은 꽤 비장해 보이기까지 한다.

"뭐하세요? 손님 보러 안 가세요?"

옆에서 지켜보던 최팀장이 의아하게 묻는다.

"보러 가려고 이러는 거야. 무방비로 만날 수가 없는 여자거든."

태산이 장갑을 고쳐끼며 턱을 아래로 당겨 보인다. 비장함이 더해지는 각도다.

"전투 완료! 돌격 앞으로!"

세라는 공사 현장에 결코 어울리지 않는 화려한 차림으로 서 있었다. 위풍당당하게 걸어오던 태산이 세라를 보곤 거리를 유지하고 멈춰 선다. 주위에 일하고 있던 인부들은 휘파람을 불고 난리가 났다. 그래, 세라가 좀 예쁘긴 하지. 태산이 목에 걸고 있던 호루라기를 불며 인부들에게 비켜달라는 액션을 취한다. 그들이 사라진 자리에 뽀얗게 먼지가 인다.

세라는 그 모습을 팔짱을 낀 채 보고 있다가 천천히 태산에게 다가온다. 하지만 태산이 더 빨랐다.

"안전거리 유지. 왜 왔는지 거기서 얘기해."

태산이 야광봉 끝으로 멈춰 세우자 세라가 피식 웃는다. 가당치도 않다는 웃음이다.

"나 안 보고 싶었어?"

"일하는 중이야. 용건만 말해."

두 사람이 싸운 건 한두 번도 아니고, 하루이틀 일은 더더욱 아니다. 고글을 벗으며 나름 박력 있게 나오는 태산을 대하는 세라 또한 차분하다. 이런 거 또한 한두 번 해보는 게 아니니까.

"분 안 풀려 2절 하러 왔거나 이쯤 하자고 화해하러 왔거나, 둘 중 하나겠지? 어느 쪽일 것 같아?"

말이 아 다르고 어 다른 건데 같은 말을 해도 넌 어쩜. 오늘따라 세라가 얄미운 태산이다. 옛말 틀린 거 하나 없다. 가는 말이 고와야 오는 말도 고운 법.

"헤어지자, 일 수도 있지. 니 입으로 했어야 하는데 내가 먼저 해서 자존심 상한 거면 빨리 하고 가. 들어줄게."

"화해할 맘은 없어?"

"없어. 잘못한 게 없어서. 사과 받아내러 온 거면 시간 낭비야."

어느 정도 다퉈봤고, 그만큼 화해도 해봤기에 어느 정도 패턴이 예상되는 법인데 태산은 평소보다 강경했다. 세라가 기대한 태산의 대답은 이런 게 아니다. 당연히 사과의 말을 할 줄 알았는데. 세라가 숨을 한번 들이마신다. 그렇게 나온다 이거지.

"그래? 그럼 알았어. 홍세라 잡고 싶어서 물방울 다이아, 외제차, 오피스텔 키 들고 줄선 남자 많아. 그러니까 내 걱정은 말고 잘 살아. 안녕."

담백하게 인사하곤 돌아서 걷는 세라를 태산은 지켜만 보고 있다. 세라가 허리를 꼿꼿이 세우고 도도하게 걷던 중 멈칫 물러선다. 발밑에 커다란 물웅덩이가 있었다. 아, 차가워. 이미 조금 발을 담갔는지 세라가 발치를 내려다본다.

애초부터 이런 데 어울리지 않는 구두였다. 그 허영이 문득 귀엽기도 하고, 예뻐 보이기도 하고. 뒤에서 지켜보던 태산은 무심코 그런 생각이 들었다. 동시에, 세라에게 성큼 다가간다. 세라의 가느다란 몸을 번쩍 안아 웅덩이를 건넌다. 저벅저벅 물웅덩이를 걸어서. 세라가 자연스럽게 태산의 목에 팔을 감는다. 태산이 구두가 젖지 않을 마른 땅에 조심스레 세라를 내려준다. 세라는 그런 태산의 목덜미를 물끄러미 본다. 보기 좋게 그을린 피부에 땀이 촉촉이 배어 있다. 입가에 미소가 번지지만 태산과 얼굴이 마주치자 아직 미운 척 뽀로통하게 본다.

"어떤 새낀데. 세 놈이야, 아님 한 놈이 세 갤 다 준다는 거야?"

"글쎄."

고양이처럼 아이라인을 바깥으로 뺀 눈매로 요염하게 바라보는 세라에게 태산이 점차 다가간다. 네 팔이 먼저인지 두 입술이 먼저인지 알 수 없다. 입술이 맞닿고 혀가 얽힌다. 어디가 안이고 어디가 밖인지 모르게.

· · ·

'Echo Lim! Welcome back!'

입국 게이트 앞에서 친히 준비한 플래카드를 들고 서 있던 이수의 눈이 커진다.

"꺅! 쌔애앰!"

캐리어를 끌고 반갑게 인사하는 저 호리호리한 생명체, 저게 메아리라고? 익스큐즈 미? 이수를 한눈에 알아본 메아리가 달려와 왈칵 안겨

온다.

"너무 보고 싶었어요! 잘 지내셨어요?"

"와, 진짜 살 많이 빠졌다. 여신급이라는 게 농담이 아니었네?"

이수는 진심으로 놀라움을 금치 못하는 표정이다. 여자가 살을 빼면 백이십 퍼센트는 예뻐 보인다는, 그래서 '여자는 두 번 태어난다'고 표현되기도 하는 말을 메아리를 통해 체감하다니. 이수의 말에 덩달아 신난 메아리가 한 바퀴 턴해 보인다. 메아리가 빙글 돌자 원피스가 나풀거린다. 녀석, 참 예쁘다.

"그죠, 장난 아니죠! 다 죽었어! 가요."

메아리가 연신 방싯 웃으며 이수의 팔짱을 낀다. 이수가 그런 메아리의 정수리를 엄마 미소를 띤 채 쓰다듬는다.

메아리에 이어 게이트를 빠져나온 사람이 한 명 더 있다.

콜린은 인천공항이 영 어색한지 잠시 두리번거린다. 크지 않은 캐리어를 끌고 먼저 향한 곳은 공항 내 서점. 여행서들을 휘휘 넘겨보다 한국 여행서 하나를 뽑아든다. 만이천원입니다. 콜린은 작은 수첩을 펼쳐 한국 지폐를 꺼내 내민다. 직원이 거스름돈을 준비하는 동안 콜린은 자신의 수첩 한쪽에 꽂힌 사진 한 장을 물끄러미 바라본다. 젊은 네 남자가 한 여자를 둘러싸고 있는 사진이다. 꽤 오래된 사진인지 세월의 흔적이 느껴진다. 콜린이 사진 귀퉁이를 손가락으로 쓸어내린다.

"집엘 안 가? 왜!"

차 트렁크에 짐을 싣던 이수가 버럭 소리를 지른다.

"원래 한 달 후에 올 예정이었는데 당겨서 온 거거든요."

메아리는 이수의 호통은 아랑곳 않고 태연하게 사정을 설명한다.

"그럼 어디 있게?"

짐을 마저 실은 이수가 거칠게 트렁크를 닫는다. 메아리는 눈 하나 깜짝 않는다.

"선생님 집요. 며칠만 재워주세요. 세라 언니한텐 제가 얘기할게요."

"태산씨 섭섭하겠다. 이 년 넘게 못 본 동생이 한국 오자마자 남의 집으로 숨으면."

하나밖에 없는 여동생이 몰래 귀국한데다, 아무리 선생님이라지만 남의 집에 신세지는 걸 달가워할 오빠는 세상 어디에도 없을 것이다. 속도 상할 테고. 그런 태산을 생각하니 이수의 표정이 아련해진다. 메아리가 실눈을 뜨고 이수를 쳐다본다.

"에이, 또 팔 안으로 굽으신다. 그런 거 아니에요. 세라 언니랑 오빠랑 뉴욕 왔다갔어요."

"세라랑 같이?"

"네, 쌤 근데 저 한국 온 거 윤이 오빠한테 말하면 절대 안 돼요. 며칠 폭식했더니 이 킬로나 불어서 그거 빼고 만날 거란 말이에요."

태산이 더욱 섭섭해하겠다. 이 년 만에 귀국한 하나뿐인 여동생이 입만 열면 다른 오빠 타령이니. 이수의 표정이 또다시 아련해진다.

"세라가 문제지. 호락호락 재워주겠냐?"

예상대로 세라는 황당한 얼굴이었다. 예고도 없이 불쑥 찾아든 메아리와 짐가방들이 결코 달갑지 않은 것이다.

"정리하면, 저 여기서 며칠만 재워주세요. 울 오빠 몰래."

메아리가 얼굴에 웃음기를 빼고 세라를 쳐다본다. 거기다 이 둘은……

"싫은데?"

견원지간에 가깝다.

"왜요?"

"며칠 재워주세요, 하면서 뭐가 이렇게 당당해? 그리고 너 나 싫어하잖아."

"언니가 싫은 거지, 언니 집이 싫은 건 아니니까요."

"얘 말하는 거 들었지?"

세라는 기가 차는지 이수를 보며 동의를 구한다.

"자신의 의견은 소신 있고 당당하게 밝히라고 가르쳤거든, 내가……"

세라가 이수를 확 째려본다. 말하고도 아차 싶은 이수다. 잠시 시간이 뜬 틈을 타 메아리가 집 안으로 들어오려고 시도한다.

"재워주기로 한 거예요? 그리고 우리 선생님 괴롭히기만 해봐요!"

"하면?"

현관에서 신발을 벗고 거실로 들어서던 메아리가 뭔가 생각난 듯 고개를 든다.

"울 오빠도 알게 되겠죠."

그러고 나서는 짐을 챙겨 이수 방으로 쏙 들어가버린다. 세라는 메아리가 들어간 문을 구멍이라도 낼 기세로 노려본다. 이수가 한숨을 푹 쉰다. 역시 태산씨한테 연락을 할걸 그랬나.

"허, 어쩜 저렇게 지 오빠랑 딴판이야?"

"속은 착해. 좀 잘해줘. 한 가족 될지도 모르는 사이잖아."

'한 가족'이라는 단어가 이수의 가슴에 묵직하게 내려앉는다. 적어도 내가 한 말에 상처받지는 말자, 서이수.

"한 가족은 무슨. 그건 가봐야 알지."

"가고자 해야 가지는 거지. 너 메아리 탓할 거 없어."

세라의 말에 이수가 저도 모르게 정색하는데 초인종 소리가 딩동 울린다. 헉, 설마.

"태산씨 오기로 했어?"

"잘됐네. 누구세요?"

인터폰 화면에 보이는 건 김도진이었다. 뜻밖의 방문에 이수가 어버버 말을 더듬는다.

"김도진? 너 보러 온 거야?"

세라가 당황한 이수를 의미심장하게 본다.

"그, 그런가봐. 열지 마. 내가 열게."

일단 이 사태를 메아리에게 알려야 한다! 이수가 방으로 달려가 방문을 다급히 연다.

"샤워할 거야. 나 나오기 전에 보내. 대체 하루에 손님이 몇 명인 거야."

욕실로 들어가던 세라가 마지막 멘트를 날렸다. 하지만 지금 중요한 건 세라가 부루퉁한 게 아니고 또다시 울리는 저 초인종 소리다!

"꼼짝 말고 여기 있어. 태산씨 친구 왔어."

"세라 언니, 그새 일렀어요?"

"그새 일렀어도 이렇게 빨리 못 와. 나오지 마."

이수는 툴툴거리는 메아리를 뒤로하고 전광석화와 같은 몸놀림으로 현관으로 달려가 문을 연다. 숨이 목까지 찬다. 합의…… 합의의 순간이 코앞이다! 현관 앞에 얌전히 서 있는 도진이 이렇게 반가울 수가 없다. 이수가 엉거주춤 그 앞에 선다.

"메모 보셨어요? 그냥 전화하시죠. 그럼 제가 나갔……"

"내 펜 가져갔죠?"

"펜이요? 무슨……"

"펜이요. 만년필처럼 생긴 거. 내 책상 위에 있던."

도진의 태도가 너무 위풍당당해서 순간적으로 이수는 정말 자신이 펜을 훔친 줄 착각할 뻔했다. 나이 삼십 넘어 도둑으로 몰릴 일도 다 있구나. 기분이 좋지만은 않다.

"제가 그걸 왜 가지고 와요?"

"그걸로 메모했잖아요. 마지막으로 쓴 게 댁이에요."

기가 막히고 코가 막히는 이수다. 아니 그래, 가져갔다 쳐. 그렇게 소중한 펜이면 애초에 관리를 잘하든가. 돌아가신 어머니의 유품입니다, 뭐 이런 거라도 되는 거야? 는 일단 마음의 소리로 묻어놓고, 마저 열리려는 머리 뚜껑도 고이 닫고.

"뭐 얼마나 대단한 펜인지 모르겠지만……"

"나한텐 중요한 겁니다."

도진은 굉장히 화는 나지만 품위를 지키기 위해 참는다는 억양으로, 낮게 말했다. 이수가 훔친 게 분명하다는 확신하에.

"뭐 이렇게까지 화를 내? 지금 나 의심……하네! 해! 좋아요. 눈앞에서 탈탈 털어주면 되겠어요?"

이수가 현관에 놓여 있던 가방을 패기 있게 집어든다. 내가 말야, 털어도 먼지 하나 안 나오는 대한민국 윤리 선생이란 말야.

"오늘 들고 갔던 가방, 맞죠? 집에 와서 손도 안 댔거든요. 자! 봐요!"

보란 듯이 가방을 뒤집자 내용물이 와르르 쏟아진다. 작은 수첩, 핸드크림, MP3플레이어와 함께 떨어지는 것은……

"이, 이게 왜 여기 있지……?"

이마에 땀이 흐른다. 도진의 펜은 통상 펜이라고 인식하는 두께보다 훨씬 두꺼운 편이라 한눈에 들어왔다. 어쩌면 펜이 아닐지도 몰라. 이수는 엉뚱하게도 제임스 본드를 떠올렸다. 도진이 얼굴이 하얗게 굳은 이수를 표정 없이 본다. 화룡점정으로 구겨진 포스트잇들이 대미를 장식한다. 그래. 저기엔 아마 욕이 적혀 있었지……

아찔한 순간, 눈가에 손을 가져다댄 이수가 여전히 건조하다 못해 쩍쩍 갈라질 것 같은 눈빛을 한 도진과 눈이 마주친다. 퍼뜩 정신을 차리고 펜을 집으려고 쪼그려앉는데, 도진이 좀더 빨랐다. 이렇게 된 이상 포스트잇이라도 감춰야 한다. 이수가 은근슬쩍 가방으로 포스트잇을 덮으며 되레 목청을 높인다.

"일부러 그런 건 아니에요! 진짜예요!"

헉. 손등에 전해지는 이 체온은 아마도…… 도진의 것이겠지? 여전히 가방을 꼬옥 안은 채 필사적으로 포스트잇을 사수하는데 이번에도 역시, 도진이 더 빨랐다.

"이건 일부러 맞죠?"

가늘고 긴 손가락에 가련하게 포획된 저 노란 종이는, 포스트잇임이 분명하다. 이수는 절망에 빠졌다.

"그게……"

이수가 맥이 풀린 사이 도진은 가방 밑에 깔려 있는 다른 포스트잇도 펼쳐 읽는다.

"한글은 참 위대해요. 이게 다 같은 뜻인데. 그죠?"

"좋아요. 다 설명할게요. 밖에서 잠깐 기다려주세요. 금방 나갈게요."

이수는 빠르게 말한 후 포스트잇을 주워담은 가방을 끌어안고 방으로 도망친다. 하지만 애석하게도 미처 챙기지 못한 포스트잇 한 장이 바닥을 구르고 있다. 도진이 집어든 포스트잇엔 상상력을 필요로 하는 말이 쓰여 있었다.

'××같이 생긴 게.'

방으로 들어온 이수는 이러지도 저러지도 못하고 가방 끈을 입에 문 채 파닥파닥 뛰었다.

"도진 오빠 왜 온 건데요?"

트렁크 정리를 하던 메아리가 심드렁하게 물어온다.

"어쩜 이래. 어쩜 이렇게 한꺼번에 와."

"누구 같이 왔어요? 설마 울 오빠?"

"불행. 불행을 몰고 왔어. 몰랐어야 했어. 밖에 있는 저자를 몰랐어야 했다고. 내 저자를 당장!"

이수가 방백을 잔뜩 늘어놓곤 사라진다. 메아리는 다시 하던 일로 돌아간다. 트렁크 하나를 열어젖히자 미니 재봉틀이 모습을 드러낸다. 메아리가 지퍼, 가죽원단 샘플, 단추 등을 소중한 듯 꼼꼼히 챙긴다. 시차 적응이 아직 안 돼 잠이 쏟아졌지만, 그리운 얼굴을 떠올리며 샘플을 만지작거린다.

이수는 방금 전 추태 아닌 추태를 보인 걸 의식해 참한 척 머리를 넘기며 문을 연다. 아무도 없다. 어디 갔어. 흘러내리는 머리카락을 다시 귀 뒤로 넘긴다.

"김도진씨, 김소장님?"

현관 주변과 마당을 둘러보며 조심스레 불러보는데 어떤 기척도 없다. 그럴 리 없겠지만 깜찍하게도 어디 숨어 있는 건 아니겠지. 찾는 걸 체념한 이수가 핸드폰을 꺼내 연락처 찾기 메뉴에서 초성을 입력한다. 쌍기역을 입력하자 '꽃다운 그자'가 뜬다.

"여보세요? 저 지금 나왔는데 어디 계세요?"

—차 안.

"차요? 차도 사람도 안 보이는데."

—당연하죠. 둘 다 집에 가는 중이거든요.

순간 이수의 이마에 내 천(川)자가 새겨진다. 오 분도 안 되는 시간을 못 기다리고 가신 거다. 역지사지를 모르는 인간이네. 내가 사무실에서 기다린 건 생각도 않고.

"그럼 합의는요? 합의하러 오신 거 아니셨어요?"

—갈 땐 그랬는데, 마음이 변했어요.

"왜요? 설마 지금 끽해야 일 분 기다리게 했다고 이러시는 거예요?"

—불량 제자에, 욕설 포스트잇에, 펜 절도에, 혐의가 여간 많아야죠. 어떤 대가를 치르게 할지 생각중인데, 참고로 난 권선징악을 추구해요. 그럼.

"여보세요. 여보세요!"

전화는 이미 끊긴 상태였다. '꽃다운 그자'가 허망하게 암전된다. 합의할 기회도 이렇게 또 한번. 잠금 상태가 돼 까매진 핸드폰 액정만 남았다.

아까보다 더 불행해졌어……

침대에 드러누워서도 이수의 불행 타령은 멈추지 않았다. 푹 엎어지는 이수의 손에서 핸드폰이 툭 떨어진다. 그자가 내게 불행을 줬어. 불행해. 불행해졌어.

"불행해…… 불행해……"

방에서 나간 지 얼마 안 돼 들어와서는 같은 말을 중얼거리는 이수는 꼭 실성이라도 한 듯했다. 메아리가 이수 곁에 다가가 침대의 헤드 부분에 등을 기댄다. 바닥에 떨어진 이수 핸드폰을 주워 액정을 다시 밝힌다. 망설임 없이 메시지 버튼을 누른다.

"도진 오빠가 뭐랬는데요?"

"그자의 입에서 권선징악이 나오다니, 권선징악이……"

"왜요. 무슨 일인데요?"

메아리가 건성으로 대답하며 열심히 액정을 터치한다.

"절도라니…… 불행해, 불행해."

이수는 메아리의 물음과는 상관없이 여전히 같은 말을 반복한다. 메아리 또한 이수가 무어라 말하는지 궁금하지 않다. 지금 메아리에게 필요한 건 이수의 핸드폰이다.

"어! 쌤. 어떡해요? 수습이 안 돼요."

메아리가 불쑥 이수 눈앞에 핸드폰을 들이민다.

"넌 또 왜 그러니…… 왜 그러……"

핸드폰에는 윤이와 문자 메시지를 주고받은 기록이 있다. 문제는 이수는 윤과 이런 문자를 나눈 적이 없다는 거다.

"야! 너 내 폰으로 무슨 짓을 한 거야! '뭐하세용?' '호호호?' 죽을래?"

"왜, 뭔데?"

방문 틈으로 목소리가 들린다. 향긋한 냄새가 풍긴다. 배스가운 차림인 세라가 젖은 머리를 털고 있다. 메아리가 입을 삐죽한다.

"윤이 오빠 오늘 뭐하나 궁금해서……"

"어우, 내가 못 살아. 얘 그냥 내보내자."

"네 의견이 정 그렇다면."

드라이어를 가지고 사라지는 세라의 뒷모습에 대고 메아리가 눈을 흘긴다.

"때리는 시어머니보다 말리는 시누이가 밉다더니."

"뭘 잘했다고! 눈 깔어!"

이수는 메아리가 친 작은 사고를 수습하기 위해 문자를 찍는다. 메아리가 이수에게 바짝 달라붙는다. 윤이 언급한 '해결'이 궁금하니까.

"근데 도진 오빠랑 해결할 게 뭔데요?"

윤의 마지막 문자는 '도진이랑은 잘 해결하셨어요?'였다. 윤이 마음 써준 건 고맙지만 합의가 이루어질 수 있을지 모르겠다. 그자가 계속 이딴 식으로 나온다면.

· · ·

그들의 아지트 안은 평소와 다름없는 분위기였다. 가게 주인인 정록이 자리를 비운 걸 빼면. 정록이 앉아 있던 자리에는 재킷만 놓여 있다. 태산과 도진은 말없이 술잔을 비우고 있었다. 문자 수신음에 윤이 핸드폰 액정을 터치한다. 이수가 보낸 답장이다. 그 모습을 본 도진이 한 소리 한다.

"연애하나? 나가서 통화를 해. 기집애처럼 문자질이야."

"너 혹시 아직 합의 안 했어?"

큰 눈으로 도끼눈을 뜨고 보니 좀 섬뜩하다.

"그 여자야? 그 여자랑 아까부터 문자 주고받은 거야?"

도진의 추궁에도 윤은 묵묵부답이다. 태산이 '합의'와 '여자'라는 단어에 호기심이 생겼는지 귀를 쫑긋 세운다.

"합의? 무슨 합의. 여자 누구?"

"있어."

"묻지 마."

약속이나 한 듯 동시에 내뱉는 윤과 도진의 기세에 태산은 입을 삐죽인다. 뭐야, 이것들. 태산이 투덜거리든 말든 윤은 여전히 도끼눈으로 도진을 쳐다본다. 도진은 아무것도 모른다는 표정으로 어깨를 으쓱해 보인다. 그 모습이 조금 얄밉다. 이수가 합의를 해야 할 피해자에는 사실 윤도 포함된 터라 이수에게 미안한 마음이 든다. 그래서 더욱 도진에게 원만하고 조속한 합의를 권한 거다. 답답해진 윤이 한숨을 내뱉는다.

"이 자식은 왜 안 와. 애 화장실 간 거 확실해?"

윤은 괜히 아까부터 재킷으로 존재감을 호소하는 정록을 언급했다. 화장실 간다고 일어났는데 함흥차사다. 미심쩍을 만큼 오래 걸리고 있다. 똥이라도 싸나.

"아, 이 새끼 진짜."

태산이 급히 재킷 주머니를 뒤져보지만 핸드폰은 그대로 있었다.

"아예 두고 튀었네. 이 폰 제수씨가 위치추적하거든. 우리랑 있다 이거지."

그때 태산의 손에 들린 핸드폰이 부르르 떨린다. 발신자는 무려 '마늘느님'이다. 발신자명을 본 세 남자가 급박하게 머리를 모은다. 이런 일이 한두 번이 아니라 도가 틀 때도 됐는데 정록이 늘 힌트도 없이 사고를 치니 엉뚱한 이들만 고생이 이만저만 아니다.

어떡해, 이거. 태산이 안절부절못하고 눈동자를 굴린다. 마눌느님의 진동은 또 어찌나 강력한지.

윤이 액정을 스윽 보더니 혀를 찬다.

"뭘 어떡해. 받아야지. 이 자식 이번에 걸리면 바로 이혼이야."

"네가 받아. 넌 한 번도 안 팔렸잖아."

태산이 도진에게 핸드폰을 내민다.

"언젠간 팔리겠지만 지금은 아니야."

새끼, 진짜. 안 되겠다 싶은 태산이 이번엔 윤을 설득한다.

"너밖에 없다. 제수씨가 너 제일 믿잖아."

"변호사보고 지금 위증을 하라는 거냐?"

"그럼 어쩌자고. 지금 이 순간에도 의심의 농도는 짙어지는데! 그냥 이혼 시킬래?"

"어렵게도 간다. 야, 최윤!"

윤이 채 돌아보기도 전에 핸드폰이 떡하니 귀에 닿는다. 도진이 통화 버튼을 눌러 이미 통화 상태다. 너 죽어! 윤이 복화술로 으름장을 놓고 밝은 목소리로 '마눌느님'을 영접한다.

"네, 제수씨. 최변입니다. 정록이 잠깐 화장실……"

태산과 도진은 상냥하게 통화하는 윤을 '옳지, 잘한다'는 표정으로 보고 있다. '마눌느님'이 무슨 말을 하시는지 잠시 공백이 흐른다.

"어, 저기, 어디쯤이신데요?"

윤의 표정으로 짐작하건대 희소식은 아닌 듯했다.

"왜, 왜! 온대? 여기로?"

집중한 채 상대방의 말을 듣고 있던 윤의 낯빛이 점차 사색이 된다.

"아, 아뇨. 사실은 저희가 가볍게 한잔하려고 방금 자리를 옮겼거든요. 리치 아시죠? 네, 그쪽으로 오시죠. 네."

윤이 전화를 끊곤 황급히 외투를 챙긴다.

"야, 일어나. 얼른. 지금 우리 리치야."

"위증을 못 하셔?"

도진이 윤에게 애정 어린 눈빛을 보내며 비아냥거린다.

"칭찬은 나중에 정식으로 듣고, 일단 가자."

도진이 비꼬든 말든 지금 중요한 건 스피드다. 윤이 빠르게 걸음을 옮긴다. 태산도 정록의 재킷을 챙겨 나간다.

"리치 여기랑 가깝잖아. 시간을 어떻게 벌어?"

태산의 말이 맞다. 하지만 윤은 더 멀리 내다보고 있었다.

"위치추적 다 뜨는데 영 다른 데면 말 안 되잖아. 오차범위 안에 있어야지."

도진은 앞장선 두 사람을 말없이 따라간다. 역시나 빠른 발걸음으로.

"제수씬 차로 오는 거 아냐?"

"오고 있는 도로 일방통행이야. 거의 피턴이고 막힐 시간이라 우리가 빠를 수 있어. 넌 얼른 예약해."

윤이 카운터에서 계산을 하는 동안 태산은 리치에 전화를 건다.

"나 임소장. 룸 있지? 술은 네 사람이 두어 잔 비운 것처럼, 안주는 적당히 몇 개 집어 먹은 것처럼."

윤이 태산에게 작전 지시한 것을 태산이 그대로 리치의 예약 담당에게 말한다. 윤이 깔아놓은 정록의 알리바이와 확실한 정황 연출. 시간당 꽤 비싼 수임료를 받는 변호사의 순발력이란 이런 거다.

"들었지? 급해. 이유는 나중에."

"위증을 못 하서?"

길거리로 나서며 다시 한번 빈정거리는 도진에게 윤은 당당히 말한다.

"정당방위야."

두 사람 옆에서 큰 보폭으로 휘적휘적 걷던 태산이 뭔가 떠오른 듯한 표정이다.

"근데 정록일 어떻게 불러? 핸드폰 여기 있는데."

잘 걷고 있던 윤이 순간적으로 걸음을 삐끗한다. 그 생각은 못 했다. 패닉이 온 듯 표정이 굳어지는 윤과 태산. 그때 도진이 의뭉스럽게 한다는 말.

"나 다른 번호 아는데?"

"뭐?"

"걔 핸드폰 두 개야."

태산과 윤은 지금 이 순간만큼은 일심동체였다.

"그걸 왜 지금 말해!"

• • •

"건배!"

유리잔이 서로 부딪쳐 챙 소리가 난다. 챙 소리에 쾅 소리도 얹힌다. '마늘느님', 민숙이 룸에 등장한 것이다. 늘 그렇듯 완벽하게 세팅된 머리와 옷차림으로. 여자들이 봤다면 명품으로 도배했다고 했을 것이다.

테이블 위에는 최변호사님이 지시한 매뉴얼대로 마시기 시작한 지 얼마 안 된 것으로 보이게 위장한 술잔과 안주 접시가 적당히 산만하게 놓여 있었다. 민숙이 흠 잡을 수 있는 부분은 조금도 보이지 않는다. 민숙의 미간이 잔뜩 좁혀진다.

"어? 당신 어쩐 일이야?"

정록이 먼저 알은체를 한다. 민숙이 가볍게 손을 들어 자신의 턱을 만진다. 손목에 두른 은팔찌가 찰랑거린다. 윤이 정록의 말에 위증을 보탠다.

"맞다, 너 아까 화장실 갔을 때 내가 잠깐 통화했는데 깜빡했다."

"오세요, 제수씨. 앉으세요."

태산이 사람 좋아 보이는 미소를 지으며 민숙을 에스코트한다. 넉살 좋은 태도에 민숙도 잠시 얼얼하다. 내 감이 틀렸나? 그럴 리가 없는데. 내면의 갈등이 시작된다. 하지만 정록을 족칠 만한 이렇다 할 증거도 없었다. 민숙의 눈이 가늘어진다. 정록은 민숙과 눈이 마주치자 괜히 배시시 웃는다.

"근처 지나가다가 너무 오래 못 본 것 같아서요. 얼굴 봤으니 가야죠. 재밌게 노세요."

심증은 있는데 물증이 없는 상황이다. 민숙은 한발 물러서기로 하고 쿨하게 자리를 벗어난다.

"너!"

문이 닫히자마자 태산이 정록의 멱살을 잡는다. 멱살을 잡고 앞뒤로 흔드는데 어디서 방울토마토가 날아온다.

"에라이."

도진이 과일 안주를 잡히는 대로 던져대고 있었다. 이마 정중앙에 방울토마토가 명중하자 정록이 앓는 소리를 낸다. 그 틈을 타 윤이 빈 생수통으로 정록을 가격한다. 몇 대 때리지도 못했는데 생수통이 금세 찌그러진다. 그때 다시 문이 끼익 열린다. 태산이 잽싸게 술잔을 들어 정록 팔에 끼운다. 남사스럽게도, 러브샷 자세다.

"러브샷, 러브샷."

급박해지면 머리보다 몸이 먼저 움직인다고 했나. 태산은 저도 모르게 러브샷을 외치고 있었다.

"계산했단 말을 깜빡해서요. 아, 그리고 쓰는 김에 좀더 썼어요. 노시는 김에 제대로 노시라고."

민숙의 말엔 뼈가 있었다. 순간 정적이 흐른다. 제수씨의 통 큰 씀씀이에 감사하다고 해야 할지, 무슨 꿍꿍이가 있는 건 아닌지, 제대로 놀라는 건 대체 무엇을 말씀하시는 건지……

십 분도 안 지나서 네 남자는 민숙의 말을 이해할 수 있었다. 아니, 몸으로 체험할 수 있었다. 민숙이 좀더 썼다는 돈은, 네 남자 각 옆자리에 앉아 있는 언니들이었다. 네 남자가 이등병 자세로 각 잡고 앉아 있을 수밖에 없는 상황을 만들어준 것이다. 가장 군기가 바짝 들어 있는 건 정록이다. 세 남자는 그런 정록을 죽여도 시원치 않다는 눈빛으로 보고 있는 수밖에.

"오빠들 안 노세요?"

네 언니 중 가장 '언니'로 보이는 여자였다. 기껏 불러놓고 아무 말도 없고 여자를 모르는 남자들처럼 앉은 꼴이 좀 이상하긴 할 거다. 나이 마흔 넘어 순진한 척하기도 그렇지만, 진짜 놀았다간 무슨 사달이 날지 모른다. 태산이 질색하며 손사래를 친다.

"아유, 놀기는 무슨 잘 시간에."

도진도 정중히 사양한다.

"고맙지만 사양할게요."

윤은 도리어 상식 밖의 배려를 한다.

"네 분이 노세요. 저희 신경쓰지 마시고."

핑계 없는 무덤 없다고, 다들 변명하기 바쁘다.

"아, 저 이런 데 처음이라……"

정록의 멘트에 세 남자, 표정이 굳어진다. 눈앞에 보이는 것 중 흉기가 될 만한 물건을 찾게 하는 멘트였다.

• • •

저러다 앞에 오는 사람이랑 부딪힐 텐데. 힘없이 걷는 이수를 지켜보던 메아리가 팔을 낚아챈다. 세게 잡아당기지 않았음에도 이수가 휘청한다. 계속 딴생각을 했는지 이수 표정이 먼 산을 보는 듯 아득하다.

"도진 오빠랑 왜요. 뭔데요?"

어제는 실성한 사람처럼 굴더니 오늘은 좀비 컨셉인가.

"합의도 못 했는데 비밀은 들켜버리고 욕한 것도 들키고 펜 절도에, 하다하다 이젠 그자와 나의 묻어두고 싶은 과거까지 밝혀질라 그래."

"과거요? 도진 오빠랑 쌤이요? 둘이 잤어요?"

어머, 애 좀 봐.

"야, 너! 그런 과거가 아니라 예전에 우연히 눈 한 번 마주치고 허리 한 번 잡히고."

"침대에서?"

"그렇…… 이 자식이! 대로였어. 이런 큰길."

학생일 때 봐서 그런지 마냥 어린 줄만 알았는데 다 컸다. 이런 징그러운 말도 할 줄 알고.

"너 아주 이런 얘기 태산씨한테……"

그때 이수 핸드폰의 문자 수신음이 울린다. 이수가 끙끙대며 주머니에서 핸드폰을 꺼낸다. 세라다.

곧 도착. 태산씨랑. 메아리 피신시켜.

"세라랑 태산씨랑 같이 오고 있대. 너 피하래."

메아리가 인상을 팍 찌푸린다.

"아, 세라 언니, 진짜! 어디쯤이래요?"

"저기쯤."

맞은편에서 태산의 것으로 추정되는 차가 다가오고 있었다. 메아리가 장 본 봉투를 쥔 채 발을 동동 구른다.

"아씨, 어떡해요?"

이수는 빠르게 눈을 굴려 피신할 만한 장소를 선별하다 주차된 트럭하나를 발견한다.

"힘 빼."

그 말과 동시에 메아리를 트럭 뒤로 민다. 메아리는 무의식 상태로 방심하고 있던 터라 확 밀려난다. 이러자고 44사이즈 만든 거 아닌데. 다행히도 트럭에 실으려고 놔둔 인형이 담긴 봉지들 위에 배를 드러내며 떨어진다. 장난꾸러기들이 내던진 개구리처럼. 이수가 환하게 미소지으며 앞으로 달려간다.

"왔어?"

먼저 내린 태산이 조수석 문을 연다.

"계셨네요. 전화할라 그랬는데. 도팔이한테 합의서 받았어요?"

"어떻게 아셨어요?"

이수의 목소리가 작아진다. 자랑거리도 아니고, 그자와의 합의 건이 태산의 귀에까지 들어갈 필요는 없는데. 둘은 친구니까 이야기가 오간 것도 이상하진 않지만 이수는 태산과 불미스러운 일로 대화를 나누고 싶지 않았다. 그 와중에 태산의 등뒤도 살펴야 했다.

트럭 운전석에 사람이 올라탄다. 곧 출발하려는 것 같다.

"뭔가 낌새가 이상해서 얘기할 때까지 팼죠."

"진짜요?"

"농담입니다."

"아깝다."

"아, 아까우시구나. 사실 그 자식이 후천적으로 인격이 좀 결핍됐거든요."

주거니받거니하며 도진을 씹고 있는데 트럭이 출발한다. 태산은 등을 돌리고 있어 모르지만 이수 눈엔 팔을 휘저으며 놀란 메아리가 보인다. 어쩔 줄 모르겠는지 이리 갔다 저리 갔다 우왕좌왕하고 있다.

태산은 이수의 눈이 먼 산을 바라보고 있는 것처럼 느껴진다. 자신과 이야기를 나누고 있지만 다른 사람을 보고 있는 느낌이랄까.

"김도진 재수 없대."

태산의 옆에 선 세라 말에 이수가 메아리에게서 시선을 거둔다.

"야, 내가 언…… 어제, 어제 그랬네."

"그렇다니까요. 그 자식이. 괜히 맘 상하지 말고 그냥 저한테 맡기시면."

"아뇨. 싫어요. 절대로 그 사람이랑 저에 대해 그 어떤 얘기도 나누지 마세요. 아니, 아예 제 이름 따윈 입에 올리지도 마세요, 네?"

이수의 간절한 목소리다.

"무슨 일 있었어요?"

"아, 저에 대해 나쁜 인상 받은 거 같아서요. 부탁드려요."

"네 뭐, 이수씨 생각이 정 그러면 어쩔 수 없지만."

이수는 다정한 태산의 말에 애써 웃어 보이지만 태산의 등뒤로 고군 분투하고 있는 메아리가 또 다시 눈에 뛴다. 어떡해…… 혹시라도 태산이 뒤를 돌아볼까 심장이 쪼그라들 것 같다. 숨을 곳을 못 찾아 우왕 좌왕하던 메아리가 어느 집 대문으로 뛰어든다. 그러곤 고개를 빼꼼 내밀어 태산의 동태를 살핀다. 이수의 시선이 반사적으로 메아리의 동 선을 따라간다.

"그냥 제가 해결하는 게 빠를 수도……"

말을 잇던 태산도 자연스레 이수를 따라 돌아보려는데 이수가 빠르 게 제지한다.

"어머, 어딜 보세요! 저 보세요 저! 저만 보시라고요!"

꽥 소리를 지르는 바람에 태산이 고개를 반쯤 돌린 상태로 멈춘다. 조금 놀란 표정이다. 세라를 보며 멋쩍게 웃고 나서 다시 이수를 본다. 모든 상황을 다 알고 있는 세라는 슬슬 약이 오른다.

"태산씨, 오늘 그냥 저녁 먹고 자고 가면 안 돼?"

"어우 야, 나 잠귀 되게 밝잖아. 벽이 얇아서 소리가……"

세라의 방해공작을 말린다는 게 그만 애먼 소리를 해버렸다. 태산이 손을 모아 입에 대고 헛기침을 한다.

태산의 모션을 포착한 메아리는 몸을 숨기려던 와중에 어깨로 애먼 초인종을 눌러버렸다. 더욱 곤란해진 상태다. 누르려고 누른 것도 아닌 데, 미치겠네……

―누구세요.

인터폰 너머로 재차 물어오는 점잖은 아주머니가 자신을 거부하게 만들 수 있는 가장 좋은 방법은 뭘까. 메아리는 전도사가 되기로 한다.

"안녕하세요, 자매님. 좋은 말씀 전해드리려고 들렀습니다. 내게 강~ 같은 평화! 내게 강~ 같은~"

노래를 시작한 지 얼마 되지도 않아서 대문이 열린다. 쫓아낼 줄 알았는데 되레 일이 커졌다. 잡상인 흉내를 낼걸 그랬나.

"안녕히 가세요."

이수는 제대로 이상한 소리를 해버려 태산과 눈도 못 마주치고 배웅한다. 태산도 대충 꾸벅 인사를 하고 나서는 차에 타 뻣뻣하게 앞만 본 채 가버린다. 목뼈에 이상이 생긴 사람처럼.

"미안. 날 죽여 그냥. 어? 정말 미안."

태산이 자리를 뜨자마자 이수가 손이 발이 되도록 빌 기세다.

"왜 이래? 나 쿨한 거 몰라?"

세라가 싱긋 웃으며 말한다.

"고맙다."

이 순간만큼은 세라가 정말 고마웠다. 세라가 뭐라고 할까 시한폭탄을 안은 기분으로 서 있었는데, 다행이다. 하지만 이내 불호령이 떨어진다.

"대신, 쟤 당장 보내."

한숨이 절로 나온다. 내가 뭘 그렇게 잘못해서 이렇게 불행해진 거지? 축 늘어진 어깨를 하고 세라를 따라 들어가려는데 목사님 댁 안으로 사라지는 메아리가 보인다.

왜 하필 거기냐……

"그거 알아요? 하나님이 당신 사랑하는 거?"

메아리가 식탁 위에 성경책을 탁 내려놓는다. 장 봐온 것들을 정리중이던 이수가 육체와 영혼이 분리된 듯한 메아리를 보고 웃는다. 속성으로 시달렸는지 몇 개월은 늙은 것 같다.

"그러게 하필 목사님 댁 대문으로 뛰어들어."

"좋은 시간들이었네요, 누구 때문에. 나 있는 거 뻔히 알면서 여기까지 데려오는 건 뭐냐고요. 그러면서 도대체 자길 왜 싫어하냐니."

"내 욕은 나 없을 때 할래? 난 최소한 너 없을 때 하잖아."

욕실에서 나오던 세라가 나른하게 대꾸했다. 벽이 얇아, 벽이. 또 티격대는 둘을 보며 이수가 고개를 젓는다.

"없을 때도 해요. 용량이 워낙 많아서."

"그만. 뭘 잘했다고. 너 언제 갈 거야?"

"안 그래도 내일 갈 거예요. 이틀 굶었더니 볼 만해졌죠?"

메아리가 자신의 허리에 양손을 얹은 채 어깨를 으쓱해 보인다.

• • •

날씨가 꽤 춥다. 곧 봄이라곤 하지만 겨울이 끝나지 않은 거나 다름없었다. 사람들은 대부분 겨울 외투를 벗지 못했고, 심지어 중무장한 사람들도 있다. 평년 기온을 웃돌 거라더니 여전히 쌀쌀한 감이 있다. 햇빛은 봄 같은데 말이다. 이러다 땀이 날 만큼 더운 날이 금세 올 거다. 봄은 해를 거듭할수록 계속 짧아지고, 여름과 겨울이 길어진다. 언젠가 한국에서 봄은 더이상 쓸 수 없는 계절 이름이 될지도 모르겠다.

이런 날씨에 도진 입에서 좋은 소리가 나올 리 없었다. 거기다 태산과 윤이 손에 들고 있는 건 야구배트와 공이다. 도진은 배트를 든 채 뚱한 표정이다. 운동장에 들어설 때부터.

"이 패싸움 같은 게 그렇게 하고 싶냐? 골프나 치자니까."

"골프 얘기 그만해라. 내 주위에 왜 이렇게 골프 홍보대사가 많아."

한마디를 더 하는 태산.

"여자친구는 프로 골퍼에, 절친이란 놈은 구기종목은 패싸움 같아서 안 하지."

태산이 글러브 낀 손을 풀며 도진을 나무라자 윤이 중재한다.

"배워둬서 나쁠 건 없어."

"야, 넌 또 왜 도진이 편들어. 내 편들어야지."

"내가 편드는 기준은 사람이 아니라 의견이야."

"넌 꼭 윤이가 네 편 안 들면 불안해하드라?"

"윤팔이는 변호사잖아. 그리고 우리 중에 제일 똑똑하고."

"나 애랑 성적 비슷했거든?"

"넌 지식만 있고 지혜가 없잖아."

자기가 한 말에 태산이 싱긋 웃으며 윤과 하이파이브를 하려다 만다. 윤도 똑같은 모션이다. 보는 사람 맥 빠지게 하는 미완성 하이파이브다. 도진은 한통속이 되어 자신을 놀려먹는 둘을 째려보다 괜히 스탠드를 향해 외친다. 야구를 좋아하지 않는 또다른 남자, 정록이었다.

"뭐해!"

스탠드에서 한창 통화중이던 정록이 도진에게 건성으로 손을 들어 보인다.

"원두 떨어진 거 목록 작성해놔. 이따 들어가서 확인하고 주문서는 내가 넣을게."

정록은 카페 사장님답게 매니저에게 오더를 내리고 있는 중이었다. 그래, 어. 슬슬 통화를 마무리하고 일어나는데 스탠드 근처에 한 여자가 와 선다. 오…… 산이 눈앞에 있으므로 오른다는 산악인의 태도가 되어 정록도 여자가 옆에 와 섰으니 당연히 위아래로 훑어주신다. 정록은 까맣게 모른다. 이 여자가 누군지. 정록이 아주 오래전부터 알았던 여자임에도.

몸의 선을 따라 달라붙는 시선을 느꼈는지 여자가 무심히 정록을 본다. 얼굴도 귀염성 있고 나쁘지 않다. 눈이 마주친 정록은 퍽 만족한 표정이다.

"이 동네 사시나봐요?"

여자의 이름은 임메아리. 방년 24세. 저 멀리 운동장에 서 있는 건강하기 그지없는 육체파 남자와 한 핏줄이다. 정록이 메아리를 못 알아볼 만도 하다. 88사이즈에서 44사이즈로, 그야말로 환골탈태했으니.

메아리는 이 상황이 재미있고도 뿌듯하다. 오빠의 절친이 못 알아볼 만큼 예뻐졌다는 반증이기도 하니까.

"이 동네 살면 왜요?"

"저도 이 동네 살거든요. 반가워요."

이 오빠가 진짜. 민숙 언니는 이 오빠 이러고 다니는 거 아는지 몰라.

"옆 동네 사실 것 같은데."

"어? 어떻게 알았어요? 역시, 얼굴에 강남 거주라고 쓰여 있나봐요? 하하."

"그건 잘 모르겠고, 유부남이라곤 쓰여 있네요."

메아리가 톡 쏴주곤 운동장에 선 일행을 향해 또각또각 걸어간다. 정록은 본의 아니게 메아리를 뒤따라 걷는 모양이 됐다.

"어?"

몸을 푸느라 스트레칭을 하고 있던 태산이 메아리를 발견한다. 어? 소리에 윤과 도진도 태산의 시선을 따라간다. 롱부츠를 신은 메아리가 멀리서 다가오고 있었다. 도진은 못 알아본 듯 심드렁한 표정이다. 메아리를 알아본 윤은 표정이 굳은 채 눈만 커진다. 태산보다 더 당황한 눈치다.

"저 자식 언제 왔어."

"누군데?"

"야, 임메아리!"

"메아리라고? 쟤가?"

메아리는 태산의 외침에 잠깐 걸음을 멈추곤 손을 마구 흔들어 보인다.

"오빠!"

함박웃음을 지으며 달려오는 모습은 영락없는 늦둥이 여동생이다. 태산은 으이그, 하면서도 반가움에 팔을 활짝 벌려 메아리를 맞는다. 오랜만에 안아보자, 내 동생…… 걸음이 느린…… 아니구나, 슬슬 안길 때가 됐는데……

"완전 보고 싶었어요."

메아리가 안긴 곳은 덤덤한 척 애쓰고 있는 윤의 품이다.

"어…… 오랜만이다."

암만 친구라지만 외간남자 품에 안겨 있는 여동생을 보는 건 그리 유쾌한 일이 아니다. 태산이 윤에게 폭 안겨 있는 메아리의 뒷덜미를 잡아 떼어낸다.

"이 자식이! 니 오빠 여기 있거든, 여기?"

"어머, 울 오빠도 있었네? 잘 있었어요?"

이번엔 태산도 안아준다. 메아리를 한국에서 보는 건 오랜만이라 뉴욕에서 봤을 때와는 또 다르게 반갑다. 여동생 앞에선 한없이 약해지는 태산이다. 뭐라 하지도 못하고 작은 머리통을 쓰다듬는다.

"너 왜 이렇게 빨리 들어왔어. 다음 달이었잖아."

"좀 당겨서 왔어. 비행기값 쌀 때. 오빠들 잘 있었어요? 그동안 많이 늙었네?"

메아리 뒤에 서 있던 정록이 은근슬쩍 도진 뒤에 선다.

"넌 대체 얼굴에 무슨 짓을 한 거야?"

그나마 메아리에게서 관심을 덜 받을 수 있는 자리였는데, 눈치 없는 도진이 입을 여는 바람에 정록의 꼼수는 물거품이 됐다.

"예뻐졌다는 말을 그렇게밖에 못 해요?"

"그래, 넌 인마 친구 동생한테 말본새가 그게 뭐냐?"

하하. 반응이 없어 웃는 게 영 뻘쭘하다. 정록이 연신 어색한 웃음을 지어보지만 메아리는 눈을 가늘게 뜨고 쳐다볼 뿐이다. 그러곤 입만 씩 웃는다 .

"오빠, 좀 전에 록이 오빠가 나한테 있잖아."

"임메아리! 정말 반갑다! 하우 알 유?"

다급해진 정록이 메아리의 말을 막으려고 손을 잡아다 마구 흔든다. 악수하듯 위아래로 흔들며 안부까지 물었지만 대답은 돌아오지 않았다.

"놔봐. 막 나한테 있지!"

태산이 알게 되면 어떻게 할지 모른다. 태산을 향해 천진하게 고자질하려는 메아리를 향해 정록이 절박한 목소리로 외쳤다.

"아임 파인 땡큐! 앤 쥬?"

"아~ 집에 오니 좋다."

오랜만에 맡는 집냄새다. 메아리는 양팔을 벌리고 눈을 감는다. 태산은 거실 한가운데에 놓여 있는 캐리어와 짐가방을 보고 의아한 표정이다.

"짐 누가 옮겨줬어? 몇 시에 도착했는데. 공항에선 뭐 타고 오고?"

"잘~ 도착해서 잘~ 오고, 잘~ 옮겼어. 됐냐?"

"너 그거 영어로 해봐. 내가 얼마나 돈을 퍼날랐는데. 해봐."

"굿, 굿, 굿. 오케이?"

"오…… 돈 들인 보람 있는데? 짐은 여기 있는 게 다야?"

태산이 짐가방을 가볍게 들고 방문을 연다.

"내 방 여긴데?"

"거기 지금 니 방 아니야. 그러게 왜 연락도 없이 들이닥쳐."

"뭔 소리야. 내 방 누가 써?"

"윤이가. 일 년 좀 넘었어."

"왜? 윤이 오빠 아파트는 어쩌고?"

"그건 알 거 없고, 너 한 달 후에나 올 줄 알고 오늘내일 얘기해야지 했는데, 하여튼 아주!"

태산이 짐가방을 방에 밀어넣는다.

"불편하더라도 당분간 옷방 써."

"나 오면 윤이 오빠 나간대? 그냥 같이 살지. 난 괜찮은데."

나머지 짐을 들고 오던 태산이 미간을 좁힌다. 웃자고 하는 소리야, 뭐야. 오빠 입장에선 메아리의 갑작스런 귀국이 마음에 걸리는데, 거기에는 윤 문제도 포함돼 있었다. 메아리가 어떤 마음으로 윤을 바라보는지 알고 있었고, 지금쯤은 단념해주길 바랐었다. 이수와 잘되길 바란 것처럼 태산은 친구 최윤을 남자로서 높게 평가하고 있었다. 단, 상대가 메아리라면 이야기가 달라진다. 윤이 좋은 녀석인 것과는 별개의 문제다.

"내가 안 괜찮아. 오빠 말 무슨 뜻인지 알지?"

"……짐 푼다."

태산이 정색하는 일은 흔치 않다. 메아리가 시무룩하게 방으로 들어간다. 마음이 안 좋기는 태산도 마찬가지다.

메아리의 급작스러운 등장으로 도진과 윤은 걸어서 집에 가는 중이었다. 두 사람 다 무언가 생각하는 듯 빠르지 않은 걸음이다. 정확히 말하자면 생각에 잠긴 건 윤이고, 도진은 딱히 건넬 말이 없는 터라 입을 다물고 있다. 도진이 골목 코너를 돌며 입을 뗀다.

"예쁘게 잘 컸더라."

"음."

"다야?"

"다 아니면."

"그냥. 내 생각에 넌 지금 누군가의 끝나지 않은 첫사랑인 거 같아서."

메아리가 돌아왔다는 건 윤이 더이상 태산의 집에서 살 수 없다는 이야기도 된다. 윤은 고개 숙인 채 운동화 코를 내려다본다.

"집은?"

"알아봐야지."

"우리 집으로 들어오든가."

도진의 주머니 안에서 진동이 울린다.

"잠깐만."

서이수다. 액정을 본 도진이 윤에게 양해를 구하고 전화를 받는다.

• • •

귀를 기울여야 들릴 정도로 음악이 낮게 흐르고 있다. 맞은편에 앉은 이수가 냅킨 모서리를 만지작거린다. 도진은 팔짱을 낀 채 의자에 기대 있다.

"펜 가져간 거요. 정말 죄송합니다. 가져와놓고 안 가져왔다고 우긴 것도 죄송하고요. 절대 고의는 아니었어요."

"찾았으니 넘어가죠. 다음."

"다음은……"

폭력 제자에, 펜 절도에, 욕설 포스트잇. 이것만으로도 사과할 말은 차고도 넘쳤지만 이수가 하고 싶은 말은 따로 있었다.

"태산이 좋아하죠?"

아직도 생생한 이 말. 떠올리는 것만으로도 방금 들은 것처럼 명징했다. 도진의 확신에 찬 말투와 사무실을 부유하던 먼지까지. 지금껏 타인에게 한 번도 들어본 적 없는 말이었다. 태산에 대한 감정을 유일하게 알고 있는 메아리마저 도진처럼 정공법으로 찔러온 적은 없었다. 그럴 필요도 없었거니와, 이수가 진심인 걸 알기에. 차라리 장난스럽게, 농담처럼 건네오는 말들이 편했다.

"뜸 들여야 하는 이야기면 밥부터 먹든가."

도진이 메뉴판을 펼쳐 이수에게 내민다. 이수는 고개만 간신히 끄덕인다. 머릿속은 이미 도진에게 들킨 것에 대한 걱정들로 가득 차서 터질 지경이었다.

"어, 여기."

도진이 손짓하자 이수가 반사적으로 돌아본다. 한눈에 봐도 확 들어오는 미모의 여자가 도진 옆에 앉는다.

"늦어서 미안. 누구?"

"피고소인의 담임선생님. 뭐 먹을래요?"

"같이요?"

"내가 둘이 먹자고는 안 했잖아요."

뭐 이런 놈이 다 있어!

꽤 친밀한 사이인 듯 방금 전 경직된 분위기와는 달리 도진도 한결 편안해 보인다. 이수가 반응이 없자 도진이 메뉴판을 자기 쪽으로 당긴다.

"싫으면……"

"제가 싫다고는 안 했잖아요."

이수는 오히려 오기가 생겨 메뉴판을 뺏어들고 구멍을 뚫을 기세로 탐독한다. 도진 편에서 보면 이수는 메뉴판에 가려져 눈만 보이는 상태다. 이수는 메뉴판 위로 여자 쪽을 보고 있는 도진을 매섭게 쏘아본다.

"어떻게 이런 조합으로 앉아 있어?"

태산이었다. 어떻게 이런 곳에서 다 마주치는 걸까요, 태산씨. 태산을 보고 기겁한 이수가 도진과 아이컨택을 시도한다.

"얜 내가 보고 싶대고, 서선생은 나한테 할 얘기가 있대고. 넌 선약이고."

"잘됐다. 안 그래도 나도 이수씨한테 할 얘기……"

태산이 말을 다 맺기도 전에 이수가 벌떡 일어선다. 여자만 없다면 삼자대면이나 마찬가지 아닌가. 아니지, 저자와 나 사이에는 아무런…… 일도 없는 건 아니지만 도진이 어떤 말을 할지 몰라 이수는 가슴이 두근거렸다.

"죄송해요, 전 그만 가보는 게 좋을 것 같아서요."

초조함에 무슨 말을 하고 있는지도 모르겠다.

"에이, 밥 먹고 가요. 어차피 차 막힐 시간인데."

손목…… 태산의 커다란 손이 손목을 감싸고 있다. 태산의 손은 차가웠다. 이수는 침대 밑에 깊숙이 밀어넣어놓은 선물 상자가 떠오른다.

도진은 문득, 태산이 이수의 감정을 모르는 게 이해가 안 됐다. 둔한 거야, 모르는 척하는 거야. 이수 본인은 자각하지 못하지만 태산을 대하는 태도, 표정, 목소리의 떨림…… 이 모든 게 태산을 향한 열렬한 사랑 고백 같았다.

"서선생은 지금 여러모로 밥이 안 넘어가는 상황이야."

도진과 눈이 딱 마주쳐 괜히 민망한 이수가 손목을 슬며시 뺀다. 본인이 만들었거든요, 이런 상황?

"왜, 체했어요?"

태산이 걱정스레 묻는다.

"아니에요, 일이 좀 있어서."

이수가 태산에게 희미하게 웃어 보이곤 가방을 챙긴다.

"다시 연락드리겠습니다."

"난 오늘 끝냈으면 하는데. 나한테 할 얘기 더 있잖아요."

"무슨……"

도진이 말하는 '할 얘기'가 뭔지 짐작가는 바도 있고, 제일 우려스럽기도 했다. 이수가 입을 한 일자로 굳게 다문다. 가방끈을 잡은 손에 힘이 들어간다. 둘 사이에 미묘한 기류가 흐른다.

"내가 했던 질문에 답 들고 온 거 아니었나? 난 그렇게 짐작했는데."

제발, 거기까지만. 도진이 아무렇지 않은 표정으로 어마어마한 말이라도 할까 싶어 턱에 힘이 들어간다. 이수가 곁눈질로 태산의 표정을 살핀다.

"이 자식이 지금 괴롭히는 거예요? 그런 분위긴데? 말만 해요, 이수씨."

이수는 딱히 대답할 말이 없다. 장난스럽게 받아칠 수도 없다.

"죄송합니다, 실례할게요."

이수는 태산에게만 간신히 인사하고 자리를 벗어난다.

"뭐야. 이수씨 왜 저래?"

"나도 잠깐 실례."

도진이 이수를 따라 나온다.

굳은 얼굴로 레스토랑 주차장을 가로지르고 있는 이수를 도진이 가로막는다.

"난 안 들어도 되지만, 댁이 굳이 말하겠다면 기회는 지금뿐이에요. 난 여자의 변명보다 내 판단을 더 믿는 편이라."

이수는 눈을 질끈 감고 싶다. 뚫어져라 보고 있지만, 이자의 표정을 읽을 수 없다. 의중을 모르겠다. 하지만 눈을 감으면 도진이 했던 말이 더 생생할 것이다. 이수는 그걸 알고 있었다.

"들어봅시다. 어떤 답 들고 왔는지."

"오해라고요."

"또?"

"오해라고요."

이수는 간신히 쥐어짜낸 목소리로 또박또박, 정확하게 말했다.

"그래요, 그럼. 아닌 걸로."

도진이 수긍하는 양하더니 이수 뒤를 향해 소리친다.

"어, 태산아. 이수씨가 너 좋아하는 건 아닌 걸로 하겠대."

"지금 뭐하는 거예요?!"

순간 새파랗게 질린 이수가 빛의 속도로 뒤를 돌아봤지만 아무도 없다. 속았다. 이자의 장난질에. 이수가 다시 고개를 팩 돌려 도진을 노려본다.

"태산이 이름만 나와도 새파랗게 질리지만 아닌 걸로."

높낮이가 거의 없는 도진의 말투는 잘 모르는 사람이 들었을 때 오해사기 딱 좋다. 이수는 그걸 절절히 느끼는 중이었다. 어. 도진이 레스토랑 입구를 향해 알은체를 했다.

"왜 나왔어?"

"그만하죠."

"너한테 볼일 아니야."

이번엔 정말 태산이었다. 흠칫 놀란 이수가 태산이 서 있는 쪽에서 한 걸음 물러선다.

"메아리 왔어요. 그 자식이 연락드렸어요?"

태산이 할 얘기는 메아리의 귀국이었구나. 이미 알고 있는데다 이틀간 본의 아니게 방조까지 한 터라 이수가 어설프게 웃는다.

"아 예, 통화했어요. 살 많이 빠졌다던데. 목소리도 살이 쭉 빠졌더라고요."

"네, 왠지 동생 하나를 잃어버린 것 같다고나 할까요? 그리고 너, 곱게 말할 때 빨리 합의해라? 안 그럼."

"안 그럼."

"이수씨도 아주 재밌어할 거 같지 않냐? '아, 내가 그, 그랬나요?'"

태산은 싱글거리고 있었지만 분명 협박조다, 저건. 목숨을 걸고라도 끝까지 녹음기를 사수했어야 했다. 절대 임태산의 귀에 들어가게 해선 안 됐다.

"합의서 쓰자고 약속 잡던 중인데 왜 끼어들어 방햏 해, 넌."

도진이 억지로 입꼬리를 당겨 웃는다. 하지만 눈은 전혀 웃고 있지 않다.

"네, 막 약속시간 잡던 중이라! 내일 두시라고 하셨죠?"

이수가 기회를 놓치지 않고 덥석 문다.

"세시라고 했죠."

대답하면서도 도진은 여전히 입꼬리만 올린 채다.

"두시 반에 뵙죠. 장소는요?"

• • •

장소를 묻는 게 아니었다. 무늬만 피해자인 그자에게 그런 배려 따위 하는 게 아니었다. 이수는 땡볕에 모래먼지 날리는 공사 현장 앞에서 절절히 후회했다. 소장들도 현장에 오나? 설계만 하면 끝 아냐? 없는 일정을 만들어내 부러 현장으로 부른 것 같기도 하다. 이수에게 그자에 대한 신뢰는 딱 이 정도임을 반증하는 발상이다.

곧 도진이 모습을 드러낸다. 현장 입구에 서서 코를 막고 있는 이수를 발견하고 천천히 걸어온다. 손에는 아무것도 들려 있지 않다. 합의

하자며?

"합의서는요?"

"써야죠, 이제."

"여기서요?"

도진이 펜을 꺼내선 흙바닥에 이렇게 쓴다. '합의함. 김도진.' 그러고 나서 이름 옆에 엄지로 지장까지 찍는다. 이수는 벙찐 표정으로 도진을 지켜보고 있었다. 건축가라 그런가, 상상력이 풍부하시구나…… 김도진씨한테 하늘은 광활한 도화지요, 땅은 마분지라도 되는 걸까?

"됐죠?"

도진이 구부렸던 몸을 펴고는 손에 묻은 흙을 털어낸다. 그러곤 주저없이 가버린다.

"이봐요! 김소장님! 와, 뭐 저런 인격이 생존을 하냐."

어떡하지, 사진이라도 찍어야 하나? 누군가 밟고 지나가면 사라질지도 모른다. 이런 합의서를 얻자고 그렇게 힘들었던가. 합의서라고 명명하기도 민망하지만. 제정신으로 써갈긴 건가, 저자는? 합의 한번 크고 아름답네. 이수가 핸드폰을 꺼내 재빠르게 카메라를 작동시킨다.

"비키세요!"

큼직한 자재를 앞뒤로 들고 바쁘게 발걸음을 옮기는 인부들 덕에, 소중한 합의서는 무참히 짓밟힌다.

· · ·

"간다."

도진이 정록에게 손인사를 하고 카페를 나선다. 계단을 내려가는데 옆에서 튀어나온 이수가 앞을 딱 가로막고 선다.

"합의서를 흙바닥에 쓰는 사람이 어딨어요! 종이에 써야죠!"

"난 창의적인 사람이라. 종이에 써줘요?"

"들어요."

도진이 들고 있던 커피를 이수에게 건넨다. 이수도 얼결에 받아든다. 정말 써주려나 싶어 골똘히 도진을 보고 있는데 가슴께에서 펜을 꺼낸다. 오늘은 어제처럼 흙바닥도 없다. 도진이 메모지라도 꺼내기를 기다리고 있는데……

'합의함. 김도진.' 글씨는 비뚤거리지만 또박또박 쓰여 있었다. 일회용 컵을 감싸고 있는 홀더에.

• • •

어떡하지? 이자를 어떡하면 좋지? 늦은 밤, 이수는 방 안을 왔다갔다 하며 터지려는 분통을 삭이는 중이었다. 이틀 연속 당한 것에 약 오르고 열받아서 똑바로 앉아 있을 수가 없다. 입술을 깨물기도 하고 손톱을 물어뜯기도 하며 오매불망 해결책을 찾았다.

사실 책상 위에 놓인 핸드폰을 보고 퍼뜩 떠오른 묘책이 있긴 하다. 그것만은 하지 말자고 다짐하면서도 이수는 문자 메시지를 쓰고 있었다.

태산씨, 정말 도움 청하고 싶지 않았는데…… 김도진씨 나쁜 사람 같아요. 합의 안 해줄 모양이에요.ㅠㅠ

한참 망설인 끝에 전송 버튼을 누른다. 전송이 완료됨을 확인하고 자연스레 대화창 상단을 보는데 수신자가, 수신자가…… 꽃다운 그자다.

꽃다운 태산씨가 아니라, 그자.

"안 돼! 제발, 제발!"

액정을 미친 듯이 터치해봐도 이미 늦었다. 서이수, 한글 몰라? 낙장
불입 몰라? 베개에 머리를 박으며 발신자를 제대로 확인하지 않은 자
신을 책망하던 이수가 벌떡 일어난다. 혹시 통신장애로 전송이 실패하
는 경우도 있으니까. 난 긍정의 힘을 믿는다. 헝클어진 머리를 정돈하
는데 고요한 방 안에 딩동, 소리가 울린다. 초인종 소린가? 이수는 그
렇게 믿고 싶었다. 숨을 가다듬고, 용기를 내기로 한다. 눈을 가늘게 뜬
채 손으로 반쯤 가린 액정을 본다.

태산아, 서선생이 내 욕하고 다니는 거 같거든? 직접 욕하지 왜 비겁하게 에
둘러 욕해?

도진의 답장에 이수가 막 정리한 머리카락을 다시 움켜쥔다. 악! 어
떡해. 어떡해. 쥐구멍이 있다면 숨고 싶다. 침대 위에 누워 데굴데굴 구
르며 허공에 하이킥을 하던 이수가 벌떡 일어나 앉는다. 그래, 갈 데까
지 가보자.

태산씨, 김도진씨가 뭔가 오해를 하신 것 같은데 만나서 오해를 풀어야 할까요?

태산아, 나 지금 논현동 425-1번지로 갈 건데 서이수씨한테 여기로 오라면
올까?

태산씨, 저 지금 김도진씨 만나러 가려고요.

태산아, 내가 합의해주면 서이수씨가 밥 정도는 사겠지?

태산씨, 전 합의만 해주면 밥이 아니라 쌀농사라도 지을 준비가 되어 있거든요.

태산아, 쌀농사 말고 포도 농산 어떤지 물어봐줄래?

한 시간 후. 도진과 이수는 꽤 비싸 보이는 와인바에 앉아 있다. 포도

농사를 원했던 도진이 선택한 장소다. 이수는 방금 전까지 나눈 문자는 없었다는 듯 시침 뚝 뗀 채 묵묵히 와인 리스트만 본다. 산지와 품종별로 나뉘어 있는 길기만 한 리스트를 잘 모르겠어서 도진이 페이지를 넘길 때마다 눈치껏 따라 넘기는 중이다. 저걸 콱 그냥. 얼핏 봐도 만만치 않은 가격이다. 포도농사는 제겐 무리였나봐요, 태산씨.

"합의서는 언제……"

"계산 아직 안 했잖아요."

"계산은 나갈 때 하는 거죠."

"하고 말해요. 그냥 튈지 어떻게 알아. 펜도 훔쳐갔는데."

이수는 훔쳐갔다는 표현에 반박은 못 하고, 분한 듯 물잔만 만지작거린다. 곧 도진이 주문한 와인이 나온다.

"왜 그렇게 봐요? 펜 도둑이 소 도둑 된다, 몰라요?"

"제가 뭐 오만 약점 다 잡힌 처지에 할 말은 아니지만, 끌려다닐 만큼 끌려다녀드린 거 같거든요? 혹시 김도진씨 기억 못 한 벌, 이렇게 받고 있는 겁니까?"

"아닌데."

"그럼 뭔데요?"

"볼 방법이 이거밖에 없어서요. 첫눈에 반했거든요."

"장난하지 말고요!"

"그럼 볼 때마다 반한 건 어때요."

이수는 와인바 조명 탓인가, 도진의 눈빛이 일순 깊어진 기분이 들었다. 그럼에도 그가 말한 '첫눈에 반했거든요'는 설득력 있게 들리지 않는다. 이자가 이런 장난칠 만큼, 내가 밉보인 건가. 머리에 다시 열이 오르는 듯했다.

"이보세요."

"태산이가 왜 좋아요?"

도진은 덤덤하게 물으며 와인을 한 모금 머금는다. 이수의 반응은 얼추 예상하고 있었다. 분명 또 당혹스런 기색을 숨기지 못할 테고, 변명하려 들 거다. 이미 다 들켰는데도.

오늘 와인 초이스는 환상적이다. 바디감이 묵직한 것이 입안을 가득 채운다. 이수는 예상외로 차분한 얼굴이었다. 이수의 조금 열린 입술 사이로 옅은 한숨이 새어나온다.

"내가 왜 내 짝사랑에 대해 김도진씨한테 브리핑해야 되는지 모르겠지만, 사실 난 그 사람이 왜 좋은지 생각할 겨를조차 없었어요."

작지만 또박또박 말하는 이수다. 그리고 나서 와인 잔을 입가로 가져간다. 목이 타는지 남아 있던 와인을 단숨에 비운다.

"처음 본 순간부터 좋았고 볼 때마다 더 좋았고 지금은, 안 볼 때도 좋으니까."

이수가 처음으로 들려준 진심이다. 도진에게도 표본화되어 있는 것이기도 했다. 통상적인 짝사랑의 방정식이란 그러하니까.

저 여자와 나 사이에 그어진 선을 허물고 싶다. 이수가 장난이라 여기는 말들은 모두 도진의 진심이었다.

"그렇다면 어느 쪽으로든 결론이 나야 좋은 거 아닌가? 다른 사랑을 찾든가, 아님 룸메이트 남친이랑 양다리를 걸치든가."

"내 짝사랑은, 그냥 내가 알아서 할게요. 적성에도 맞고 소질도 있는 편이거든요."

이수의 말투는 정중했지만 잔뜩 날이 서 있다. 도진이 살짝 미간을 찌푸린다.

"그러니까 내 짝사랑, 그만 관람해요. 관객 필요 없으니까."

"……"

"그리고 이건 부탁인데, 비밀…… 지켜주세요."

"합의해라, 비밀 지켜라, 요구가 너무 많네요. 실례 아닌가?"

"……"

"합의서는 오전에 경찰서로 보냈어요. 나머진 담당 형사랑 알아서 해요."

이수는 뜻밖의 말에 십 년 묵은 체증이 내려가는 기분이었다. 반면 도진은 표정 변화는 거의 없지만 심기가 불편해 보인다. 이수가 감사합, 까지 말했을 때 도진이 자리에서 일어난다.

"와인 잘 마셨어요."

감사합니다. 총 다섯 음절이다. 이 다섯 음절을 채 듣지도 않고 자리를 뜨는 도진의 뒷모습에 이수가 엉거주춤 자리에서 일어난다. 잡을 틈도 없었다. 서서히 멀어지는 도진의 뒷모습을 멍하니 바라본다.

• • •

'다음 선약은 저이길…… 연락주세요.'

집으로 온 도진은 의자에 깊숙이 몸을 묻은 채 구겨진 포스트잇을 보고 있다. 탁상 달력 위에 붙여놓은 포스트잇 옆에 '××같이 생긴 게'도 붙어 있다. ××는 대체 뭐였을까. 온몸이 나른한데다 무의식중에 흩어져 있던 생각들이 머릿속을 헤집어 몸의 구멍이란 구멍은 모두 열린 기분이다. 포스트잇을 물끄러미 바라보며 파노라마처럼 스치는 장면들을 열람한다.

오늘은 아무 꿈도 꾸지 않고 기절하듯 잠들고 싶다.

· · ·

여자가 초콜릿 상자를 내민다. 윤이 희미하게 웃는다.

"여러 가지로 감사했어요. 내일이 밸런타인데이더라고요."

"아, 그런가? 잘 먹을게요."

윤의 의뢰인인 여자는 이번 이혼소송을 통해 거액의 위자료를 받았다. 맡은 사건이 원만히 해결되고 의뢰인이 원하는 결과를 얻어 기뻐할 때, 윤은 변호사 되길 잘했다는 생각이 들었다. 가장 보람찬 순간 중 하나다.

"애인 없으시구나, 모르시는 거 보니. 그럼 저랑 저녁식사 어떠세요?"

"죄송하지만 바쁩니다. 요즘 고소가 유행이라서요."

단호하지만 부드러운 윤의 어투는 상대방에게 여지를 주지 않는다. 그와 동시에 배려도 된다. 작은 얼굴에 오밀조밀한 윤의 이목구비는 불혹을 넘겼음에도 때때로 소년 같은 인상을 준다.

"안 넘어오실 줄 알았어요. 다음에 또 이혼하면 올게요."

여자가 일어서자 윤도 함께 일어나 미소 띤 얼굴로 배웅한다.

"그러시면 안 되죠. 이젠 행복하셔야죠."

윤의 말에 여자가 미소로 답하곤 구두 또각거리는 소리를 내며 퇴장한다.

밸런타인데이라. 여자가 준 초콜릿을 들고 자리로 향하는데 노크 소리와 함께 문이 열린다. 메아리다.

"왜 집에 안 들어와요? 나 때문에?"

"너 없을 때도 안 들어간 날 많아. 재워줄 여자도 많고."

여러 의미를 함축한 말이었다. 메아리는 잠시 숨을 삼킨다. 윤이 저런 식으로 어른의 세계에 대해 직접적으로 말한 적은 한 번도 없다. 얼굴도 모르는 익명의 여자들에게 질투가 난다.

"재워도 주고 초콜릿도 주고? 그 여자 착하네."

메아리는 윤 손에 들린 초콜릿을 보곤 흐음, 하는 표정이다.

"어쩐 일인데?"

윤으로선 똑바로 눈을 맞추고 물어오는 메아리를 당할 재간이 없었다. 저도 모르게 말끝에 시선을 다른 곳으로 돌린다.

"이따 밤에 뭐해요?"

가볍게 툭 물어오는 메아리다. 내일은 밸런타인데이이고, 메아리가 불쑥 윤을 찾아온 이유에 대해 어느 남자가 짐작하지 못할까. 윤이 잠시 뜸을 들인다.

"일곱시에서 일곱시 이십분까지 잠실로 이동해 가족식사에 참석하고 아홉시 십분부터 사십분까지 신림동으로 이동해 대학 동기 모임 참석, 자리를 빛낸 다음, 열두시 반부터 야구단 사람들이랑 메이저리그 생방 보기로 했다."

"거짓말."

그렇게까지 아무 틈도 안 줄 건 없잖아요. 그저 나를 떼어내려고, 나와 저녁 약속을 하고 싶지 않아 그러는 걸 충분히 알 수 있다. 온몸의 기운이 빠져나가는 것 같다. 하지만 어쩔 수 없다는 걸 메아리는 잘 알고 있다. 그래서 깜찍하게 웃어 보인다. 윤이 미안해하지 않게.

"뭐, 알겠어요. 즐거운 시간 보내요, 오빠."

방금 전까지 울 것 같은 표정을 하고 있었다는 게 믿기지 않을 정도로 산뜻한 인사였다. 메아리가 나가고 혼자 남겨진 윤은 눈을 내리깐 채 자신의 구두코를 바라본다. 너무했나 싶기도 했지만, 잘한 거다. 자신을 향한 메아리의 대책 없는 순정을 모르는 것도 아닌데 더 큰 상처를 입히는 것보단 낫다.

너는 내 친구의 동생, 나는 네 오빠의 친구. 우리는 그거면 된 거다.

• • •

"세상에 그 말 없는 사람이 다다다다, 랩퍼 줄 알았다니까요."

혀가 약간 꼬이는 듯 발음이 엉키는 메아리의 하소연을 들으며 이수는 김치전을 찢고 있었다.

자정을 두어 시간 앞둔 밤. 고백의 기회조차 없었던 이수와 메아리가 술잔을 기울인다. 이수는 벌써 알딸딸했다. 메아리도 사정은 마찬가지다. 이기지도 못할 술을 왜 그렇게 마시냐고들 하지만, 술을 이기려고만 마시나? 술에라도 의지하려고 마시는 거지.

"진짜 바빴을 수도 있잖아."

지금 이수에게 가장 중요한 건 김치전을 찢는 일이었다. 찢어지는 김치전이 꽤 먹음직스럽다.

"그럴까요?"

메아리가 반색한다. 이수는 한 장을 다 찢고 나머지 김치전에 젓가락을 가져다댄다.

"그럴 리가 있나. 거절한 거지."

"아 진짜! 근데 쌤은요? 울 오빠 아직 몰라요? 쌤이 오빠 좋아하는 거?"

"그걸 왜 알아야 돼! 아, 뭔 놈의 짝사랑이 이렇게 관객이 많냐. 너 진짜 부탁인데, 쉿!"

"왜요. 솔직히 쌤이 먼저 좋아했잖아요. 세라 언니가 가로챈 거지."

이 녀석이 큰일 날 소릴!

"그런 게 어딨어! 먼저 고백한 사람이 임자지."

단호하지만 어딘가 석연찮은 말투였다. 메아리가 눈을 가늘게 뜨고 이수를 물끄러미 본다.

"쌤, 혹시 도진 오빠한테 관심 생긴 건 아니죠?"

"야, 날 뭘로 보고! 짝사랑이라고 우습게 보지 마라. 마셔."

이수가 빈 잔에 술을 따른다. 시간이 흐를수록 두 사람의 혀가 꼬일 대로 꼬인다. 점차 서로가 무슨 말을 하고 있는지 정확히 인지가 되지 않을 지경에 이른다.

메아리가 작정한 표정으로 가방을 열어 초콜릿 상자를 꺼낸다. 윤에게 주려고 했던 초콜릿이다. 메아리가 거칠게 초콜릿 상자를 풀어헤쳐 하나 꺼내들어 내민다.

"쌤, 사랑해요!"

술에 취해 눈에 힘이 풀렸는지 반달웃음을 짓는 메아리의 손을 이수가 덥석 잡는다.

"그래. 나도 사랑한다."

"제가 더 사랑해요."

이번엔 이수가 메아리 입에 초콜릿을 넣어준다.

"내가 더 사랑해."

목소리가 점차 높아진다. 다른 테이블에서 이상한 눈빛으로 구경하는 줄도 모르고.

결국 초콜릿 상자가 텅 빌 때까지 서로의 입에 넣어줬으나, 술집을 나서자 메아리는 태도를 바꾸었다.

"사주세요. 쌤이 제 거 다 먹었잖아요."

술 취한 이수를 끌고 근처 초콜릿가게로 들어온 메아리가 소리 높여 항의했다.

"적반하장도 유분수지."

이수가 입을 댓 발 내민 채 지갑을 꺼낸다.

"와, 사준다 사줘! 치사해서 사준다. 내가. 이거 얼마예요?"

"카드도 쓸 거니까 카드랑 초콜릿 배달해주세요."

"카드 적어주시고 여기 주소 적어주세요."

직원의 요청에 메아리가 발랄하게 달려간다.

・・・

"물…… 물……"

이수가 비척비척 걸어나와 부엌으로 향한다. 생수통째로 벌컥벌컥 물을 마시는데 세라가 보인다.

"뭔 술을 그렇게 먹어."

세라는 요가매트 위에서 허리 비틀기 자세를 하고 있던 참이었다.

"메아리가 술 사달라고 해서."

"걘 남자친구도 없어? 밸런타인데이에 뭔 청승이야."

"그니까."

물을 마셨더니 그나마 살 것 같다. 천장을 향하고 있던 고개를 내리자 술기운이 확 올라온다. 아직도 수분이 부족하다. 다시 생수통을 문다. 딩동. 문자 수신음에 아무 생각 없이 핸드폰을 보는데……

서이수 님께서 주문하신 쇼콜릿이 임태산님께 배달 예정입니다.

"풉!"

"아, 드러. 왜 그래?"

이수는 자기 입에서 뿜어져나온 물로 흥건한 바닥을 지나 미친 듯이 가방을 뒤진다. 갑자기 크게 움직인 탓에 머리가 핑 돌았지만 곧 벌어질지도 모르는 사태를 막는 게 더 중요했다.

찾았다! 가방 구석에 있는 카드명세표를 찾은 이수는 기쁨의 눈물이 흐를 것 같았다. 이제 초콜릿이 배달되는 것만 막으면 된다.

"아, 네. 어젯밤에 초콜릿 산 사람인데요. 네, 맞아요. 취한 여자 둘이요. 혹시 그거 받는 사람이 누구예요? 임태……"

신이시여. 메아리를 은폐한 벌을 이렇게 주시는 건가요.

"출발했어요?"

출발만 안 했으면 아직 기회는 있다. 명세표를 손에 꼭 쥔 채 직원의 대답을 기다리고 있던 이수의 정수리에 절망의 그림자가 흘러내리는 것 같다. 이수는 점차 울상이 되어간다.

"뭐가 그렇게 부지런하세요오……"

이제 남은 방법은 하나. 배달하는 사람보다 내가 빠르면 된다. 그리고 지원군을 확보하는 것이다.

대충 페어입은 옷차림으로 집을 뛰쳐나온 이수가 전화를 건 사람은 이 상황에 가장 도움이 될 수 있는 자였다. 동시에 이번에 도움을 준다고 해도 후에 어떤 나비효과를 일으킬지 모르는.

"안녕하세요, 서이숩니다. 혹시 지금 사무실에 계세요?"

"왜요, 내가 댁 집 앞에 있었으면 좋겠어요?"

이자가 진짜······

"예, 아니요로만 답해주심 안 될까요? 제가 지금 무지 급하거든요? 혹시, 태산씨 같이 계신가요?"

"없어요. 현장으로 바로 출근."

"저 지금 사무실로 갑니다. 놀라지 마세요."

도진은 방금 출근했는지 목도리를 풀어 책상 위에 놓는다. 멋대로 끊긴 전화를 보며 기도 안 차다는 표정이다. 이렇게 끊어? 합의 해줬다 이거지? 황당해서 헛웃음을 짓고 있는데 여비서가 커다란 바구니를 들고 들어온다. 바구니에는 초콜릿이 산더미처럼 쌓여 있었다.

"뭐야?"

"임소장님한테 온 건데요?"

컴퓨터 앞에 앉은 도진이 태산의 책상을 흘끗 본다. 안 그래도 태산의 책상에는 이미 초콜릿이 꽤 놓여 있었다. 애들도 아니고. 상대적으로 썰렁한 제 책상을 애써 외면하는 도진이다.

애꿎은 도면을 들춰보지만 이수가 온다고 한 순간부터 아무렇지도 않게 일을 하기는 그른 것 같다. 집중이 안 돼 괜히 책상에 도면을 펼쳐보기도 하고, 연필과 지우개도 다시 세팅해본다. 테이블 위에 있던 미니어처도 가져다놓는데, 태산의 책상이 계속 거슬린다. 아마 초콜릿 때문일 것이다. 도진이 태산의 초콜릿들을 그러모아 자신의 책상 위에 가져다놓는다. 각도를 잘 맞춰놓고 있는데 이수가 불쑥 들어온다. 도진이 얼른 도면을 들여다본다. 이수는 뭐가 그리 급했는지 숨을 헐떡이고 있다.

"잠시, 실례 좀."

도진에겐 눈길도 안 주고 태산의 책상으로 다가가 초콜릿을 찾는다. 기껏 세팅 다 하고 잘나가는 건축가 컨셉으로 기다리고 있었는데 태산이 책상으로 간다 이거지?

"태산이한테 볼일 있으면 직접 통화하지 왜 가만히 있는 날 교환원 만들죠? 다 듣기고 인정했으니 공식적으로 이용하겠다 그건가?"

뭐에 홀린 사람처럼 태산의 책상 주위를 살피는 이수다. 고개도 안 돌리고 찾는 데 열중한다.

"그런 게 아니라 무지 급한 사정이 생겨서요. 어? 이상하다? 혹시……"

그때야 도진을 본다. 정확히는 도진을 보려다 도진 책상 위에 놓인 초콜릿 바구니를 봤다. 이수의 시선을 느낀 도진이 머쓱한 척 웃는다.

"아…… 단 거 안 좋아한다고 말을 해도 참."

"인기가 많으신가봐요?"

"모르는 이름들도 꽤 있어요. 난감할 지경이죠."

"아, 그래서 그런지 저한테도 받으셨네요?"

이수가 가리킨 건 초콜릿들 중에서도 가장 큰 바구니였다. 이수가 바구니를 가리킨 채 차츰 다가온다.

"젤 비싼 걸루다가."

이수가 초콜릿 바구니를 집어들고 가소롭다는 듯 도진을 본다.

"이수씨? 아침부터 웬일이에요?"

도진이 분명 현장으로 출근한다던 태산이었다. 당황한 이수가 바구니를 뒤로 숨긴다.

"안……녕하세요."

웃는 것도 우는 것도 아닌 애매한 표정이다. 태산이 특유의 시원시원한 목소리로 이수를 반긴다.

"예상 못 한 인물이 있으니까 되게 반갑네? 어쩐 일이에요. 너 이 자식! 아직 합의 안 해줬어?"

"너한테 보낸 거래."

이미 마음 상하고 기분 너덜너덜해지고 수치심까지 얻은 도진이 할 수 있는 최대의 공격이자 방어였다. 도진이 이수가 등뒤에 숨긴 초콜릿 바구니를 가리키고 있었다.

"나한테?"

태산이 도진의 손끝이 가리키고 있는 곳을 쳐다본다. 가린다고 가렸지만 누가 봐도 이건 '초콜릿 바구니'고, 오늘은 '밸런타인데이'다. 망했다.

"너한테 고백하려나봐, 서이수씨가."

도진이 얄밉게도 결정타까지 날린다.

"김도진씨!"

"고백을요? 저한테? 아니, 나한테?"

"여기 너랑 나 둘밖에 없는데, 그럼 날까?"

"네! 맞아요! 김도진씨 맞아요!"

이번엔 도진이 이수를 가소롭다는 듯 본다. 태산은 놀란 표정으로 도진을 본다. 이건 또 어떻게 돌아가는 상황인 거야. 태산이 설명을 바라는 표정으로 이수를 보지만, 얼굴이 빨개진 이수도 횡설수설이다.

"여기 백 명이 있어도 김도진씨고요, 제 세상은 온통 김도진씨고요,

죽어도 제가 고백하고 싶은 사람은, 김도진씨예요."

　태산은 얼떨떨했지만 이수의 기세에 당황해 할 말을 잃었다. 발그레해진 이수의 볼은 얼핏 보면 도진을 향한 열렬한 사랑 고백으로 인해 달아오른 듯 보일 수도 있을 것이다. 열렬한 사랑 고백의 주인공인 김도진은 그리 달갑지 않아 보인다. 이수가 초콜릿을 내민다.

　"받아……주실 거죠."

　이수는 간절히, 이자가 상황극을 잘 헤쳐나가주기를 바랐다. 제발.

한눈에 봐도 갓 스무 살을 넘긴 듯 보이는 앳된 여자다. 사랑에는 국
경도, 나이도 없다고 굳게 믿고 있는 웨이터는 이 여자를 룸으로 에스
코트한다.

룸 안에 있던 네 남자의 시선이 여자에게 쏠린다.

"잠시 실례 좀……"

누군가 먼저 엉덩이를 떼고 여자 곁에 앉는다. 결 좋은 긴 머리카락
에 마디가 불거진 남자다운 손가락이 얽힌다. 맞은편에 앉아 있던 또다
른 누군가가 숨을 삼킨다.

"흐트러졌네요. 천국에서 떨어지느라 미처 신경을 못 썼나봐요."

어떻게 저런 멘트를 날릴 수 있을까. 정록의 행동을 주목하던 여섯
개의 눈동자가 경악을 금치 못한다. 여자는 노골적으로 느끼하게 구는
정록이 싫지 않은지 살짝 웃어 보인다. 정록이 잔에 술을 채우며 눈을
게슴츠레 뜬다. 여자가 가볍게 술잔을 받는다.

"그럼 식순에 의거, 올해 몇 살?"

"스무 살이요. 아저씨들은요?"

"여기 아저씨가 어디 있어. 열 살 차이는 오빠지, 오빠. 오빠들은 서른. 팔삼 년생."

태산은 본래 나이보다 열한 살이나 깎는 데 일말의 죄책감도 없는 표정이다. 확신을 주기 위해 연도까지 들이대는 걸 보니. 도진이 '네가 어딜 봐서 서른이냐'는 눈빛으로 태산을 째려본다. 그러곤 한다는 말이,

"꼭 저런 뻥을. 해 바뀌어서 서른하나. 팔이."

"아……"

여자의 반응을 보니 분명 눈치를 까고도 남은 표정이다. 윤이 빠르게 분위기를 살핀다. 여자를 빤히 보던 태산이 고개를 갸웃한다.

"근데 쫑팔이 닮지 않았냐? 대학교 일학년 땐가 이학년 땐가 장가간 놈 있잖아."

"종석이? 걔 뭐 애니메이션 감독 한다던데?"

간만에 아는 이름이 나와 잠시 흥분한 정록이다.

"혹시…… 나종석이요?"

"어떻게 알아. 그렇게 유명해?"

태산은 이때 좀더 상상력을 발휘했어야 했다. 쫑팔이가 스물하나에 애를 낳았으면 분명 저만한 여식이 있겠지, 라고.

"아저씨들은 우리 아빠 어떻게 아세요?"

"……"

정적이 룸 안을 휩쓸고 지나간다. 시끄럽게 울리는 셔플댄스 음악 소리가 점차 멀어져간다. 태산이 침을 꿀꺽 삼킨다. 그새 입안이 바싹 말랐다. 바지를 살짝 올린다. 갑자기 일어날 것을 대비하는 사람처럼.

"여기서 이름 말한 사람 없지?"

태산의 말이 끝나기 무섭게 누가 먼저랄 것도 없이 앞다퉈 룸을 빠져나간다. 넷 모두 고등학교 3년 내내 체력장 1등급에 빛나는 실력을 마음껏 발휘하여.

"같이 가아!"

옛 친구의 딸에게 가장 적극적이었던 정록도 허우적거리며 룸을 빠져나간다.

3. 짝사랑을 시작해보려고요

아주 작은 신음소리였다. 그럼에도 도진의 의식은 잠에서 어슴푸레 빠져나온다. 뒤척이는 소리와 함께 도진의 등에 체온이 느껴진다. 아, 은지가 와 있었지. 도진은 완전히 잠에서 깬다. 어제는 2월 14일. 오늘은 2월 15일······ 수요일. 눈은 감은 채 날짜를 헤아리던 도진이 눈을 뜬다. 맞구나, 수요일. 전자시계를 보며 안심한다. 선명히 WED라고 찍혀 있었다. 눈을 감자 이번엔 다른 게 떠오른다.

도진이 잠옷 차림 그대로 작업실 겸 서재에 들어선다. 책상 위에서 충전중인 펜을 집어들고 되감기 버튼을 누른다. 이쯤이었던 것 같은데. 플레이 버튼을 누르자 최팀장 목소리가 나온다. 더 앞으로 감는다. 그리고 플레이. 이번엔 이수 목소리가 나온다.

"제가 고백하고 싶은 사람은, 김도진씨예요."

도진이 귀를 쫑긋한다.

"받아······주실 거죠?"

거기서 어떻게 나한테 고백할 생각을 하나, 이 여자야. 바람 빠지듯 웃음이 나온다. 태산의 표정이 볼 만했다. 어떻게 돌아가는 상황인지 감도 못 잡겠다는 표정이었다.

"괜찮겠어요?"

이번엔 내 목소리다. 녹음된 목소리가 익숙해질 때도 됐는데 들을 때마다 낯설다.

"내가 지금 그걸 받으면…… 나랑 오래오래 행복해야 할지도 모르는데."

"그거면 됐죠! 더 바라면 나쁜 년이죠. 그럼."

펜에 물건이 닿았는지 잡음과 부스럭거리는 소리가 들린다. 이수가 도진의 품에 초콜릿 바구니를 턱 하고 안긴 탓이다. 쾅. 이수가 문을 닫고 나가는 소리에 태산의 넋빠진 목소리가 얹힌다.

"어떻게…… 대체 왜? 언제부터?"

탁. 도진은 종료 버튼을 누른다. 때로 얼굴보다도 목소리가 더 생생하게 다가올 때가 있다. 이수가 곁에서 이야기하기라도 한 듯 생생하다. 펜을 책상 위에 던지듯 놓곤 자리를 벗어난다. 아무렇게나 놓인 펜 옆에 탁상 달력이 놓여 있다. 구겨진 포스트잇에 적힌 반듯한 글자들. '××같이 생긴 게' 포스트잇에는 도진이 유추한 단어인 훈남, 연옌, 귀족 등이 쓰여 있다.

긍정적인 걸까, 자백인 걸까.

．．．

"진짜 서선생이 고백을 했단 말이야?"

도라지무침을 집던 윤의 젓가락이 공중에서 멈춘다. 태산은 조기구이를 난자하다시피 젓가락으로 헤집고 있었다.

　"그렇다니까. 이 무슨 스펙터클한 전갠지 모르겠다. 내 눈앞에서 벌어진 일이라 안 믿을 수도 없고. 아니 뭐 또 그렇게까지 진정성 있게 고백을 해?"

　갑자기 욱하는지 태산의 목소리가 높아졌다.

　"니가 왜 승질이야?"

　쓸데없이 욱하는 태산이 의아한 윤이다.

　"난 이수씨가 너랑 잘되길 바랐지, 도팔이가 아니라."

　"나랑 윤이랑 잘되길 바랐다고?"

　타이밍 좋게 도진이 들어와 앉는다.

　"서선생한테 고백 받았다며? 직구 스트라이크로."

　윤은 드물게 즐거워 보이는 표정이었다. 도진의 옆구리라도 콕 찌를 기세다. 태산은 아무 말도 없다.

　"무슨 빅뉴스라고 온 동네가 다 알아. '오늘은 전국이 대체로 맑겠습니다'랑 뭐가 달라서."

　"재롱 떤다. 그래서, 서선생이랑 정식으로 만나는 거야?"

　"만나려고 해도 창피한지 자꾸 피하네."

　"니가 창피하대?"

　도진이 윤을 매섭게 흘긴다.

　"다 먹었음 가, 안 바빠?"

　도진이 버럭하자 윤이 밥공기를 비스듬히 들어 보인다. 한 숟가락 정도 남아 있다.

　둘이 옥신각신하는 사이 계속 입을 다물고 있던 태산이 도진을 물끄러미 본다. 도진은 옆얼굴에 시선을 느끼면서도 입을 굳게 다문다. 그 입매가 고집스러워 보인다.

"이수씨 좋은 여자야. 착한 사람이고."

"그러냐?"

"순수한 여자라고! 내가 너한테 한 번도 소개 안 시켜준 거 보면 모르겠냐?"

"깜빡한 거 아니고?"

이걸 확! 오늘따라 더 얄밉게 구는 도진 탓에 주먹이 우는 태산이지만 꾹 참는다.

"이수씨한테 진심 아니면 지금 거절해. 니가 호기심으로 기웃거릴 여자 아니야."

"호기심이 진심 되는 거지. 지금 그 과정일지도 모르잖아?"

"지금 그 과정에 모델, 스튜어디스, 의사, 대학원생 다 있잖아. 그중에서 진심 찾고, 이수씬 빼자."

도진으로선 고백 사건이 있은 뒤 태산이 취하는 태도가 잘 납득이 되질 않았다. 원래도 감정표현에 솔직한 태산이기는 하지만 친구들끼리 치고받으며 장난칠 때의 분위기와 다른 건 말할 필요도 없다. 태산의 감정은 뭘까. 정말 이수한테 아무 감정도 없이, 단순히 내가 건드리고 말까봐 이러나? 도진은 태산과 눈을 똑바로 마주한다.

"선수의 품격을 지켜."

웃음기 없는 진지한 말투였다. 태산이 테이블에 놓여 있던 도진의 핸드폰을 건넨다.

사무실로 돌아온 도진은 의자에 몸을 묻고 앉는다. 워낙 커 외면하려야 할 수 없는 초콜릿 바구니가 책상 한쪽에 놓여 있다. 돌아오면서 이수에게 전화를 네 번 걸었지만 통화시간은 모두 0:00. 심지어 한 번은 메어리가 받아 '이 핸드폰 주운 사람인데요'라며 빤히 보이는 상황극으로 도진을 더욱 노엽게 했다. 지금 상황에서 아쉬운 건 이수일 텐데 말이다. 도진이 의자를 당겨 초콜릿 바구니를 손으로 잡아끈다.

이런 식으로 피하기엔, 너무 어마어마한 사고를 치셨는데.

잡은 김에 초콜릿을 하나 집어드는데 무언가 수줍게 모습을 드러낸다. 초콜릿에 가려 보이지 않던 카드다. 카드가 있었어? 그래서 더 필사적으로 달려온 거군. 카드를 펼쳐 읽어내려가는 도진의 표정이 삽시간에 일그러진다. 이 무슨…… 오글거리는……

> 태산씨. 시리도록 아픈, 슬프도록 예쁜, 나의 태산씨. 하지만 레알 나빠요 그대란 사람 ㅜ.ㅜ 왜 허락도 없이 내 맘 가져감?

도진이 들고 있던 초콜릿을 도로 바구니에 던진다.

> 그래서 난 심장이 없다능. ㅠ.ㅠ 그러니까 저 그냥 니 꺼 하면 안 될까요?
> ─서이수

기가 막히는 도진이다. 이런 문장을 제정신으로 구사했단 말이야? 주저 없이 카드를 덮어 바구니에 던지곤 도면을 펼친다. 도면이 눈에 들어올 리 없다. 이내 재킷을 챙겨 사무실을 나간다. 가는 곳은 심장이 없다는 여자네 집인 걸로.

외출복 차림으로 현관을 나오던 세라가 멈칫한다. 도진이 차에서 막 내린 듯 리모컨으로 차 문을 잠그고 있었다. 돌아서던 도진이 세라를 보고 목례한다.

"자주 뵙네요? 설마 저 보러 오신 건 아닐 거고."

"네, 서이수씨요. 죄질이 불량한데 전화까지 안 받아서요."

세라가 이수 방 창문을 흘긋 본다. 그때, 멀찍이서 집을 향해 걸어오던 이수가 도진과 세라를 발견한다. 세라는 이수를 못 봤는지 태연하다.

"없어요, 집에. 여자가 전활 안 받는 이윤 딱 두 가진데. 너무 좋아 죽겠거나, 너무 싫어 죽겠거나."

시크하게 말하고 나서 세라는 차로 걸어간다. 해석의 여지가 있는 말이었다. 도진이 따라 걷는다. 제가 생각한 해답을 내놓으며.

"혹은, 너무 좋아 죽겠는 자기 자신이 너무 싫어 죽겠거나."

"그건 로미오와 줄리엣이나 가능한 단계고요."

세라가 가볍게 핀잔을 준다. 그들이 대문 앞을 벗어나자 이수는 눈에 띌 가능성이 매우 농후해졌다. 일단 제일 가까운 대문 앞으로 뛰어드는데 어째 문패가 낯익다.

"서선생님?"

왜 하필 목사님 댁으로 뛰어들었을까……

· · ·

버튼을 누르자 요란한 소리와 함께 에스프레소가 추출된다. 향긋한 커피 냄새는 언제 맡아도 좋다. 오늘은 좀 부지런을 떨어 방금 볶은 콩으로 내리는 터라 냄새가 더욱 그럴싸하다. 향이 이러니 마시면 더 좋을 거다. 정록의 표정이 감미로워진다.

"안녕하세요, 사모님."

간만에 바리스타의 면모를 뽐내던 정록이 어깨를 흠칫 떤다. 매니저의 목소리에 다른 직원들이 인사하는 소리도 들린다.

"음. 안녕?"

시크하게 인사를 받아주는 민숙의 목소리에 정록이 고개를 든다. 오더카운터 앞에 선 민숙에게 최대한 환한 미소를 지어 보인다. 민숙이 등장하는 순간부터 살짝 겁을 먹었지만 말이다. 눈꼬리를 길게 뺀 아이라인이 민숙 특유의 날 선 느낌을 배가시킨다.

"아메리카노. 뜨겁게."

"민지……야, 아메리카노 하나. 식사는."

"방금 시켰잖아."

민숙이 지갑에서 카드를 꺼내 내민다.

"에이, 왜 이래. 와이프한테 커피값 받을까."

"받아."

민숙이 나직하게 내뱉는다. 다른 사람에겐 들리지 않는다. 정록은 뭔가 개봉박두구나 싶어 군말 없이 받아 결제한다.

"사인……해주세요."

민숙이 서명란에 무엇인가를 쓰자 모니터로 결제 화면을 보고 있던 정록의 얼굴이 달아오른다. 그는 숨을 삼키곤 서명을 재요청하듯 공손히 양손바닥을 모아서 기계를 가리킨다. 여보, 달링…… 눈썹을 씰룩이며 아련한 표정을 지어 보이는데 이번엔 '어디서 잤어'라고 입력된다. 미치고 팔짝 뛰겠네. 정록이 하는 수 없이 '어디서 잤어'가 그대로 찍힌 영수증을 출력해 카드와 함께 민숙에게 내민다.

"도진이네서 잤습니다, 손님."

내민 손이 무색하게 쏘아보기만 하는 민숙이다.

"진동 벨 드릴까요, 손님?"

정록은 애써 모른 척 화제를 돌린다. 어서 오세요, 직원들이 다시 합창한다. 입구를 보니 세라가 먹구름 낀 표정으로 들어오고 있었다. 몸에 딱 맞게 피팅된 블랙 미니원피스 차림이다.

세라가 오늘만큼 반가운 날이 없다.

"어, 홍프로!"

정록이 반갑게 알은척을 한다.

"카페인이 필요해요."

세라가 애교스러운 말투로 주문하곤 옆에 선 민숙을 발견한다. 카페에 들어올 때만 해도 찌푸려져 있던 인상이 민숙을 보자 확 펴진다.

"어머, 언니. 못 본 사이 더 어려지셨어요."

"돈 들이니까. 자기도 나쁘진 않네."

"그래요? 비비크림만 바른 건데. 제 나이엔 왜, 신경쓰면 외려 더 촌스럽잖아요."

정록은 들었다. 민숙의 이마에 금 가는 소리를. 나이는 정록보다 연상인 민숙이 민감해하는 것 중 하나다. 여느 사십대 여자들이 그러하듯.

"그래도 신경쓰지 그랬어. 나쁘지 않다는 거지 괜찮다는 얘긴 아니었는데. 실력이 그럭저럭이면 필드에서 보여줄 게 뭐 하나는 더 있어야 하잖아?"

두 여자의 만만치 않은 기 싸움에 한낮의 햇살을 머금은 평화로운 카페에 살얼음이 어는 것 같다. 둘 중 하나가 어서 포기해주었으면 좋겠다. 정록은 진심으로 바랐다.

"뵐 때마다 느끼는 건데, 전 언니가 참 부러워요. 집안 좋으셔서 아무 능력 없어도 멋지게 사시잖아요. 남는 게 시간이라 그런지 괜한 걱정도 사서 하시고."

"뭐?"

"홍프로, 주문해야지. 라테? 카푸치노?"

정록이 민숙의 말을 끊었다. 평화로운 카페를 지켜야 한다는 일념으로 한 용기 있는 행동이었다.

"아메리카노. 얼음 가득 넣어 큰 걸로 한 잔요. 그럼."

유유히 사라지는 세라의 뒷모습을 민숙이 살벌한 표정으로 노려본다. 그러곤 정록 쪽으로 홱 고개를 돌리는데, 정록은 새삼 청담마녀 박민숙의 진가를 확인할 수 있었다.

"거기서 말을 자르면 어떡해. 내가 말할 차렌데."

제 몫으로 나온 아메리카노를 낚아챈 민숙이 냉랭하게 돌아선다.

"가는 거야? 가, 그럼~"

정록이 반색하며 카페를 가로질러 사라지는 민숙의 등에 대고 외친다. 아무렇지 않은 척, 쿨한 척 커피를 홀짝이던 세라도 그 소리에 민숙의 뒷모습을 보며 미간을 찡그린다.

· · ·

목사님 댁으로 피신한 이수는 어떻게 됐을까. 이수는 메아리가 그랬던 것처럼 성경책을 들고 멍하니 대문을 나섰다. 하나님의 깊으신 사랑에 탄복했는지 멍한 표정으로 집을 향해 터덜터덜 걷는다. 이 사달이 나게 한 원인 제공자인 임메아리에게 오리걸음을 시킨 게 내심 마음에 걸린다. 허나 그 찝찝함은 그자의 문자를 보고 상쾌하게 지울 수 있었다.

고백해놓고 이러기예요?

화들짝 놀란 이수가 옆 담에 머리를 박는다. 죽어, 죽자, 인간아. 문자를 다시 봐도 내용은 변하지 않는다. 그런 사고를 쳐놓고 도진의 전화를 피하는 게 아니었다. 물밀 듯 밀려오는 후회에 젖어 있는데 또 진동이 온다.

*부디 잡히지 맙시다.^^*

웃었어! 그자가 웃고 있어. 근데 전혀 웃는 것 같지 않아. 웃고 있어서 더 무서워. 어떡해, 어떡해. 발을 동동 구르고 있는데 익숙한 얼굴과 눈이 딱 마주친다. 간 줄 알았던 도진이 차 안에 앉아 가소롭다는 듯 보고 있었다. 성경책을 품에 안은 채 하얗게 질린 이수를 보며 도진이 천천히 차에서 내린다.

이수는 돌처럼 굳어졌다. 당혹감이 밀려와 머리가 마비된 것 같았지만 그래도 줄행랑을 칠 각오만은 하고 있었다. 코앞까지 다가온 도진이 바지 주머니에 양손을 찔러넣는다. 빤히 보는 도진의 시선이 이수의 정수리에 느껴진다.

"잡히지 말라니까. 짝사랑은 태산이랑 하고 고백은 나한테 한 서이수 씨."

쥐구멍이라도 있으면 숨고 싶다. 이수가 살짝 고개를 든다.

"안녕, 하셨어요."

"별루요."

도진은 웃고 있었다. 아까 문자에서 본 웃음 이모티콘의 실사판이었다. 실제로 보니 예상보다 더 무섭다.

"저만 하시겠어요……"

"민망해서 전화도 못 받고 잠도 못 자고 밥도 못 먹고."

"그렇죠!"

"날 이용했으니까."

웬일로 순순히 동의해준다 했다. 틀린 말이 아니라 반론의 여지도 없다. 이수도 순순히 답하는 수밖에 없다.

"그렇죠……"

"남잔 태어나서 딱 세 번 삐뚤어져요. 펜을 절도당했을 때, 포스트잇에 쓰인 자기 욕을 봤을 때, 그 욕 쓴 여자한테 초콜릿을 받았을 때."

"아우, 절도 아니라니까 또 절도래. 완전 장난꾸러기."

괜히 더 오버하며 몸까지 앞뒤로 흔들어봤지만 반응이 싸하다. 이수가 바로 얌전해진다.

"어디 가서 얘기 좀 하실래요? 쫌만 가면 커피숍 있는데."

"난 고급 소파와 알코올이 있는 좀더 사적인 장술 원해요. 소음과 시선들로부터 우리 둘을 분리해줄 네 개의 벽과 지붕으로 막힌 거실 혹은, 침실."

나름 도덕적으로 살아온 윤리여신 서이수가 알기로 그런 공간은 한 군데 밖에 없었다.

"호, 호텔 가자고요?"

후회했을 땐 이미 뱉고 난 뒤였다. 도진의 표정을 살피는데 이수의 발상이 기가 막히는지 피식 웃는다. 분명 저자가 의도한 거다. 일부러 목적어를 애매하게 말해서 이수로 하여금 '호텔'을 유도해낸 게 분명하다. 아, 억울해.

도진이 이야기한 '네 개의 벽과 지붕으로 막힌 거실 혹은, 침실'은 집을 이야기하는 거였다. 이수는 새삼 민망해 제 머리를 콩콩 쥐어박고는 캔맥주를 챙겼다. 피아노 옆에 서서 거실을 둘러보는 도진에게 캔맥주를 내민다.

"앉으세요."

간신히 말만 하고 고개도 못 든다. 오늘 이 여자 정수리 구경 많이 하네.

"전 어제 마신 술이 마중 나와서……"

이수가 머그잔에 담긴 커피를 후루룩 마신다. 도진은 앉기는커녕 피아노에 팔을 걸치고 서서 이수를 더욱 빤히 본다. 아무 말도 없는 게 더 무섭다. 무슨 말이라도 좀 해보세요오…… 이수는 무슨 말부터 해야 할지 속으로 단어들을 고른다.

사실은 아까부터 도진이 이 집에 있는 게 신경쓰였다. 도진이 집 안에 들어서는 순간부터 공기가 바뀐 느낌이 든다. 가장 익숙한 장소인 우리집이 낯선 건 처음이다. 캔맥주를 휘감고 있는 긴 손가락도 쓸데없이 신경쓰인다. 맥주만 홀짝이는 도진이다. 이수가 간신히 입을 연다.

"어젠 많이 당황하셨죠. 사실은 그게……"

"언제부터 내가 좋았어요?"

도진이 대뜸 물어오자 이수가 고개를 반사적으로 번쩍 든다. 이수와 시선이 얽혀든 순간 도진이 팔을 기대고 있던 피아노에서 푸릇푸릇한 잎이 돋아난다. 도진은 어디선가 산들바람이 불어오는 걸 느낀다. 집 안은 점차 푸른 초원으로 물들어가고 이수는 초원 한가운데 앉아 있다. 시간이 마시멜로처럼 길게 늘어진다. 일 초가 수십 번 쪼개지는 것 같다. 푸른 초원 위에 네 개의 벽과 지붕은 사라지고 도진이 기대고 있는 피아노와 이수가 앉아 있는 소파만 남는다.

눈을 동그랗게 뜨고 나를 보고 있는 저 여자. 딱 보기 좋을 정도로 물든 이파리들. 이수는 알까. 지금 도진 눈에 보이는 이수의 머리카락이 살랑거리며 흔들리고 있다는 걸.

"내 어디가 그렇게 좋은데요?"

작정하고 놀리는 목소리가 바람결을 타고 이수에게 전달된다.

"죄송합니다."

책잡히거나 꼬투리를 잡힌 상대방이 잔뜩 수그리고 들어오면 나머지 한쪽은 괴롭히는 입장이 될 수밖에 없다. 거듭 사과해도 받아주지 않으면 계속 사과하는 수밖에 없다. 그리고 아이러니하게도, 잘못을 저지른 상대가 주눅 든 모습을 보일수록 좀더 괴롭혀주고 싶어진다.

"고백하고 싶어 죽겠었나봐요? 초콜릿 바구니가 이마아안했죠. 그 정도면 임산부나 노약자는 들지도 못한다고. 위험해서."

"정말 죄송합……"

"또 뭐 그렇게 이해 못 하는 건 아니에요. 안 그럴라 그래도 참. 시리도록 아픈…… 슬프도록 예쁘긴 하죠, 내가."

"……"

"동의 안 하는 눈빛이네요? 겁도 없이?"

"시리도록이 너무 엄청나서 뒤를 못 들었어요. 슬프도록 나쁘긴 하다고요?"

참고 참던 이수가 반격하는 바람에 도진의 초원은 사라지고 다시 거실 풍경으로 돌아온다.

"남잔 태어나서 딱 네 번 삐뚤어져요."

"아깐 세 번이라면서요!"

"방금 본인이 하나 늘렸어요, 굳이."

이수가 손으로 입을 가린다. 이놈의 입이 문제지, 입이. 기왕 참는 거 조금만 더 참을걸, 괜히 까불었다가 수습할 일만 더 늘었다.

"아우, 나 좀 봐. 김소장님 원래 꽃다우셨죠! 어쩐지. 볼 때마다 참 슬프도록 예쁘다, 했거든요."

되레 오버하는 이수를 보며 도진이 미간을 팍 구긴다. 수가 너무 얕아 다 보인다. 도진의 반응에 더욱 찔린 이수가 목소리를 높인다.

"왜요? 설마 지금 본인이 꽃답지 않다고 생각하시는 거예요? 어머, 난 듣는 순간 너무 이해갔는데? 아, 속상해. 너무 겸손하신 거 아니에요?"

"원래 그렇게 다중이에요? 혹시 서이수 선생 안에 있어요? 호는 절도, 짝사랑에 소질을 보이며 안면몰수가 특기인 여잔데."

"무슨 그런 과찬을. 오늘 왜 오셨다고요?"

다중이 맞나보다. 이 여자 안엔 다른 여자들이 너무도 많다.

"그쪽 생각해서 왔죠. 태산이가 다 보고 있었잖아요. 어제 그 고백."

"안 그래도 생각해봤는데요. 그냥 난 그 여자 싫다, 그래서 찼다, 라고 하면……"

"안 싫은데 난?"

도진은 단호했다. 잔뜩 놀릴 때와는 달리 목소리가 낮게 깔렸다. 이수는 당연히 독설을 뿜으며 응수할 줄 생각한 터라 말문이 막힌다.

"그럴 맘 없다고."

아니, 왜 없는데, 왜? 없을 게 뭔데. 돈 드는 일도 아니고, 범죄도 아닌데!

"왜요? 뭐 어려운 일이라고? 제가 가서 차였다 할 순 없잖아요."

"이유는 이미 밝혔고."

"이유를 언제요?"

"내 전환 계속 안 받을 겁니까?"

다 비운 맥주 캔을 피아노 위에 두고 도진은 현관으로 향한다.

"계속하시게요?"

등뒤에서 이수가 물어왔다. 웬만한 거엔 마음 상할 일 없는 도진임에도 가슴 한구석이 뻐근하다. 정말 궁금해서 물어본 걸 수도 있지만, 하지 말라는 소리인 걸 안다.

"내 전화 받기 싫어요?"

"좋다 싫다 뭐 그런 문제가 아니라."

"받아요, 그럼."

문이 쾅 닫힌다. 현관까지 따라 나오던 이수는 문이 닫히고도 그대로 멈춰 서 있다. 째깍째깍. 도진이 사라진 자리에 벽시계 초침 소리가 유난히 크게 울린다. 방금 전까진 안 들렸는데.

• • •

집에 들어서던 메아리의 눈이 커진다. 현관에 남자 구두 하나가 놓여 있다. 심장이 빨리 뛰기 시작한다. 눈에 익은 신발에 눈길을 주며 구두를 벗는다. 오리걸음의 여파로 다리에 알이 뱄는지 뒷다리가 확 당긴다. 신음하며 거실로 들어서는데 안쪽 방문이 열린다. 짐가방을 든 윤이었다. 예상치 못한 만남에 메아리의 눈이 그리움으로 물든다.

이 년 전 뉴욕행 비행기에 오르며 다짐을 했었다. 여자가 되어서 나타나줄 거라고, 내 첫사랑에게 멋지게 한 방 먹여줄 거라고.

사실은 되게 많이 보고 싶었는데.

"갈아입을 옷 좀 챙기려고."

윤이 머쓱하게 짐가방을 내려다본다.

"여자들이 잠은 재워줘도 옷은 안 빨아주나보죠?"

"그렇기도 하고 이쁜 옷도 입고 싶고. 이쁜 옷은 다 두고 갔더라고."

한껏 비꼰 거였는데 정작 윤은 아무렇지 않은 척이다. 밉다. 밉지만,
좀더 보고 싶다.

"나 없는 시간은 어떻게 맞췄데?"

"주차장에서 보니까 불 꺼져 있어서."

그냥 물은 건데 윤이 쓸데없이 정직하게 대답한다. 메아리는 확인사
살당한 셈이다. 정말 나 없는 시간 맞춰서 온 거구나. 가방을 내려놓는
데 다리에 저릿한 통증이 느껴진다.

"아."

메아리가 짧은 비명을 지른다.

"다쳤어? 어디."

윤이 걱정스러운 목소리로 묻는다.

"안 다쳤어요. 벌 받아서 그래요. 근데 이 벌을 받은 덴 오빠 책임도
없지는 않으니까 커피 마시고 가요."

대답도 안 듣고 절뚝이며 주방으로 가는 메아리다. 작은 뒷모습을 보
는데, 가슴이 먹먹하다. 거리를 두고 선 윤을 뒤로하고 메아리가 부엌
찬장 제일 위 칸을 연다. 제 키보다 높은 데 있는 접시를 꺼내려 낑낑댄
다. 손가락 끝에 닿을 듯 말 듯해서 애가 탄다. 발꿈치를 들어 손을 더
뻗자 접시 끄트머리가 잡힌다. 그대로 끌어당기는데 다른 접시들도 같
이 메아리 위로 기울어진다. 순간 겁이 난 메아리가 악! 비명과 함께 고
개를 돌리는데 아무것도 떨어지지 않는다. 단지 평소 집냄새와는 확연
히 다른 체취가 맡아질 뿐.

눈을 뜨자 작은 어깨를 감싸고 있는 손이 보인다. 그 손에 끼워진 결
혼반지도. 윤이 바싹 붙어 있었다. 뒤에서 안다시피 메아리를 감싸고
있는 윤의 숨소리가 메아리의 정수리에 느껴진다. 심장이 튀어나올 것

같아. 메아리는 진심으로 그렇게 생각했다.

"태산이랑 나만 있다보니 동선이 다 위쪽이네. 바꿔야겠다, 너한테 맞게. 다치겠어."

윤의 목소리가 귓불을 간질이는 것 같다. 메아리 귓가의 솜털이 일어선다. 당황스러워하는 네 개의 눈동자가 잠시 공중에서 얽힌다. 윤이 접시를 밀어넣고 잔을 꺼내 내민다. 윤이 메아리의 몸에서 떨어지자 갑자기 한기가 느껴진다. 갑작스러운 체온의 변화에 현기증이 인다. 메아리는 괜히 눈물이 날 것 같았다. 윤의 품이 너무 따뜻해서. 다정한 말이 고마워서. 그리고 그 따뜻한 품 안에 자신이 머물 수가 없어서.

"걱정하는 척은. 안 바꾸고 그대로 둬도 안 다칠 거야."

메아리는 입을 내밀고 퉁명스레 말한다.

"……"

"다치면 바로 고소할 거니까, 난. 그래야 얼굴을 보지."

눈을 흘기는데 그 모습도 윤에게는 예쁘다. 뽀로통한 말투지만 숨겨지지 않는 메아리의 마음도.

막 유치원에 들어가던 모습이 눈에 선한데, 어느 순간 어깨까지 닿는 여자가 되었다. 윤은 새삼 가슴 한구석이 저려온다.

"간다."

윤이 애써 걸음을 돌린다. 커피 한잔 마시라는 명목으로 자신을 붙잡아준 메아리 덕에 오랜만에 오래 마주할 수 있었다.

"치! 나 접시 다 깨먹을 거야."

메아리가 주방을 나와 윤 뒤에서 소리친다. 윤은 뒤도 안 돌아보고 현관으로 나간다. 문이 닫힌 후에도 메아리는 그 자리에 한참을 머물러 있었다.

．．．

정록이 커피를 나눠주자 세 남자가 당연하다는 듯 척척 받아든다.

"강릉은 왜 가는데?"

정록이 빈 쟁반을 옆구리에 끼고 선다.

"원정경기. 갈래?"

윤의 대답에 정록이 콧방귀를 뀐다.

"뭐하러. 야구복 입은 남자 보러?"

그 말을 듣고 있던 태산이 검지로 정록을 가리킨다.

"경고하는데, 너 아주 원정경기 핑계로 단독계획 세우기만 해?"

태산의 말에 윤이 고개를 끄덕인다. 빨대로 주스 한 모금을 빨아들이곤 말을 덧붙인다.

"너야 고작 돈 많은 미모의 아내를 잃게 되겠지만 우린 건물주를 잃게 돼."

"너 제수씨 장점이 뭔지 아냐? 남자 볼 때 인물만 본다는 거야. 잘해야 해, 넌."

"이것들이! 내가 요즘 얼마나 잘하는데!"

정록은 신나게 경고성 잔소리를 듣고 나서는 투덜거리며 오더카운터로 걸어간다. 태산과 윤이 다시 본론으로 돌아간다.

"경기 두시라고?"

"어, 나는 이수씨랑 출발할 테니까 너는 우리 사무실 애들 좀 태우고 와."

서이수가 강릉을? 점잖게 앉아 있던 도진이 '이수씨'에 귀를 쫑긋 세운다. 강릉이라. 도진이 눈을 반짝인다. 윤이 그런 도진을 툭 친다.

"너도 와서 볼이나 나르지?"

"우정은 애인 없는 남자들이 발명한 거야. 먼저 일어난다."

"버르장머리 없이 형님들 말씀하시는데."

그 말을 들은 도진이 나가며 오더카운터에 들른다.

"리필해주지 마. 수다 길어진다."

정록에게 턱짓으로 태산을 가리켜 보인다.

"쟤들 수다의 삼 할은 니 욕이지 싶다. 가아~"

"그러니까 해주지 말라고."

도진은 카페를 나서며 핸드폰을 꺼내 전화를 건다. 작전 개시.

"안녕하셨어요, 송회장님. 화담 김소장입니다."

도진이 나감과 동시에 바로 손님이 한 명 들어왔는지 매니저가 인사를 한다. 누가 봐도 수수해 보이는 사십대 여자였다. 정록도 습관적으로 인사하며 고개를 든다. 백……혜주? 손님인 여자도 정록과 눈이 마주치자 걸음을 멈춘다.

• • •

태산이 성질난 얼굴로 들어온다. 무슨 일인지 예상한 도진은 자리에 앉아 모니터만 들여다본다.

"아, 미치겠네."

"왜. 무슨 일 있어?"

"송회장! 하필 원정경기 날 오전에 땅 보러 가잔다. 돌겠다, 진짜."

역시 태산바라기 송회장이다. 클라이언트로서 존경할 만한 행동력이다.

"오, 맨. 왜 하필 그날이야."

"내 말이! 어떻게 하냐, 이거? 저기…… 니가 좀 대신 갈 순 없겠냐?"

"갈 수 있지."

태산 얼굴에 화색이 돈다.

"니가 원하는 게 송회장과 끝내 결별이면."

"파이팅 있게 이걸 확! 넌 대체, 왜 나만큼 매력적이지 않은 거냐?"

이 자식이. 이게 말이야 막걸리야.

"미안하다. 대신 강릉 같이 갈게. 서선생 태워가면 되지?"

"됐거든? 윤이한테 부탁할 거야."

의외의 복병을 생각 못 했다. 최윤이 있었지. 이씨. 태산은 주저 없이 윤에게 전화를 건다. 한창 통화하더니 흘낏 도진을 쳐다본다.

"사무실 식구들?"

아차. 또다른 복병이 있었군.

"이 얘긴 못 들은 걸로."

도진이 바로 등을 보인 채 사무실을 나선다.

"우리 애들인데 도진이가 챙겨야지. 기특하게 그러겠다네?"

태산은 그런 도진을 향해 크게 외친다. 도진의 걸음걸이가 더욱 빨라진다.

무슨 여자가 차 한번 태우기가 이렇게 어려워. 소장실에서 최대한 떨어진 도진이 구시렁거리며 키패드를 꾹꾹 터치한다. 방법이 없는 건 아니다. 곧 상대방이 연결된다.

"어, 메알. 도진이 오빠."

지금쯤이면 오셨으려나…… 이수가 손목시계를 본다. 짐가방을 챙겨 대문 밖으로 나서는데 마침 도진이 차에서 내린다. 아뿔싸. 한치의 망설임도 없이 바로 돌아서 다시 대문을 열고 집으로 들어가려는데 어깨 너머로 도진의 목소리가 들린다.

"네, 나도 너무 반가워요."

너무 대놓고 피했나. 도진의 반어법에 이수가 열심히 표정관리를 한 뒤 몸을 돌린다.

"피한 거 아니에요. 뭐 놓고 온 게 있어서."

"그랬겠죠. 나 피하는 여잔 없으니까."

분명 진심일 거다, 저 말. 이수가 눈꼴 시리다는 듯 가자미눈을 뜬다.

"제가 오늘 원정경기가 있어서 최변호사님 오시면 바로 가야 하거든요."

"알아요. 근데 나랑 가게 됐어요. 윤이 차엔, 자리가 없어, 자리가."

이수는 보았다. 순간 사악하게 올라가는 도진의 입꼬리를. 그것도 한쪽만.

한편 윤은 황당한 얼굴이다. 야구복을 갖춰입은 건축 사무소 식구들과 메아리가 떡하니 서 있다. 그림을 보아하니 어떻게 된 건지 대충 짐작이 간다. 김도진 이 새끼. 윤이 가볍게 한숨을 내쉰다.

"그러니까, 다 도진이 전활 받고 왔다?"

"오빠 차에 절대 자리 남으면 안 된대. 우리 쌤은 걱정 말래. 자기가 픽업한다고."

"아, 매를 복리로 버는 새끼."

기가 막힌다, 정말. 이렇게 귀여운 짓을 해놓으셨겠다. 잡히면 죽는다.

고속도로에 진입한 도진과 이수는 말없이 정면만 보고 있었다. 라디오라도 틀면 이 뻘쭘한 분위기가 희석될 텐데. 이수가 잠시 눈치를 보며 어떤 말을 할지 궁리한다. 공통관심사를 들이대기엔 불미스러운 게 너무 많다보니 함부로 서두를 뗐다간 막무가내 싸움으로 갈 확률이 높다.

"포지션이…… 어떻게 되세요?"

"전엔 태산이한테 협박당해서 한 거고 난 야구 안 좋아해요. 골프 빼고 구기 종목은 다 패싸움 같아서."

"좋아하시잖아요, 패싸움."

이 여자가.

"근데 강릉은 왜 가세요?"

"블루캣에 비주얼 담당이 한 명은 있어야 하니까."

헐. 이자의 병은 생각보다 훨씬 깊은 것 같다. 그러나 도진은 이수가 어떤 표정으로 쳐다보든 아까부터 차 안에 풍기는 정체 모를 냄새의 근원지가 더 중요했다.

"혹시, 가방에 뭐 먹을 거 있어요?"

"김밥 싸고 계란 좀 삶았어요."

이수가 가방을 뒤지며 계란과 김밥을 꺼내든다. 그와 동시에 도진이 인상을 찡그린다.

"이 정체 모를 냄새가 김밥 냄새였어요?"

"세 시간이나 가는데 출출할까봐……"

"짝사랑은 태산이랑 하고 고백은 나한테 하고 김밥은 윤이 위해 쌌다?"

아, 저놈의 뒤끝, 진짜. 생긴 건 안 그래가지고 꽁한 데가 있단 말이야. 도진은 심기가 불편한지 앞만 보고 운전에 집중한다. 김밥을 어지간히 싫어하는 모양이다.

"계란이라도……"

이수가 이 말과 동시에 탁! 삶은 계란을 조수석 앞에 친다. 사회적 지위와 체면을 생각해 머리통에 대고 깰 순 없으니까.

"뭐한 거예요, 지금?"

"뭐가요?"

"나 닭 싫어서 닭띠도 안 만나는데, 지금 닭이 낳은 알을 깐 거예요, 내 차에서? 차 상태 안 보여요? 내 차는 언제든지 생명공학 실험을 해도 될 무균실 수준이에요. 내 차는 삼백육십오 일 이래요. 이게 뭘 뜻할 것 같아요?"

"지인이 세차장 하세요?"

"그게 아니라! 차를 사랑하는 거죠. 난 차에서 뭐 먹는 거, 차에 뭐 묻히는 거, 차에 뭐 떨어뜨리는 거, 차에……"

"이름이라도 지어줄 기세네."

속사포처럼 쏘아대던 도진이 입을 다문다. 아니, 말문이 막혔다는 표현이 더 정확한 것 같다. 설마.

"화장실 안 가도 돼요?"

어색하게 화제를 돌리는 도진을 보고 이수가 웃음을 참으며 볼을 감싼다.

"어뜨케…… 진짜 이름도 지었나봐."

도진은 못 들은 척 바깥 차선으로 붙는다. 휴게소 진입 표시가 눈에 띄어서 다행이다.

"이름 뭔데요? 암컷이에요, 수컷이에요?"

휴게소에 들어선 이후에도 이수는 도진을 추궁하기 바빴다. 추궁이라 할 수 없는 것이 추궁은 진실을 따져서 밝히는 게 아닌가. 이수는 도진이 차에 이름을 지어줬다고 확증하는 단계에 이른 것 같았다. 도진이 먼저 내려 조수석 문을 연다.

"내려요. 가방 들고."

화났나? 혹시 나 여기 버리고 가려는 건 아니지?

"그 가방 안의 음식, 들고는 못 타니까 뱃속에 넣고 타시라고."

테이블 위에 이수가 직접 싼 김밥, 삶은 계란, 휴게소 매점에서 파는 떡볶이와 알감자, 사이다 등 한 상 푸짐하게 차려졌다. 모두 이수 쪽으로 몰려 있다. 그렇다고 도진에게 권하지 않은 건 아니었다. 절도범하고는 겸상할 수 없다며 거절한 건 도진이었다. 도진은 멀찍이 앉아 알감자를 먹음직스럽게 썹는 이수를 구경하고 있었다.

"근데 진짜 나 몰라요?"

"컥."

미처 삼키지 못한 알감자 덩어리가 식도에 콱 걸린 것 같은 기분이다. 걸어다니는 시한폭탄이 따로 없다.

"빨간 털실, 공격형 엉덩이, 정말 기억 안 나요?"

가슴을 팡팡 치며 물을 머금던 이수가 그대로 물을 뿜어낸다.

"입에 있는 게 다 튀어나오지만 모르는 걸로."

"몰라요! 모른다고요! 모른다고 몇 번을 말해요! 백 번을 물어봐도 백한 번을 모른다니까, 나는?"

"아, 그 정도로 모른다. 뭐, 알았어요. 갑시다, 그만."

이수가 청천벽력이라도 맞은 듯 떡볶이 그릇을 사수한다.

"아직 남았잖아요."

도진은 못 들은 척 떡볶이 그릇을 뺏는다. 여유로운 마음으로 차에 오르는데 부재중 전화 알림이 울린다. 정록, 민숙을 합쳐 열댓 통 가까이 찍혀 있었다. 또 뭔 사달을 내놓고 이래? 정록의 이름을 꾸욱 누른다. 다행히 곧 연결된다.

• • •

도진이 차를 세운 건 강릉 원정경기장이 아니라 양양의 한 호텔이었다. 잠들어 있던 이수가 부스스 눈을 뜬다.

"다 왔어요?"

"양양이에요. 내려요."

• • •

호텔 로비로 걸어들어오는 도진을 향해 정록이 반갑게 손인사를 한다. 저 손모가지를 확 잘라버릴까. 도진이 잔뜩 열받은 표정으로 걸어온다.

"너 대체!"

소파에 앉자마자 따지려 드는 도진 눈에 핸드폰이 들어온다.

"욕은 나중에. 너 지금 화장실 가서 심하게 늦고 있어."

아오, 이걸 진짜! 한두 번도 아니고. 핸드폰을 받아든 도진이 질문부터 한다.

"우리 언제 왔는데?"

"어젯밤에."

"뭐 타고?"

"비행기 타고 왔지."

"언제 갈 건데?"

도진이 핸드폰 통화 버튼을 누른다.

"내일."

정록이 비장하게 대답한다.

"네, 제수씨. 김소장입니다. 록이 옆에 있어요. 걱정 마세요. 저희야 늘 제수씨 편인 거 아시잖아요."

방금 자신에게 한 것과는 달리 민숙에게는 친절할 수밖에 없는 도진이 술술 대답하는 걸 보고 정록이 안도의 한숨을 쉰다. 분명히 태산이 강릉 건으로 단독계획 세우지 말라고 엄포를 놨음에도 불구하고 상투적인 전개를 보여준…… 정록을 순순히 내버려둘 순 없다.

"아뇨, 저흰 강릉으로 이동하고, 록이는 지금 바로 올라간답니다."

야! 정록이 복화술로 다급하게 외치며 팔로 엑스자를 만든다. 도진이 씨익 웃는다.

"회 한 접시 먹고 가랬더니 비행기 예약해놔서 안 된다고 하네요. 네, 그럼."

"나 내일 간다니까! 그리고, 내 차는 어쩌고 비행기야."

"죽어라 밟아서 비행기의 속도로 올라가. 그럼."

"나 사실 혜주 만났단 말이야. 우연히 우리 가겔 온 거야. 너 나가고 바로 들어오더라니까?"

도진은 혜주가 누군지 기억이 가물가물했다.

"너 차고 의사랑 결혼한 게 혜주였나?"

"나 차고 회계사랑 결혼한 개. 백혜주."

"아, 니 첫사랑."

"첫사랑은 아니지. 내 첫사랑은 은희지."

무방비 상태에서 예기치 못한 이름을 들었을 때보다 당혹스러운 경우는 없을 것이다. 특히 그 이름이 떠올리려 애쓰지 않아도 잊은 적 없는 이름이라면 더더욱. 철저히 마음의 대비가 된 상황이라면 오히려 덜 떨릴 것이다. 도진은 오랜만에 들은 그 이름으로 심장이 덜컥 내려앉는 기분이었다. 은희 이름에 동요한 걸 감추려 도진은 더욱 태연하게 굴었다.

"근데, 만났는데?"

정록의 사정은 이랬다. 이혼하고 애 키우며 혼자 사는 정록의 옛날 여친 혜주. 그녀에게서 어젯밤 갑자기 전화가 왔다. 바람 쐬고 싶다는 명목으로. 그 말에 정록은 그대로 차에 혜주를 태우고 밟았다, 밟다보니 양양이었다, 이거다. 순진한 건지 간이 부은 건지.

정록이 일일드라마 여주인공 엄마처럼 수다스럽게 상황을 이야기했지만 도진 귀에는 잘 들어오지 않는다.

"예뻤던 얼굴 온데간데없고 영락없는 아줌만데도 가슴 한쪽에 금이 쩍 가더라."

혜주의 딱한 사정을 브리핑하던 정록이 순간 울컥해 코를 훌쩍이는데 도진은 이마에 금이 쩍 가는 줄 알았다. 결국 아무 일도 없었으니 결백함을 믿어달라는 미괄식 구성이다. 재미도 영양가도 없이 변명으로만 이루어진 정록의 이야기를 듣고 있는데 도진 차를 발레파킹 해준 직원이 다가온다.

"사모님께서 전해달라고 하셔서요. 차는 사모님께서 타고 가셨고요."

"사모님? 너 나 몰래 장가갔냐?"

도진이 재빨리 메모를 받아 펼친다.

너무 바쁘신 것 같아 제가 알아서 강릉 갑니다. 근데 김소장님 차를 좀 빌린단 얘길 미처 못 드려서요. 그럼 강릉에서 뵙겠습니다.

메모지를 쥔 도진의 손이 부르르 떨린다. 잠깐 기다리라는 걸 못 참고, 가셨다? 핸드폰을 연결하자 예상대로 전원이 꺼져 있다는 멘트가 나온다.

"너 비행기 타. 차 내가 쓴다."

"누가 니 차 가져갔대? 여자야? 예뻐?"

· · ·

"그래서 다 니 차로 내려왔단 말이야?"

"어. 이렇게까지 한 거 보면 도진이 서선생한테 호기심 이상인가봐."

태산도 도진이 이전까지와 다르다는 건 안다. 그럼에도 뭔지 모르게 찜찜한 구석이 있다. 핸드폰 벨소리가 울리자 태산이 윤을 보며 자신의 입술에 검지를 가져다댄다. 조용히 하라는 거다. 지금은 남의 연애사에 감 놔라 배 놔라 할 때가 아니다. 제 앞가림부터 해야 할 때다. 태산이 전화를 받는다.

"어, 나. 어디긴 현장이지. 우리 홍프로님은 현재 위치 어디신가?"

—난 연습장이고 이수는 원정경기 갔다는데. 태산씬 현장이야?

"이수씨 원정경기 갔대? 이수씨가 원정경길 갔으면 나 지금 딱 걸려서 전화 두 손으로 받고 있어. 두 손으로, 공손온~하게."

—임태산씨, 야구 선수니?

"건축가지."

—주말마다 이럴 거야?

"다음 주말엔 안 그래야지. 이 주 연속하면 그게 건축가냐, 야구 선수지. 다음주에 뭐할까. 키스? 스킨십?"

잠자코 듣고 있던 윤이 움찔한다.

"여보세요. 세라야. 세라양~ 미스 홍!"

"내가 여자라도 끊겠다."

윤이 혀를 끌끌 찬다.

"거기서 키스가 왜 나오냐. 너무 내 위주로 얘기했나?"

"그래! 보통 스킨십 다음이 키스지!"

"아, 그게 또 그래?"

서로의 피지컬 메커니즘에 대해 공유할 수 있는 좋은 대화였다. 태산은 습관적으로 고개를 주억이면서도 의심을 떨치지 못했다. 근데, 키스하면서 좀 달아올랐을 때 본격적인 스킨십으로 들어가야 하지 않나? 그래, 스킨십에 가벼운 것도 있고 무거운 것도 있으니까.

"나 어때?"

슬슬 19금으로 치닫던 대화에 명랑한 메아리의 목소리가 불쑥 끼어든다. 하얀 허벅지가 훤히 드러나는 짧은 플리츠 스커트에 니삭스를 신고 나름 치어리더 복장을 하고 있다. 니삭스의 발랄함이 미니스커트의 부담스러움을 중화시켜서인지 메아리는 섹시하기보다는 화사하다. 메아리가 양손으로 허리를 짚고 의기양양하게 선다. 그 모습을 본 태산의 눈썹이 구겨진다.

"앤 또 뭐야?"

함께 보고 있던 윤이 친절히 설명해준다.

"얘도 도진이 작품."

"오빠들 파이팅! 빅토리! 빅토리! 브이, 알, 시, 티, 오, 알, 와이!"

명랑 쾌활 그 자체로 응원하는 메아리의 모습을 본 두 남자는 약속이나 한 듯 동시에 뒤돌아 걸어간다. 메아리가 멀어져가는 윤의 뒷모습에 대고 응원가를 부르기 시작한다. 참 열심이다.

오케이. 완벽해. 이수가 마지막으로 심판 복장을 꼼꼼히 점검한다. 현관문을 열고 나서는데 험악한 얼굴로 걸어오는 도진이 보인다. 지금까지 본 중 분노 게이지가 가장 높아 보이는 표정이다. 쫄지 마, 서이수. 당당하게 어깨 펴고, 목 빳빳하게 세우는 이수 앞에 도진이 떡하니 선다.

"내 차 어딨어요?"

"궁금해요? 그럼 잘 들어요. 내가 원하는 건 딱 하나예요. 내가 책잡힌 모든 일에 대해서 다신 언급하지 않는다. 기억 안 나는 그 일까지 포함해서. 오케이?"

도진이 '나 정말 기억 안 나요?' 할 때마다 오금 저리는 일들도 깨끗하게 딜할 수 있는 유일무이한 찬스를 이수가 놓칠 리 없다.

"그럼 제가 너무 약 오르잖아요, 서선생님!"

"약속한 겁니다."

이수가 회심의 미소를 지으며 차 키를 내민다. 도진이 분노 게이지가 더욱 상승한 얼굴로 키를 낚아챈다. 그때 도진 뒤로 건축 사무소 직원 한 명이 다가온다. 최팀장이다.

"준비 다 되셨으면 운동장으로……"

고개 돌린 도진과 눈이 마주치자 최팀장이 입술을 꾹 깨물더니 머리 위로 양손을 올린다.

"사랑합니다, 소장님."

그가 손으로 만든 건 다름아닌 하트였다. 으, 이수는 자기도 모르게 경악에 찬 신음했다.

"업무상 실수에 대해 소장님이 주시는 벌이에요."

"나랑 눈이 마주칠 때마다 애정표현을 해야 하죠. 이렇게."

도진이 다시 직원을 본다. 직원이 억지웃음을 지으며 엄지를 치켜 든다.

"미남이십니다, 소장님."

비자발적인 애정표현임에도 도진이 만족스런 표정을 짓는다.

"뭐 서선생님이야 이런 벌 받을 일 있겠어요? 내 차 어디 있어요!"

이를 악물고 윽박지르는 도진을 보며 이수는 뭔가 불길한 예감에 휩싸인다. 이 예감이 제발 틀렸으면 좋겠다.

숨이 가빠온다. 방파제 근처에 있다는 차는 방파제 끄트머리에 아슬 아슬하게 세워져 있었다. 도진은 스퍼트를 내 단숨에 달려가더니 얼른 차 외관부터 살핀다. 후. 안도의 한숨이 나온다. 하지만 차 문을 여는 순간, 이상한 냄새가 훅 끼친다. 이 구린 냄새는 뭐지? 이미 냄새는 차 안 가득 퍼져 차와 혼연일체의 상태였다.

패닉에 빠진 도진이 차 안 여기저기를 뒤지는데 문득, 머리 위에서 뭐가 달랑거린다. 아니, 이 꾸리꾸리한 냄새의 주인공은…… 룸미러 위에 요염하게 다리를 꼬고 앉은 마른오징어였다. 오, 맙소사. 보조석에 고개를 파묻은 도진이 애처롭게 외친 이름은……

"베…… 베티!"

이 차의 이름이었다. 이름으로 추측하건대 아무래도 암컷인 듯하다.

엎드려 울부짖던 도진이 불쑥 고개를 든다. 베티를 더럽힌 오징어를 도저히 용서할 수 없다. 도진은 오징어를 손에 든 채 다시 펜션으로 향한다.

장내에 긴장감이 감돈다. 이수가 손을 앞으로 쭉 뻗으며 경기 시작을 알린다. 플레이! 우렁차게 외치고 마스크를 절도 있게 내리는 이수의 모습이 꽤 진지하다. 바람을 가르며 쭉 뻗어나가는 공을 태산이 몸을 날려 멋진 다이빙 캐치로 잡아낸다. 마스크 안에 가려져 있어 남들에게 보이진 않지만 이수는 미소짓고 있었다. 태산의 나이스 플레이가 나올 때면 언제나 그러하듯이.

스탠드에서 경기를 지켜보는 도진은 사실 이수를 보고 있었다. 이수가 심판 보는 걸 처음 본 날과는 다른 감상이었다. 우렁차게 세이프와 아웃을 판정하는 이수는 남자가 봐도 카리스마가 있다.

"파이팅!"

틈틈이 들리는 응원 소리의 주인공은 메아리다. 모두의 외면에도 불구하고 메아리는 응원도구까지 들고 목이 터져라 응원하고 있었다. 응원 덕분인지 마운드에 선 윤은 악송구가 난다. 다행히 태산의 멋진 홈런으로 위기를 모면한다. 팀원들의 환호에 태산이 신난 듯 주먹 쥔 손을 들어 보인다. 기세를 몰아 상대팀을 좀더 압박하기로 한다. 블루캣 팀원들이 연이어 도루에 성공하고, 몇몇은 하이파이브로 기쁨을 나눈다.

"게임 셋!"

태산이 외야 플라이 공을 가볍게 잡아 번쩍 손을 들자 경기 종료를 알리는 소리가 울렸다. 땀범벅인 태산이 마운드에 서 있는 윤에게 엄지를 치켜든다. 모자를 벗던 윤도 시원하게 웃으며 엄지를 치켜든다. 경기가 끝나자 긴장이 좀 풀렸는지 두 사람 다 한결 편안해 보인다. 태산이 찡긋 웃고는 송구 자세를 바로잡는다. 성공적으로 끝난 경기를 축하하듯.

그 모습을 지켜보던 메아리는 윤의 싱그러운 미소와 박력 있는 플레이에 눈이 멀어 윤에게 달려가고 있었다. 태산이 그런 메아리를 미처 못 보고 윤에게 공을 던진다. 가볍게 던진다고 던졌지만 운동으로 단련된 근육질 팔 덕분에 가벼운 패스일 수가 없다.

"오빠!"

벅찬 듯 부르는 목소리에 돌아본 윤의 눈이 커진다. 눈이 커진 건 태산도 마찬가지다. 메아리의 눈앞에 윤 대신 날아오고 있는 야구공이 가득 찬다. 넘어지는 것도 순식간이었다.

"임메알!"

뒤로 고꾸라진 메아리를 향해 태산이 정신없이 뛰어온다. 윤과 팀원들이 메아리 주위로 모여들고, 이어 도진과 이수도 달려온다. 메아리는 이 모든 과정이 슬로모션처럼 느껴졌다.

"괜찮아? 어디 맞았어, 어디?"

사람들이 빙 둘러서서 메아리를 걱정스런 눈빛으로 내려다본다. 아픈 건 둘째치고 쪽팔려 죽겠다. 윤이 오빠도 있는데. 메아리가 정신없는 와중에도 오뚝이처럼 벌떡 일어난다.

"이씨!"

호들갑을 떨면서 태산이 얼굴이며 머리, 눈을 살펴봤자 하나도 안 고맙다. 고매하신 친오빠 덕분에 머리는 헝클어졌지, 얼굴도 엉망이지! 이씨.

"괜찮아? 나 보여?"

윤이 무릎을 굽히고 쪼그려앉아 메아리와 눈높이를 맞춘다. 메아리는 걱정스럽게 보는 윤과 눈이 마주치자 야구공에 맞은 것도, 충분히 예상되는 자신의 꼬락서니도 잊고 마냥 행복한 얼굴이다.

"안 괜찮아. 오빠가 정성과 사랑으로 천천히 봐줘야 할 거 같아요."

왕자님의 키스를 바라는 잠자는 숲속의 공주처럼 예쁘게 다시 눕는데, 태산이 눈앞에 손가락을 들이밀고 흔들어 보인다.

"얘가 머리를 다쳤네. 이거 몇 개야, 보여?"

"아, 안 보여~ 윤이 오빠."

태산이 돌처럼 군다. 윤이 안 보이니까 치우란 소리냐, 지금? 괜히 머쓱해진 윤은 먹먹한 기분으로 메아리를 바라보다가 시선을 거둔다.

"얼른 타."

태산이 윤의 차 문을 연다. 야구공에 맞은 눈 부위를 손수건으로 가린 메아리의 팔목을 잡은 채로 조수석으로 이끈다.

"얘 데리고 먼저 갈 테니까 뒷정리 좀 해줘."

"걱정 말고 올라가. 병원부터 가고."

"나보고 지금 가해자랑 같이 가란 거야? 말도 안 돼. 난 내 변호사랑 갈 거야. 최변호사님? 제가 소송 건이 있는데 가시면서 말씀 나누시죠."

도진도 메아리 편을 든다.

"그래, 윤이 보내. 니가 여기 정리하는 게 맞지."

"걱정되시면 제가 같이 갈게요."

이수가 은사로서의 책임감을 발휘하자 메아리가 어금니를 꽉 문다.

"이게 무슨 경우예요, 선생님? 아무 일 없이 무사할 수도 있었는데 천만다행히 이렇게 다쳤구만."

메아리의 박력 있는 목소리는 언제 아팠냐 싶을 정도다.

"혼자서도 충분히 가겠네요."

이수가 설핏 웃는다. 태산은 그런 메아리가 마음에 안 들어 죽겠다는 표정이다. 메아리가 못 이기는 척 윤의 팔을 잡아끈다. 윤도 곤란하기는 마찬가지다.

펜션으로 돌아온 이수는 심판복 단추를 하나씩 푼다. 정신없이 가느라 미처 못 챙긴 메아리 가방이 그대로 놓여 있다. 갈아입을 옷을 찾으려고 짐가방을 푸는데 꽤 오래된 냄새가 훅 끼친다. 발냄새 같기도 하고. 이게 무슨 냄새야? 옷을 하나하나 들추자 냄새의 주인공이 슬슬 모습을 드러낸다. 아까 그자의 차에 설치한 오징어가 옷가지 사이에 파묻혀 있다.

"아아악—!"

펜션 앞마당에서 식사를 하고 있던 태산과 팀원들이 비명소리에 놀라 이수 방 쪽을 본다.

"이수씨 방 아니야?"

고기를 굽던 태산이 집게를 놓고 가려고 하자 도진이 팔을 잡는다.

"나 부르는 거야. 서선생과 나만의 암호랄까."

"야, 너 이수씨한테 뭔 짓 했어!"

가방을 뒤집어 옷이란 옷은 모조리 꺼내 냄새를 맡아보는데…… 처참할 따름이다. 오징어 냄새가 어쩜 이렇게 고루 뱄는지, 감탄스러울 지경이다. 이자를 확 그냥! 이제 무얼 입느냔 말이다. 모래먼지 잔뜩 뒤집어쓴 심판복을 입은 채로 갈 순 없지 않은가. 이 모든 원인 제공은 그자가 했는데, 어째서 내 옷이 이런 꼴을 당해야 한단 말인가. 부아가 치밀어오른다.

똑똑. 노크 소리가 들리고 도진이 아무렇지 않은 얼굴로 들어온다. 이수는 희생된 옷들의 한을 품은 채로 도진을 노려본다.

"지금 나랑 시비 한번 터보자, 이거죠."

"시비는 본인이 먼저 텄죠. 오징어는 어쨌어요?"

"능지처참당했어요!"

오징어는 방 한구석에 갈기갈기 찢긴 채 내팽개쳐져 있었다. 도진이 아련한 눈빛으로 오징어를 본다.

"오징어의 삶이란……"

"무슨 남자가 그래요? 아까 차 키 줄 때 분명, 그간의 어떤 일도 언급하지 않기로 약속이란 걸 했잖아요?"

"그 약속을 내가 왜 지킬 거라고 생각해요?"

"그야……"

막상 물으니 말문이 막힌다. 이럴 땐 보통 뭐라고 대응을 해야 하지. 포장을 해야 하나?

"남자고, 신사니까."

"내가 신사 같아요? 미안하지만, 난 신사 아니에요."

"아, 왜요오! 스스로에게 너무 냉정하신 거 아니에요?"

풉. 댁도 참 꾸준하다. 방금 전까지 버럭하던 이수와 대비되는 화법에 도진이 웃음을 터뜨린다. 덕분에 이수 얼굴엔 화색이 돈다.

"약속 지키실 거구나?"

하지만 돌아오는 대답은 서늘하기 그지없다.

"분위기 파악을 못 하네요? 남자 보는 눈도 형편없고."

"네?"

"지금 마주 앉아 있는 남자가 시정잡배보다 나을 게 없다는 생각은, 안 들어요? 어떻게 펜에서 바로 차로 업그레이드를 해? 절도 서이수 씨."

경기가 두신데 잠깐 자는 사이 엉뚱한 곳으로 간 게 누군데. 내가 얌전히 앉아서 기다릴 거라고 생각했나보다. 얌저언하게.

"아까 우리 직원 하는 거 봤죠?"

"직원요? 설마 지금 저보고……"

최팀장의 퍼포먼스를 보고 느꼈던 불안감은 이거였나보다. 목에 칼이 들어와도 손으로 하트 모양을 그린다거나, 억지 칭찬을 할 수는 없다. 아이들에게 윤리와 도덕적인 삶, 도의란 무엇인가를 가르치는 윤리 교사로서 그건 말도 안 되는 행위다.

"맞아요. 앞으로 내가 '서이수 씨' 하면, 언제 어디서 무엇이 어떻든 간에, 나에 대해 아낌없는 찬사를 보내야 해요, 완벽한 문장으로."

"허, 기막혀. 내가 못 하겠다면? 뭐, 태산씨한테 다 얘기라도 하시게요?"

이수는 센 척을 하면 도진이 한풀 꺾일 거란 생각이 일 퍼센트, 어차피 하게 될 거 마지막 반항이라도 해보자는 마음이 구십구 퍼센트였다.

될 대로 되란 식으로 말했지만 멘탈이 붕괴될 지경이었다.

"부추기지 말아요."

도진의 말에 이수가 입을 꾹 다문다.

• • •

서울로 향하는 차 안에서 메아리는 신난 듯 연신 거울을 보고 있다. 윤은 무심하게 운전중이다. 슬슬 멍이 올라와 시퍼런 눈가를 보면서도 메아리는 어쩐지 들떠 보였다.

"우와, 멍 올라오는 거 봐. 이 정도면 전치 몇 주예요?"

"몇 주면?"

"많이 나와야 합의금 세게 받지. 이제부터 난 의뢰인이고 오빠 내 변호삽니다?"

길을 잘못 들었나? 대답 대신 괜히 도로를 두리번거리는 윤이다. 아무것도 모르는 메아리는 전방 표지판을 가리킨다.

"서울 방향 맞는데?"

"출혈도 없고, 시력도 좋고, 너한테 필요한 건 변호사가 아니라 달걀인 거 같다."

아차, 싶은 메아리가 창문에 몸을 기대며 앓는 소리를 낸다.

"눈이 막 시리고 아파…… 어, 어! 이젠 막 까매…… 눈이 빠질 것 같아서 저 좀 몸져누울게요."

그러곤 아예 시트까지 젖히고 눕는다. 이럴 때 보면 영락없는 애다. 윤은 그런 메아리가 귀엽다. 곁눈질로 메아리를 흘깃 보는데 짧은 플리츠 스커트가 말려올라가 하얀 허벅지가 그대로 드러난다. 흠, 흠. 윤이 괜히 헛기침을 하며 조심스레 재킷을 덮어준다.

"좀 추웠는데, 땡큐."

메아리가 재킷을 끌어올려 상체를 덮는다. 덕분에 기껏 가려놓은 허벅지가 무방비 상태로 노출된다. 이러면 안 되는데, 하면서 자꾸 눈이 간다. 메아리 쪽으로 최대한 시선을 주지 않기로 한다. 메아리는 아무것도 모른 채 고른 숨소리를 낸다. 멍이 올라오는 것과는 달리 평화로운 얼굴이다. 윤의 불규칙하고도 불안한 숨이 차 안을 채운다.

• • •

해질녘이 되자 팀원들이 각자 차에 타며 분주하다. 팀원들을 챙기던 태산이 짧은 시폰 원피스 차림의 이수를 발견하고는 눈이 커진다. 도진은 뜨악한 표정으로 차에 기대어 있다. 이수는 메아리 가방까지 챙겨 양손에 하나씩 두 개의 가방을 들고 펜션을 나온 차였다. 입은 옷이 영 불편한지 연신 다리를 꼬아댄다. 서른다섯에 어울리는 차림은 결코, 결코 아니었다.

짧은 치마가 신경쓰여 어색한 걸음으로 태산에게 다가가기까지 억겁의 시간이 흐른 것 같다.

"이거 메아리 가방……"

괜히 부끄러워 말끝을 흐리는데 태산은 이수 다리에 시선을 고정한 채 가방을 받는다. 이렇게 예쁜 다리를 왜 감추고 다녔나 싶을 정도다. 시선이 느껴졌는지 이수가 치마 끝을 잡고 내린다. 이수는 모르는 걸까. 그런 부끄러워하는 태도가 남자들 마음에 더욱 불을 댕기는 걸.

"이수씨한테 이런 모습도 있었네요."

태산의 눈빛이 평소와 다르자 이수는 심장이 쿵 내려앉는 기분이다. 땀 흘리며 야구하는 건강미 넘치는 섹시함을 지닌 임태산이 아니라, 어른 남자의 색기를 띤 눈빛이었다. 태산과 이수 사이에 감도는 알 수 없는 분위기에 도진의 시선이 영 곱지 않다.

"이수씬 저 자식 차로 가는 게, 낫겠죠? 세라한테 들러야 하긴 하는데."

"아, 그래요? 그럼 저 좀 태워주세요."

"사람이 왜 그래요. 집에 안 간다고 했잖아요. 나랑 둘이만 남자면서요."

이게 무슨 소리란 말인가! 이수가 사색이 되어 태산을 향해 손사래를 친다.

"내, 내가 언제요!"

태산은 이게 뭔 상황인가 싶어 둘을 번갈아 본다. 도팔이가 말한 그 집에 안 간다는 말이, 내가 지금 생각하는 그거랑 같은 건가?

"뭘 또 부끄러워하고 그래요. 태산이야 다 이해하죠. 회 한 접시 먹고 가자면서요? 그래서 내가 그랬잖아요, 난 좋아요, 서이수씨."

이수는 '서이수씨'를 힘주어 발음하는 도진을 외면한다. 무시하자, 무시해. 저자가 오늘 너무 많은 일이 일어나서 제정신이 아닌 게야. 태산씨가 들으면 백오십 퍼센트는 오해할 소리를 아무렇지 않게 해대는 통에 미칠 지경이었다. 이수가 애써 표정을 가다듬는다.

"그럼 나중에…… 올래요?"

"대답해야죠, 서이수씨."

김도진 나쁜 놈…… 하지만 더 많은 약점을 잡힌 자가 약자일 수밖에 없다는 걸 이수는 잘 알고 있었다. 괜히 반항했다간 이번엔 오징어가 아닌 내가 능지처참당할지 모른다. 결국 체념한 이수가 도진의 귀에 속삭인다.

"김도진씨 잔머리에 아낌없는 찬사를 보냅니다."

이수는 용건이 끝나자마자 부끄러워하며 도진에게서 얼른 떨어진다. 도진이 태산에게 눈짓을 보낸다. 봤지? 하는 것처럼.

"계속 부끄러운가봐."

"들리게 말해도 되는데…… '다금바리 사드릴게요' 그런 거야?"

"그런 게 아니라……"

"그 정도면 내가 얘기하지. 아주 부끄러운 얘길 하네. 막 찬사를 보냈어. 그럼 올라가."

갑자기 도진이 이수의 허리를 확 당겨 잡는다.

"갑시다."

이수를 뒤에서 안은 채 한 손은 어깨를 잡고 힘으로 민다. 너무 순간적으로 일어난 일이라 이수는 속절없이 밀려간다. 태산이 신경쓰여 도진의 손아귀에서 빠져나오려 했지만, 도진이 손에 더 힘을 주는 상황을 초래할 뿐이다. 단단한 손아귀에 잡힌 허리가 저도 모르게 긴장한다. 이수의 긴 머리카락이 한쪽으로 쏠려 목덜미가 그대로 드러난다. 이수는 불현듯 기억 속의 그날이 오버랩된다. 그날도 이렇게 뒤에서……

도진에게 안기다시피 해 걸어가는 이수의 뒤태에 대고 팀원 하나가 휘파람을 분다.

"서심판 완전 딴사람 같은데? 뒤태가 이뻐~"

이수를 보며 뿌듯해하는 팀원들 곁에 태산이 다가온다.

"앞태가 더 이뻐. 깜짝 놀랐어, 나도."

도팔이 녀석이 잘생긴 것도 사실이고, 이수씨는 말할 것도 없다. 함께 걸어가는 두 사람은 누가 봐도 잘 어울리는 연인 같아 보인다. 뭘 또 저렇게까지 잘 어울려?

"그 자식 조심해요, 이수씨!"

뒤에서 들려오는 태산의 목소리에 이수가 걸음을 잠시 멈춘다. 도진도 더는 힘으로 밀지 않고 멈춰 선 채 이수의 옆얼굴을 본다. 희미하게 떨리는 속눈썹이 이수가 얼마나 동요했는지를 보여주고 있었다. 태산의 말 한마디, 스치는 눈빛 하나에 이 여자는 이토록 예민하게 흔들리는구나. 도진이 짐작한 것보다 이수의 외사랑은 조금, 지독할지도 모른다.

• • •

바닷가라 운치가 꽤 좋다. 회 맛이 절로 난다. 주변 테이블엔 대부분 연인들이 나란히 앉아 있었다. 서로 먹여주기도 하면서. 어딘지 들떠 보이기도 한다.

"안 먹어요?"

한 상 가득 차려진 회를 먹고 있던 도진이 묻는다. 이수는 소주잔만 내려다본다.

"정말 단지 회예요? 나 붙잡아둔 이유가?"

"그럴 리가 있겠어요?"

"그럼 뭔데요."

"연애 안 해봤어요?"

"나 원 참. 신동 소리 듣던 여자거든요? 연애 신동?"

도진이 풉 웃곤 언제 웃었냐는 듯 포커페이스로 돌아간다.

"그럼 알겠네요. 이 밤중에, 이 낯선 바닷가에, 남자가 여자 붙잡아

둔 이유가 뭘지."

순간 이수의 얼굴에 열이 오른다. 살짝 당황한 눈치다. 이수는 도진의 눈빛이 짙어질 때면 팔뚝 근처가 간지러웠다.

"그러니까 뭐냐고요, 그게!"

"모른다고 하긴 창피한 나인데."

도진이 천천히 소주잔을 들어 혀로 술을 핥듯이 홀짝 마신다. 붉은 혀가 잠깐 보였다. 작정하고 섹시한 눈빛으로 바라본다 해도 난······ 윤리 선생이고, 도덕을······

"운전하라고요. 서울까지."

"와······"

운전? 그딴 눈빛을 하고, 뭐? 운전?

"실망한 눈빛이네요? 뭔가 다른 걸 원했나봐요?"

도진이 금세 약 올리는 표정으로 바뀐다. 눈을 부릅뜨고 도진을 보던 이수가 잽싸게 손을 뻗는다. 이미 이수의 심중을 파악했는지 도진도 동시에 손을 뻗어 이수 앞에 놓인 소주잔을 낚아챈다. 도진이 틀렸다. 이수가 잡은 건 소주병이었다. 소심하게 잔 따위를 잡느니 병을 잡지. 이수가 회심의 미소를 짓는다.

"내려놔요."

도진이 으르렁거렸지만 이수는 그대로 병째 입으로 가져간다. 한입 가득 채우자 알싸한 소주향이 코를 찌른다.

"진짜 자고 가고 싶어요, 나랑? 나야 좋지만."

헉. 생각이 짧았다. 이수가 입에 머금고 있던 소주를 병에 뱉는다. 쫄쫄쫄 소리와 함께 소주가 원래 위치로 돌아간다. 도진이 비위 상한다는 듯 내뱉는다.

"아, 드러."

이수가 조신하게 입가에 묻은 소주를 닦는다. 바람결에 날린 머리카락이 청순해 보이길 기대하며.

두 사람은 쓸데없는 기 싸움은 그만두고 바닷가를 거닐기로 했다. 말없이 걷는데 도진이 다시 생각해도 어이가 없는지 바람 빠지는 소리를 내며 웃는다.

"무슨 여자가 그렇게 매번 한치 앞을 못 봐."

잠깐, 매번? 하며 도진을 홱 보는데, 바람에 이수의 짧은 치마가 위태롭게 날린다. 이수가 비명을 지르며 양손으로 치마 끝을 사수한다. 저번처럼 하의실종을 반복할 순 없다. 잡는다고 잡았지만 밤바람이 세서 한 뼘 수준의 치마로 이겨내기엔 턱도 없었다. 어쩔 줄 모르고 있자 도진이 점퍼를 벗어 치마 위에 두른다.

"이 여잔 주로 하의 쪽에 문제가 생기는구만."

도진이 꼼꼼히 점퍼를 둘러 지퍼까지 채워 마무리한다.

"감사합니다, 참 친절하시네요."

이수가 했어야 할 말이지만 도진이 대신 한다. 이수가 그런 도진을 물끄러미 보다 한숨을 내쉰다. 한결 편해진 표정이다.

"되게 집요하시네요. 쌍방과실이란 생각엔 변함없지만, 감사했어요."

"인상적인 자백이었어요."

"하하."

"야구 심판은 왜 해요? 애들 가르치는 것만도 힘들 텐데."

"애들 가르치는 거 다음으로 야구가 좋거든요. 야구하는 임태산도 좋고……"

"……"

"애먼 고백으로 곤란하게 해드려서, 정말 미안해요."

불같이 따지거나 당황한 모습을 보는 게 차라리 나을지도 모르겠다. 도진은 이수의 이런 아련한 표정을 볼 때면 뭔가 뾰족해지는 자신을 발견한다. 뾰족한 날로 이수를 찌르고 생채기 내고. 그러고 나서 어쩌면 나는, 안아주려 한 것뿐인데.

"용서해줘요. 난 이제, 고백할 기회마저 잃었으니까요……"

애써 덤덤한 표정을 지으려고 해보지만 이수는 너무 많은 걸 표정에 드러낸다. 표정을 드러내는 것에 대한 자각이 없는 게 스스로에겐 좀더 위안이 되려나. 도진은 쓰린 마음을 애써 파도 소리에 묻는다. 이대로 이수가 부서져버리는 건 아닐까, 하는 불안한 마음도.

. . .

잘 가꾸어진 정원이었다. 주인의 세심한 손길을 느낄 수 있었다. 정원 가득한 꽃나무와 아직 여린 꽃들이 봄에 흐드러지게 꽃을 피울 수 있도록 겨우내 더욱 분발했을 것이다. 창문을 통해 정원을 보던 도진 곁으로 주인 내외가 다가온다.

"공사는 다음주부터 시작하는 걸로 스케줄 잡겠습니다."

"그렇게 해주세요. 근데, 소장님은 나이가 어떻게 되세요?"

"마흔하납니다."

둥글게 말린 도면 위에 분홍빛 꽃잎이 내려앉는다. 카페 거리에 심심찮게 서 있는 꽃나무들이 바람결에 흔들려 꽃잎을 떨군다. 가게 앞에 나와 있는 가판대가 어느새 눈에 띄게 늘었다. 사람들의 옷차림도 한결 가볍다. 클라이언트와의 미팅을 마치고 천천히 카페 거리를 걷던 도진이 걸음을 멈춘다. 고개를 갸웃하곤 다시 뒤돌아보니 낯익은 융단이 보인다. 버젓이 가격표까지 붙어 있다. 피식 웃다가 이수가 떠오른다. 이수가 아직 이수인지도 몰랐던 그때, 셔링까지 잡고 코사지까지 달아줬었다. 크림색이었던 융단은 다른 색으로 바뀌어 있었다. 물끄러미 보던 도진이 허리를 낮춰 가격표를 카메라에 담는다.

마흔하나라는 대답이 더이상 약 오르지도 분하지도 않을 때, 꽃피는 삼월이 왔다. 꽃다운 나와 잘 어울리는 계절이었다. 어떤 여잔 비웃겠지만.

. . .

새 학기의 첫 시작을 동협 패거리와 함께한 이수는 기대 반 불안 반으로 첫 단추를 꿰었다. 윤리여신 서이수, 올해도 빡세게 굴러다니겠구나. 이수가 부지런히 가방을 챙겨 서점으로 향한다.

본격적인 봄이 시작될 즈음이면 서점은 발 디딜 틈도 없이 붐비곤 했다. 온갖 미디어에서 독서를 권장하고 다독이지만 서점에 오면 그런 건 다 필요없는 말인 것 같다. 이렇게 책 읽는 사람들로 가득한데. 신간 코너, 베스트셀러 코너를 차례로 돌며 참고서를 비롯해 책을 몇 권 고르다가 어떤 표지가 눈에 들어온다. 빨간 실이 풀려 있는 일러스트가 인상적인 그림책이었다. 나는 기다립니다…… 어느 날의 자신이 떠오른 건지도 모른다. 몇 페이지를 넘겨보던 이수가 참고서와 함께 옆구리에 낀다.

잡지 코너로 옮겨 패션 잡지를 넘겨보고 있는데 익숙한 얼굴이 있다. 도진이 떡하니 가판대 위에서 웃고 있었다. 그자가 표지모델인 건축 잡지다. 이수가 싱긋 웃고 있는 도진을 게슴츠레 본다.

봄이라지만 아직도 밤엔 꽤 쌀쌀해서 야외 테이블은 텅텅 비어 있다. 뜨거운 아메리카노 한 잔을 마시면서 도진의 인터뷰를 읽는데 첫 대답부터 빵 터진다.

Q. 건축가의 길을 걷게 된 결정적인 이유는 뭔가.

A. 자본이 시대를 약탈하던 90년대……

까지만 읽었는데도 도저히 다음 문장으로 넘어가지 못하겠다. 이 작정한 것 같은 허세는 뭐야, 대체. 그럼에도 깔끔하게 다듬은 문장들은 도진과 닮아 있었다. 답변을 읽을 때마다 도진의 목소리가 들리는 듯하다.

빵빵! 클랙슨 소리에 이수가 고개를 든다. 세라 차가 서 있다. 이수가 짐을 챙겨 부랴부랴 올라탄다.

"하여튼 청승은. 집에 데려다줄 남자 없는 건 이해한다 쳐. 어떻게 커피 한잔할 남자도 하나 없어? 도진씨랑은 완전 끝난 거야?"

"그 사람이랑은 그런 거 아니라니까!"

"그럼 그냥 윤이씨 만나봐. 사별한 게 흠이긴 하지만 재화가치 충분하지, 잘생겼지, 사실 너한테 과분하지. 변호산데."

후. 이수가 창밖으로 시선을 돌린다. 네온사인이 반짝이는 거리가 빠르게 지나간다.

"아님 소개팅이라도 하든가. 티칭프로 하는 선배 중에 괜찮은 선배 있는데."

"됐어."

"혹시 전에 말한 그 이십 초 남자 때문에 그래?"

"……아니야, 그 남자 때문."

"누군데. 혹시 나도 아는 사람이야?"

세라와 이런 이야길 하는 게 불편하다. 죄책감도 들었다. 내가 너한 테 누군지 어떻게 이야기할 수 있겠니.

"알았어. 소개팅 할게."

"진짜? 근데 우리 나이엔 말이 소개팅이지 사실은 선인 건 알지?"

"알아. 언제 만나면 되는데?"

$$\bullet \ \bullet \ \bullet$$

메아리가 두리번거리며 태산을 찾는다. 창가에 혼자 앉은 태산은 메뉴판을 보고 있다. 메아리가 종종걸음으로 다가와 맞은편에 앉는다.

"왜 혼자야?"

"주차하는 중이래. 뭐 먹을래?"

"우리 쌤도 같이?"

"넌 이수씨가 그렇게 좋냐?"

"어. 내가 남자면 데리고 살고 싶어. 난 쌤 같은 사람이 우리 새언니 됐음 좋겠어."

세라가 들으면 그리 기뻐할 소린 아니다. 태산은 메아리가 지나치게 솔직한 발언을 할 때마다 세라와 이수씨 사이가 갈등으로 번지지 않을까 걱정이 되곤 했다.

"세라도 좋아. 쿨하고."

"좋긴 뭐가 좋니. 너나 좋지!"

대드는 메아리 뒤로 세라가 다가온다.

"왜? 메아리가 또 내 흉봐?"

"우리 쌤은요?"

"이수 선보러 갔는데?"

"선?"

세라에게 메뉴판을 건네던 태산이 의아하게 물었다. 도팔이한테 고
백하고 잘돼가는 거 아니었나.

"쌤이 선을 왜 봐요? 좋아하는 사람 있는데?"

"누구, 도진씨? 이수 분위기로 봐선 차인 거 같던데?"

"차였대? 도진이한테?"

"선보는 장소 어딘데요?"

"어디면."

"멋지게 손목 잡고 나와야죠. 영화처럼."

애긴 애구나. 세라는 심드렁한 표정이다.

"뭐 먹을지 고르고 있어."

태산은 핸드폰을 들고 일어나더니 레스토랑 밖으로 나간다. 태산이
자리를 비우자 정적이 흐른다. 세라는 들어오면서 들었던 이야기를 마
저 듣고 싶었다.

"내 흉 뭐라고 봤는데?"

"남매 사이에 충분히 오갈 수 있는 수위였어요."

당돌한 메아리의 반응에 세라는 기막힌 표정이다. 평소엔 고양이처

럼 새치름하게 닫혀 있는 입이 조금 벌어져 있다. 정말 봤구나, 흥.

"넌 대체 내가 왜 싫으니? 첨엔 그러거나 말거나 했는데, 이젠 좀 궁금하네?"

"언니랑 울 오빠랑 나 본다고 뉴욕 왔을 때 기억나요? 사귄 지 얼마 안 됐을 때."

"근데."

"오빠는 야구 본다고 나간 날, 나 그때 언니가 클럽에서 처음 본 백인 남자랑 키스하는 거 봤거든요."

예상치 못한 이유였다. 세라 본인조차 기억을 더듬어 떠올릴 만한, 이렇다 할 중요한 사건은 아니었다. 임팩트도 자극도 없던 그런. 단지 그날 마신 데킬라가 너무 짜릿하고 보드카는 달콤해서. 딱 그 정도의 감흥이었다.

세라는 오히려 메아리가 지 오빠한테 말 안 한 게 차라리 놀라웠다. 동생바보 임태산씨가 서운하겠네.

"그랬구나. 이유가 명확했네. 그럼 당연히 싫지. 인정."

"인정?!"

"그럼 어떡해. 이미 키스한 걸."

메아리가 동그랗게 뜬 눈으로 세라를 빤히 본다. 이 언니, 처음부터도 만만하게 안 봤지만 이 태도는 뭐야. 원래 쿨해서 이런 건지 내가 알고 있다는 게 별 대수롭지 않은 건지 묘하게 헷갈린단 말이야.

"나 계속 있을까, 아님 그냥 가줄까. 너 편한 쪽으로 해."

약은 오르는데 더 쏘아줄 말은 없고. 어쩐지 진 것 같다. 세라에게 밀릴 대로 밀려버린 메아리는 그저 씩씩댈 뿐이다.

· · ·

　　"나한테 차였대? 내가 다시 전화할게. 지금 윤이 사무실 와 있거든. 음."

　　전화를 끊는 도진이 영 얼떨떨해 보인다. 태산이? 왜? 윤의 목소리가 입력되는 데도 한참이 걸리는지, 연산능력이 떨어지는 컴퓨터처럼 도진은 말이 없다.

　　"어떤 여자가, 선을 본다고."

　　"누군데?"

　　"왜. 선보는 여자가 메아릴까봐?"

　　"너, 씨."

　　당황한 윤이 발끈하더니 다시 서류에 집중한다. 배수관 설치 관련해 건물주가 엉뚱한 주장을 해대는 바람에 윤과 조정중이었다. 윤은 건물주의 주장으로 화담 건축 사무소에는 더 유리해졌다고 했다.

　　"네 녹음기. 거기 다 녹음됐을 거 아니야. 파일 다 있지."

　　"그게 이렇게도 쓰이네. 그럼 뭐 됐네. 이따 술이나 한잔할래?"

　　손으로 턱을 괸 윤이 자리에서 일어나는 도진을 눈으로 좇는다.

　　"서선생이야? 선본다는 여자?"

　　정말 그런 건지 도진이 행동을 멈춘다. 표정 변화는 없지만 동요했음을 부정할 순 없다. 윤은 도진이 이수에게 어느 정도 진심인 걸 알고 있기에 어떻게든 도움을 주고 싶었다. 한 여자에게 집중하는 도진을 오랜만에 보는 게 꽤 흥미롭기도 했고.

　　"못 가게 말려줄까, 가라고 등 떠밀어줄까."

　　짓궂은 윤의 물음에 도진은 선뜻 대답하지 못하고 서 있다. 내면의 갈등이 아직 안 끝났는지 나름 골똘한 표정으로.

. . .

　너무 일찍 왔나…… 이수가 손목시계를 들여다본다. 아직 약속시간
보다 조금 이르긴 하다. 오길 잘한 걸까. 하지만 세라와 이십 초 남자,
태산에 대해 이야기하는 것보다는 이게 낫다고 자위한다. 부담감이 없
진 않지만.
　그때 이수 맞은편에 누군가 앉는 기척이 난다. 맞선남인가 싶어 고개
를 드는데 예상치도 못한 인물이 앉아 있다. 오만한 표정을 한 도진이
다. 이수는 놀라서 눈만 크게 뜨고 버벅거릴 뿐이다. 도진이 지나가던
종업원을 불러세운다.
　"아이스 아메리카노에 샷 세 개 추가요."
　시선은 이수에게 고정한 채.
　"그런 옷도 입을 줄 알아요? 못 본 사이에 적극적이 되었네요?"
　"……"
　"오랜만이에요. 한 계절이 바뀔 만큼."
　몇 초나 흘렀을까. 아무 말 없이 서로를 바라보는 시간이 느릿느릿
흘러간다. 아니, 흘러간다고 할 수 있을까. 옆 시간으로 건너가지 못하
고 한자리에 계속 멈춰 있는 시곗바늘. 고여 있는 시간은 그리움으로
변했다. 적어도 도진에겐 그랬다.
　"사실은 제가 지금 약속이 있어서. 약속시간 십 분 전이구요."
　"일찍도 나왔네. 이렇게 맞선에 적극적인 여잘 왜 구해오라는 거야."
　구해오라고? 그러고 보니 여긴 어떻게 알고 왔지?

"태산이가 구해오래요, 서이수씨를."

"태산씨가…… 절요?"

"그것만 귀에 꽂혀요? 여기까지 온 난 별 감동 없고?"

계절이 바뀌었어도, 태산이란 이름에 반응하는 이수는 조금도 변하지 않았다. 도진은 다시 찬 바닷바람이 부는 계절로 돌아간다. 혹은 그보다 더 오래전, 이수를 처음 보던 날로. 아직 늦지 않았다. 난 아직 시작도 안 했으니까.

"근데, 여기까진 왜……"

"짝사랑을 시작해보려고요."

도진의 목소리엔 이렇다 할 감정이 담겨 있진 않았지만 눈빛은 이수를 보고 있었다.

"누구를요?"

"댁을."

"어느 댁…… 저, 저요? 절요?"

"사양은 안 하는 걸로."

도진의 입술을 타고 나온 문장은 명징했다. '짝사랑을 시작해보려고요.' 이수는 도진이 말하는 짝사랑이 흔히들 말하는, 누구나 한번쯤 해보는, 지금 자신도 하고 있는 짝사랑인지 잠시 되뇌어본다. 어처구니가 없기도 하고, 기가 막히기도 하고, 진심인지도 헷갈린다.

"그러니까, 앞으로 김소장님이 저를 짝사랑하실 계획인데, 그걸 지금 당사자인 제 면전에다 이렇게 대놓고 얘기하신 거예요?"

도진이 어깨를 으쓱해 보인다. 미국 드라마의 쿨한 남자 주인공처럼.

"일종의 프레젠테이션이죠. 내 짝사랑의 컨셉, 내구성, 건평, 용적률, 내외장재 및 기타 등등, 궁금한 거 있으면 주저하지 말고 물어봐요."

일단 도진이 말한 단어의 절반은 무슨 뜻인지 모르는데다 정말 프레젠테이션 할 기세로 보여서 입이 다물어지질 않는다. 지금 김도진씨의 장단은 굿거리인가요, 자진모리인가요? 어느 장단에 맞춰야 할지 모르겠네요.

"서이수……씨?"

도도하게 테이블에 턱을 괴고 앉아 있던 도진이 눈만 올려다본다. 이름이 불린 이수는 벌떡 일어나 상냥한 맞선녀 모드로 돌입한 채 웃고 있다. 도진은 그들을 관람하는지 심드렁한 표정이다.

"저렇구나, 딴 남자한텐."

도진이 호응하듯 중얼거렸다. 하지만 진심이었다. 나를 대할 때처럼 얼굴에 철판 깔고 상냥한 '척'하는 게 아닌, 예의바르고 상냥한 서이수를 봤다.

"만나서 반갑습니다. 근데……"

남자는 이수와 반갑게 인사하면서도 고개를 갸웃한다. 자신과 맞선이나 다름없는 소개팅을 하기로 한 여자가 딴 남자와 합석해 있는 상황, 당연히 이상하다. 도진이 의식될 것이다. 당황하긴 이수도 마찬가지다. 뭐라고 설명해야 할까. 도진을 설명할 적당한 표현이 떠오르질 않는다.

"아, 이분은……"

"아직 첫번째 맞선이 안 끝나서요. 남자 2호는 다음을 기약하는 걸로."

"김도진씨!"

졸지에 '남자 2호'가 된 남자는 코미디 같은 상황이 어이가 없다. 세라의 선배이기도 한 사람이다. 도진이 한 행동은 분명 실례가 될 터였다. 물론, 이 자리에 나타난 도진에게 별다른 대응을 하지 못한 나도.

세라를 곤란하게 할 순 없다. 남자는 이미 어이없음에서 불쾌한 표정으로 진화해 있었다.

"이 상황을 납득할 수가 없네요."

"당연히 오해하실 상황이죠. 제가 잠시 후에 자세히……"

"이 상황만 놓고 보면 오해가 있을 수 있는데, 다음 상황을 보면 아! 하고 바로 납득이 갈 겁니다. 아주 상투적인 장면이라."

자리에서 일어난 도진은 정말 상투적인 장면의 전형을 재연했다. 멀뚱히 서 있던 이수의 손목을 잡아끌고 걷기 시작한 것이다. 방심하고 있다가 갑자기 끌려 나가느라 몸의 중심을 잃은 이수가 순간 휘청했다. 손목을 잡힌 채 맞선 장소를 나서는 두 남녀의 모습은 여느 드라마에서 많이 본 엔딩 같다.

도진의 악력에 손목이 아파온다. 도진은 등을 보인 채 큰 보폭으로 걷고 있었다. 로비를 지나 회전문을 향해 저벅저벅 걷는데 이수가 참지 못하고 큰소리를 낸다.

"대체 왜 이래요? 계절마다 한 번씩 심심해져요? 이거 세라가 주선한 자리였다구요!"

도진은 들은 척도 않고 계속 걷는다. 밖으로 나오자 한기가 돈다.

"그러게 그냥 오픈을 하지 그랬어요. 난 선 못 본다, 네 애인인 임태산을 짝사랑하니까."

"나한테 정말 왜 이래요?"

"이유는 한 계절 전에도, 반시간 전에도 밝혔는데 자꾸 잊네요? 쉽게 잊혀질 고백은 아니었을 텐데."

도진이 호텔 입구에 선 발레 직원에게 주차티켓을 건넨다. 뻔뻔할 정도로 당당한 도진의 태도에 이수가 손목을 확 빼낸다. 도진의 손이 순간적으로 허공에 내쳐진다.

"재밌어요? 나 갖고 노니까 재밌으시냐고. 그간 미안한 일도 있고 책잡힌 것도 있고 해서 참았어요."

"놀리는 거 재밌어서 여기까지 올 정도로 박력 있는 초딩 아니에요."

지금 초딩 비하 발언하는 거야? 이 나라의 새싹들을?

"박력 있는 초딩이 왜요? 이기적인 독신주의자보다 훨 낫구만?"

"……"

"부인이랑 애랑 돈 나눠 쓰는 거 아까워서 독신주의라면서요. 그러면서 뭘 해요? 짝사랑은 뭐 아무나 하나? 어느 누가 쉽다고 했나?"

짝사랑이라는 단어가 비밀스러운 어감을 주는 이유는 상대방 모르게. 마음속으로 혼자 품는 행위이기 때문이다. 이수는 그런 점에서 짝사랑에 소질을 보이는 자신이 나쁘지 않았다. 그 사람이 나를 봐주었으면 하고 바라는 순간부터 일방통행이 시작된다. 이수는 태산에게 더는 아무것도 바라지 않았다. 야구단 팀원, 세라의 룸메이트, 메아리의 은사로서 태산의 곁에 머무는 것도 나쁘지 않았다.

"되게 오래 여러 번 자세히 봤나봐요? 나도 안 보는 건축 잡지까지 뒤진 걸 보면 나한테 영 관심 없진 않다는 건데, 이러면서 내가 왜 싫대?"

"뒤지긴 누, 누가 뒤져요! 우연히 본 거죠!"

"운명적으로 본 거죠."

이수가 숨을 삼켰다. 순간적으로 어지러워 자신도 모르게 눈을 감는다. 도진의 말에 기분이 이상해졌다. 내가 아주 소중하게 생각하는 무엇을 아무렇지도 않게 말해버리는 이 남자 때문에. 운명이란 단어는 얼

마나 큰 무게를 가졌는가. 도진은 종종 이렇게 큰 세계를 가진 단어를
발에 차이는 알루미늄 캔처럼 이야기한다. 종잡을 수 없다. 취한 척하
지만, 취하지 않은 사람처럼.

"이, 이봐, 이봐. 맨날 장난이구, 진심이 없잖아요!"

혹시나 자신이 동요한 게 도진 때문이라고 생각할까봐 이수는 정신
이 없다.

"지성과 미모를 겸비한 남자에겐 진심이 없을 거 같아요?"

"그래서, 기꺼이, 굳이, 하필, 나를, 짝사랑하시겠다고요? 내가 싫다
면요?"

"왜 싫지? 내가 서이수씨더러 짝사랑을 발명하라는 것도 아닌데? 그
리고, 댁은 태산이 허락받고 좋아했어요?"

'태산'이라는 이름이 둘 사이에 다리 역할을 할 때마다 심장이 덜컹
하는 걸 보니, 이자를 상대하려면 심장이 지금보다 열다섯 개는 더 있
어야겠다. 이자나 나나 입장은 피차 마찬가진데 왜 그렇게 당당했을까.
민망한 감이 없지 않았지만 이수도 핑계가 없진 않다. 난 티를 안 내잖
아? 이수가 또각이며 뒤로 천천히 물러선다.

"전 이만 갑니다. 다음 계절까지 안녕히!"

그러니 그만 처다보세요, 김도진씨.

•••

현관에 들어선 메아리가 아무렇게나 구두를 벗어던진다. 메아리 뒤
로 태산이 따라 들어온다. 도진과 통화를 마친 후 돌아왔더니 레스토랑
의 테이블엔 메아리 혼자 덩그러니 앉아 있었다. 사라진 세라에게 전화

를 해봤지만 음성사서함으로 넘어갔다. 그 잠깐 동안 무슨 일이 있었던 거야. 태산이 억지로 숨을 참는 듯한 사람의 답답한 표정으로 메아리의 등을 본다.

"임메알!"

"지 승질 못 이겨 간 것도 내 책임이야?"

"이 자식이 오냐오냐하니까! 언니한테 지가 뭐야, 지가! 세라한테 뭐랬냐고!"

메아리는 입을 꾹 다문 채 버티고 서 있다. 도무지 좁혀지지 않는 세라와 메아리의 간극에 태산은 가슴이 답답했다. 버릇없이 키운 것도 아닌데 세라한텐 꼭 제대로 된 가정교육 못 받은 애처럼 군다.

"무엇보다 오빠가 좋아하는 사람이잖아. 최소한의 예의 정도도 갖출 수 없는 거야?"

태산에게 꽁해봤자 해결되는 일도 아니다. 메아리는 그제야 심술이 한풀 꺾인다.

"알았어. 조심할게. 내가 뭐랬는지는 직접 들어."

메아리는 자기 방으로 콩콩 걸어가더니 방문을 소리나게 닫는다. 태산은 메아리가 일부러 한 발 물러났다 걸 알고 있다. 그런 점이 태산의 마음을 더 안 좋게 한다. 바지 주머니에 양손을 찔러넣는다. 해소되지 않는 허기에 배가 조금 고픈 것도 같다.

• • •

보름달이라도 떴나. 날짜를 헤아려본다. 늘 걷던 골목인데 오늘따라 유독 밝게 느껴진다. 가로등이 가까워지자 그림자가 길쭉해진다. 그제야 가로등이 평소보다 성실히 켜져 있을 뿐이라는 것을 안다. 발걸음을 옮길 때마다 휑하게 드러난 발목이 찬바람에 스쳐 시리다. 집 앞엔 커다란 사람의 그림자가 보인다.

태산이 서 있다. 널찍한 등을 조금 구부린 채 구둣발로 땅을 짓이기고 있다. 담배 한 개비가 간절한 사람 같다. 이수가 한 걸음 더 다가가는데 발소리에 태산이 뒤를 돌아본다.

"왜 걸어와요? 도진이 못 만났어요?"

"잠깐 봤어요. 세라 아직 안 왔어요?"

"어디서 술 마시나봐요."

"나도 한잔하고 싶다……"

이수가 말하곤 샐쭉 웃는다. 밤안개를 맞아 촉촉해진 태산은 꼭 비 맞은 큰 개 같다. 짠하기도 귀엽기도 해서 안아주고 싶은.

"아, 어떡하지? 투 볼인가? 뭐지? 어떡하지?"

혀는 꼬이고 몸은 앞뒤로 흔들린다. 이수는 어디에선가 들은 야구를 소재로 한 유머들에 대해 이야기하고 있다. 조금 알딸딸하다는 생각이 들었지만 그러면서도 자신이 취했다고 생각하진 않았다. 통상적으로 알딸딸한 게 취한 거라고들 하지만 말이다. 이수가 웃겨 죽겠는지 미간을 다 찡그리고 웃는다.

그들은 바에 앉아 있었다. 그건 서로를 계속 쳐다보지 않아도 되는, 서로의 옆자리에 있다는 뜻이다. 태산은 멀쩡했다. 이수는 너무 빨리 마시는 바람에 훅 가버렸다. 어쩌면 빨리 마시고 취해버리고 싶었는지도 모르겠다. 이수가 타자 흉내를 내며 양손으로 방망이 잡는 시늉까지 해 보인다. 태산은 분위기를 맞추며 웃어주었고, 때로는 안타까운 듯 탄식도 해 보였다. 야구로 만나서 인연을 거듭해오다 오작교 역할까지 한 이수다. 태산은 문득 심판 서이수를 처음 만난 날이 떠올랐다.

"듣다보니까 이수씨 처음 심판 보던 날 생각나네요. 이수씨 그때 2루 심 봤었죠. 초여름이었고."

사심이 담기지 않은 담백한 말투였다. 이수는 갑자기 움직임을 멈춘다. 격하게 웃느라 얼굴 정중앙에 흘러내린 머리카락을 쓸어넘기고 있던 중이었다. 이마가 도드라진 옆얼굴에 태산의 시선이 느껴진다. 이수는 손이 조금 떨려 괜히 치맛자락을 꼭 잡는다. 손끝이 눌려서 하얗게 될 정도로.

"그걸, 기억하세요?"

"선수보다 땀을 더 많이 흘리는 심판은 처음 봤거든요."

"난 또. 여자의 추한 모습은 잊어주시는 게 예읜데."

태산은 웃고 있었다.

"예뻤어요. 내가 반 미친 야구에 나만큼 미친 여자, 예쁘죠."

태산은 이수를 보고 있지 않았다. 그런 채로 조금 웃었다. 태산의 마지막 세 음절이 귓가에 달라붙는다. 치맛자락을 꼭 붙들고 있던 손가락에서 서서히 힘이 빠져나간다. 태산이 지금 딴 곳을 보고 있는 게 얼마나 다행인지. 그렇지 않았더라면 정말 고백이라도 받은 양 착각에 빠졌을지도 모른다.

"근데 혹시, 세라한테 얘기한 이십 초 만에 반한 남자가, 도진이에요?"

이수가 가만히 고개를 젓는다.

"그럼 뭐야, 혹시 이수씨 혼자?"

이번엔 고개를 끄덕인다. 이제 감 잡았는지 태산이 이수 곁에 몸을 바싹 붙여온다.

"아, 혹시 우리도 아는?"

"김도진씬 아는데, 태산씨는 아마 모르실 거예요."

모르셔야 하구요. 이수는 혼자 되뇌었다. 차마 태산을 똑바로 보지 못하고 고개가 푹 꺾인다. 태산이 다시 바에 팔꿈치를 기댄다. 생각에 잠긴 듯 고개를 주억거린다.

"그걸 아는데도 이수씨 보러 간 걸 보면, 호기심이 진심 되는 과정인 건 분명한 것 같네요."

"네?"

태산이 미소를 오래 머금고 있다. 늘 느끼는 거지만, 웃을 때면 보기 좋게 휘어지는 눈매다. 아! 태산이 자리에서 벌떡 일어난다. 방금 전까지와는 달리 빠르게 눈동자를 굴린다. 집에 불난 사람처럼 다급해 보인다.

"미안한데 먼저 가볼게요. 세라 어디 있는지 알 거 같아서요."

태산이 급히 팔부터 외투에 꿰며 말한다. 이수를 두고 혼자 나가는 게 영 미안했는지 콜택시 이야기를 하며 주머니에 핸드폰을 챙긴다. 바라는 곳이 혼자 앉아 있다 해도 이상할 것 없는 장소이지 싶다. 그래도 혼자 남겨지는 건 너무 쓸쓸하잖아. 이수가 애써 표정을 가다듬는다.

"태산씨가 가는 곳에, 세라가 꼭 있었으면 좋겠어요……"

"고마워요. 조심히 들어가요."

태산이 떠난 자리에 바텐더가 모히토 한 잔을 내민다. 이수는 그저 태산이 사라진 출입구만 보고 있었다.

· · ·

이마에 땀이 송글송글 맺힌다. 거듭되는 풀스윙으로 어깨가 뻐근하다. 세라가 얼굴을 타고 흐르는 땀이 간지럽다는 듯 손등으로 훔친다. 팔에도 땀이 흐른다. 세라는 슬리브리스 피케셔츠를 입고 있다. 다시 골프채를 쥐고 잠시 심호흡을 하다, 이내 아예 내려놓는다.

그때 발과 발 사이에 골프공이 또르르 굴러와 멈춘다. 치마 속을 훔쳐보기라도 하는 듯 음흉한 표정을 짓고 있는 눈이 그려져 있다. 가만히 보고 있던 세라가 공을 집어든다. 태산이 뒤편 의자에 앉아 턱을 괴고 있다. 자기 손으로 꽃받침을 한 채 귀여운 표정을 짓고 있었다. 야간 조명이 들어오고도 한참 동안 공을 맞히고 있던 세라의 뒷모습을 보고 있었던 것이다. 눈이 마주치자 태산이 방긋 웃는다.

"방해될까봐 조용히 기다렸어. 잘했지?"

"끝나고 딴 놈 만나러 갈까 불안해서 지켜 서 있는 거 아니고?"

보통의 여자라면 어떻게 알고 왔는지, 혹은 언제부터 거기 앉아 있었는지 감동에 젖은 눈으로 태산을 바라봤을지도 모른다. 세라는 내심 기뻤지만 이런 식으로밖에 말하지 못했다. 평생 이렇게 살아온 걸 일 년 새에 바꾸는 건 불가능하다.

"말 참 예쁘게 해. 어떻게 된 거야. 전화는 왜 안 받고."

손목을 푸는 듯 움직이던 세라가 태산이 앉은 곳보다 더 먼 곳에 시선을 준다.

"안녕하세요, 대표님."

태산이 밝게 인사하는 세라의 시선을 따라 고개를 돌린다.

사십대 중반쯤 됐을까. 크지 않은 키에 체크무늬 니트조끼를 입은 남자였다. 세라의 인사를 받은 남자가 번들거리는 미소로 응수한다. 태산의 눈빛이 매서워진다. 세라는 남자가 곁에 다가와 건네는 말들에 상큼하게 웃는다. 쭉 지켜보고 있었는지 어깨가 좀 높니 낮니 하며 세라의 맨어깨를 만진다. 저 자식이, 어깨에 꿀이라도 발라놨나. 세라는 가볍게 웃을 뿐 아무 대응도 하지 않는다. 태산이 슬슬 의자에서 일어난다.

"개막 출전 픽스되면 라운딩 한번 돌자. 전화해."

잠깐도 아니고 계속해서 자기 애인의 어깨에 지그시 머물고 있는 손을 보고 어느 남자친구가 가만있겠는가. 그것도 눈앞에서 일어난 일이라면 더더욱.

태산이 남자를 따라가려 하자 세라가 팔목을 잡는다.

"괜히 시비 걸지 마. 골프장 주인이야."

"난 니 어깨 주인이야."

세라는 걸음을 옮기는 태산을 더는 말리지 않는다. 팔짱을 끼더니 지켜볼 뿐이다.

"저기요."

태산이 정중하게 부르자 남자가 돌아본다. 태산이 즐겨 입는 야상 재킷 안쪽에서 명함을 꺼내 한 장 건넨다. 남자는 태산의 기세를 의식하며 가만히 명함을 들여다본다.

"담에 또 홍프로 신체에 용건 있으시면 그쪽으로 먼저 연락 바랍니다. 좀 전에 손 얹으신 어깨, 시선 맞추신 눈 포함, 머리부터 발끝까지가 다 제 거라서."

그로서도 당연히 기분 나쁠 상황이었다. 기분 나쁜 얼굴로 명함을 보다 세라를 흘낏 본다. 세라는 태산의 돌발 발언에 조금 놀랐지만 애써 티내지 않으려는 얼굴이었다. 남자는 자신의 명함을 꺼내 태산에게 내민다.

"얼마 전에 나도 건물 하나 올렸는데. 이럴 줄 알았으면 임소장한테 맡길걸 그랬네. 꽤 스케일 있는 건물이라 감당이 안 되셨을라나."

남자가 준 명함에는 그가 새로 올렸다는 건물의 주소가 적혀 있다. 아, 이 건물. 태산이 감 잡았는지 고개를 끄덕인다.

"저흰 이런 공사 안 하죠. 오십억을 팁으로 주셨드만. 그래도 뭐, 손해 나신 건 없죠? 아버지 돈이니까. 신경쓰지 마세요. 자기 돈 쓸 때나 조심하면 되지 뭐. 공 잘 치세요."

남자가 어떤 표정을 짓고 있든 알 바 아니다. 태산이 쿨하게 돌아서 세라 쪽으로 걸어온다.

"뭐 좀 마실래?"

세라에게 다가온 태산이 아무 일도 없었다는 듯 다정한 남자친구로 돌아와 있다. 세라는 말없이 앞서 걷는다. 골프장 주인이라는데 너무 세게 나갔나. 세라가 어떤 반응을 보일지는 미처 생각하지 못했다. 일단 눈앞에 놓인 상황이 너무 빡치는데 어떡하나. 그냥 넘겼다면 분명 더 이를 갈았을 거다. 태산은 앞뒤 안 가리고 달려드는 사람은 아니었다. 도진이 먼저 잘 다니던 대기업을 때려치우고 사무소를 차리자고 했을 때도, 많은 밤을 고민으로 지새웠다. 움직여야 할 때를 알고 움직인다. 스스로도 신중한 편이라고 생각했다. 세라가 몰아세우면 변명할 말은 차고 넘쳤다.

시간이 꽤 흘렀는데도 이렇다 할 반응이 없는 상황이 초조하다. 태산이 괜히 목소리를 높인다.

"나 잘못한 거 없다?"

"알아. 잘했어."

세라의 반응은 예상외였다. 태산이 얼떨떨한 채 음료수 캔을 입가로 가져간다.

"난 태산씨 그럴 때 멋있어. 앞뒤 안 가릴 때. 섹시해."

다행이다. 서로 안 좋았던 거 풀자고 찾아와서 일을 더 꼬이게 만든 듯해 불안했는데, 세라의 이 한마디에 마음이 놓인다. 자신감을 되찾은 태산이 평소대로 장난스럽게 받아친다.

"내가 요즘 너보다 더 섹시한 거 같다. 분발해."

"그래."

세라 곁으로 다가가 자연스레 어깨를 감싸는데 입술에 따뜻한 감촉이 와 닿는다. 세라의 촉촉한 입술에서는 희미하게 꽃향기 같은 게 났다. 장민가. 세라의 입술이 떨어지자 태산이 혀를 살짝 내밀어 자신의 입술을 맛본다. 과일 계열이면 더 좋았을걸.

오늘만 같으면 얼마나 좋을까. 상이라도 주듯 가볍게 입술을 맞춘 세라가 사랑스러웠다. 분위기가 한층 누그러진 타이밍에 이야길 해야 한다.

"메아리랑은 왜 그런 거야? 그 자식이 뭐 기분 상하게 했어?"

"……내가 메아리 기분을 상하게 했지. 메아리가 말 안 해?"

"내 목소리가 좀 높았어. 잘못했다고 생각은 하는 거 같더라."

태산과 만난 지 일 년이 다 되어간다. 필드에서도 여자 후배들 다루기가 난감한 세라다. 잘 어울리려고 해본 적도 없고 딱히 그러고 싶지도 않지만. 그런 세라가 유일하게 신경쓸 수밖에 없는 존재가 메아리였다. 뉴욕에서 그런 모습까지 보였으니 앞으로 사이가 좋아질 일은 없겠지. 그 사이에서 애쓰는 태산이 안쓰러울 때도 있었다.

태산이 생각에 잠긴 듯 말이 없어진 세라를 보다 손을 들어 보인다.

"잘 봐."

태산이 다섯 손가락을 모두 접어 손날 윗부분의 손금을 깊게 만든다.

"이게 인생 통틀어 내 여자들이래. 금이 세 개지?"

"여자가 세 명이나 돼?"

세라가 뾰로통하게 내뱉자 태산이 픽 웃는다. 태산이 손날의 손금을 하나하나 짚어 보인다. 세라가 돌연 호기심 어린 눈빛이 된다.

"이건 우리 엄마, 이건 메아리, 이건 홍세라."

"……"

"메아리가 뭐라고 하든 신경쓰지 마. 너랑 내가 결혼을 할지 안 할지 모르겠지만, 내 손금의 한 줄은 너야. 내가 평생 쥐고 살."

태산이 눈을 똑바로 맞춰온다. 그래, 이 남자는 그런 남자였지.

일 년은 짧다면 짧은 시간이다. 그동안 백 번도 더 싸웠고, 그때마다 먼저 사과의 손길을 내민 건 태산이었다. 제 여자를 귀하게 여길 줄 아는 남자. 세라는 그 점을 알고 있었다. 섹시한 몸에 뛰어난 두뇌마저 가진 남자를 찾기란 쉽지 않다. 거기에 남자다운 배포까지 갖춘 남자가 태산이었다. 모든 여자가 꿈꾸지만 현실에서는 찾기 어려운 남자. 그 정도로 희소가치가 있는 남자였다. 임태산은.

"곧 우리 일주년인 건 아냐?"

태산의 다정함에 눈물이 핑 돈다. 세라가 빨개진 눈을 하고 고개를 끄덕인다.

"선물 뭐 해줄까. 구두, 백, 반지, 목걸이 등등 사치품은 빼고."

"……반짝이는 거 못 받을 줄은 알았어."

세라의 물기 어린 목소리에 태산도 마음이 뭉클하다.

"내 인생에 반짝이는 건 너 하나로 족해. 얼른 씻고 나와, 지금 좀 덜 반짝인다."

태산이 세라의 볼을 감싼다. 따뜻한 온기에 세라가 눈을 감는다.

● ● ●

도진이 바 앞에 털썩 앉는다. 바텐더와 서서 잔을 닦던 정록이 고개를 빼꼼 내민다.

"좀 일찍 오지. 태산이 왔다갔는데."

"혼자?"

"아니. 우리 카페 단골인 묘령의 여자랑."

정록이 눈짓으로 바 끝을 가리킨다. 이수가 고개를 숙이고 앉아 있다. 누가 봐도 저 여자 취했구나, 하는 느낌을 준다. 도진이 그 모습에 혀를 찬다. 혼자 무슨 청승이야.

이수는 스피커에서 흘러나오는 노래를 따라 부르고 있었다. 몸으로 리듬까지 타가며. 1절이 끝나는 부분에서 휙 고개를 든다. 머리카락이 스르르 흘러내린다. 앞머리 사이로 도진이 보인다. 아씨, 창피해. 여긴 또 어떻게 알고 왔대.

"우리 다음 계절에 만나기로 안 했어요?"

혀는 이미 꼬부라질 대로 꼬부라졌다. 도진이 이수 옆에 놓인 다 비우다시피 한 양주병을 든다.

"이걸 다 마신 거야?"

정록은 행복한 얼굴로 화사하게 웃고 있었다.

"두 병째셔. 뭐 좋은 거라고…… 자주 오셨으면 좋겠다."

"그만 일어나요."

도진이 이수의 어깨를 잡아 일으킨다. 축 늘어져 무게가 보통 나가는 게 아니다. 이수는 반쯤 감긴 눈 사이로 보이는 정록이 어쩐지 낯이 익다. 취한 사람 특유의 부끄러움을 상실한 눈빛으로 뚫어져라 보는데, 정록이 괜히 머리를 뒤로 쓸어넘긴다. 치마 두른 생물체를 보면 자연스럽게 발동되는 오랜 버릇 중 하나다.

"저 사장님하고 똑같이 생긴 사람 본 적 있어요. 어떤 카페에서."

"거부할 수 없는 매력의 소유자란 확신이 드네요."

정록의 기름진 말에 도진이 질색한다. 이수를 일으켜세우는데 취한 와중에도 아닌 건 아니라고 이야기해야겠는지 이수가 도진을 가볍게 밀친다.

"아닌데. 되게 느끼했는데."

그 말에 정록이 뜨악해한다. 말도 안 된다는 듯이.

"많이 취했다. 택시 불러줘?"

"내가 알아서 할게. 걸을 수 있겠어요, 서이수씨?"

"이씨!"

뭐야. 왜 이래? 내가 뭘 어쨌다고. 도진은 단지 부축만 했을 뿐인데 이수가 갑자기 욱해선 엄지를 치켜든다.

"당신의 쩌는 뒤끝에 찬사를 보냅니다."

아…… 내가 내린 벌. 아무 생각 없이 '서이수씨'라고 한 건데. 취한 와중에도 곧이곧대로 벌칙을 수행하는 이수가 귀여워 웃음이 난다. 이 여자는 무슨 벌을 아직도 받고 있어?

. . .

목말라…… 술만 마시면 꼭 목이 타는 것 같아서 깬다니까. 일어날까 말까. 잠결에도 이수는 일어날까, 그냥 무시하고 잘까 고민하며 몸을 뒤척인다. 어찌할 수 없는 갈증에 반대쪽으로 몸을 굴려보는데 그대로 바닥에 떨어진다. 하루이틀 일은 아닌 듯 기어서 방문으로 향한다.

"물…… 물……"

떨어진 김에 물이나 마셔야지. 어라, 근데 문이 안 열린다. 손에 아무것도 안 닿는다.

"문이 어딜 갔지……"

비몽사몽간에 정신이 없다고는 해도 문을 못 찾는 건 좀 이상한데. 테이블 앞에 멈춰 선 이수가 주위를 두리번거린다. 반쯤 감긴 눈에 물잔이 희미하게 들어온다. 손을 뻗어 잡으려는데 낯익은 사람이 앉아 있다. 꿈인가? 꿈이 아니라면 그자가 내 방에 있을 리가 없는데. 순간 등골이 서늘하다. 꿈이라기엔 모든 게 너무 생생했다. 다리를 꼰 채 앉아 있는 도진이라든가.

잠깐, 김도진?!

서서히 동공이 커지는 이수를 보고 도진이 쉿, 하고 입가에 손가락을 가져간다.

"타이밍도 지났고, '악!' 안 해도 충분히 정숙해 보이니까."

"대체 왜 내가 여길. 방금까지 태산씨랑 바에서……"

"바는 다섯 시간 십 분 전이에요. 여긴 호텔이고."

호텔이란 말에 주변을 둘러보는데 방금 전까지 본인이 누워 있던 침대가 눈에 들어온다. 그, 그럼…… 다섯 시간 동안이나 나를…… 나는 이자와……

"지켜봤어요."

지, 지켜봤…… 아무 짓도 안 하고 지켜봤다는 건가? 신체 건강한 성인 남자가? 그 말을 나보고 믿으란 소린가! 다섯 시간이나 그냥 보고 있었다면 혹시 이상한 취미를 갖고 있는 건 아닐까. 이수가 다급히 블라우스 앞섶을 여민다.

혹시!

"기대했다면 미안해요. 난 상대방 동의 없는 애정행위엔 관심이 없어서. 난 리액션이 중요한 사람이라."

리…… 뭐요? 술은 안 깨고 머리는 지끈거리고 어디지도 모를 호텔 방에 와 있는 이 상황에 도진의 말이 귀에 제대로 들어올 리 없다.

"근데 이제 의식이 회복됐으니 동의를 구해보려고요. 어떻게 생각해요?"

"챙겨준 건 너무 고맙죠, 고마운데, 이건 아니죠. 우리 집을 몰라, 우리 집 가는 길을 몰라, 이왕 데려다줄 거 집으로 데려다줘야지, 호텔로 오면 어떡해요?"

"세상 어떤 남자가 술 취한 여잘 곱게 집에 데려다주죠? 것도 자기가 짝사랑하는 여잘?"

도진은 표정 변화도 없다. 정말 짝사랑하는 입장이라면 저렇게 당당하고도 뻔뻔할 수가 있나?

"먼저 유혹한 건 그쪽이에요. 슬픈 인사는 싫다면서요. 기억 안 나요?"

또 있지도 않은 일에 창의력을 발휘하려는 거겠지 싶었는데, '슬픈 인사는 싫다'가 걸린다. 이별을 건네는 이성에게 바짓가랑이를 잡으며 고할 수 있는 말인가 싶었지만, 불행하게도 머릿속엔 이미 노래가 재생되고 있었다. 요즘 꽂혀 있는 노래……다.

알코올성 치매가 있는지 드문드문 기억이 끊겨 있지만 분명, 나는 혼자 길을 걸었는데. 눈도 잘 못 뜨고 간신히 걷던 게 기억난다. 스텝이 꼬였던 것도. 그렇지만……

도진은 일정한 거리를 유지하며 이수를 따라 걷고 있었다. 고성방가에도 소질을 보이는 이수가 곧 넘어지겠구나 싶었다. 비틀비틀대는 게 불안했다. 급히 따라붙어 편의점 앞 플라스틱 의자에 앉혔다. 이수는 술기운 때문에 제대로 의자에 기대지도 못했다. 도진이 그런 이수를 살피며 편의점으로 들어가는데, 아니나 다를까, 무게중심이 한쪽으로 쏠려 있던 이수가 의자와 함께 넘어진다.

고로, 모든 게 다 떠올랐을 이수는 지금 꽤 쪽팔릴 거다.

"기억이 좀 나요?"

"아뇨! 전혀요. 아무것도 기억 안 나요."

고성방가한 것, 길거리에서 노래 부른 것, 의자에 앉은 채 넘어진 것 등이 파노라마처럼 떠오를 텐데. 지금 눈 질끈 감는 거, 다 봤는데. 도진이 빤히 보는데도 이수는 기억 안 나는 척 뻔뻔한 표정이다.

"기억상실증이에요? 무슨 여자가 뭘 묻기만 하면 기억이 안 난대. 몸 구석구석 그간의 만행 다 새겨줘요?"

"음, 궁서체가 좋겠네요."

"못 할 거 같아요? 장담하지 말죠?"

도진이 뭐라고 떠들든 간에 이수는 헝클어진 머리를 손가락으로 쓸어넘기고만 있다.

"먼저 실례할게요."

모른 척 일어나 당당히 문가로 걸어가는데 어깨가 영 허전한 게……

"혹시 제 가방……"

"장담하지 말라니까."

이수가 문 근처에 걸린 거울을 보곤 흠칫한다. 얼굴에서 나온 기름기에 떡진 파우더가 가장 아름답지 않은 조합으로 동거하고 있었다. 번들번들 부석부석. 이런 참혹한 몰골을 하고서 이자에게 그리 뻔뻔하게 들이댔다니. 이수가 기껏 정리한 머리카락을 다시 헝큰다. 곧 동이 틀 거다. 도진이 차 키를 챙긴다.

・・・

벽 한 면을 온전히 차지하고 있는 책장엔 손때 묻은 원서부터 신간 건축 서적까지 즐비하다. 다른 칸보다 높은 칸에는 양장으로 된 대형판 인테리어 잡지들이 잔뜩 꽂혀 있다. 태산은 잡지에서 스크랩한 샘플 사진을 참고하며 홈바를 스케치하던 중이었다. 이게 더 나으려나? 지우개로 홈바 모서리를 조금 깎아내곤 고개를 갸웃한다. 그러다가 잡지가 꽂혀 있는 칸을 손가락으로 훑는다. 찾았다.

잡지를 꺼내 휘휘 넘기는데 옆 칸에 꽂힌 졸업앨범들의 순서가 바뀌어 있다. 왜 대학교 다음이 중학교야? 대학교 졸업앨범을 뽑아 맨 끝에 꽂으려는데 접힌 페이지가 튀어나와 있다. 튀어나온 장을 펼치니 윤의 사진이 있어야 할 자리가 휑하니 비어 있다. 메아리 이 자식. 암만 그래도 졸업앨범을 오리냐. 페이지를 앞뒤로 넘겨보며 중얼거리는데 바로 뒷장에도 한 자리가 네모 반듯하게 뚫려 있다.

뭐야. 난 왜 없어.

"호텔이요?"

메아리를 따라 가게 안으로 들어서자 가죽 특유의 냄새가 코를 찌른다. 온 벽면이 가죽 원단으로 빼곡하다. 메아리는 이미 한쪽에서 검정색 원단을 빼 색깔을 비교하고 있었다.

"쌤 지금 울 오빠랑 도진 오빠 어장 관리하시는 거예요?"

이수가 천천히 주위를 둘러보다 메아리 곁에 선다.

"야, 어장에 뭐가 살아야 관리를 하지. 딴 어장에 사는데 무슨 관리를 해?"

"그건 그렇지. 그래서요? 호텔에서 뭐했는데요?"

메아리의 눈이 반짝인다. 원단을 보던 눈빛과는 확연히 다르다. 명백히 의도를 담고 있는 질문이다. 징그러운 것. 메아리의 나이가 벌써 스물넷이라는 게 새삼스럽다.

"뭘 뭐해. 남들 다 하는 거 했지."

"진짜요?!"

"그래. 토했다, 토."

미안하구나, 네가 바라는 전개가 아니어서. 이수가 먼저 가게 밖으로 나간다. 메아리가 입술을 삐죽 내민다.

"낚였다. 기승전토네. 사장님, 이걸로 다섯 마 주세요."

원단이 담긴 봉지를 보니 꽤 부피가 있다. 메아리가 어깨에 메고 있던 가방을 크로스로 고쳐멘다.

"가방 만들게?"

"네, 곧 윤이 오빠 생일이거든요. 아, 맞다! 쌤 선물 있어요."

통상적으로 선물이란 남에게 어떤 물건 따위를 주면서 기쁨도 함께 주는 것을 말한다. 아직까지 메아리가 준 선물들은 대체로 이수에게 악재로 돌아왔다. 태산에게 배달된 초콜릿 바구니 때문에 눈썹이 휘날리도록 뛴 게 엊그제 같은데.

짠! 메아리가 지갑을 뒤지더니 발랄하게 증명사진만한 사진을 한 장 내민다. 태산이 미소짓고 있다. 어린 태산이다. 누가 봐도 고등학교 졸업사진이다.

"윤이 오빠 사진 오리면서 같이 오려왔어요."

메아리가 칭찬을 기대하는 어투로 말한다.

"야, 내가 열여섯이냐?"

태산이 하나뿐인 졸업앨범에서 본인 사진이 사라진 걸 알면 어떤 기분일까. 하지만 이수는 그 생각은 일단 차치하고 사진을 받아든다. 이렇게 어린 태산씨라니…… 애기네, 애기. 앳된 얼굴이 귀여워 웃음이 나온다.

이 시절 태산은 어땠을까. 이수는 불면으로 뒤척이는 날이면 자신이 모르던 시절의 태산에 대해 상상력을 발휘해보곤 했다. 메아리는 아련한 표정으로 윤의 사진을 뚫어져라 본다.

"윤이 오빠요, 눈이 참 슬퍼 보이면서 예뻐요. 오빠의 계절은 아마도 우기雨期인가봐요."

"이렇게 감성적인 줄 알았으면 시를 쓰라고 하는 건데."

"전 꼭 윤이 오빠랑 단둘이 하얀 무인도에 표류한 다음, 파란 원피스에 자전거를 타고 라라라라라라~ 그렇게 저한테 홀딱 반하게 할 거예요."

어디서 많이 본 듯한 묘사와 분위기인데. 메아리는 상상만으로도 좋은지 두 손을 모으고 몸을 좌우로 흔든다.

"무인도에 자전거가 어딨어. 넌 어떻게 생각조차 주도면밀하게 못하냐?"

뭉게뭉게 피어나는 메아리의 망상에 이수가 찬물을 끼얹는다.

"쌤이 몰라서서 그런데요, 저 완전 주도면밀하게 계획 다 세웠거든요?"

"계획이 뭔데."

. . .

책상 앞에 놓인 의자에 메아리가 새침하게 앉는다.

"임태산씨를 고소하러 왔습니다."

갑작스런 발언에 윤의 눈이 커진다. 안 되는 건 되게 하라. 메아리는 더욱 진지하게 고소인의 역할에 몰두한다.

"임태산씨는 자신이 좋아하는 여성인 홍세라씨를 동생인 본인에게 좋아하라며 일방적으로 수차례 강요한바, 같은 집에 거주하는 본인은 정신적으로 심각한 피해를 입고 있습니다."

"나 화담 건축 사무소 고문 변호사거든?"

아, 맞다.

"홍세라씨를 고소합니다."

윤은 옆방 강변호사와 휴게실에서 커피를 마시고 있었다.

"홍세라씨는 임태산씨와 연인 관계로, 닮은꼴 동물은 여우, 구미호 등."

"오늘 재판 두시지? 끝나고 뭐해?"

들다 못한 윤이 메아리의 말을 묵살하고 강변과의 대화로 돌아간다. 윤의 시선을 좇아 메아리를 보고 있던 강변이 가볍게 받아친다.

"한잔할까요?"

여우는 여기에도 있었다. 메아리가 씩씩대며 눈을 흘긴다.

"서이수씨를 고소합니다."

이젠 놀랍지도 않다.

"서선생님은 왜 또?"

윤이 재킷을 마저 벗어 옷걸이에 건다.

"지난번 말도 안 되는 이유로 본인에게 오리걸음을 시킨 사실이 있는바, 옛 제자에게 가혹행위를 한 것이 의심되며……"

"좋네. 소장 꾸미자."

책상에 앉은 윤이 노트북을 메아리 앞으로 가져온다. 정말 고소장을 쓸 기세다. 윤이 빠르게 타이핑하더니 생각났다는 듯 덧붙인다.

"참고로 내 수임료는 시간당 오십이야."

헉. 한 시간에 오십만원? 파트타이머 한 달 치 급여와 맞먹는 금액이다.

"제가 경솔했습니다. 안녕히 계세요!"

메아리가 꾸벅 인사하곤 후다닥 뛰어나간다. 윤이 띄워놓은 건 빈 문서였다. 메아리가 뛸 때마다 정수리까지 당겨묶은 포니테일이 위아래로 흔들린다. 그 모습에 웃음이 나온다. 메아리로 인해 웃는 일이 많아질수록, 위태로운 일도 많아질 테지만.

×××

．．．

팡, 토스터에서 식빵이 튀어오른다. 이수가 노릇하게 익은 식빵 두 개를 접시에 담는다. 약한 불 위에 올려뒀던 달걀프라이도 적당히 익었다. 간단히 먹을 아침식사를 분주하게 준비하던 이수 곁에 세라가 와 선다. 접시를 식탁 위로 옮기던 이수가 흘끗 눈치를 본다. 올 것이 왔구나.

"남자 있으면서 선은 왜 본대! 나 어제 너 소개시켜줬던 선배 만났다가 얼마나 난처했는지 알아? 선배 말론 어떤 남자가 니 손목 잡고 나갔다던데."

"미안…… 많이 곤란했지. 정말 나도 예상 못 했던 일이라."

"누구야? 며칠 전에 외박도 그 남자랑 한 거야?"

이수는 묵묵히 냉장고에서 주스를 꺼낸다. 이수의 반응에 더욱 약이 오른 세라가 양손으로 머리를 쓸어넘긴다. 그 기세에 이수가 움찔하는데 다행히 머리를 묶는 거였다. 체대 출신인 세라가 맘먹고 덤비면 이길 자신이 없었다.

그때 기적처럼 초인종 소리가 울린다.

"내가 열게."

"택배 시켰어?"

이수가 냉큼 현관으로 달려간다.

"아령 어디 있어? 운동 갈 거야."

더 말을 섞어봤자 고운 소리 듣긴 틀린 것 같다.

"어, 내 방에."

세라가 신경질적으로 이수 방으로 향한다. 현관문을 열고 나가는 이수를 뒤로한 채 방 안을 둘러보는데, 침대 밑으로 아령 머리가 삐죽 나와 있다. 쪼그려앉아 꺼내는데 툭하고 상자가 걸린다. 직사각형의 얇은 상자다. 선물하려고 샀나?

상자 안에는 숫자가 자수로 새겨진 평범한 야구장갑이 있다. 836? 무슨 브랜드가 이래. 상자를 제자리에 넣고 아령만 챙겨 방을 나서는데 이수가 딱 서 있다. 리본으로 묶은 상자를 들고.

"누가 나한테 뭘 또 보낸 거야?"

"나한테 온 거야."

이수가 눈을 살짝 흘기곤 리본을 풀기 시작한다. 세라는 은근 실망한 눈치다.

"그래? 뭔데?"

"글쎄?"

수신자인 이수는 그리 궁금하지 않은지 심드렁하다. 어느 정도 예상되는 사람은 있다. 상자 뚜껑을 열자 한눈에 봐도 비싸 보이는 뱀피무늬 구두가 모습을 드러난다. 이수는 빨리 달릴 수 없게 하는 하이힐을 그리 즐겨 신지 않는 편이었다. 그러나 이 잘 빠진 하이힐은, 항상 달려야 할 필요가 뭐란 말인가, 라는 나약한 마음을 들게 했다. 걸으면 되지. 구두에 홀린 듯 발을 꿰어보는데 사이즈도 딱 맞는다.

"능력 좋네, 서이수? 외박 이후 명품 구두 선물이라."

명품? 세라의 말에 이수가 구두에서 슬쩍 내려온다.

"선물한 사람 보람 없게. 그거 리미티드 에디션이야. 백삼십만원짜리. 뭔 가치를 알아야 고맙기라도 할 텐데."

"이 남자가 진짜!"

백삼십만원이란 말에 발끈한 이수가 핸드폰 연락처에 '꽃다운'을 입력한다. 번호 생김새부터 알미운 그자의 전화번호가 뜬다.

"아, 궁금해 죽겠어! 누군데!"

세라가 소리를 꽥 지르든 말든 이수는 연신 전화를 건다. 아, 왜 안받아. 심증으론 이자가 틀림없는데. 세라가 째려보든 말든 간에 마음이급해진 이수가 구두 상자를 들고서 스니커즈를 꿰어 신는다.

그자의 아파트로 향하는 동안에도 몇 통이나 전화를 했지만 받지 않는다. 엘리베이터에 올라 초조한 심경으로 복도에 내리고 나서야 문득집에 없을 수도 있겠다는 생각이 스쳤다. 패기 있게 달려온 것까진 좋았는데……

초인종을 누르자 걱정과는 달리 도진이 문을 연다. 단지 최소한의 차림이었다는 게 또다른 문제라면 문제랄까. 도진은 가운 차림이었다. 잠시 당황한 이수가 상자를 들고 현관으로 들어선다.

"무슨 일이에요? 아직 점심때도 안 된 거 같은데."

"왜 전화를 안 받아요? 이거 김소장님이 보낸 거 맞죠?"

이수가 도진을 향해 상자를 열어 보인다. 다시 봐도 잘 빠진 자태의구두가 드러난다. 최대한 도도하게 말한 건데 도진은 오히려 담담한 표정이다.

"구두를 신고 다녀야지 왜 들고 다녀. 안 맞아요?"

"이거 무슨 뜻인데요? 저 이거 못 받아요."

"왜? 짝사랑하는 여자한테 잘 보이려고 보낸 건데."

아직도 짝사랑 타령이네. 이봐요, 짝사랑은 상대방 모르게 혼자 마음졸이고 똥줄 태우며 하는 거라니까요. 짝사랑의 짝도 모르는 자가. 하지만 이수는 참는다. 도진으로부터 짝사랑에 소질이 있니 어쩌니 하는 소릴 듣고 싶지 않다.

"누가 짝사랑하는 상대한테 백삼십만원짜릴 사줘요. 통상적으로 상대방이 부담을 느끼지 않는 십만원 미만 선으로 하는 거죠! 이런 건 그냥 돈지랄이라고 하죠."

이수는 문득 태산에게 주려고 산 장갑이 떠올랐다. 이 와중에 자신이 한 말에 떳떳하기 위해 얼마짜릴였는지 헤아려보는 중이다.

"나는 소비, 구매 혹은, 선물이라고 해요…… 그래요, 알았어요."

이수의 막말에 도진은 기분이 상했는지 상자를 제 쪽으로 당긴다. 너무 깔끔하게 해결되는 바람에 이수는 살짝 허탈감까지 든다.

"은지야."

상자를 든 도진이 침실 문을 향해 크지 않게 외친다. 은지……? 누가 들어도 여자 이름이다. 침실 문이 열리고 헐렁한 파자마 바지에 흰 티셔츠를 걸친 여자가 나온다. 같은 여자가 봐도 청순하다. 이런 상황을 상상도 못 한 이수는 입이 떡 벌어진다.

"너 발 몇이지?"

"발? 이백사십오."

은지라 불린 여자는 잠이 덜 깼는지 눈을 비빈다.

"이쪽 줘도 되죠?"

도진이 이수로부터 상자를 받아든다. 나 주려고 산 구두를, 이 자리에서 딴 여자한테 준다고? 이수는 미국 드라마에서나 일어날 법한 '쏘쿨한' 상황에 당황해 할 말이 떠오르질 않는다.

"누구야? 이분은 누군데?"

이수는 슬슬 이 상황이 민망하게 느껴지기 시작했다. 나란히 서서 구경하듯 나를 보고 있는 두 사람을 보니 어서 빨리 여길 벗어나고 싶다.

내가 여기 왜 서 있는 거지. 도진은 서늘하기까지 한 눈으로 이수를 보고 있었다.

"내가 짝사랑하는 서이수씨."

도진의 대답에 은지가 피식 웃는다. 안 믿는 눈치다. 하긴, 저자에게 짝사랑당하는 당사자로서도 믿기 힘든 건 매한가지니까. 은지가 상자를 들고 방으로 사라진다.

"볼일 끝났죠?"

나를 짝사랑하는 여자라고 소개하다니. 누가 봐도 어젯밤을 함께 보낸 것 같은 여자에게. 이수로선 상식적으로 이해할 수 없는 상황이었다. 분한 마음도 들었다. 백삼십만원짜리 구두에 벌벌 떨며 득달같이 달려온 게.

"누구예요?"

"누굴 거 같은데. 아, 오해 말아요. 나 여동생 없어요. 사촌이나 기타 혈연관계도 아니고."

"허, 이게 지금 짝사랑하는 사람의 태도예요?"

"······짝사랑하는 남잔 딴 여자랑 자면 안 됩니까?"

"그걸 말이라고 해요?"

"왜?"

기가 찬다. 왜라니? 빤히 보는 도진에 이수도 지지 않고 입술을 꾹 깨문다. 자신이 도진에게 무얼 요구하고 있는 건지도 모른 채 신경질이 났다. 도진이 앞으로 몸을 기울인다. 열린 앞섶으로 도진의 보기 좋게 태닝된 가슴이 드러난다. 숨결이 닿을 정도로 다가온 도진이 이수의 귓가에 속삭인다.

"나랑 잘 거예요?"

"돌았어요?!"

"근데 왜 신경질을 내지? 자긴 딴 남자 좋아하면서 나한텐 눈물겨운 순애보 뭐 그런 거 바래요?"

도진이 벌어진 가운 앞섶을 여미며 뒤로 물러난다.

"참고로, 이 아파트엔 무인 택배 시스템이란 게 있어요."

도진이 하얗게 굳은 이수 뒤로 팔을 뻗어 현관문을 열고 위쪽을 잡는다. 나가라는 듯.

"다음부턴 여기까지 올라올 필요 없단 얘기예요."

이수가 천천히 도진의 팔 밑으로 지나간다. 등뒤로 현관문이 쾅 소리와 함께 닫힌다. 이수는 순간 자신이 도진을 짝사랑하기라도 하는 듯 비참한 기분이다. 정작 선물을 거절한 건 난데, 마치 도진이 거절한 것처럼.

도진에게 드는 이 감정의 기저에 무엇이 깔려 있는지, 스스로도 알 수가 없다. 내가 그자에게 원하는 게 뭐지? 물밀 듯 밀려오는 의문이 걸음마다 달라붙는다.

      • • •

정록은 어제 전화 한 통을 받았다. 윤의 장모님이었다. 윤을 설득해 달라고 직접 전화를 거신 거였다. 태산 집에서 나온 윤은 지금 장모님 댁에 있다. 원래는 윤의 집이기도 했던. 정아가 떠난 지 벌써 사 년. 지금까지 넘칠 만큼 장모님을 챙기고 있는 윤이다. 하지만 장모님 입장에선 한창 나이에 그러고 있는 윤이 얼마나 안쓰러울까. 죽은 딸이 아니었으면 아예 인연이 없었을 두 사람. 장모는 더이상 윤이 자신과 한집에 머물러서는 안 된다고 생각한다.

　그리하여, 윤을 제외한 세 남자는 윤의 짐을 도진의 집으로 옮겨와 분주히 정리중이다. 태산이 박스에서 책을 꺼내 책장에 꽂는다. 정록은 서툰 손놀림으로 옷장에 옷을 건다. 도진은 아직 뜯지 않은 박스에 걸터앉아 무언가를 보고 있다. 지금보다 젊어 보이는 윤이 아내와 웃고 있는 결혼사진이다.

　"정아가, 이렇게 예뻤나."

　도진이 혼잣말처럼 중얼거리자 태산이 도진 옆으로 다가온다. 사진을 내려다보더니 픽 웃는다.

　"연애할 때 내가 방도 여러 번 잡아줬는데."

　"순애보도 정도껏이지, 사 년이면 지병이다, 지병. 오, 이건 내 취향인데."

　상자에서 아르마니 셔츠를 발견한 정록이 휘파람을 불며 몸에 대본다. 그렇게 각자 소임을 다하고 있는데 방문이 열린다. 윤이 굳은 표정으로 서 있다. 세 남자는 하던 행동을 멈추고 윤을 본다.

　"왔냐?"

　도진이 아무렇지 않게 손을 들어올린다.

　"누구 아이디어야?"

　"얘가 그랬어."

　으르렁대는 윤에게 정록과 태산이 짜기라도 한 듯 턱짓으로 도진을 가리킨다. 윤이 흘겨보자 도진은 어깨를 으쓱해 보인다.

　"오빠 믿지?"

　"죽는다."

　"이건, 어디다 놓을까."

도진이 결혼사진이 담긴 액자를 내민다. 윤은 대답 없이 액자를 본다. 아직도 이렇게 절절하다. 윤의 큰 눈은 조금만 흔들려도 크게 움직이는 것 같다. 특히나 슬픔을 드러낼 때면 더.

태산이 상황을 정리하듯 손바닥을 팡팡 쳐댄다.

"대충 정리됐으니까 나가자."

"어딜?"

"이 집에 접시고 밥그릇이고 숟가락이고 하나씩만 있는 거 몰라? 독거중년이야, 김도필."

폐점시간이 가까워져오자 네 남자의 발걸음이 바빠진다. 늦은 밤이라 마트 곳곳엔 일하다 늦게 퇴근한 것으로 보이는 주부들, 밤 산책을 겸해 나온 것으로 보이는 부부 몇 쌍이 다녔다. 윤과 도진은 가전제품 코너를 보고 있었다. 나란히 카트를 끌며 진열된 믹서를 꼼꼼히 보던 도진이 윤에게 팔짱을 낀다.

"요즘은 예쁘게 잘 나온다."

"하나 사줘?"

"혼수 해오게? 됐어, 그냥 몸만 와."

"하긴, 내가 어떤 규순데."

윤이 새침하게 도진의 가슴을 팡 친다. 꽤 앙증맞은 표정을 한 채. 진열대 뒤에서 물건을 정리하던 직원은 두 남자의 대화를 들었는지 뭐 씹은 표정이다. 이게 말로만 듣던, 늦은 밤에 암약한다는 게이 커플인가. 직원은 다시 허리를 숙여 물건 정리에 여념이 없는데, 멀찍이서 태산과 정록이 카트를 밀며 커피포트를 구경하고 있다. 정록은 선글라스를 쓴 채라 더욱 눈에 띈다. 태산이 신제품 팻말이 붙은 커피포트에 눈길을 준다.

"와, 디자인 금방금방 바뀐다. 집에 있는 건 완전 구형이네."

"하나 사줘?"

정록이 별거 아니라는 듯 박력 있게 선글라스를 벗는다. 태산이 행복한 주부의 표정으로 정록을 뒤에서 껴안는다.

"고마워."

이게 카툰의 말풍선이라면, 태산의 대사 뒤엔 하트가 따라나올 것만 같다. 둘의 대화를 들은 직원이 이번엔 경악스러운 표정이다. 남자 둘이 껴안는 장면을 보곤 못 볼 걸 본 것처럼 자기 눈을 가린다. 다정하게 눈빛을 교환하며 유유히 카트를 미는데 정록의 핸드폰이 울린다. 액정엔 예의 백혜주가 떠 있었다.

• • •

거실 한 면에 놓인 스피커에서 클래식 음악이 낮게 깔려 나오고 있다. 민숙이 리모컨으로 오디오 볼륨을 키운다. 요요마의 연주는 언제 들어도 격정과 고요함을 동시에 느낄 수 있다. 위험에 가까운 격정이 아니라 어느 정도 화사함이 느껴지는 격정이라는 게 민숙의 마음에 든다. 반대로 고요함은 뭔가 일어날 것 같은 예감을 주고. 좋은 음악이라는 것은 이렇게 이중적이다. 음전한 숙녀와 앙큼한 요부가 공존하는 것처럼.

민숙이 첼로 소리를 음미하며 음식이 담긴 접시를 식탁으로 나른다. 먹음직스럽게 차려졌다기보다는 하나하나가 작품 같다. 음식은 접시 무늬의 일부로서 존재하는 것처럼 접시와 완벽한 조화를 이루며 놓여 있다.

샤워를 마치고 나오던 정록이 그 단아하면서도 각 잡힌 모습에 숨을 삼킨다. 마침 갈비찜이 담긴 접시를 식탁에 내려놓는데 마찰음이 유난히 크다. 탁. 복선처럼.

정록이 긴장한 얼굴로 안 돌아가는 머리를 굴린다.

"오늘 무슨 날이야? 결혼기념……일도 아니고 당신 생일, 은 지났고……"

"요즘은 먹어도 먹어도 배가 고파. 앉아."

민숙은 정록과 눈도 안 마주친 채 자리에 앉는다. 정록도 맞은편에 엉거주춤 앉아 시종일관 민숙의 표정을 살핀다. 민숙이 밥을 새 모이만큼 떠먹는다. 정록도 밥을 뜨려 숟가락을 기세 좋게 푹 꽂는데 무언가 부딪혀온다. 뭔가 불길한 예감. 민숙이 봤을까 싶어 아무렇지도 않은 척 밥알을 살살 헤집는다. 조명을 받은 밥알들이 반짝인다. 식은땀 한 줄기가 등을 타고 흐른다. 밥에 파묻혀 있는 건 다름아닌 결혼반지다. 침을 꿀꺽 삼킨다. 밥그릇을 잡고 있는 자신의 왼손을 보니 반지가 없다. 민숙은 아무렇지도 않게 밥을 먹고 있다.

일단 반지가 안 보이게 다시 밥알들을 살포시 덮는 정록이다.

"입맛, 없지? 그렇겠지. 그렇게 간식을 수시로 먹어대니."

"입맛이 없긴, 쇠라도 씹어 먹을 지경인데……"

자, 이제 어떡하지, 어떡할까. 여기서 민숙의 말을 인정하면 더한 참사가 일어날지 모른다. 에라, 모르겠다! 정록이 밥을 크게 한 숟갈 뜬다. 그 안에는 반지도 들어 있다. 행여나 반지가 조금이라도 보일까 무리해서 떴더니 한입에 들어가기도 힘들어 보인다. 입에 넣기 전부터 이미 체한 것도 같다.

"먹게?"

"뭐, 뭘?"

"몰라서 물어?"

정록이 애써 싱긋 웃는다.

"무슨 소리야, 여보?"

아무것도 모른다는 듯 되묻는 여유까지 보인다. 정록의 이 뻔뻔함은 그들의 결혼생활을 유지하게 하는 원천이기도 했고 때로는 위험에 빠지게도 하는…… 민숙이 더 뭐라 하기 전에 정록은 입속에 밥을 투하한다.

"예능하니?"

"뭐가?"

이로 반지를 씹었다간 제2의 참사로 이어질 것 같아 대충 씹어 꿀꺽 삼킨다. 그 광경을 본 민숙이 벌떡 일어나 손바닥을 내민다.

"미쳤어? 뱉어!"

정록은 숨이 막히는지 가슴을 움켜쥐고 식탁 위에 얼굴을 대고 쓰러져간다.

"박민숙…… 사랑……해."

"사랑? 그걸 삼켜놓고 뭐, 사랑?!"

민숙이 쓰러진 정록의 뒤통수에 대고 분한 듯 소리친다. 그러곤 차분히 핸드폰을 든다. 민숙이 한숨을 푹 쉬고 키패드를 누른다. 1, 1, 9.

응급실 침대에 누워 있는 정록은 꽤 안정을 찾았는지 차츰 혈색이 돌아오고 있다. 누워 있는 정록 앞에 민숙이 엑스레이를 들고 선다. 아까까지만 해도 얼굴이 하얗게 질려 정말 죽기라도 하는 줄 알았는데. 정록으로선 차라리 죽는 게 나을지도 모른다.

"나, 아퍼. 여보……"

정록이 한껏 불쌍한 표정을 지어보지만 민숙의 표정은 싸늘하다. 자업자득이다. 그걸 먹길 왜 먹어.

"안 아퍼, 여보."

민숙이 눈앞에 들이민다. 가슴 아래쪽에 하얀 동그라미가 선명하다. 식겁한 정록이 엑스레이를 뺏어든다.

"여보, 혹시 그거 알아? 내 안에 너 있다."

"닥쳐!"

"그렇게, 끙……"

깊은 밤.

네 남자가 도진의 아파트에 모여 있다. 흡사 비상대책위원회라도 열린 것 같다. 거실 소파에 앉은 윤은 자못 심각한 얼굴이다. 정록은 바닥에 죄인처럼 앉아 있다. 그 곁에 태산과 도진이 뻐딱하게 서서 정록을 내려다본다. 정록이 가련한 척하며 인어공주 같은 포즈로 자세를 바꾼다. 도진이 못 참고 빽 소릴 지른다.

"배울 만큼 배운 놈이, 어떻게 매번 그렇게 딱 걸려! 경험치나 작아?"

"제수씨가 대단하지. 어떻게 그 반질 매번 찾아내?"

"이게 완전 절대반지라니까?"

정록이 분위기 파악 못 하고 자랑스럽게 배를 만진다.

"아오, 확! 뭘 잘했다고!"

도진이 주먹을 쥐고 들어올린다. 태산이 도진을 제지하고 나선다.

"일단 반지부터 찾자. 요강에 할래, 신문지에 할래."

"찾는 건 누가 찾을 건데?"

"삼킨 놈이 찾아야지."

"그런 게 어디 있어?"

정록이 꽥 소리를 지른다. 이런 중대한 사안을 놓고 남 일처럼 말하는 태산과 도진이 야속했다. 편들어줄 거라 생각한 윤마저 냉정한 눈빛이다.

"입 다물고 들어. 네 가정의 평화는 반드시 지켜져야 해. 왜? 네 가정의 평화는 우리의 평화이고, 나아가 화담 건축 사무소 칠십 명 임직원과 우리 법률 사무소 스무 명 직원의 평화니까."

"그럼 내 행복은!"

"안 중요해. 만약 너희 부부의 〈우리 결혼했어요〉가 〈사랑과 전쟁〉으로 끝날 경우, 김도진 임태산이란 사상자와 나란 피난민과, 이정록이라는 전쟁고아가 생겨나는 거야. 무슨 말인지 알지?"

윤에게 단번에 설득된 정록이 고개를 끄덕인다. 윤이는 제일 똑똑하니까. 태산이 냉장고에서 장 활동이 원활해지는 음료를 가져와 내민다. 눈물겨운 우정이다. 태산이 A4지를 윤과 도진에게 나눠주고 자신도 한장 갖는다.

"그러니까 넌 책임감을 갖고 얼른 똥이나 싸."

화장실에서 반지원정대로서의 소임을 다하고 있는 정록. 그리고 무엇인가를 열심히 쓰고 있는 세 남자.

"친구 잘못 둬서 우리가 무슨 죈지 모르겠다."

거실 탁자 위에 놓인 A4지 세 장에는, 각각 '결의문' '박민숙 제수씨

전상서' '상고의 취지' 같은 제목이 쓰여 있다. 학력고사 시절에 논술문 작성하던 것을 방불케 할 정도로 열심히 쓰고 있는데 화장실 문이 벌컥 열린다.

"나 반지 찾았어!"

정록이 활기찬 목소리로 만세를 불렀다.

"야, 저 새끼 잡아. 다시 먹이자."

도진의 말에 태산과 윤이 서서히 자리에서 일어난다. 점차 다가오는 세 녀석은 정말 아래로 나온 반지를 다시 위로 먹일 기세였다. 정록이 뒷걸음질치자 덮치듯 달려든다.

"오지 마, 가까이 오지 마⋯⋯! 으아악!"

• • •

캐디가 고개를 절레절레 흔든다. 세라는 절박한 심정이었다. 이번 대회는 세라에게 매우 중요했다. 김캐디가 안 해주면 더는 청할 데가 없었다.

"나한테 최고 대우해주면서 얻고 싶은 게 뭐예요? 실질적인 도움이에요, 아니면 전문 캐디와 함께 있다는 심리적인 안도감이에요?"

"물론 둘 다죠."

세라가 애써 웃어 보인다. 올해 서른다섯. 여자 프로골퍼로서의 수명이 얼마 안 남은 나이란 걸 잘 안다. 계속되는 부진한 플레이에 언론매체들이 떠들어대는 것도 지겨웠다. 이번 시즌에 부진을 탈피하지 못하면 더는 필드에 서지 못할 수도 있다.

"글쎄. 내가 봤을 때 홍프로한테 필요한 건 화려한 스탭이 아니라 연습 양인 거 같은데."

따끔한 충고에 세라는 눈을 내리깔고 술잔을 매만진다. 캐디에게 다시 시선을 맞췄을 땐 메아리가 눈에 들어왔다. 싸늘한 얼굴로 세라 앞에 와 선다.

"목격을 참 많이 당하시네요, 저한테."

늦은 시각, 어깨가 드러나는 원피스 차림으로 양주 한 병을 앞에 놓고 오십대 남자와 마주 앉아 있는 세라. 메아리로선 충분히 오해할 소지가 있다. 벌써부터 골치가 아프다.

"나 지금 얘기중인 거 안 보여?"

"그러니까 문제죠."

앞뒤 상황도 모른 채 달려드는 메아리의 마음도 모르는 바는 아니다. 이미 전적도 있으니까. 하지만 지금은 아니다. 세라는 화가 나기도 하고 김캐디 보기가 창피했다. 볼이 다 화끈거렸다.

"죄송해요. 제가 나중에 연락드릴게요."

"그래요."

김캐디에게 양해를 구하자 선뜻 자리를 피해준다. 김캐디를 따라 일어난 세라가 깍듯이 인사한다. 메아리는 세라를 지켜보며 의기양양하게 팔짱을 낀다.

"너 지금 잘못 짚었어."

"그래요? 그럼 누군데요? 친구? 동창? 동료? 그건 뭐 괜찮을 줄 알아요?"

대꾸할 가치도 없는 질문이었다. 아무리 철없다지만 이런 식으로 구는 메아리에게 짜증이 난다. 세라가 질린 얼굴로 메아리를 본다.

"언니 이러는 거 울 오빠 이해하나본데, 난 딱 싫어요. 이렇게 자꾸 울 오빠 속일 거면 그냥 쿨하게 헤어지세요. 짜증나니까."

"실망시켜서 미안하지만, 이번 시즌 나랑 함께 경기할 캐디 미팅 자리였어. 안 믿겨도 사실이야."

당돌하게 보던 메아리 얼굴에 당혹감이 스친다. 너무 넘겨짚었나.

"그 캐디가, 화려한 스탭들로 치장하지 말고 연습이나 더 하래, 나보고."

"뭐…… 맞는 말 했네."

"그러니까 말이야. 그럼, 난 이만 연습하러 가볼게. 누구 땜에 화려한 스탭 설득하는 데도 실패했으니."

세라가 담백하게 핸드백을 챙겨 출구로 향한다. 메아리가 지금까지 본 세라 표정 중 가장 비참해 보였다. 구두 소리도 전에 없이 얌전한 게 꼭 세라의 자존심 구겨지는 소리처럼 들린다.

진짜 실수한 건가? 조금 더 지켜볼걸 그랬나. 아냐, 애초에 오해할 만한 상황이긴 했어. 스스로의 행동을 정당화해보지만, 세라에게 미안한 건 사실이었다. 메아리가 제 머리를 타박하듯 콩콩 친다.

• • •

이수는 밤새 어제 있었던 일을 되새김질하느라 한숨도 못 잤다. 아무렇지 않게 다른 여자에게 구두를 건네던 도진이 떠올라 잠을 자려야 잘 수가 없었다.

"나랑 잘 거예요?"

"돌았어요?!"

"근데 왜 신경질을 내지? 자긴 딴 남자 좋아하면서 나한텐 눈물겨운 순애보 뭐 그런 거 바래요?"

남몰래 쓴 일기 같은 이야기를 드라마 같은 데서 맞닥뜨리면 이런 기분일까. 표현이 너무 직설적이고 당당해서 이수는 속을 들킨 것 같은 기분이 들었다. 본심이 그렇지 않다 해도, 그 상황에서는 도진의 말이 틀린 게 없는 것처럼 느껴졌다. 그의 말이 머릿속에 지치지도 않고 맴돈다. 연속 플레이 버튼이라도 눌린 것 같다. 미치겠네. 벌떡 일어나 머리를 뒤헝큰다.

도진이 한 말이 맞을지도 모른다. 하지만 적확하다고 생각하진 않는다. 일단 좀 자자. 이수가 이불을 머리끝까지 덮어쓰고 다시 잠을 청한다.

몇 시간이나 잤을까. 어렴풋이 들려오는 알람 소리에 반사적으로 눈이 떠진다. 얼마 못 자서 머리가 떵하다. 일단 샤워부터……

퉁퉁 부어 안 떠지는 눈을 비비며 칫솔을 입에 문다. 거울을 보며 양치질을 하는데 배에서 꼬르륵 소리가 난다. 아침 할 재료가 있으려나. 칫솔을 문 채 주방으로 향하는데 웬 기골이 장대한 남자가 물을 마시고 있다.

"꺄아악!"

깜짝 놀라 차마 말을 잇지는 못하고 손가락으로 남자를 가리키며 뒷걸음질친다. 칫솔을 야구 방망이 쥐듯 잡고 위협도 해본다.

"누구야! 누구냐고!"

"진정, 진정해. 내 친구야."

이수의 비명을 듣고 방에서 나온 세라가 둘 사이에 선다. 남자는 입에 머금은 물을 겨우 삼키고 민망한 듯 쿨럭 기침을 한다.

"처음 뵙겠습니다. 김범래입니다."

이수는 상황 정리가 안 되는 표정으로 김범래라는 남자와 세라를 번갈아 본다. 세라가 이수의 팔목을 잡아 방으로 이끈다.

"정말 그냥 친구야. 어제 열두시 넘어서 와인 들고 왔기에 한잔하다 보니 그렇게 됐어. 얘기하려고 했는데 너 자더라고."

"나도 나지만 너 태산씨 알면 어쩌려고 그래. 태산씨가 그냥 친구라면서 집에 여자 데려와 재우면 넌 이해가 가?"

"이해 안 되지. 내가 안 이상. 근데 내가 모르면 상관없어. 오늘 일도, 태산씬 모를 거잖아."

이수를 의식해 하는 말이다. 태산이 알게 되면 내가 이야기한 셈이 되는 거다. 아무리 친구라고는 해도 외간남자를 집에서 재우는 건 연인에 대한 예의에 어긋나는 거 아닐까. 알면서도 태산씨에게 모른 척해야 할 나도 싫다.

"넌 진짜 태산씨한테 너무 나쁜 여자다."

"뭐?"

이수의 말이 거슬리는지 표정이 굳어지는 세라가 핸드폰을 보더니 문밖에 대고 소리친다.

"김범래, 너 가야겠다. 손님 온대."

그와 동시에 초인종 소리가 울린다. 세라와 이수가 급히 거실로 나가 보지만 조심성 없는 김범래는 이미 현관문을 열고 있었다.

"태산이 심부름 왔습니다. 이유 나중에 직접 들으라던데."

도진이었다. 세라가 말한 손님이 이자였구나. 이수는 한 손에 칫솔을 든 채 얼음처럼 굳는다.

"문자 받았어요."

세라 뒤로 입에 치약 거품이 묻은 채 서 있는 이수와 부스스한 머리의 남자가 보인다. 도진의 눈길이 범래에게 향하는 걸 본 세라가 배수진을 친다.

"뭐해? 소개 안 해?"

"어?"

"니 친구."

　무슨……! 하마터면 소리를 지를 뻔했다. 당황스러웠지만 이미 물은 엎질러졌다. 이수가 눈을 이리저리 굴린다. 뭐라고 해야 저자의 의심을 피해갈 수 있을까.

"인사해. 이쪽은 세라 남자친구의 친구인 김도진씨."

　이수가 어색하게 범래와 도진을 가리킨다.

"잠깐 뭐 전해주러 왔다가…… 가보겠습니다. 잘 있어."

"그래요, 서이수씨 친구분. 반가운 걸로."

　범래 역시 어색한 연기력으로 신발을 꿰어 신고 현관을 나간다. 이 상황을 피하고 싶은 이수가 배웅하듯 범래를 따라 나간다. 눈을 가늘게 뜨고 이 사태를 지켜보던 도진이 세라의 안내를 받으며 부엌으로 향한다.

　대문 앞까지 따라나온 이수는 범래와 서먹하게 서서 인사를 나누고 있었다. 범래가 영 머쓱한지 뒷머리를 매만진다. 이수 눈치를 보던 범래가 지갑에서 명함을 하나 꺼내 건넨다.

"괜히 죄송하게 됐네요. 그렇게 이상한 놈은 아닙니다. 그럼 가보겠습니다."

"네. 나중에 세라랑 통화하세요. 조심히 가시구요."

범래의 명함을 보며 꾸벅 인사하고 돌아서는데 눈앞이 까맣다. 언제 나왔는지 도진이 서 있다. 아, 망했다.

"친구랑 아직 안 친한가봐요?"

"······태산씨한텐 얘기하지 말아주세요."

"자꾸 까먹나본데, 나 신사 아니라니까."

저번에 원정경기 갔을 때도 결국 약속을 지키지 않았다. 하지만 그건 이수가 약점 잡힌 일이 있었다지만, 이번엔 사정이 좀 다르다. 나 혼자만의 문제가 아니라 여러 관계가 걸린 일이다. 그것도 가장 친한 친구와 가장 소중한 사람의 관계가. 이수가 불안감에 욱하는 감정이 올라온다.

"그래서, 말하겠다고요?"

도진은 발끈해 달려드는 이수가 귀엽다. 금세 당황해서는 안절부절 못하는 모습이 흥미롭다.

"왜 웃어요? 뭐가 웃긴데? 딴 여자 있으면서 백삼십만원짜리 구두 보낸 남자가 웃겨, 아님 친구의 사랑을 지켜주겠단 내 노력이 웃겨?"

얼결에 진심이 나왔다. 밤새 머릿속을 짓누르고 있던 생각이 이런 식으로 표출되다니. 이수는 잠시 민망했지만 아무렇지 않은 척 손으로 허리를 잡는다. 여유 있는 척.

"나한테 화난 모양인데, 해명하면 들을래요?"

"해명은 면전에서 문 쾅 닫기 전에, 그 면박을 주기 전에 했어야죠."

"나랑 같이 밤을 보낸 여자였어요."

"누가 몰라요?"

"그 상황에서 그 여자 두고 서이수씨 따라나가 잡아주길 바랬어요?"

또다. 이수는 이런 노골적인 표현에 익숙하지 않다. 특히나 도진의 정공법은 있지도 않은 정곡을 찌르는 듯해 반격의 여지가 없다. 내가 정말 그걸 바랐나? 아니다.

"나 싫다는 여자한테 앞뒤 생각 않고 달려들기엔 난 더이상 청춘이 아니에요."

"……"

"다정한 적은 없지만 나는 나만의 방식이 있어요. 딱 거기까지가 내 정중함이고 모두를 위한 배려였어요."

마흔하나. 결코 청춘이 아니다. 이수도 잘 알고 있다. 그럼에도 청춘이 아닌 남녀들도 평생 이런 차이를 의식하며 관계를 만들어나간다. 삼십대 중반이 되면 더 많은 걸 인정하게 될 줄 알았는데, 그렇지만은 않은 것 같다. 이해의 범위가 넓어지기는 하지만, 내가 옳다고 생각했던 것들에 대해 다시 판단하는 것은 힘들어진다.

"그런 거 같네요. 그 정중한 배려가 세라에게도 적용되길 바래보죠."

이수가 집으로 들어가려고 몸을 돌린다. 그러면서 도진에게 손을 들어 단호하게 인사한다. 도진이 아무 반응이 없자 이수는 그대로 집 안으로 들어가버린다.

도진은 무슨 생각을 하면서 차를 몰았는지도 모를 정도로 정신이 딴데 가 있었다. 사무실 책상에 펼쳐진 도면을 슬쩍 들추더니 도로 내려놓는다. 이수와 있었던 일을 생각하느라 골똘한 표정이다. 멀리서 태산의 목소리가 들려온다. 통화를 하고 있는지 목소리가 점차 가까워진다. 재킷을 어깨에 걸친 태산이 통화종료 버튼을 누른다. 태산을 물끄러미 보고 있던 도진이 종이를 건넨다.

"이거. 세라씨 집 부엌 사이즈 잰 거."

"세라한텐 암 말 안 했지? 주말에 경기 있는데 도시락 싸서 나와보래
야겠다. 나 요새 타율 끝내준다?"

태산이 타격 폼을 잡고 허공에 헛스윙을 날린다.

"너 전에 그랬지. 서이수 좋은 여자라고."

"근데."

"그렇게 좋은 여자 두고 넌 왜 홍세란데?"

"야, 이수씬 우리 메아리 스승님이고, 나한텐 하늘 같은 심판님이셔.
즉, 이수씨는 나한테 우먼이 아니고 휴먼이야, 휴먼."

태산은 망설임이 없었다. 이수를 여자로 볼 가능성은 제로에 가깝다
는 소리다.

"아, 맞다. 이수씨 좋아하는 남자 있다며. 너한테 들켰다던데, 누구
야?"

"나한테 물어보래?"

"그렇겐 말 안 하지. 누군데, 나도 아는 놈이야?"

도진은 아무것도 모른 채 물어보는 태산을 잠시 본다.

"넌, 모르는 거 같다."

이수가 티를 안 내기 위해 죽어라 노력한 보람이 있네. 전혀 눈치채
지 못했구나. 혹은 임태산이 둔하거나.

. . .

"어떡해, 늦었어. 받아!"

이수가 급하게 벗은 상의를 화장실 문 위로 던진다. 한껏 차려입고
선글라스까지 쓴 세라가 날아오는 옷을 턱 잡는다. 안에서는 쉼 없이

살과 옷이 스치는 소리가 난다. 딱히 쾌적하지도 않은 화장실에서, 대체 왜 이런 고생을 사서 하는지 모르겠다.

"의상도 별로야, 마스크로 얼굴도 가려, 땡볕에 흙먼지 날려, 미쳤다."

세라의 불평에도 이수는 여전히 부스럭거리며 프로텍터를 착용한다.

"태산씨 좋아하겠다. 오늘 너 와서."

"공이 너무 안 맞아서. 답답하기도 하고."

문이 열리고 마스크를 손에 든 이수가 급히 나온다.

"잠깐만."

이수가 들고 있던 제 가방을 열어 핸드폰만 꺼내고 밖으로 달려나간다. 지퍼도 안 닫은 채다.

"간다. 이따 봐!"

"짜증나."

내가 이런 심부름이나 하려고…… 세라가 신세한탄을 하며 주차장으로 향한다. 이수 옷이며 가방 추스르랴 차 키 꺼내랴 정신이 없다. 신경질적으로 차 키를 꺼내는데 이수의 가방이 거꾸로 뒤집힌다. 아우 정말! 손이 없어 한쪽 손잡이만 잡고 있던 탓도 있지만 이수가 지퍼를 잠그지 않은 탓이 크다. 바닥에 내용물이 다 쏟아졌다. 보고만 있어도 짜증이 솟구친다. 털썩 주저앉아 가방에 다시 주워담는데 수첩 사이로 사진 한 장이 반쯤 빠져나와 있다. 떨어지면서 빠졌나보다. 대수롭지 않게 사진을 끼워넣고 수첩을 들어올린다. 세라도 낯익은 얼굴이다. 태산이니 그럴 수밖에. 문제는 태산의 사진이 왜 서이수 수첩에 끼워져 있냐는 거다. 대체 왜.

멍하니 사진을 보는데 긴 손가락이 불쑥 시야에 들어온다. 언제 다가

왔는지 도진이 바닥에 떨어진 물건을 줍는다. 도진이 주운 소지품들을
건넨다.

"야구장에서 뵐 줄은 몰랐네요."

"……오늘 제가 세리머니 주인공이라 그래서요."

"보기보다 아기자기한 로맨스의 주인공이기도 하시네요."

도진이 세라 손에 들린 사진을 가리킨다. 지금 상황을 모르는 도진한
테 구구절절 설명을 할 수도 없고. 입안이 쓰다.

"이수 보러 오셨어요?"

"꼭 그런 건 아니지만 안 보이진 않겠죠? 가요. 블루캣이 일회 초 공
격이래요."

탕! 제대로 맞았는지 공 맞는 소리가 잡음 없이 깨끗하다. 간다 간다,
계속 돌아, 잡을 수 있어, 높이 날아가는 야구공을 보며 정신없는 팀원
들의 목소리가 뒤섞인다. 1루 주자가 재빨리 2루로 달려간다. 이수도
마스크를 벗고 공을 주시한다. 자칫 아웃될 수 있는 상황이었다. 돌아,
돌아! 다음 타석을 준비하던 태산도 펄쩍 뛰며 외치고 있다. 상대 팀 수
비가 공을 잡아 플라이 아웃시킨다.

도진과 세라는 관중이 거의 없는 스탠드에 앉아 경기를 관람하고 있
었다. 의자 두세 개 간격만큼 떨어져 앉아 서로 말이 없다. 세라는 이수
가 갖고 있던 사진 때문에 경기에 집중할 수가 없다. 굳이 태산씨 졸업
사진을 갖고 있을 이유가 뭐야? 이유가 있다면 한 가지뿐이다.

"태산이 나왔네요."

"아, 네."

구장으로 나오던 태산이 세라를 발견하고 웃으며 손을 흔든다. 세라
가 역시 웃으며 화답한다. 세라의 응원에 힘이 나는지 태산이 상체를
좌우로 돌려가면서 타석으로 향한다. 태산이 등을 돌린 순간 세라의 입
가에 미소가 사라진다. 태산의 등에 선명하게 찍힌 번호, 836이다. 이
수 침대 밑에 있던 장갑에 새겨져 있던 숫자. 말도 안 돼.

세라가 믿을 수 없다는 얼굴로 심판석에 선 이수를 본다. 가볍게 몸
을 풀며 타석에 들어선 태산이 이수를 보곤 다정하게 눈인사를 건넨다.
이수의 표정은 마스크에 가려 잘 보이지 않는다.

도진은 그런 세라가 아까부터 신경쓰인다. 태산에게 밝게 인사하고
나서부터는 곧바로 굳어지더니 이내 얼빠진 표정을 하고 몸을 웅크린
채 앉아 있는 것까지.

"어디 불편해요?"

도진이 묻자 세라가 천천히 허리를 펴 꼿꼿하게 앉는다. 도진이 세라
의 기색을 살핀다. 잔뜩 긴장해 있던 얼굴 근육이 풀리는 것도 같다. 덤
덤해 보이기까지 한다.

"아뇨, 그냥…… 전엔 몰랐는데 저 두 사람……"

세라가 태산과 이수를 보며 희미하게 웃는다.

"참 잘 어울리지 않아요?"

도진이 시선을 돌려 이수를 본다. 세라의 말투가 원래부터 감정이 느
껴지는 편은 아니었지만, 이번엔 묘한 여운을 남겼다. 타석에 선 두 사
람은 웃으며 이야기하는 중이었다. 이수는 마스크 사이로 태산을 바라
보고 있다.

"끝나고 밥이나 먹죠. 도진씨랑 나, 태산씨랑 이수요."

태산이 본격적인 타격 자세를 취하기 전에 스탠드 쪽으로 다시 방망이를 들어 보인다. 러브사인을 받은 세라는 웃지도, 손을 흔들지도 않는다.

　정신적인 만족감을 주기도 하는 정오에서 오후 두시 사이. 특히나 탁월한 메뉴 선택으로 만족스러운 식사를 마친 뒤라면 더욱.

　특별한 장식 없이 매끄럽게 빠진 하얀 접시에 담긴 스트로베리 쇼트케이크가 먹음직스럽다. 곱게 커팅된 단면 사이로 붉은 크림이 사르르 흘러내린다. 도진이 케이크 쪽으로 손을 뻗자 커프스 버튼이 반짝인다. 태산은 여유로운 손놀림으로 커피 잔을 입가로 가져간다. 긴 다리를 꼬고 앉은 정록이 웃으며 윤에게 귓속말을 한다. 윤이 수줍게 웃는다. 딸기를 기필코 사수해낸 도진이 입안에서 과즙을 맛본다. 꽤 시다. 씹어 삼키곤 다시 본론으로 돌아간다.
　"한국은 세계 어느 나라보다 가장 까다로운 마켓이야. 때문에, 정체성과 기본을 지킨다는 건 무엇보다 중요해."
　소파에 몸을 기대고 있던 태산이 두 손을 모아 깍지를 낀다. 어려운 문제라는 듯이 고개를 절레절레 흔들며.

"물론 그런데, 옛날 방식보단 새로운 게 매력적이고, 시대가 원하는 트렌드를 제시할 의무도 기업의 윤리에 포함된다고 봐, 난."

정록은 아까부터 이들의 이야기를 하나도 알아들을 수가 없다. 우리가 그런 관념적인 이야길 하자는 게 아니잖아, 지금.

"대체 뭔 소리야. 그러니까 너희들은 누가 좋냐고!"

"당연히 태연이지. 베스트가 결국 스테디가 되는 거거든."

도진은 소녀시대가 데뷔하자마자 정한 노선을 그 이후로 한 번도 바꿔본 적이 없다.

"유리가 진리라니까. 섹시함은 만국 공통이야."

나처럼. 태산의 눈이 게슴츠레해진다. 윤은 자신들의 대화를 혹시나 누가 들을까봐 부끄럽다. 성공한 전문직으로 보이는 중년의 네 남자가 결국 한다는 소리가 소녀시대 중 누가 제일 좋아? 라니. 게다가 태연과 유리라니. 진부하기 그지없다.

"지랄들 한다."

윤이 가소롭다는 듯 팔짱을 낀다. 정록이 반색하며 윤에게 몸을 치댄다.

"그지! 보는 눈들 하곤. 티파니가 최고지. 여잔 무조건 웃는 게 예뻐야 해."

"태연이 웃는 거 못 봤냐? 노래도 젤 잘해."

"유리는 드라마도 하거든? 춤도 얼마나 잘 추는데."

후…… 윤이 긴 한숨을 내쉰다. 이들의 팬심을 무시하자는 건 아니지만 목소리라도 좀 낮춰줬으면. 이렇게 고아한 디저트 카페에서, 멀쩡하게 차려입고 할 이야기는 아닌 것 같다.

"한심해서 진짜. 안 챙피하냐? 나라 걱정을 좀 그렇게 해봐라."

윤의 말에 태산이 표정을 확 구긴다. 윤이 무슨 하지 말아야 할 말을 하기라도 한 듯 질색하는 표정이다. 한류 열풍이 전 세계를 휩쓸고 있고, 그 중심엔 케이팝이 있다. 태산은 진지한 눈빛이다.

"소시 걱정이 나라 걱정이지. 케이팝 열풍 몰라?"

"야, 잠깐…… 수, 수영이다."

정말 수영이었다. 정록의 말에 마주 보고 있던 세 남자가 아예 돌아앉아 카페로 돌아오는 수영의 일거수일투족을 눈으로 핥는다. 미각 그룹의 중심답게 여태까지 본 적 없는 매끈한 다리가 카페 안을 밝히는 것 같다. 난 이제부터 수영. 정록은 마음을 굳힌다.

태산은 연예인 처음 보는 사람처럼 안절부절못하고 펜을 찾는다. 어떡하지? 사인 받기엔 너무 회사 근천데. 차라리 윤이한테 부탁……

"얘 어디 갔어."

말도 없이 사라진 윤을 찾느라 두리번거리는 세 남자의 시야에 윤이 들어온다. 축지법이라도 쓰는지 그새 카운터 앞에 서 있는 수영에게 다가가 있었다. 얼굴을 발그레하게 물들인 채 주춤거리며 펜과 수첩을 내밀고 있는 저 남자가 정말 최윤이란 말인가. 세 남자는 경악한 표정으로 윤을 지켜보고 있었다.

윤이 관심을 끌기 위해 말을 건네보지만 수영은 예의를 지키며 사인에 열중할 뿐이었다. 윤의 얼굴에 초조함이 스친다. 남자가 펜을 내밀었으면 뭐라도 썰어야 하지 않겠는가. 급기야 어설픈 몸짓으로 소시의 화살춤을 수영의 눈앞에서 시연한다. '너는 슛슛슛~' 후렴구와 함께.

세 남자가 못 볼 꼴을 본 양 눈을 가린다. 나이 마흔 넘어 이 무슨 추한 꼴인가. 수영이 웃음을 터뜨리자 자신감을 얻었는지 계속 재롱을 부리고 있는 불혹을 넘긴 변호사. 그런 윤을 외면하는 세 남자다.

4. 추돌의 순간

레스토랑 주차장에 승용차 두 대가 미끄러지듯 들어온다. 먼저 주차장으로 들어온 차에서 세라와 이수가 내린다. 뒤이어 들어온 도진의 차에서 태산이 내리자마자 세라의 손목을 확 붙든다.

"인마, 넌 무슨 여자가 운전이 그렇게 거칠어."

태산은 앞서가는 세라 차를 보는 내내 가슴이 다 조마조마했다. 상대적으로 교통안전을 중시하는 김도진의 차를 탄 탓만은 아니었다.

"그래서 좋은 차 타는 거야. 들어가자."

세라가 앞서 걷자 태산이 뒤따라가며 계속 훈계한다. 정작 세라의 차를 타고 온 이수는 세라의 거친 운전에 아무 말도 못 했다. 피곤해서 그런가보다 했을 뿐.

가방 손잡이를 손목에 끼는데 뒤따라 걸어오던 발소리가 멎는다. 레스토랑으로 들어가는 진입로에 자갈이 깔려 있어 방금까지 자박거리는 소리가 났는데. 뭔가 싶어 뒤를 돌아보자 도진이 빤히 보고 있다. 이수가 아니라 가방을 보고 있는 거였다.

"왜요? 안 들어가요?"

이수가 먼저 들어가자 도진이 조금 굳은 표정으로 뒤따라온다. 통유리로 돼 시원한 느낌을 주는 레스토랑이다. 먼저 들어간 세라와 태산은 마주 앉아 있었다. 이수가 세라 옆에 앉으려 의자를 뺀다.

"태산씨 옆에 앉아."

"어?"

"나 태산씨랑 마주 앉아 얼굴 보고 싶어서. 제 옆자리 안 싫으시죠?"

세라가 뒤따라오던 도진에게 제 옆자리를 권한다. 태산은 놀랐지만 이내 어깨에 힘이 들어간다. 세라가 남들 앞에서 애정표현을 하니 기분이 좋다.

"아, 이놈의 미모. 앉으세요."

태산이 으쓱하며 의자를 빼준다. 이수가 어색하게 앉는다. 옆에는 태산이고 맞은편엔 도진이라니. 편히 밥 먹긴 글렀다. 도진이 이수를 흘끗 본다.

"미인 옆자린 좋은데 뷰가 별로네요."

저자가! 이수가 주먹을 꽉 쥔다.

"나 야구하는 거 본 소감이 어떠신가."

"등번호가 인상적이더라."

세라가 야구장에 온 건 처음이었다.

"얘 또 내 뒤태에 반했네."

태산의 말끝엔 웃음기가 묻어났다. 세라가 와서인지 누가 봐도 종일 들뜬 기분이었다. 두 사람의 대화에 이수는 멀뚱멀뚱 앉아 있을 뿐이다.

"어, 음식 온다. 밥값은 니가 내. 진짜 내가 내고 싶은데, 이게 자칫

뇌물로 비칠 수 있거든."

태산이 이수를 보며 웃는다. 졸지에 지갑 털리게 생긴 도진이 미소짓는다.

태산이 농담처럼 한 말에 이수는 조금 낙담했을지도 모른다. 태산에게 이수는 그저 심판님일 뿐이니까. 여자가 아니라. 도진은 순간적으로 이수의 표정이 변하는 걸 놓치지 않았다.

"그럼 서이수씨가 사면 되겠네요. 오해 없게."

아까부터 왜 저래? 얼굴 본 지 얼마 되지도 않았는데 계속 저러네. 내 얼굴에 곤란하게 해주세요, 라고 쓰여 있기라도 한가.

"오늘은 내가 내. 와인은 한 병만 시켰어. 남자들은 운전해야 되니까. 나 오늘 많이 마실 거 같은데, 괜찮지?"

무슨 일 있나? 원래 술을 즐기는 세라지만 오늘은 좀 이상하다. 워낙 솔직한 세라이기에 신경쓰일 정도는 아니었지만.

"나야 뭐……"

이수가 응수하며 태산을 힐끔 본다. 세라가 많이 마셔도 상관없는지 사랑스러운 눈빛으로 세라를 보고 있다. 들어오기 전에 마음먹은 것과는 달리 이수는 셋과 함께 있는 자리가 영 편하지만은 않다.

"우리 세라랑 술친구 좀 해주세요. 맘껏 마셔. 업고 갈 테니까."

종업원이 음식을 내온다. 세팅하느라 테이블 위가 잠시 산만해진다.

"확실히 응원하는 여자가 있으니까 스윙이 남다른 거 있지. 아, 이러다 나 진짜 4할 가나?"

"오늘 4타수 3안타였어요. 올해 최고였죠."

"역시 이수씨가 알아주네요."

워낙 리액션이 좋은 태산이다. 반면 도진과 세라는 조용하다. 이수는 마음에 드는 상대가 나온 소개팅 자리에 앉아 있기라도 한 듯 어쩐지 수줍어 괜히 물을 마신다. 이 자리의 주인공이 태산과 세라인 만큼 분위기를 주도하는 것도 태산이었다.

이수는 타석에 선 태산의 뒷모습을 떠올린다. 내리쬐는 햇빛을 받아 더욱 반짝여 보였다. 오늘 경기는 태산의 경기 중 손꼽힐 정도로 좋았다.

"매 경기 선수들 타율을 다 외우나봐? 그것도 심판이 할 일이야?"

"어?"

세라의 말투가 워낙 칼 같은 구석이 있긴 하다. 모르는 이가 들으면 오해할 소지가 있겠지만 이수에겐 익숙했다. 그럼에도 어떨 땐 기분이 조금 상하기도 한다. 지금처럼. 알고 지낸 시간이 긴 만큼 금세 극복되긴 하지만.

도진은 묵묵히 미디엄 레어로 구워진 스테이크를 썰며 눈은 이수를 본다.

"물어본 거야. 난 야구 잘 모르니까."

당황한 이수가 아무 말 못 하고 있는데 태산이 팔을 뻗어온다.

"내가 워낙 에이스라 모를래야 모르기가 힘들어."

가볍게 말하는 태산이다. 이수는 태산이 자신의 옆얼굴 가까이 다가오자 심장이 멈추는 줄 알았다. 저도 모르게 흡, 숨을 참는다. 갑자기 일어난 일이라 대처할 방도가 없었다. 태산은 냅킨을 무심코 한 장 뽑아서 입을 닦을 뿐이다. 안절부절못하며 시시각각 변하는 이수의 표정이 누구보다 잘 읽히는 도진이 미간을 좁힌다. 광고를 해라, 광고를 해. 댁 얼굴에 태산이랑 함께 앉아 있어 가슴이 터질 것 같다고 쓰여 있어.

"근데 애 요즘 누구 좋아하는 사람 생긴 것 같지 않아?"

세라는 별로 궁금하지 않다는 듯 가볍게 물어봤지만 이수는 나이프를 쥔 손에 힘이 들어갔다. 세라가 그런 이수를 보며 심드렁하게 와인을 한 모금 마신다. 태산 역시 궁금해하던 차라 은근 기대하는 얼굴로 이수를 본다. 이수는 아까부터 제대로 식사도 못 하고 롤러코스터를 타는 기분이다. 레스토랑에 긴장과 스릴이 넘칠 필요는 없잖아.

"사실 나도 궁금해 죽겠는데 못 물어보고 있어."

"누군데? 비밀이야?"

원래 남의 연애사가 더 재밌는 법. 도진은 시선을 내리깐 채 턱을 괸다.

"나중에, 우리끼리 얘기하자. 건배할까?"

"왜 축하할 일을 미스터리로 만들어. 누군데. 그 남자도 야구하는 남자야?"

세라는 와인 잔만 빙글빙글 돌리고 있었다. 오늘처럼 집요하게 군 적이 없다. 이수는 정신이 아득했다. 건배하려 든 손이 무안하다. 지금까지 잘 넘어간다 싶었다. 세라가 남자에 대해 물어올 때마다 어영부영 빠져나갔다. 세라도 더는 묻지 않았다.

"그 남잔 야구 안 해요."

아무 말도 없던 도진이 한마디 하자 모두 주목한다. 도진이 의자 깊숙이 허리를 바로 세워 앉는다. 자신감이 가득해 보인다.

"세라씨가 궁금해하는 남자가 저거든요."

도진의 돌발 발언에 이수는 머리털을 다 뜯고 싶었다. 세라가 살짝 미간을 찌푸리며 도진을 본다. 꼬인 걸 풀지는 못할망정 더 꼬지는 말아야지! 태산은 놀랐는지 포크로 찍은 음식을 입에 넣지 못한 채 입만 벌리고 있다.

"뭐야, 둘이 잘······돼가고 있는 거야?"

"아, 아뇨. 저 좋아하는 사람 따로 있어요. 보셨잖아요."

이수가 다급한 표정으로 도진을 본다.

"오래전에 들킨 남자요, 아니면 며칠 전 집에서 본 남자요?"

도진의 입에서 '집'이란 단어가 나오자 세라가 눈을 크게 뜬다. 범래를 말하고 있는 거다. 순발력 있게 잘 넘겼다고 생각했는데 도진이 알아차린 모양이다. 이수가 들킨 건지도.

"둘, 다요. 사실 제가 한 립스틱 바르던 여자거든요."

"에이, 이수씨 농담두."

"농담 아니야. 난 두 남자 다 봤어. 세라씨도 봤고."

도진이 세라를 보고 씨익 웃는다. 이로써 도진이 모든 걸 눈치채고 있다는 게 자명해졌다. 세라 집에서 아침에 남자가 나갔다는 걸 알면 가만있지 않을 남자가 맞은편에 있었다. 이수의 새로운 연애로 화제를 이어가기가 불리해진 상황이다. 더 이수를 몰아붙인다면, 도진이 양심선언을 할지도 모르니까.

"집에도 왔었어?"

"치, 친구들이야 가끔 오지."

엄격히 구는 태산을 의식한 세라가 애써 웃는다. 그 틈에 도진이 이수에게 쐐기를 박는다.

"난 괜찮아요."

뭐래? 별꼴이야, 진짜.

"남자관계 복잡해도 괜찮다고요. 그러니까 그 남자들은 그만 접고, 나 좋아해도 괜찮아요. 잘해봅시다, 나랑."

예상외의 전개에 세라와 이수가 숨을 삼킨다. 서로 이유는 다르지만.

"너 지금 고백하는 거냐?"

"볼 때마다 하는 편이야. 나갑시다. 얼굴 빨개졌네. 가방 들어요."

도진이 일어서며 팔목을 잡아 이끈다.

"먼저 가볼……"

이수는 말도 못 맺고 가방을 손에 쥔 채 꾸벅 인사를 한다.

"실례할게요."

도진이 세라에게 인사를 건넨다. 이수의 걸음이 빨라진다.

자갈 밟히는 소리가 시끄럽다. 이수가 성난 걸음으로 앞서 걷는다. 도진은 이수 뒤를 따라 걷고 있다. 이수는 씩씩대며 걷더니 화가 누그러지지 않는 듯 도진을 향해 홱 돌아선다.

"대체 사람이, 어쩜 이렇게 매번 경우 없고 지나쳐요?"

"지나쳐요?"

"어머, 몰랐어요?"

"내가 구해준 건 모르겠어요?"

구해줬단다. 적반하장도 유분수지. 여러 남자 간 보면서 어장 관리하는 바람둥이에 막 노는 여자를 만들어놓고, 구해줬단다. 태산이 뭐라고 생각하겠는가. 세라는 또 어떻고. 얌전한 고양이가 부뚜막에 먼저 올라간다고, 앙큼한 구석이 있다고 느낄지도 모른다.

"짝사랑 숨기고 싶은 사람 맞아요? 은근히 알아주길 바라는 건가?"

"무슨 소리예요?"

"보통 사람의 시야가 좌우로 백육십 돈데, 서이수씨는 일 도부터 백육십 도까지 임태산만 좇고 있었다고, 야구장에서부터 지금까지!"

줄곧 태산에게서 시선을 떼지 못하던 이수, 머리부터 발끝까지 눈으로 좇던 이수, 고작 냅킨 집으려 뻗은 손에도 흠칫 놀라던 이수. 모든 정황이 임태산을 짝사랑하고 있다고 말해주고 있었다. 정작 본인은 별 자각이 없다는 게 가장 큰 문제다. 도진은 답답했다.

"무덤까지 가져가고 싶은 비밀 아니었어요? 그럼 들키지 말아야죠. 들킬 짓도 하지 말고. 어쩌면 이미 들켰을지도 모르지만."

'들켰다'는 말이 머리에 입력되는 순간 몸이 떨려온다. 이유를 알 수 없는 초조함이다. 도진이 무슨 이야길 하고 있는지 모르겠다. 저렇게 성난 모습도 처음이다. 들켰을 리 없다. 발끝에 힘을 모은다. 넘어지지 않도록.

· · ·

불 꺼진 거실은 적막하다. 삑, 삑. 간헐적으로 리모컨 버튼 누르는 소리만 울릴 뿐. 이수는 혼자 떠들고 있는 텔레비전을 멍하니 보며 하릴없이 채널을 돌리고 있었다. 옷도 외출할 때 차림 그대로다. 온몸에 피가 다 빠져나간 것처럼 무력했다.

"하나만 묻죠. 서이수씨 짝사랑하는 남자 말고, 서이수씨 짝사랑 아는 남자 자격으로."

이수가 무릎을 모아 고개를 파묻는다.

"기회가 없지 않았을 텐데, 왜 한 번도 고백하지 않았어요? 흥프로 상처 줄까봐? 아님 본인이 상처받을까봐?"

도진의 말들이 묵직하게 가슴을 누른다. 숨을 쉴 수가 없다. 정말 들킨 건 아닐까? 대체 내 진심은 뭘까. 난 어떻게 하고 싶은 걸까.

내 짝사랑이 누군가를 힘들게 하거나 상처 주는 일은 없었으면 좋겠다. 친구를 잃는 건 더더욱 바라지 않고. 몸이 떨려온다. 무릎을 옥죄듯 양손으로 감싸고 얼굴을 파묻는다.

감은 눈 사이로 빛이 느껴진다. 눈을 뜨니 거실이 환하다. 세라가 전원 스위치에 손을 댄 채 기대어 서 있다. 세라를 맞닥뜨리니 또다시 초조해진다.

"왜?"

"뭐……가?"

"왜 그렇게 보냐고. 보던 거나 마저 봐."

"그냥 켜놓은 거야……"

세라는 맥없이 대답하는 이수를 뒤로한 채 주방으로 향한다.

"그렇지, 봐지지가 않지. 머릿속 복잡할 텐데."

이수는 긴장한 채 물을 따라 마시는 세라의 곧은 등을 물끄러미 본다. 의미심장한 말이었다. 오늘 세라가 하는 말들은 하나같이 의미를 담고 있는 것 같다.

"도진씨한테 고백받았잖아, 아까. 그렇게 극적인 고백을 받았는데 아무렇지 않으면 이상한 거 아니야?"

"그런 거 아니야."

"뭘 그렇게 빼? 둘이 만나는 게 뭐 대단한 스캔들이라고. 왜, 둘이 남매니?"

걱정한 것과 달리 화제는 도진이었다. 안도감에 날숨이 새어나온다.

"아님, 김도진이 성에 안 차? 너한테 과분한 사람 아닌가?"

순간 마음이라는 살갗이 까지는 것 같다. 세라의 직접화법에 익숙해질 때도 됐는데 말이다. 너무 정곡을 콕 찌르시니까.

"과분한 건 맞는데, 내 성엔 안 찬다."

"그래? 오늘 몰랐던 사실, 여럿 알게 되네……"

방으로 들어가던 세라가 멈칫하더니 고개만 빼 묻는다.

"대체 어떤 사람이기에 김도진을 망설여? 되게 궁금하네."

세라가 쾅 하고 방문을 닫는 소리가 거실을 울린다. 분하고도 억울하다는 기분이 들었다. 내가 한 게 뭐가 있다고. 누구에게도 피해 주지 않는 짝사랑을 하고 있을 뿐인데. 이수가 다시 무릎에 고개를 파묻는다.

. . .

집으로 돌아온 도진은 신경질적으로 재킷을 벗어서 의자에 휙 던져버린다. 책상에 놓인 커다란 초콜릿 바구니는 부피가 조금 줄어든 채다.

홍프로 것인 줄 알았지만 이수의 것으로 밝혀진 수첩. 거기에 끼워져 있던 건 고교 시절 태산이었다. 서이수…… 이 여자. 졸업사진이라니, 중학생도 아니고. 무슨 그런 유치한 짓을…… 들키지나 말 것이지. 도진이 신경질적으로 초콜릿 하나를 까 우걱우걱 씹는다. 그러다 무슨 생각이 스쳤는지 이수의 카드를 포스트잇과 나란히 놓는다. 글씨체가 미묘하게 다른 듯도 하다. 커다란 돋보기까지 꺼내 글씨에 갖다대자 의혹은 더욱 짙어진다. 도진이 벗었던 재킷을 다시 걸치고 차 키를 챙긴다.

태산의 집에는 아무도 없는지 어두컴컴하다. 거실을 가로지르자 안쪽 방문이 조금 열려 있다. 희미하게 불빛이 새어나온다.

"임메알? 임태산? 있으면서 왜 문을 안 열어?"

방에서 튀어나온 건 다름아닌 윤이었다. 아, 깜짝이야. 없던 애도 떨어지겠다.

"남의 집에서 뭐해!"

"남은 짐 가지러. 얇은 옷이 없어서."

윤이 엉거주춤 물러서더니 빨래 건조대에 널어놓은 티를 하나 집는다.

"아끼는 티를 놓고 갔네."

"우리 회사 체육대회 티를 니가 왜 아끼는데? 심지어 태산이 티를."

아뿔싸. 하필 집어든 게 화담 로고가 대문짝만하게 새겨진 티라니.

"너, 넌 남의 집에서 뭐하는데?"

괜히 도진을 몰아세우는 윤이다.

"태산이가 남이냐? 이 집 주인은 아직 안 들어왔어?"

"사무실에 태산이 없어?"

"걔 말고."

윤의 표정이 살짝 까칠해진다.

"왜, 메아리 무슨 일 있대?"

도진은 걱정스럽게 묻는 척하는 윤의 속마음을 다 알면서도 곧이곧대로 말하진 않는다. 사실 말하기 좀 부끄러운 구석이 있는 사안이었다.

"있으면. 왜, 너 메아리한테 지분 있냐?"

도진이 약 올리듯 받아치고 소파에 털썩 앉는데 현관문 따는 소리가 들린다. 현관에 들어선 메아리가 도진을 먼저 발견한다.

"아, 깜짝이야. 뭐해요? 주인도 없는 집에서?"

불청객 대하듯 신경질적으로 말하고는 신발을 마저 벗는데 그림자가 하나 더 있는 걸 발견한다. 윤이었다. 메아리가 옷방 앞에 선 윤을 발견하곤 금세 다정하게 돌변한다.

"어? 오빠……"

"방금 그 여잔 누구냐?"

"오빤 몰라도 되는 여자. 근데 우리 집에서 뭐하냐니까?!"

그 선생에 그 제자다. 메아리 안에도 다중이가 있나보다.

"잠깐 방으로 좀 들어올래? 방금 그 상냥한 여자랑. 오빠가 긴히 할 말이 좀 있어."

"나한테?"

"얘한테?"

윤이 큰 눈을 더 크게 만든다.

"방문은 필히 닫는 걸로."

도진이 은밀하게 손짓해 보인다. 메아리는 귀찮다는 듯 도진을 따라 방으로 들어간다. 거실에 덩그러니 남겨진 윤이 닫힌 문가로 슬며시 다가간다.

메아리 방은 개인 작업실처럼 꾸며져 있다. 긴 책상이 벽을 따라 길게 놓여 있고 그 위에는 재봉틀이 있다. 각종 가죽들이 어지러이 흩어져 있다. 책상 옆엔 만들다 만 듯한 가방이 보인다. 메아리는 찌푸린 인상을 펼 생각이 들지 않는지 퉁퉁 부은 표정이다.

"뭔데요, 할 말?"

도진이 보조 소파에 앉더니 펜과 종이를 내민다. 책상 위에 널브러져 있던 거다. 뭐 어쩌라고?

"'레알'이랑 '시리도록' 써봐."

"뭐라고요?"

그 카드가 서이수의 것인지 확인하려면 필적을 대조해보는 수밖에 없다. 짚이는 데는 임메알뿐이다. 그리고 아마, 임메알의 짓일 것이다. 아무리 서이수 안에 다중이가 살고 있다고 해도 그 정도는 아니겠지. 도진은 진지했다.

메아리는 잠시 주춤했지만 도진이 시키는 대로 노트에 끼적댄다. 역시 그 카드의 글씨와 같다. 지렁이가 꿈틀하는 것처럼 한 번에 흘려쓴 'ㄹ'이 특이나. 도진의 눈이 반짝인다. 더욱 확실히 하기 위해선 충분한 물적 증거를 확보해두는 게 좋을 것 같다.

"너 좋아하는 노래 두 곡만 대봐."

메아리가 인상을 찡그리곤 빤히 본다. 도진은 굴하지 않는다. 메아리가 어쩔 수 없다는 듯 짧게 한숨을 내쉰다. 도진이 이러는 의중은 모르겠지만.

"〈심장이 없어〉랑 〈내 꺼 하자〉요. 왜요?"

그런 닭살 돋고 유치한 내용이 이수의 머릿속에서 나왔을 생각을 하면서 빡칠 일은 이제 없게 됐다.

"그지? 너지?"

도진이 싱글거린다. 메아리는 여전히 무슨 상황인지 모르겠는지 눈을 찌푸리곤 어깨를 뒤로 뺀다. 왜 이러냐는 듯.

"너희 은사님께, 나와 관련해 무슨 얘기 들은 거 있니, 혹시?"

"둘이 같이 호텔 갔다, 뭐 그런 거?"

메아리의 입에서 호텔이란 단어가 나올 줄은 예상 못 한 도진이다.

"네 은사님은 원래 그렇게 입이 가벼우신 편이니?"

그 말에 메아리가 코웃음을 친다.

"그 연세에 그게 뭐 흉이라고?"

"연세…… 그래, 뭐. 근데 어떤 톤으로 말했어? '나 호텔 갔어……'"

야, '나 호텔 갔어!'야?"

도진이 같은 말을 좌절의 톤과 호들갑스러운 톤으로 들려준다. 도진의 발연기에 메아리가 기함한다.

"지금 그거 물어볼라고 문까지 닫은 거야? 내가 집에 들어왔는데 윤이 오빠가 우리 집 거실에 서 있을 확률이 얼마나 되는지 아세요?"

메아리 방문 앞에 귀를 대고 경청중이던 윤이 희미하게 웃는다.

"좋아. 내가 지금부터 꽤 괜찮은 제안을 하나 할 거야. 내가 원하는 건 간단해. 네 고등학교 졸업앨범."

"내 졸업앨범은 왜요?"

메아리의 뚱뚱했던 시절이 담겨 있는 졸업앨범이다. 제일 큰 교복을 입어도 버클이 터질 듯했던, 88사이즈 시절이 담겨 있는 증거들을 지구상에서 모두 박멸하지 못한 게 천추의 한인데, 그걸 왜?

"손해 보는 장사는 아닐걸?"

의기양양한 도진이 안주머니에서 윤의 졸업사진을 꺼내 보여준다. 순정만화 여주인공처럼 눈을 반짝일 줄 알았던 메아리가 코웃음을 친다. 그러면서 제 손에 쥐고 있던 핸드폰을 들이민다. 배경에 있는 건 윤이다. 고등학교 졸업앨범에 있는 윤이 크게 확대되어 저 안에 있다. 젠장.

"협상결렬."

"잠깐. 너 나랑 윤이 같이 사는 거 알지."

"근데요."

"니가 우리 집 비밀번호를 안다면 어떨까?"

심드렁하던 메아리의 눈에 갑자기 생기가 돈다. 불이 켜진 방처럼 환하다. 작은 몸이 날쌔게 움직이더니 졸업앨범을 꺼내 내민다.

"비밀번호 뭔데요?"

메아리가 눈을 반짝거리며 묻는다. 내가 원했던 반짝이는 눈이 이제야 나오는구나. 도진이 졸업앨범을 받아든다.

"너희 집이랑 같아. 우리 넷은 다 똑같거든."

"아, 뭐야."

메아리가 앨범을 도로 잡아당긴다. 도진도 질세라 힘주어 잡는다.

"근데 넌 몰랐잖아!"

"대체 그걸로 뭘 하려고?"

귀찮은 용무를 마친 메아리가 급히 방문을 열고 나가면서 묻는다.

메아리가 밖으로 나오려는 기미를 알아챈 윤이 급히 문에서 떨어진다. 괜히 가방을 열었다 닫는다. 집에 갈 채비를 한다고 생각한 메아리가 아쉬운지 입을 삐죽 내민다.

"가게요? 아, 왜에? 더 있다 가요."

"그래, 놀다 와."

윤이 시끄럽다는 듯 도진에게 작은 짐 하나를 들려준다. 자기는 큰 가방을 들고 현관으로 짐을 옮긴다. 윤이 정말 가버릴 것 같아 메아리가 빠르게 머리를 굴린다. 뭐가 있지, 윤을 잡아둘 만한 게……

"아, 맞다. 내 방 전등 나갔는데. 오빠가 좀 갈아주면 안 되나? 껌뻑껌뻑하면 눈 완전 나빠질 텐데?"

입을 내밀면서 시위하듯 '완전'을 크게 말하는 메아리의 모습에 윤은 저절로 미소가 지어진다.

"불 끄고 일찍 자."

"잠이 와야 자죠!"

도진이 신발을 신자 메아리가 더욱 급해진다.

"태산이 오면 해달라고 해, 그럼."

등을 보인 채 구두를 신던 윤이 툭 내뱉는다.

"우리 오빠 그런 거 완전 못해."

"너희 오빠가 나보다 전문가거든?"

"아, 그렇지."

"간다."

도진이 애석하다는 듯 혀를 찬다.

"머릴 써도 하필 이공계야. 인문계도 많잖아. '이게 무슨 뜻이에요?' 그런 거."

현관문을 닫으면서 끝까지 이죽거리는 도진이다. 치. 내가 누구 땜에 못 자는데. 메아리가 입을 삐죽이며 부엌 찬장을 연다. 늘 잔이 있던 곳을 암만 손으로 쓸어봐도 아무것도 없었다. 어디 갔지? 찬장을 하나씩 다 열어보는데 높은 칸은 텅텅 비어 있다. 접시고 컵이고 전부 낮은 선반에 옮겨져 있다. 눈앞이 흐려진다. 치. 이럴 거면서. 메아리가 종종걸음으로 현관으로 달려간다.

"태산이랑 나만 있다보니 동선이 다 위쪽이네. 바꿔야겠다, 너한테 맞게. 다치겠어."

메아리는 윤이 했던 말을 기억하고 있었다. 윤이 했던 다른 말들과 함께.

뭐야 진짜…… 짐 가지러 왔으면 짐이나 가져가지. 다정하게 굴지 말란 말이야. 아무도 없는 현관을 보는 메아리는 울 것 같은 표정이 된다.

"재수 없어!"

• • •

여며진 커튼 사이로 어슴푸레한 여명이 새어들어온다. 이수가 머릴 긁으며 일어난다. 잘 떠지지 않는 눈을 비비며 거실로 나가니 세라가 분주히 클럽을 챙기고 있었다.

"어디 가?"

"연습하러."

이수 쪽은 보지도 않는다. 아직 여섯시도 안 됐다. 시합이 가까워져오자 압박감이 생기나보다. 무리하는 거 아닌가 모르겠다.

"너무 무리하지 마. 몸 상하면 시합 때 기량 발휘 못 하잖아."

"발휘할 기량이나 있는지 모르겠다."

가방을 메고 나가던 세라가 다시 돌아선다. 뭔가 생각난 듯.

"궁금한 게 있었는데. 태산씨 등번호 말이야. 왜 836이야? 보통 두 자리 아닌가?"

"아아, 요기 베라랑 이승엽 등번호 합친 거야. 사회인 야구에선 간혹 그러기도 해."

"……그래?"

사회인 야구는 또다른 사회이기도 하다. 세라가 모르는 것도 당연하다. 이수가 설명을 덧붙인다. 야구 얘기로 일어난 지 얼마 안 되어 꽉 막혔던 목소리가 좀 트이는 것 같다.

"태산씨 포지션이 포수 겸 4번 타자잖아. 이승엽은 알지? 요기 베라는, 메이저리그 전설의 포순데 태산씨가 어렸을 때부터 너무 좋아해서."

"잘 모르겠다."

친절한 설명에도 불구하고 세라의 반응은 싸하다. 감흥 없는 분야여서 그런가?

"누가 임태산 애인인지."

"……"

"다녀올게."

이수는 어디선가 날아온 공에 얻어맞은 기분이다. 그런 채로 닫힌 문만 보고 서 있다. 이번엔 명백히 의도가 담겨 있었다. 둔한 이수도 알 수 있었다.

• • •

이수가 멍한 표정으로 감자조림을 씹는다. 밥이 코로 들어가는지 입으로 들어가는지 모르겠다. 요 며칠 자신의 근황은 도진과 세라의 말에 연타로 얻어맞은 걸로 간단명료하게 정리할 수 있겠다. 그렇다고 그 사건들에서 오고간 모든 문장들이 간단명료한 것은 아니다. 도진도 그렇고, 세라도 그렇고. 다만 행간에 밀도 높은 문장들이 더덕더덕 붙어 있는 걸 생각하면 뫼비우스의 띠가 따로 없다. 머릿속이 복잡하다.

식판을 들고 배회하던 박선생이 그런 이수를 발견하고 다가온다. 이수가 고개를 꾸벅한다. 그리 친한 사이는 아니어서 어색하다. 이수가 밥을 푹 뜬다.

"다음주 수요일에 최선생, 강선생이랑 산행하기로 했어. 1박 2일. 서선생도 끼워줄게. 너무 신나지?"

하나도 안 신난다. 무방비 상태에서 반갑지 않은 제안을 받다보니 뭐라고 거절을 해야 할지 모르겠다. 머리는 더 안 돌아가고. 그냥 어정쩡하게 웃을 수밖에. 그런데 그날 평일 아냐? 평일에 등산을 어떻게 간다는 거지? 박선생은 이수 말은 귓등으로도 안 듣고 자기 말만 해댔다. 개교기념일이 꼈다는 둥, 등산복을 빌려달라는 둥, 서선생 차로 가자는 둥…… 한꺼번에 많은 양의 데이터가 입력되자 머리가 띵하다. 발언권이라도 얻으려면 박선생으로부터 번호표라도 받아야 할 기세다.

"문자 왔다, 서선생. 누구야? 애인 생겼어?"

문자를 클릭하자 사진이 뜬다. 한눈에 봐도 심하게 파인 원피스 한 벌이 찍혀 있다.

쌤, 이 옷 어때요? 쌤한테 완전 딱!

박선생이 고개를 쭉 빼고 보자 이수가 핸드폰을 주머니에 넣는다.

"아뇨. 혹시 기억하실지 모르겠는데, 임메아리라고. 저는 이학년 때 담임이었고 일학년 땐 선생님 반이었던."

"그럼 알지! 그 부잣집 딸내미."

"부잣집 아닌데. 메아리 부모님 두 분 다 그냥 장사하세요."

"그래. 걔네 부모님 대전에서 옷감 장사해서 손가락 안에 꼽히는 현금부자잖아. 오빠랑 나이차 엄청나고. 걔네 집 거의 준재벌급일걸?"

처음 듣는 이야기다. 육 년 동안 그냥 맞벌이 하시는 부모님을 둔 평범한 집 아이라고 알고 있었다. 메아리네 집이 그렇다는 건, 태산도……

박선생이 뭐라고 더 떠들었지만 귀에 들어오지 않는다. 멍했다.

전송 완료! 메아리가 흡족하게 웃는다. 누군가에게 잘 어울릴 것 같은 옷을 찾았을 때의 기쁨은 이루 말할 수가 없다. 갈고 닦은 취향을 발휘한 자의 어떤 뿌듯함이랄까, 아니면 이 아름다운 옷을 입을 사람이

지어 보일 표정에 대한 궁금함이랄까. 메아리는 두근두근한 마음으로 눈앞의 원피스를 입은 이수를 상상해본다. 음…… 예뻐, 예뻐.

"예쁜데 너한텐 안 어울려."

시크한 목소리에 뒤돌아보자 민숙이 서 있었다. 무심하게 두른 머플러가 완벽하게 세팅된 민숙의 보브컷과 합작해 범접할 수 없는 포스를 풍긴다.

"언니! 완전 오랜만이에요. 어쩜 이렇게 그대로예요?"

메아리가 반갑게 포옹했다가 떨어지면서 민숙을 이리저리 살핀다.

"보톡스가 남편보다 좋은 열 가지 이유 중 하나지."

옷가지를 눈으로 훑으며 매장을 도는 민숙을 메아리가 새처럼 조잘거리며 따라다닌다. 귀국하고 처음 마주친 터라 할 이야기가 많았다.

"암튼, 윤이 오빠보단 울 오빠가 더 문제예요."

"당연하지. 자기 여동생을 부인과 사별한 친구에게 줄 오빠가 어디 있어."

입을 삐죽이는 메아리도 이해 안 되는 건 아니지만, 어른의 세계란 눈앞에 닥친 감정보다 거기에서 파생될 부수적인 것들에 무감각할 수 없는 거란다.

"언니도 나랑 윤이 오빠 반대예요?"

파릇파릇한 메아리가 그걸 깨닫게 된다면 많은 것들이 달라질 거다. 하지만 그러건 말건 전적으로 메아리 자신의 일이다.

"내 남자랑 살겠다는 것도 아닌데 왜 반댈 해, 귀찮게."

메아리가 히 웃는다. 민숙이 원피스 하나를 메아리에게 대본다. 감정하듯 진지하다.

"너 싫다는 남자한테 정성 쏟지 마. 눈길도 주지 말고. 가능하면 그냥 죽여버려. 운이 나쁘면 결혼을 하게 될지도 모르거든."

"하하."

메아리의 눈이 반달처럼 휜다. 민숙이 옷을 들어 보인다.

"예쁘네."

민숙은 꽤 흡족한 표정이다. 이내 원피스를 메아리에게 툭 건넨다.

"귀국 선물."

"정말요? 언니 짱!"

메아리가 쇼핑백을 앞뒤로 흔들며 빨대를 잘근잘근 씹는다. 테이크아웃 커피를 들고 여유 있게 거리를 걷는데 상점 안에 있는 사람들의 시선이 느껴진다. 민숙이 백에서 얼굴을 거의 다 덮는 오버프레임 선글라스를 꺼내 쓴다.

"알바를 왜 해? 부잣집 딸내미가?"

"저도 세상 물정 좀 알고 나쁜 물도 좀 들어보려고요."

민숙이 그런 메아리가 귀여운지 피식 웃는다. 다른 스물넷들도 이런가. 메아리는 존재 자체가 싱그러운 아이다. 근데요, 메아리가 조심스럽게 민숙에게 속삭인다.

"사람들이 언니 자꾸 쳐다봐요."

명품 플래그십스토어가 즐비한 거리로 나서자마자 시선이 달라붙고 있었다.

"내가 누군지 아니까."

민숙은 슬쩍 보곤 대수롭지 않게 말했다.

"언니가 누군데요?"

"건물주."

"그치. 쳐다볼 정도로 예쁘진 않지. 근데, 언닌 대체 건물이 몇 개예요?"

민숙이 싱긋 웃는다.

"알바하고 싶다고 했지?"

메아리가 힘차게 고개를 끄덕인다.

"여기서 쭈욱 가면 네가 앞으로 알바할 카페가 나와, 알지?"

정록 오빠 카페를 말하는 거다.

"물론 알죠!"

"거기까지."

"에? 건물이 아니라 스트리트를 갖고 있는 거예요? 헐!"

• • •

꽤 늦은 시각, 멍하니 앉아 있던 도진은 생각났다는 듯 퇴근할 채비를 한다. 재킷을 걸치며 사무실을 나서는데 막 들어오던 태산과 마주친다. 현장에서 바로 퇴근한다더니.

"서초구청에서 들어오란다. 양재동 상가건물 인허가 보류됐대."

"왜?"

"모르지. 들어가보고 전화할게. 세라 없을 때 집에도 가봐야 하는데. 넌 씨, 건축대상 받았단 놈이, 가로 세로만 틱 재와? 어휴."

"대신 가줘?"

"담당자랑 안면도 없잖아."

"말고. 세라씨 집."

태산이 솔깃한지 걸음을 멈춘다.

"그럴래?"

"일주년 한번 요란하게 한다. 고딩이냐?"

"야, 너도 연애해봐. 일이 그렇게 재밌다? 후…… 부탁한다."

태산의 반전에 도진이 픽 웃는다. 보통 연애가 재밌어 미치겠다고 하지 않나? 태산이 사무실로 들어가며 손을 흔든다. 명분 없인 만나기가 힘든 여자라니까.

도진이 차로 향하는데 발걸음을 디딜 때마다 아스팔트 바닥이 초록색으로 물든다. 한밤인데도 각양각색 꽃봉오리가 꽃을 틔우는 게 생생히 보인다. 어느샌가 주변은 초원으로 바뀌어 있었다. 까만 밤하늘과 대비돼 더욱 푸르다. 촉촉한 바람에 볼이 간지럽다. 이수를 만나러 간다, 지금.

초인종을 누르자 문부터 열린다. 긴장한 표정의 이수가 나온다. 도진의 방문이 여러모로 달갑지만은 않은 터다.

"누군지 묻지도 않고 문을 막 여네, 이 집은."

"태산씨 연락받았거든요."

들어오라는 듯 비켜서는 이수다. 도진이 이수를 지나 현관에 들어선다.

"태산이 연락 기다렸어요?"

"그런 말이 아니잖아요! 세라는 없어요."

"없으니까 왔죠. 서이수씨 혼자 있대서."

"무슨……!"

다분히 응큼할 수 있는 말을 뱉은 본인은 아무렇지도 않게 부엌으로 향한다. 도진의 향기가 실내를 채운다. 나무 냄새도 나고, 촉촉하게 젖은 이끼 냄새도 나는 것 같다. 냉랭했던 기분과는 다르게 낯선 향에 자신도 모르게 심장박동이 빨라진다.

"불쑥 찾아오면 막 샤워하고 나온 그런 거 볼 수 있을까 하고."

"할 일 하시고 조용히 가시죠?"

톡 쏘는 이수를 뒤로한 도진이 벽을 두드려보기도 하고, 바닥 자재를 꼼꼼히 살펴본다. 혼자 고개를 끄덕이던 도진이 펜을 꺼내 메모를 시작한다.

방으로 들어온 이수는 밖에 있는 자가 신경쓰여 죽겠지만, 태연하게 컴퓨터 앞에 앉는다. 사실 아까부터 말썽인 컴퓨터 때문에 골치를 썩고 있었다. 재부팅된 상태에서도 마찬가지다.

"왜 이러니, 얘야."

이수가 본체며 모니터를 쿵쿵 때린다. 그런 말이 있지 않은가. 가전 제품은 맞아야 정신을 차린다고. 본체를 발로 뻥 차는데 도진이 불쑥 방문을 연다.

"당장 부숴야 하는 거 아니면, 잠깐 나 좀 봅시다."

"뭔데요!"

부엌으로 가자 도진이 줄자를 든 채 식탁 의자 옆에 선다.

"올라갈래요, 잡을래요?"

줄자와 의자를 번갈아 보며 말한다. 이수가 의자 등받이를 잡는다.

"잡을래요."

"내가 그렇게 걱정돼요?"

이건 또 무슨 과대망상이야.

"의자 말고 줄자 잡으라고."

도진이 내민 건 줄자 끝부분이었다. 민망해진 이수가 얌전히 줄자 끝을 잡는다.

"끝을 바닥에 대요."

도진이 의자에 올라가 천장 높이를 잰다. 이수가 쪼그려앉아 줄자를 바닥에 댄다. 잰 수치를 메모하던 도진이 무심한 척 묻는다.

"뭐가 그렇게 말을 안 들어요?"

"컴퓨터요."

이수는 여전히 몸을 쪼그린 채 줄자를 잡고 있는 터라 꽉 눌린 목소리다. 도진이 잠시 이수를 내려다본다. 필요한 높이는 이미 다 쟀지만 내려가진 않는다.

"내가 좀 봐줘요?"

"됐어요."

"맡겨봐요, 결국은 고마울 거니까."

"됐다니까요? 으. 근데, 이거 언제까지 잡고 있어요?"

"아까까지."

도진이 의자에서 폴짝 내려와 유유히 이수 방으로 향한다. 저자가 정말! 주먹이 운다는 건 이럴 때 해야 하는 말인가보다. 이수가 벌떡 일어나 얄미운 뒷모습에 주먹질을 해 보인다. 나이를 먹긴 먹나보다. 얼마나 쪼그려앉아 있었다고 무릎이 쑤신다.

부리나케 따라 들어가니 도진은 이미 책상 앞에 앉아 있다. 멋대로 마우스를 잡더니 이리저리 움직이고 있다.

"재부팅해도 이래요?"

"나도 워드 3급 자격증 있거든요? 포맷하란 소리 할 거면 마우스 딱 놔요."

"야동 많이 보면 컴퓨터가 이렇게 되는데."

"뭐라고요?"

도진이 모니터 옆에 놓인 컵을 힐끔 본다. 얼음이 가득 들어간 아이스커피가 놓여 있다.

"나도 이런 거 한잔 갖다줘보죠?"

도끼눈을 뜨고 보고 있던 이수가 하는 수 없이 밖으로 나간다. 이리저리 커서를 놀리던 도진이 실행 창을 띄우곤 명령어를 입력한다. 이공계 남자다운 능력을 발휘한다. 명령어와 엔터를 반복하고 재부팅을 하자 그제야 부팅 화면이 제대로 뜬다. 도진이 흡족하게 웃는다. 아직 안 죽었어, 김도진. 인터넷 익스플로러를 더블클릭하자 인터넷 창과 함께 팝업이 뜬다. '마지막 세션을 복원하시겠습니까?' 도진은 잠시 망설이다 마지막 세션 복원을 꾹 누른다.

오호라. 흥미롭게도 서이수님의 미니홈피가 뜬다. 도진이 대담하게 사진첩을 클릭한다. 스크롤을 내리자 한껏 예쁜 척하고 찍은 셀카도 있고, 음식 사진도 보인다. 심드렁한 표정으로 기계적인 클릭을 반복하는데 벗은 어깨가 보인다. 빠르게 스크롤을 내리자 하늘색 비키니를 입은 이수가 있다. 예상외 수확이다. 의외로 선명한 가슴골을 보다보니 자신도 모르게 엉덩이가 살짝 들린다. 어정쩡한 자세로 일어나 가슴골을 보려고 모니터 위에서 내려다보지만…… 보일 것도 같은데 보이지 않는다. 쉽지가 않다. 애가 탄다. 조금만 더……

"뭐하세요?"

헉. 도진이 의자에 털썩 주저앉는다. 이수가 성큼성큼 다가오는데 너무 당황한 나머지 머릿속이 하얘진다. 어떡하지? 이 상황을 들키면 너무 쪽팔리잖아.

망설이는 사이 쟁반을 든 이수가 바로 옆까지 다가와 있다. 에라, 모르겠다. 도진이 모니터 옆에 놓여 있던 커피 잔을 집어들더니 모니터에 확 끼얹는다.

"왜 그래요! 미쳤어요?!"

흘러내리는 커피 너머로 이수의 비키니 사진이 보인다. 커피가 이수의 가슴골을 타고 흐른다. 도진은 침을 꿀꺽 삼키고.

"제정신이에요? 무슨 짓이냐고요, 이게!"

"커피가 까매서…… 안 보일 줄 알고……"

도진이 기어들어가는 목소리로 대답한다. 기가 다 차서 정말. 이수가 휴지를 둘둘 말아 화면을 닦는다. 다시 생각해도 기가 찬다. 아니 대체 뭣 때문에 그렇게 화들짝 놀라서.

"기껏 고쳐놓고 커피를 왜 뿌리는데요?"

"그게…… 지금 모니터 때문에……"

"뭐, 비키니요? 비키니가 왜요! 보라고 올려놓은 거잖아, 보라고! 내가 저거 입으려고 봄부터 소쩍새보다 더 울었어, 내가. 배고파서. 앵글도 얼마나 신경쓴 건데, 내가."

한창 성수기라 비키니는 좀 예쁜 게 뜨기만 해도 품절이지, 인내와 고통으로 완성한 라인은 언제 원상복귀할지 모르지. 아무거나 걸칠 수 있겠냐며 쇼핑몰 업데이트 날짜에 맞춰 대기 타던 밤들. 신상을 사수하기 위해 나름대로 애절했던, 그야말로 별 헤던 밤들이었다.

"어떡할 거예요 이거! 물어내요 당장!"

"푸하하."

도진은 결국 웃음을 터뜨리고 만다. 아, 생각보다 훨씬 멋진 여자구나, 댁이란 여자. 몰래 훔쳐본 자신을 관음증 환자 취급이라도 할 줄 알았는데. 이수는 생각지도 못한 리액션을 보여줬다. 그래, 나 김도진. 무엇보다 리액션을 중시하는 사람이라고. 보라고! 이수에게 도진이 끌리는 이유는 이렇게도 확실하고도 분명했다. 도진은 웃음이 멈추질 않는다. 지레 겁먹었던 공포의 순간도 웃기고, 커피를 쏟은 자신도 웃기고, 이런 리액션을 한 이 여자도 웃기고, 무엇보다 이런 여자를 알아본 자신도 웃겨서.

"왜 웃어요? 뭘 잘했다고?"

"컴퓨터는 빠른 시일 내로 보상하죠. 근데, 원인과 결과는 면밀히 따져봐야 할 것 같은데."

도진이 안정을 되찾았는지 목소리에 웃음기가 가신다. 근데, 뭔 원인과 결과?

"성도 교육이니까 배워서 알죠. 건강한 남자의 밤은, 건강한 여자의 밤과는 다르다는 거."

"그, 그래서요?"

"짝사랑도 하지 마라, 다른 여자도 만나지 마라, 그러면서 자기한텐 손도 못 대게 한 결과가 이거예요. 심지어."

도진이 그윽한 시선으로 모니터를 본다. 입을 살짝 벌린 채다. 뜨거운 한숨이 나올 것 같은, 얇은 입술. 이수가 꼴깍 침을 삼킨다. 들렸으면 어쩌지.

"이렇게 멋진 쇄골을 갖고 있는 여자가 말이죠."

일부러 저러는 거다. 담백하게 말해도 되는 건데 일부러 저렇게 한숨을 흘리면서 말하는 거다. 이수가 빨개진 얼굴을 어쩌지 못하고 눈을 피한다.

"그만 갈게요."

도진이 곁을 스치자 체취가 훅 끼친다. 아, 촉촉한 이끼 향.

"기다려요, 내 전화. 걸면 좀 받고."

뭐야, 내 쇄골이 그 정돈가? 도진이 나가자 이수가 전신거울 앞으로 쪼르르 가 선다. 우쭐한 마음에 라운드티 앞섶을 내려 쇄골이 더 도드라지도록 어깨를 모아본다. 이 각도가 더 나으려나? 몸을 이리 틀고 저리 트는데……

"근데, 사람이 가는데 좀 나와보죠?"

도진이 다시 들어왔다. 으악. 창피하기도 하고 놀란 마음에 앞섶을 꽉 움켜쥔다. 배꼽이 보이는 줄도 모르고 쟁반으로 얼굴 가리기에 급급한 이수다. 그런데 배가, 배가 썰렁하다. 옷을 움켜쥐다가 배까지 드러나버렸다. 내가 대체 무슨 짓을 한 거야.

"가세요, 빨리…… 전 살아생전에 이 방 못 나가요……"

저 여자를 어떡하면 좋을까. 조금만 놀려도 붉으락푸르락 변화가 무쌍하고, 본인이 때로 얼마나 귀엽게 구는지 자각도 없다. 자각이 없어 더 귀엽다. 본인이 이쁜 걸 스스로 잘 아는 여자들은 차고도 넘치게 만나본 도진에게는 더욱더. 도진이 부드러운 눈빛으로 한 발을 뗀다.

"안 가고 싶지만 억지로 갈게요. 더 있다간, 뭔가 나쁜 짓을 할 거 같거든요."

도진의 발소리가 멀어진다. 이수는 얼굴을 가리고 있던 게 다행이란 생각이 든다. 한껏 동요한 표정을 보이면 또 무슨 말을 해올지 모른다. 기분이 이상하다. 조금만 틈을 보여도 치고 들어오는 남자다. 한동안 잊었던 야한 망상을 몽글몽글 피어오르게 하는 자다. 이수의 마음은 누군가 들어오길 기다린 것처럼 열리려고 한다. 그 문 앞에서 자꾸 서성이는 그자가 있고. 그게, 싫지만은 않다.

"굿모닝."

윤이 경쾌한 목소리에 문고리를 잡은 채 걸음을 멈춘다. 책상 앞에 선 메아리가 손을 흔든다. 마주치지 않아도 가뜩이나 눈에 밟히는데, 이렇게 불쑥불쑥 튀어나오는 이 자식. 윤은 아무렇지 않은 척 책상 앞에 앉는다.

"웬일이야, 아침부터. 심심하면 친구들이랑 가 놀아."

"심심해서 온 거 아니거든요? 오 초만 눈감아보세요."

"뭐?"

뜬금없는 주문에 윤이 반문하는데 노크 소리와 함께 강변호사가 문을 연다.

"죄송해요, 일 분만요."

메아리가 홱 고개를 돌려 강변호사를 노려본다.

"아, 손님 계시나?"

타이밍이 너무 딱 맞다. 참나. 보면 몰라? 분명 내가 있는 걸 알고 방해하려는 수작이 분명하다. 윤이 오빠가 저 여자를 들어오지 못하게 했으면 좋겠다.

하지만 윤은 메아리의 바람과는 달리 선뜻 고개를 끄덕인다.

"손님 아냐, 들어와."

왜 이렇게 나를 업신여기는지 모르겠다. 피해를 주는 것도 아니고, 과분한 걸 요구하는 것도 아닌데 꾸준히 무시당하는 통에 약이 바짝 오른 메아리다. 그러면서 날 위해 그 많은 컵이며 접시를 옮겨놓질 않나. 윤의 그런 태도는 나쁘다. 희망을 품게 하니까.

"고재옥씨 사건이요. 작년 삼월까지 그 회사가 상장회사였어요."

하얀 얼굴에 샐쭉하게 올라간 눈꼬리. 몸매의 굴곡을 은근히 드러내는 바지 정장 차림. 사무실에 진동하는 향수 냄새. 하나같이 마음에 안 든다. 무엇보다 두 사람이 메아리가 모르는 낯선 언어로 이야기하고 있는 것도 신경쓰였다. 강변호사가 말하고 있는 단어 중에서 메아리가 정확히 파악할 수 있는 것은 하나도 없었다.

하지만 집중하는 표정의 윤을 볼 수 있다는 건 가슴 설레는 일이기도 했다. 윤이 하는 일에 대해 들을 기회가 거의 없는 만큼, 지금 윤의 모습은 메아리에게 특별하게 다가왔다.

"삼월 이후 자료들 샅샅이 뒤져서 상법으로 풀 수 있는 구멍을 찾아. 그 수밖에 없어."

"아, 상법. 밥 살게요. 고생하세요."

"어, 강변도."

답을 얻은 강변이 미련 없이 방을 나간다. 순간 메아리는 이 자리에 없는 사람이 됐다.

"흥, 인사하면 받아줄 용의는 있었는데. 근데, 정말 궁금해서 온 거 맞아?"

그런 것치곤 너무 간단하게 끝난 거 아닌가 싶다. 꼭 윤의 방에 올 핑계를 만든 것 같다. 여자의 감이다.

"참나. 강변은 북로냐? 변호사가 법을 모르면 소는 누가 키우나?"

"바쁜 사람 시간 그만 뺏지?"

윤은 강변을 대할 때완 다르게 다시 냉랭한 태도로 바뀐다. 그 정도에 굴할 메아리가 아니다.

"오 초만 줘요. 난 일 분도 안 바래."

"그러니까 왜?"

지금 내가 무슨 짓 할까봐 노파심에 저러는 건가? 각성제로 기절시켜 밀폐된 방 안에서 밧줄에 묶어놓고 알몸으로 깨어나게 하기라도 할까봐. 수틀리면 확 그냥.

"아, 뽀뽀 안 해요. 털끝도 안 건드린다, 진짜!"

"……딱 오 초야."

윤이 메아리를 골똘히 보다 결심한 듯 눈을 감는다. 긴 속눈썹이 파르르 떨린다. 윤이 얌전히 눈을 감자 메아리가 재빨리 샘플 가죽을 손 근처에 갖다대본다. 피부가 하얀 편이라 브라운 계열도 잘 어울리고 블랙도 나쁘지 않다. 메아리가 흡족한 듯 샘플을 가방에 다시 넣는다.

콩깍지일 수도 있지만 얌전히 눈을 감고 있는 윤은 여자가 봐도 태가 곱다. 가지런히 놓인 윤의 손등에 불거진 핏줄이 윤이 남자라고 말한다. 이대로 시간이 멈췄으면 좋겠다. 보고 있어도 또 보고 싶으니까.

"오 초 지났는데."

윤이 반짝 눈을 뜬다. 꼭 뭐라도 기다렸던 것 같이 머쓱하다.

"오 초 어떻게 딱 맞춰. 너 뭐했는데."

"뭐 안 했는데? 혹시 내가 뭐하기 바랐어요?"

속마음을 들킨 것처럼 뜨끔했다. 사실, 아무것도 바라진 않았지만. 메아리가 뭘 했든 가만히 있었을 거다. 모르는 척, 예상 못 했다는 척. 연인들 사이의 '아무것도 바라는 게 없어'라는 말은 과연 진심일까.

"일해야 돼. 얼른 가."

"누군 뭐 노나? 나도 이제 신문에 나오는 그런 사람이거든요?"

"신문?"

"나도 오늘부터 비정규직이거든요."

메아리가 흠, 헛기침을 하더니 경고하듯 근엄한 표정을 짓는다.

"자동차 사이드미러에 뭐라고 쓰여 있는지 알죠?"

"사물이…… 보이는 것보다 가까이 있습니다."

"메아리두요. 강변북로랑 밥 먹기만 해봐요!"

메아리가 발랄하게 말하곤 문을 닫는다. 방이 일순 썰렁해진다. 메아리는 그 존재만으로도 얼마나 생기가 있는지. 방 안의 가구들은 당연한 말이지만 활기도 없고 생명력 또한 없다. 평소엔 못 느꼈던 감상이다. 윤이 쓰게 웃는다.

• • •

"장난이지?"

정록이 확인하듯 민숙에게 묻는다. 앞에 선 메아리가 유니폼까지 갖춰입은 채 방긋 웃는다. 그 모습에 등골이 서늘함을 느끼는 건 이정록뿐인 듯, 민숙이 흐뭇하게 메아리를 본다. 반면 정록에게 닿는 눈빛은 싸늘하다.

"예쁘고, 어리고, 게다가 유학파. 왜, 뭐 부족해?"

"물론 그렇지만…… 내 경영철학과 좀 안 맞달까? 훌륭한 CEO는 인사에 있어 학연, 지연, 혈연은 철저히 배제해야 된다고 봐, 난."

사장도 모르는 직원 채용이 어디 있단 말인가. 거기다 메아리라니. 원래 친한 사람끼리는 같이 일하는 게 아니라고 했다. 하지만 민숙의 표정을 살피니 그런 이유로 채용을 반대하는 것은 다음으로 미뤄야 할 것 같다. 위대하신 건물주께서 가게 빼라고 하면 곤란하니까. 정록이 애써 자기합리화를 한다.

"반갑다, 메알. 잘해보자?"

"굿 럭 투 유."

언중유골이란 말은 이럴 때 쓰는 거다. 정록은 기억에서 잊혀졌던 고등학교 한문시간을 떠올렸다. 역시, 제2의 박민숙이 따로 없다. 음, 임메알.

정록은 도진, 윤과 점심을 먹고 있다. 파스타를 포크로 돌돌 감다가 갑자기 몸서리를 친다. 전혀 행운을 빌지 않는 표정으로 뼈 있는 말을 남긴 메아리가 떠올랐기 때문이다.

"굿 럭 투 유래, 굿 럭 투 유. 이보다 무서운 협박이 어디 있냐고! 메아리 걔 진짜 살아 있는 감시카메라라니까!"

메아리가 말한 비정규직이 정록이 카페에서 일하는 거였구나. 정록은 속이 타겠지만 윤은 조금 안도했다. 며칠 새 벌써 당한 게 많은지 정록이 울분을 토한다.

"여자랑 말만 하면 두 눈에 빨간불 들어오면서 녹화하는 것 같애."

그러곤 포크를 쥔 손으로 양눈을 번갈아 가리키며 온! 에어! 를 힘주어 외친다. 잠자코 듣고 있던 윤이 입을 뗀다.

"제수씨 그렇게 안 봤는데 경우가 좀 심하네."

"그지!"

"물론 니가 개차반이긴 하다만 뭘 또 그렇게까지 해. 돈 많으면 다야? 아니 어떻게…… 욕에 진심이 안 담긴다."

"돈 많으면 다야? 거기부터 가식적이더라."

도진이 거든다. 암만 친구라지만 정록 편을 들고 싶어도 뭐 편들 게 있어야지. 늘 정록이 잘못하니까.

"이것들이!"

초등학생처럼 포크와 나이프를 양손에 쥔 정록이 테이블을 콩 내리친다.

"너만 결백하면 되잖아. 뭐가 문제야."

도진이 별거 아니라는 듯 말하자 더욱 발끈한다.

"왜 문제가 없어! 내가 결백할 도리가 없는데!"

장하다…… 윤이 계산서를 챙겨 일어난다.

"아, 기발한 나쁜 새끼. 일어나자."

"왜 일어나."

"너 접근금지명령 신청하러 법원 갈라 그런다, 왜?"

"태산이 아직 안 왔잖아. 오면 작전회의 해야지!"

윤을 따라 일어나는 도진을 보며 정록이 비어 있는 의자를 가리킨다.

"태산이 홍프로 만난대."

이 정도론 긴급회의를 소집할 스케일이 안 된다. 적어도 뱃속에 든 반지 찾는 스케일은 돼야 우리도 투지가 생기지.

"메아리 문젠 알아서 하는 걸로."

"그런 게 어디 있어!"

유유히 걸어나가는 도진 뒤에서 정록이 울부짖는다. 그러거나 말거나 제 갈 길 가는 두 사람이다.

* * *

눈이 시릴 정도로 하늘이 파랗다. 녹음 짙은 나무들 사이로 여러 가지 모양의 돌들이 박힌 길이 뻗어 있다. 선선한 바람에 기분이 좋다. 산책하기 좋은 날이 따로 있다면 이런 날이 아닐까. 한데 세라는 앞만 보고 걷고 있다. 태산은 그런 세라가 걱정스러웠다. 시합이 얼마 남지 않아 부담감이 큰 걸까. 대기하고 있다 세라가 연습을 마치고 나오자마자 모시고 온 건데도 분위기가 부드럽지 않다.

"컨디션 별로야? 오늘 공 잘 안 맞았어?"

태산이 세라에게 팔짱을 끼며 발랄하게 물어도 앞만 본다.

"공은 늘 잘 안 맞아. 여긴 죄다 커플들이네."

"우리도 커플이야. 그중 제일 특별한 커플이지."

"왜?"

"우리 빼고 죄다 여자 가방을 남자가 들었잖아. 난 죽어도 저런 짓 못 해."

정말 특별한 이유가 있는 줄 알았다. 세라는 절대 남자에게 백을 들게 하지 않는다. 백을 남자에게 맡기는 건 패션의 완성을 포기하는 짓이므로.

"좋은 백을 드는 여잔 절대 자기 백을 남자한테 들게 안 해."

세라는 여전히 뚱한 표정이다. 태산은 평소보다 오버해 세라의 볼을 살짝 꼬집는다.

"이러니 어떻게 안 이뻐, 이러니."

우쭈쭈라도 할 기세다. 요즘은 이렇다 할 다툼도, 소모적인 설전도 없었다. 처음부터 서로 추구하는 연애의 패턴이 너무 달라 마찰을 많이 빚었다. 이제는 서로 지친 구석도 있고, 체념하는 지점들도 생겨 이전처럼 치열하게 다투진 않는다. 세라는 문득 불안감이 엄습해왔다. 안정감을 주는 연애를 해왔던 것으로 보이는 태산에게는 내가 꽤 색달랐을 것이다. 어디로 튈지 모르는 세라가 꽤 자극적이고 신선했을 것이다. 하지만 관계를 오래 유지하는 비결은 무엇보다 안정감이라는 걸 머리로는 잘 알고 있다. 머리로만 알고 있다는 게 문제다. 몸은 하던 거에 익숙하니까.

태산은 좋은 남자다. 자신을 평생 여자로 살게 해줄 수 있을 거란 확신도 있다. 그래서 불안하다. 이수의 감정을 확인한 뒤엔 더더욱 자주 불안이 덮쳐온다.

"나 안 지겨워? 나랑 헤어지고 싶었던 적 없었어?"

"왜 없어. 마흔네 번까지 세다가 말았는데."

"근데 왜 안 헤어졌어? 맘속에 딴 여자 꿍쳐두고 있을지 어떻게 알아."

태산은 정말 아무것도 모를까. 넷이 함께 식사하던 자리에서 태산을 좇던 이수의 시선 하나하나가 신경쓰였던 건, 나뿐이었나.

"인마, 넌 그렇게 날 보고, 듣고, 만져보고도 모르냐? 맘속에 꿍쳐둘 정도로 좋은 여자면 뭘 망설여, 너 버려야지."

"뭐?"

"적어도 너 모르게 뻘짓은 안 한단 얘기야."

잠깐 동안에도 이 남자는 이렇게 마음을 들었다 내려놓는다. 그런 태산이 얄미워 눈을 흘긴다. 태산이 흘끗 손목시계를 본다. 곧 회사로 복귀해야 한다. 이번엔 세라가 태산에게 팔짱을 낀다.

"나 오늘 같이 있을래."

다 큰 어른들의 세계에서 '같이 있자'는 말은 관용구나 다름없다. '쉬고 가세요, 아니면 자고 가세요?'라는 말만큼이나.

세라가 이제는 부끄러움을 연기한다. 새침하게 눈을 내리깐다. 요새 좀 뜸해서 좋아할 줄 알았는데, 태산은 뒷머리를 긁적인다. 곤란해하는 것 같았다.

"우리 집은 메아리 땜에 좀 그런데."

"우리 집 가 있어. 나 시합 준비 스트레스 받아서 차려입고 어디 가기 귀찮아."

"이수씨 있잖아."

태산 입에서 이수 이름이 나오는 게 한두 번도 아닌데 영 거슬린다. 이수는 오늘 1박 2일 산행으로 집에 없다. 만약 있다 하더라도, 데려갔을 것이다. 지금 기분이라면.

· · ·

내 신세야. 황금 같은 개교기념일에 등산복 차림으로 무거운 코펠에 백팩이나 든 꼴이라니. 터덜터덜 대문을 나서는데 주머니에서 진동이 느껴진다. 박선생이다. 액정을 확인한 이수가 눈썹을 찡그린다. 이게 무슨 개코 같은 상황이야? 오늘 산행이 취소됐다는 문자였다. 차 막히는 시간을 고려해 여유 있게 도착하려고 부지런 떨었는데, 황됐다. 이수가 손이며 등의 짐들을 털썩 내려놓는다. 빨리 알려주기라도 하던가! 이수가 험악한 얼굴로 상냥한 내용의 답장을 찍고 있다. 이모티콘까지 넣어가며.

"서이수씨 댁 맞습니까?"

꽤 큰 상자를 든 택배기사였다. 택배 시킨 거 없는데. 직접…… 입으실 거죠? 택배기사가 난감한 표정으로 물었다. 이수가 고개를 갸웃한다.

코펠에 백팩에 택배 상자까지 바리바리 든 이수가 현관에 대충 짐을

내려놓는다. 상자를 보자 택배기사가 왜 난감해했는지 알 것 같다. 송
장의 배송시 요구사항에 '울 쌤이 안 입겠다고 할 경우 직접 입혀주세
요'라는 친절한 문구가 적혀 있었다. 내가 못 살아. 뭘 보낸 거야. 저번
에 초콜릿 사건도 그렇고, 성의는 고맙지만, 메아리의 선물은 어딘가
불길하다.

　걱정스런 마음으로 상자를 뜯자 파티에나 입고 가야 할 듯한 빨간색
미니드레스와 손바닥만한 호피무늬 클러치백이 들어 있다. 원피스는
짧을 뿐 아니라 한쪽 어깨가 드러나는 디자인이다. 게다가 화사함을 뽐
내는 새틴 재질. 입고 갈 데가 있을지나 모르겠다. 임메알, 미국 물 먹
더니 패션 센스도 과감하기 그지없구나. 그래도 은근히 좋긴 하다.

　현관 전신거울에 비친 모습이 썩 괜찮다. 세라 샌들까지 갖춰 신자
다리 라인이 더 산다. 낮에는 윤리 교사, 밤에는 밤에 피는 장미. 지킬
박사와 하이드 같은 섹시함이라고나 할까? 오프 숄더라 그자가 극찬한
쇄골이 부각되기도 하고.

　곧게 뻗은 쇄골을 어루만지는데 도진이 떠오른다. 보는 눈은 있어가
지고. 혼자 괜히 민망해진 이수가 뭉게뭉게 피어오르는 도진을 없애기
라도 하듯 팔을 휘휘 젓는다. 뒤돌아서서 뒤태가 어떤지도 확인한다.
고개를 돌려 허리에서 이어지는 엉덩이 라인도 비춰보고 가슴도 더 빵
빵하게 앞으로 내밀어본다. 가슴골을 모아주는 브래지어라도 사야겠
다. 일본 게 확실히 모아준다는데. 가슴이 더 커 보이도록 양팔로 감싸
안아보는데 도어키 누르는 소리가 들린다. 세란가?

　문을 열고 들어선 건 손에 와인 한 병을 든 태산이었다. 이수의 차림
을 보고 한 걸음 물러선다.

　"어, 미안해요. 이수씨 산행 가고 없는 줄 알고, 그럼 나중에……"

"아, 아뇨, 들어오세요. 제가 나가던, 길이거든요, 네."

"그래서 복장이⋯⋯"

복장? 하는 표정으로 이수가 제 몸을 훑어본다. 아 맞다, 이런 부끄러운 차림이었지.

"원래 산행 갈라 그랬는데 도련님이 아가씨랑 온다고 해가지구, 다행히 파티를 하기로 했거든요. 어머, 늦었네."

이수가 상황을 수습하려 해보지만 두서없기 그지없는 변명이다. 말을 하는 자신도 무슨 말을 하고 있는지 잘 모르겠다. 그건 그렇다 치고. 가장 중요한 말이 남았다.

"세라한텐 오늘 못 들어온다고 전해주세요. 자고 온다고."

"도련님이랑요?"

"네에. 아, 아뇨! 전 아가씨랑. 그럼, 태산씨 고생하⋯⋯ 가보겠습니다⋯⋯"

"고생, 은 고생인데⋯⋯"

태산이 달아오른 얼굴에 찬 와인 병을 가져다댄다. 고생, 고생이라⋯⋯ 달아오른 얼굴은 식을 줄을 모른다. 서이수 이 멍충아! 뭘 고생하라는 거야. 어떤 광경을 잠시 떠올렸다 거세게 도리질을 친다. 아아, 난 이제 어쩌면 좋지. 이수도 붉어진 얼굴을 수습하지 못한 채 빨간 드레스 차림으로 후다닥 달려나간다.

나온 것까진 좋았는데, 이제 어떡하지.

거실엔 포인트 조명만 아늑하게 켜져 있다. 곳곳에서 은빛 촛대에 꽂힌 촛불이 반짝인다. 소파에 편히 기대앉은 태산은 생각에 잠긴 듯 와인 잔을 입술에 대고 있다. 손은 본능적으로 세라의 허벅지를 부드럽게

\times\times\times

쓰다듬는다.

"음, 짜릿해. 너무 맛있다."

"……그래?"

"아까부터 왜 그래? 무슨 걱정 있어?"

태산이 거의 한 모금도 안 마신 와인 잔을 테이블에 내려놓는다.

"우리 그냥 나가 놀자."

흥을 깨는 말에 세라가 얼굴을 구긴다.

"너 혼자 사는 집도 아니고……"

"나 혼자 사는 건 아니지만 여긴 엄연히 내 집이야. 걸리는 게 정확히 뭔데."

"아까 들어오다 이수씨랑 마주쳤거든. 근데 좀 그렇더라고. 집 비우길 기다린 놈처럼 득달같이 달려온 모양새도 좀 그렇고, 괜히 우리 때문에 나간 거 같아서 좀 미안하기도 하고."

어차피 이수는 오늘 밤 돌아오지 않는다. 신경쓸 건 아무것도 없다. 그게 이수라면 더욱 신경쓰고 싶지 않다. 세라가 술맛 떨어진다는 듯 잔을 탁 소리나게 내려놓는다.

"지금 나보다 이수를 더 신경쓰는 거 알아? 내가 피곤하건 말건 이 집에 있는 게 이수한테 민망하니까 나가자고? 언제부터 이수가 그렇게 중요했어?"

세라가 태산의 손을 뿌리치고 바로 앉는다. 태산 입장에서 신경쓰이는 것도 이해 못 할 일은 아니다. 그렇지만 태산의 우선순위에서 이수에게 밀린 것 같아 화가 난다.

지금 태산이 가장 배려해야 할 건 나다. 우리 틈에 이수가 낄 필요는 없다.

"너 시합 때문에 예민한 거 알아. 부담 큰 것도 알겠어. 그래서 나한 테 투정부리는 건 이해해. 근데, 이수씬 니 친구야. 이수씨한테 그러는 건 못나 보여."

"못나, 보여?"

세라의 상태를 보니 더 있다간 다투는 일밖에 안 남은 것 같다. 태산이 일어나 팔에 재킷을 걸친다.

"지금 가면 끝이야."

"쉬어. 피곤해 보인다."

세라의 으름장에도 태산은 잠시 서서 세라를 보다가 그대로 현관으로 향한다. 가는 초가 촛농의 무게를 이기지 못하고 휘어져내린다.

. . .

공원 벤치에 앉아 게임을 하던 이수가 입술을 꾹 깨문다. 액정에 GAME OVER가 뜬다. 신기록 세울 수 있었는데. 내리 게임을 했더니 배터리가 얼마 없다. 지나가는 사람들이 자꾸 쳐다봐서 쪽팔려 죽겠고. 남은 시간이 구만리 같다. 더이상 할 일이 없어진 이수가 메아리에게 전화를 건다. 어깨와 볼 사이에 핸드폰을 끼고 클러치를 여는데, 품질 보증서만 달랑 들어 있다.

"네, 쌤."

"야! 너 대체 나한테 무슨 짓을 한 거야! 니가 보낸 옷 때문에 완전 불행해졌으니까 너 지금 택시비 들고 당장 텨와."

"드레스 도착했어요? 완전 예쁘죠!"

남의 사정도 모르고 마냥 발랄한 메아리의 목소리에 이수가 이를 악문다.

"너무 예뻐서 한 백여 명이 쳐다보고 있으니까 당장 뎌오라고!"

"저 바빠요, 그냥 저희 집으로 오세요. 택시비 들고 나갈게요."

"너희 집 어딘데!"

한적한 골목으로 들어선 택시가 단독주택 앞에 선다. 이수네 집 주위에는 이렇게 큰 집은 없다. 메아리가 제 키보다 한참이나 높은 대문을 밀고 나온다. 이수는 멀뚱히 서서 높은 담이며, 잘 관리된 정원수를 보다 주변의 집들이 대부분 그렇다는 걸 깨닫는다. 부촌이라는 데는 이런 분위기를 풍기는구나. 잘사는 집 딸이라는 거, 진짜인가보다.

메아리가 이수 팔을 잡아당긴다.

"뒤에 차 와요."

"너 정말, 부잣집 딸이야?"

"가정방문 오셨어요? 잠깐, 저거 오빠 찬데? 울 오빠 세라 언니랑 있다면서요."

"어? 여긴 왜 왔지? 어떡해……"

숨을 곳 없나 우왕좌왕하는 이수를 보고 메아리가 혀를 찬다.

"피하기엔 늦은 거 같은데."

메아리의 그 말이 끝나자마자 태산이 의아한 얼굴로 멈춰 선다. 왜 여기 있냐는 눈빛이다.

"그게, 메아리랑 같이 가는 파티여가지구요. 뭐하고 있어. 얼른 준비하고 나와."

이수가 간절한 눈빛으로 메아리를 쳐다본다. 나에게 발생한 피해의 대책 및 보상에 엄연히 책임이 있다, 너. 그러니 제발…… 이수의 애절한 눈빛에 메아리가 인상을 팍 찌푸리더니 군말 없이 집으로 들어간다. 다행이다.

"근데 태산씨는 무슨 일로……"

"아, 뭐 좀 가지러 왔어요. 세라가 먹고 싶다는 와인을 놓고 가서. 그럼."

태산이 어색하게 목례하고 대문 안으로 들어간다. 태산의 뒷모습을 눈으로 좇는데 집의 규모가 새삼 눈에 들어온다. 높은 담장과, 위엄 있게 쌓인 벽돌들. 그것들이 꼭 태산과 이수 사이에 놓인 물리적 거리감 같다.

곧 핫핑크 미니원피스로 갈아입은 메아리가 총총 걸어나온다.

"아 진짜, 쌤 땜에 이게 뭐예요!"

"이게 다 니가 보낸 옷 때문이거든? 나 돈 없어. 택시비 낼 니가 정해."

"진짜죠? 내가 가고 싶은 데로 갑니다?"

이제 더 생길 일이 뭐가 있겠는가. 체념한 이수가 귀찮다는 듯 손짓을 한다. 그러지 말았아야 했다.

쿵쾅쿵쾅, 시끄럽게 울려대는 일렉트로닉 음악에 귀가 찢어질 것만 같다. 클럽 입구에 들어섰을 때부터 후회했다. 내가 왜 자청해서 메아리를 따라왔을까. 나이 서른다섯 먹고 클럽이라니. 이수가 주위를 두리번거린다. 어딜 봐도 혈기왕성한 이십대 청춘뿐이다. 앞에 앉은 메아리의 친구들도 역시나. 둘러보느라 정신없는 이수의 어깨를 메아리가 감싼다.

"이분은 나 고2 때 담…… 담 타다 알게 된 언니!"

언니?! 메아리가 샐샐 웃으며 혀를 내민다. 기도 안 차서 팔짱을 끼는데 군대도 안 갔다온 것처럼 보이는 솜털 보송한 남자애가 능글맞게 시선을 보낸다.

"누나, 완전 내 스타일이에요."

"야, 저 누나 아까부터 나만 계속 쳐다보고 있거든?"

기도 안 찬다. 요즘 것들은 거침없기 그지없구나. 쿵쾅대던 음악이 묵직하게 내려앉는 음악으로 바뀐다. 메아리가 선동하자 친구들이 우르르 스테이지로 나간다. 잡을 새도 없었다.

혼자 덩그러니 남은 이수는 어떻게 해야 할지 막막하다. 앉은 지 삼십 분이나 지났지만 클럽은 적응 안 돼 죽겠고 드러난 어깨는 민망하고. 물끄러미 술잔을 만지는데 태산의 웅장한 집이 스친다. 태산의 소탈하고 털털한 모습에 막연히 그려온 이미지가 따로 있던 게 사실이다.

그런 집에 사는구나. 거리가 더 벌어진 것 같아 왠지 씁쓸하다. 그냥 가야겠다 싶어 클러치를 챙긴다. 스테이지는 춤추는 사람으로 가득 차 있고 메아리는 코빼기도 안 보인다. 가까이 가 틈을 헤집고 찾아봐도 없다. 바를 둘러봐도 마찬가지다.

"또 뵙네요?"

이놈의 인기는. 당연히 작업이라고 생각한 이수는 쳐다보지도 않고 메아리에게 전화를 건다.

"직업이랑 안 어울리게 도발적인 면이 많으신가봐요. 차도 훔치고 클럽에도 오시고."

"내가 예쁜 건 알겠는데, 불행하게도 너만한 제자가 수두룩 빽빽이거든요? 그니까 딴 데 가서 놀아라!"

이수가 도끼눈으로 쳐다봐준다. 하지만 지금은 메아리를 찾는 게 더

급하다. 도대체 어디니. 이수는 어둠침침한 클럽 안을 두리번거리며 메아리를 찾아다닌다. 콜린은 픽 웃더니 사라지는 이수의 뒷모습을 본다.

"저기요! 여기요!"

이수가 무일푼 신세로 클럽을 헤매고 있을 때 메아리는 화장실에 갇혀 있었다. 다시 문을 쾅쾅 두드린다.

"밖에 아무도 없어요?"

있는 힘껏 소리쳐봐도 쿵쾅거리는 음악 소리만 답할 뿐 아무 인기척도 없다. 문고리를 다시 힘주어 당겨본다. 뭐에 걸렸는지 도통 열리질 않는다.

"여기 사람 있어요! 아무도 없어요?"

마침 남자 화장실로 들어가려던 콜린이 쿵쿵대는 소리에 여자 화장실을 들여다본다.

"아무도 없어요?"

거세게 문 두드리는 소리와 절박한 목소리가 울린다. 맨 안쪽 칸이다. 콜린이 소리 나는 곳으로 천천히 다가간다.

"무슨 일이죠?"

"어?! 저 좀 살려주세요. 안 열려요. 죄송하지만 여기 직원 좀 불러주실래요?"

"문에서 비켜요."

"예?"

콜린이 뒤로 슬슬 걸으며 거리를 잰다.

"최대한 벽 쪽으로 비키라고요. 다치니까."

무슨 소린지는 모르겠지만 구원의 손길을 놓칠 순 없다. 메아리가 화장실 구석으로 몸을 바짝 붙인다. 둔탁한 게 부딪히는 소리가 들리더니 우지끈 문고리가 떨어져나간다. 쾅 소리와 함께. 문고리가 떨어진 문이 힘없이 열린다. 열린 문 사이로 남자애 하나가 보인다. 흰 얼굴에 갈색 머리를 한. 방금 전 힘껏 문을 걷어찬 사람치곤 담담한 얼굴이다.

메아리는 휘둥그레진 눈을 한 채 콜린을 보고 있었다. 어디서 본 듯도 하고.

"안 나와요?"

"아, 네. 그냥 사람을 불러주지 왜……"

이 여자, 기껏 구해줬더니 한다는 소리가. 콜린이 옷매무새를 가다듬는다.

"나도 급해서요."

담백하게 돌아선 콜린이 남자 화장실로 향한다. 내가 너무 구해준 보람도 없이 굴었나. 메아리가 그제야 누군지 생각난 듯 손뼉을 친다. 비행기에서 본 그 이어폰?

메아리한테선 여전히 아무 연락도 없다. 미치겠네…… 이수가 다시 문자 찍으며 초조하게 입구로 향한다. 무슨 일 생긴 건 아니겠지? 하는데 아까 바에서 작업 걸던 남자애가 퍼뜩 떠오른다. 왠지 낯이 익다 했다.

"혹시 고등학생?"

콜린은 헤드폰을 목에 건 채 손엔 지도를 들고 있었다. 이수가 잠시 망설이다가 태운 게 떠올랐다. 고등학생이 무슨 히치하이킹인가 싶어 태우면서도 의아했는데.

"가출?"

"여행이요."

도진의 차를 멋대로 끌고 강릉의 원정경기장으로 가는 길에 마주쳤던, 그 고등학생이었다. 잠깐, 고등학생이 이런 데 오면 안 되지 않나? 이 자식이. 고등학교 윤리 교사로서 모른 척할 수 없는 사안이다. 다시 들어가려는데 마침 콜린이 나온다. 딱 걸렸어!

"어이, 청소년!"

"기억이 나셨나보네."

콜린은 이수의 근엄한 목소리에도 아랑곳 않고 씨익 웃는다.

"그래, 났다. 너 고딩이 어디 이런 델! 술도 먹었지!"

"제가 한이 많아서요."

허리에 한 손을 얹고 훈계하듯 손가락질을 하는데 꿈쩍도 않는다. 무슨 말을 해도 씨알도 안 먹히는 포커페이스인 게 꼭 누구랑 닮았다.

"너 일루 와. 부모님 연락처 대."

이수가 손을 뻗어 목덜미를 낚아채려 했지만 여유롭게 피하며 뒷걸음질치는 콜린이다.

"우리 인연은 여기까지……"

콜린이 하얀 얼굴에 시원하게 빠진 눈매로 미소짓자 이수는 낯설어진다. 저 아이는 한국인이 아닌가. 혼혈일지도 모르겠다. 암만 봐도 좀 다른 차원의 아이 같다.

"야! 거기 서! 거기 안 서?"

재차 손을 뻗는데 콜린은 여유롭게 뒷걸음질이다. 호리호리한 몸이다. 얼핏 보면 가볍게 춤을 추는 듯 보이기도 한다. 몸의 선이 예뻐서 그런가.

골목으로 사라진 콜린을 보며 다시 메아리에게 전화를 거는데 전화를 받을 수 없다는 안내음이 나온다. 핸드폰 배터리도 거의 없다. 연락처를 뒤져봐도 마땅히 도움을 청할 인물이 없다. 그러다 눈에 뜨인 게, 부재중으로 표시된 '꽃다운 그자'. 이수라고 썩 내키는 것은 아니지만 어쩔 수 없다. 그자가 전화하라고 하지 않았나. 전화를 받으라고 했던가? 찬밥 더운밥 가릴 처지가 아니다. 무엇보다 너무 추웠다.

• • •

진동이 온다. 운전중이던 도진이 핸드폰 액정을 확인한다. 서이수다. 뒷좌석에 놓인 노트북 상자를 힐끔 본다. 노트북을 빌미로 이수를 볼 기회가 한번 더 생긴 셈이다. 도진이 일부러 잠시 기다렸다 전화를 받는다.

"어쩐 일이에요?"

"혹시 지금…… 어디세요?"

"우리가 벌써 그런 사이가 된 겁니까?"

"그런 게 아니라…… 음…… 제 모니터 어떡하실 건데요?"

"이 늦은 시간에 이렇게 뜬금없이 그게 궁금하다?"

"제가 지금 신사동 사거린데요. 저를 픽업해주시는 것으로 모니터 보상을 대체해드리는 솔깃한 제안을 할까 해서요."

이 여자가 곤경에 빠진 모양이다. 다 알면서 도진은 절대적으로 불리한 상황인 이수를 조금쯤은 놀려주고 싶다. 여자의 부탁은 때로 애태우는 게 좋을 때가 있다. 이수가 또 어떤 리액션을 보여줄지 관전하는 재미를 놓치고 싶지 않기도 하고.

"별로 안 솔깃한데. 그러니, 데리러 와라? 어쩌나. 내가 지금 바쁜데."

"아우, 제가 오죽하면 김도진씨한테 전활 했을까요! 본인이 짝사랑
하는 여자가 돈 한푼 없이 길에서 거리의 여자처럼 홀렁 벗고 서 있다
고요, 지금! 막, 마음이 안 아픈가?"

이수의 마지막 멘트에 도진이 웃음을 참는다.

"돈 제일 많이 부르는 놈 차 타요."

이정표가 나온다. 도진이 신사동 방향으로 핸들을 돌린다.

"여보세요, 여보세요!"

통화는 이미 끊긴 상태였다. 무슨 놈 차를 타라고?! 애매한 도진의
대답에 이수가 입을 삐죽거린다. 오겠다는 거야 말겠다는 거야. 위태위
태하던 배터리도 도진과의 통화를 끝으로 방전된다. 이제 정말 오도가
도 못 하는 상황이 됐다. 이수가 헐벗은 어깨를 감싸안는다.

같은 시각, 윤과 강변은 정록의 바를 나오고 있었다. 정록이 입구까
지 나와 배웅한다.

"반가웠어요, 강변호사. 자주 자주 오세요."

낯선 여자 앞에만 서면 신사로 돌변하는 정록이다. 참 꾸준하다. 강변
은 그저 은은하게 웃는다. 정록은 굳이 할 필요 없는 말까지 덧붙인다.

"우리 최변호사 괜찮은 놈이에요, 아시죠?"

"너 왜 자꾸 쓸데없이. 들어가, 얼른."

"너나 쓸데없이 선 좀 긋지 마. 강변호사, 파이팅!"

손을 들어 파이팅 구호를 외친 정록이 바 안으로 들어가자 둘만 남은
상황이 괜히 뻘쭘하다. 새끼, 괜한 말을 해갖고선……

"차는 어떻게 할 거야."

"대리 불렀어요."

"여자 혼자 대리 좀 그런데."

자정을 넘긴 것까지는 아니었지만 워낙 흉흉한 세상이다. 윤은 후배에 대한 책임감으로 직접 데려다줘야 하나 싶기도 하다. 강변이 잠시 머뭇거린다. 할 말이 있나 싶어 윤이 부드럽게 쳐다본다. 그 눈빛에 강변이 수줍게 웃는다.

"그 여자분…… 아니, 여자애라고 해야 되나? 누군지 물어봐도 돼요?"

메아리에 대해서 묻는구나. 뭐라고 해야 할까, 메아리에 대해. 누가 이렇게 물어본 적이 있던가? 아니, 내게 메아리가 어떤 사람인지 정리해본 적이 있던가. 윤이 머릿속으로 천천히 단어를 고르고 있다. 한 번 내뱉으면 메아리와 자신과의 관계가 그렇게 고정되기라도 할 것처럼. 어쩜 지금의 나는 빗길을 걷고 있는 게 아닐까. 비를 맞거나, 비를 피하거나. 나는 비를 피하기를 원하는가.

"태어난 순간부터 지금까지 지켜본 아이."

나이차가 많은 태산의 여동생, 메아리. 윤에게는 당연한 대답이었지만, 강변에게는 당연하게 들리지 않았다. 조금 놀란 표정으로 윤을 보는데 윤은 알아차리지 못한다. 윤은 메아리가 입었던 체크무늬 원복부터 처음 하이힐 신고 나타나서 여자처럼 굴던 것까지 생생하다. 여자가 된 메아리를 보고 당황하던 윤 자신도. 잘 넘어지지만 보란 듯이 일어나던 아이. 무릎에 멍이 가시질 않아도 씩씩하게 놀던 아이. 그러고 보니 메아리가 운 걸 본 적이 없다. 메아리는, 메아리는 울어서는 안 된다. 눈물과 메아리는 어울리지 않는다.

"대리 부르셨죠."

윤을 먼저 발견한 대리 운전기사가 다가온다. 윤이 차 뒷좌석의 문을 연다.

인파가 몰려 있는 클럽을 보니 여기만 밤이 아닌 것 같다. 입장을 기다리며 길게 줄 서 있는 청춘들이 있다. 그러다 날이 밝아오면 좀비처럼 기어나오겠지. 도진이 클럽 앞에서 멈추기 위해 속도를 서서히 늦춘다. 도진의 시야를 점령했던 어린 남녀가 사라지자 그제야 이수가 보인다. 거리 여자처럼 보이진 않지만 확실히 파격적인 차림이긴 하다. 저건 또 무슨 상황일까. 픽, 웃음이 난다. 그때 외제차 한 대가 이수 앞에서 멈춘다. 도진이 눈썹을 움찔한다. 이수는 차 안을 보면서 클러치로 가슴을 가린 채 차에 탄 사람과 이야기하고 있다. 뭐가 좋은지 연신 웃고 있다. 이수의 몸이 점점 조수석 쪽으로 기울어진다. 아니 저 여자가! 아예 차 안으로 얼굴을 들이밀고 있다.

도저히 참을 수 없다. 도진이 분노를 담아 액셀을 꾹 밟는다. 내가 지금 무슨 짓을 하는 건지 생각하는 건 나중에 하는 걸로.

도진이 그대로 돌진해 외제차를 들이받는다. 순식간이다. 쾅. 이수가 비명을 지르며 한 걸음 물러난다. 이수가 입이 다물어지지 않는다는 표정으로 사고 낸 차를 본다. 아니 저기 왜, 저자가. 꽃다운 그자가 눈을 부릅뜨고 운전석에 앉아 있다. 자기가 받았으면서 되레 본인이 화난 표정이다. 이수는 자기가 보고 있는 이 광경을 믿기가 힘들다.

5. 생생한 게 문제라면 키스를

대리 운전기사가 부드럽게 코너를 돈다. 뒷좌석에서 윤의 옆얼굴을 보고 있던 강변은 입술을 잘근 씹는다. 그 여자애에 대해 더 물어보고 싶지만 그러지 않기로 한다. 아까 본 윤의 표정에는 자신이 들어갈 틈이라고는 없었다. 그 여자애 생각을 하고 있는 건가. 아까부터 창밖만 보고 있는 윤이다. 강변은 하릴없이 셔츠 자락을 만지작거린다.

한 아이가 태어날 때부터 성인이 되기까지를 지켜본다는 건 어떤 걸까. 그러면서도 그렇게 감정을 내색하지 않다니, 대단한 자제력이다. 윤이 더 멋있게 느껴진다.

"태어날 때부터 지금까지 누군갈 지켜본다는 건, 어떤 기분이에요?"

윤은 미동 없이 창밖에 시선을 고정한 채다. 어떤 표정을 하고 있을까.

"⋯⋯행복이자 불행인 기분."

목소리에 쓸쓸함이 묻어났다. 조금 더 용기를 내본다. 윤이 어떤 대답을 한다고 해서 그를 향한 자신의 감정이 달라지는 건 아니다. 오래되었다면 오래되었고, 무겁다면 무거울 수도 있다. 어쩌면 스스로를 좀 더 괴롭히고 싶은 건지도 모른다. 혹은 실낱같은 희망을 원하거나. 강변도 자신의 마음을 잘 모르겠다.

"그 친구, 선배 좋아하는 것 같던데…… 그죠."

윤은 차창 밖을 스치는 밤의 풍경만 바라본다. 오늘이 아니면 그 여자애에 대해 물을 일은 아마 더는 없을 것이다. 취하지는 않았지만 적어도 취한 척은 해도 될 것 같은 날이니까.

"어?"

윤이 갑자기 시트에서 몸을 일으킨다. 클럽이 모여 있는 거리다. 화려한 차림의 저 여자를 보고 있는 건가.

"기사님, 저기 앞으로 차 잠시만 세워주세요."

마지막 희망인 도진에게 외면당하자 이수는 어떡해야 좋을지 모르겠다. 하염없이 메아리를 기다릴 수도 없고, 집에 갈 수도 없다. 핸드폰 배터리마저 방전됐다. 사면초가에 진퇴양난이다. 어떡하지. 드러난 다리에 한기가 느껴진다. 더는 도움을 청할 데가 없다. 괜히 두리번거리고 있는데 이수 앞에 차가 한 대 와 멈춘다. 조수석 창문이 열리더니 반가운 얼굴이 드러난다.

"서선생님 맞구나. 택시 잡으세요? 아님 누구 기다리세요?"

최변호사가 이렇게 반가울 수가 없다. 이수가 창으로 가까이 다가가 몸을 숙인다. 클러치로는 가슴을 가린 채.

"둘 다긴 한데 둘 다 확실치가 않네요. 실은 제가 지금 핸드폰 배터리도 없고, 돈도 없거든요."

"그럼 지금 귀인을 만나신 건가요?"

"네, 맞아요."

윤 아니면 정말 거리 여자처럼 어떤 험한 꼴을 당할지 모르는 상황이었다. 이수가 활짝 웃고 있는데 뒤의 차가 이상하다. 멈춰 서야 하는데 멈추지 않는다. 쾅. 손쓸 틈도 없이 윤이 탄 차를 격하게 들이받는다. 악! 저도 모르게 소리를 지르며 이수가 뒷걸음질친다. 충격으로 윤이 앞으로 쏟아진다. 이게 무슨…… 무식하게 박아댄 뒤차의 운전석엔 도진이 앉아 이수를 쏘아보고 있었다.

"괜찮으세요?"

윤이 급히 내려 이수를 살핀다. 뒷좌석에 앉은 강변도 놀랐는지 가슴을 부여잡고 있다.

"괜찮아?"

"예, 선배. 괜찮은 거 같아요. 뭐예요? 왜 서 있는 차를 받아?"

"차에 있어. 뭐 저런 놈이……"

"김도진씨예요."

"네?!"

도진은 차 문을 신경질적으로 열고 씩씩대며 걸어온다. 왜 흥분했는지는 모르겠지만 걸음이 거칠다. 이수 앞에 선 놈의 뒤통수를 뚫을 기세로 이글거리며 쳐다보는데…… 어디서 많이 본 남자다. 도진이 숨을 삼킨다. 망했다.

"지금 이 차 받은 놈이 너냐?"

"이런 우연이. 누구 차냐, 이거?"

뒷좌석에서 상황을 보고 있던 강변이 내리자마자 범퍼부터 확인한다. 나갔네. 획 고개를 들어 인상을 구긴다.

"아는 분이에요?"

"부끄럽게도 내 친구네……"

이수도 같은 마음이다. 이런 짓을 하다니 이자가 정신이 나간 게 틀림없다.

"너 어떡할 거야. 이게 얼마짜리 찬 줄 알아?"

윤이 애먼 목소리로 호통을 친다. 매우 쪽팔린 상황이지만 애써 표정을 가다듬은 도진이 강변에게 명함을 건넨다.

"연락 주세요. 보험처리 없이 다이렉트로 보상해드리겠습니다. 시간 되시면 나이롱으로 입원하셔도 좋고."

"혹시 너, 차 일부러 받은 거냐?"

도통 이해가 안 되는지 윤이 발끈해서는 묻는다. 그러자 도진이 이수를 힐끔 본다. 왜 날 보는 거야. 괜히 민망해진 이수가 클러치로 하관을 가린다.

"안 받았으면 이 여자가 그 차에 올라탈 기세여서."

입이 절로 벌어지는 상황이다. 이수가 윤의 눈치를 살핀다. 윤은 도진의 설명을 듣고서야 이 말도 안 되는 행동에 당위성을 부여한 듯하다. 간신히.

"너 혹시……"

"맞아. 제 번호 아시고, 윤이 친구니 도주 안 할 건 더 잘 알고, 물어줄 의지 분명하고, 됐지? 간다."

저 자식은 뭐가 저렇게 당당해? 윤이 이수를 잡아 이끄는 도진을 보며 피식 웃는다. 이수에게 꽤나 진심이라는 걸 여실히 보여준 행동이긴 했다. 질투에 눈먼 남자를 이길 자가 누가 있겠는가. 윤이 강변과 함께 다시 차에 오른다.

"아니 어떻게 고의로 차를 부수지?"

도진은 앞만 보고 운전중이다. 차에 오르자마자 이수는 기막히다는 말을 수십 가지 동의어로 변주해 늘어놓고 있었다. 도진은 이수의 그 말이 듣기 싫지 않다.

"그만한 가치가 있는 일이라서."

차를 지나치게 사랑하시는 도진인 걸 안다. 그러므로 이자의 이런 태도에 대해서 어떻게 대응해야 할지 모르겠다. 진심인지 장난인지, 얼굴빛 한 번 안 변하고 툭 던지는 말들. 도진의 말들로 짜증난 적이 많았지만 지금은 장난 같지 않다. 그 애지중지하시는 차로 남의 차를 들이받은 것도 그렇고. 뭐야, 장난이 아니었으면 좋겠다고 지금 나 생각하고 있는 건가, 혹시?

"감동적이라고 말해도 좋아요."

"애꿎은 차 작살내놓은 게 감동이에요?"

"난 서이수씨 데리러 여기까지 온 거 말한 건데."

"그, 그건 고마워요. 차는 제가 보상 못 해드려요."

해달라고 한 적도 없다. 내가 멋대로 낸 사고니까. 그러고 싶었으니까. 도진이 핸들을 꺾는다. 이수네 집으로 가는 방향이다. 이정표를 본 이수가 입술을 잘근 씹는다. 내가 집에 갈 수 없는 자초지종에 대해 인지시켜줘야 할 시점이다.

"저…… 집에 못 가요."

"지금 유혹하는 겁니까?"

도진이 웃음기 있는 목소리로 묻자 이수가 퍼뜩 가슴께를 가린다.

"지금 집에 태산씨랑 세라 있다고요. 1박 2일 산행 가기로 했었는데 취소됐거든요. 둘은 그걸 모르고요."

"뭐, 개연성은 있네. 호텔 갑시다, 그럼."

무슨 개연성?! 내가 자기랑 함께 있을 만한 구실을 댔다고 자기 멋대로 착각하는 건가, 지금. 이수가 극구 부인하며 손사래를 친다.

"유혹하는 거 아니라니까요! 일단 삼만원만 꿔주시구, 저희 동네로 데려다주세요. 자주 가는 찜질방 있어요."

"뜨거운 데가 좋아요? 그럼 호텔 룸 온도 높여줄게요. 룸 키도 발목에 걸고 싶음 걸어요."

"아우 진짜! 그냥 삼만원만 빌려달라고요!"

어쩌다보니 도진에게 신세지는 일들이 자꾸 생긴다. 이수는 입을 앙 다문다. 잡히기만 해, 임메아리.

도진이 주차장으로 들어선다. 전에도 만취해서 온 적 있다. 도진의 회사가 임대해 쓰는 레지던스라고 했다. 제정신으로 오니 그날의 기억이 확연하다. 차에서 내린 도진은 그제야 불안해진다. 평소에는 표정 변화가 거의 없는 얼굴의 눈썹이 움찔거린다. 차마 차 쪽은 쳐다보지도 못한 채 부자연스럽게 걸음을 옮긴다. 그런 도진을 뒤에서 지켜보면서 이수가 묻는다.

"차 안 살펴봐도 돼요?"

도진이 슬며시 이수 쪽을 곁눈질한다. 행여나 차와 마주치게 될까봐 지레 겁먹은 양.

"그깟 거 뭐……"

도진이 허세를 부린다. 이수도 말없이 엘리베이터로 향한다. 먼저 걸어가 버튼을 누르고 바뀌고 있는 층수 표시를 보고 있는데 도진이 미동도 없이 멈춰 서 있다.

"한 번만 보고 올게요."

대답은 듣지도 않고 빠른 걸음으로 차로 향한다. 찌그러진 범퍼를 바라보기 힘든지 눈빛이 아련해진다.

이수는 도진이 범퍼를 쓰다듬으며 '얼마나 아프니, 애야' 따위의 말이라도 할까봐 두렵다. 그런 건 제정신으로 보기 힘든 광경일 것이다. 다행히 도진은 슬픈 눈으로 범퍼를 바라보다 나지막이 외칠 뿐이다.

"베티······"

"아~ 이름이 베티였구나. 푸하하하."

베티면 암컷인가보네. 허리를 굽힌 도진 옆에 선 이수가 들으란 듯 크게 웃는다. 도진이 정색한다.

"서이수씨. 정식으로 인사해요, 이쪽은 우리 베티······ 다쳤지만 씩씩하죠."

자못 진지한 표정이다.

아, 고되다. 산행 취소 이후부터 벌써 몇 번째 이동인지 모르겠다. 첫 단추를 잘못 꿰니 하루 종일 꼬이는구나. 결국 마무리는 이자의 레지던스라니. 내가 기억하는 한 가장 고된 하루다. 오랜만에 높은 굽을 신어 종아리가 당긴다. 소파에 던지듯 클러치를 내려놓고 털썩 주저앉는다. 이렇게 편하게 앉은 게 대체 얼마 만인지. 소파가 주는 안락함에 긴장이 풀리면서 나른해진다. 뻐근한 목을 가볍게 돌리면서 푸는데 도진과 눈이 마주친다.

"자주 오니 꽤 편한가봐요?"

"피곤해서 그렇거든요?"

"좋다는 뜻인데? 내 공간에 익숙해진 여자는 섹시하니까."

또! 저렇게 아무렇지 않은 표정으로 엄청난 말 하는 거. 나를 발끈할 수밖에 없게 하는 말들. 그렇다고 농담으로 넘기기에도 어딘가 찝찝한 말들. 계속 생각하게 하는 말들이다. 저자가 나를 향해 던지는 농담들 대부분이 그렇다. 진심이라고 생각해버리면 심각한 고민이 수반되는 농담들. 농담으로 여기면 잠깐 달콤할 수도 있는.

"오늘 제 드레스코드가 이 모양이라 할 말은 없지만, 농담 그만하시고 이만 귀가하시죠?"

"왜 늘 내 말은 농담으로 듣지? 난 서이수씨한테 단 한 번도 농담한 적 없는데?"

여전히 아무렇지 않은 표정이다. 뻔뻔하고도 얄미워. 더는 못 참겠다. 이수가 소파에서 벌떡 일어나는데 밖에서 도어키 누르는 소리가 들린다.

"뭐야, 룸서비슨가?"

도진이 철저히 문단속을 한 덕에 문이 열리다 말고 보조 체인에 걸린다. 이 남자 이건 또 언제 걸어놨대.

"뭐야, 김도팔? 너냐?"

태산이다. 열린 문틈으로 이리저리 살펴보는지 옷이 쓸리는 소리가 난다. 이수가 소파 밑으로 납작 엎드린다.

"어, 나. 잠깐만."

도진은 태연하게 대답하며 이수에게 눈짓을 보낸다. 이수가 가장 가까이 있는 문을 열고 들어간다. 들어와보니 침실이다. 잽싸게 벗은 하이힐을 양손에 들고 방문에 귀를 가져간다. 그때 태산이 현관에 들어선다.

"왜 여기 있어. 일하게?"

도진이 여기 있는 게 자연스러운 일인 듯 의심하는 눈치는 아니다.

"어. 밤새울 거 같아서. 윤이 시끄러울까봐. 넌."

"그냥 좀 쉬려고. 일해. 난 여기서 좀 잘란다."

"그래, 그럼 나는 이 방에서 일할게."

헉, 이 방에서? 발소리가 들리더니 문이 열린다. 이수가 문 뒤로 밀려난다.

"여기로 들어오면 어떡해요……"

최대한 작은 목소리로 소곤거리는 이수다.

"늘 내가 쓰는 방이니까."

도진은 아무렇지 않은 얼굴이다. 문밖엔 바로 태산이 있어 이수는 언성도 높이지 못하고 꽉 눌린 목소리로 하이힐을 흔든다.

"어떻게 좀 해봐요. 우리 집에 있어야 할 사람이 왜 여기 있냐고. 아! 나 그럼 집에 가도 되는 거네?"

"가고 싶음 가요. 태산이한테 인사 잘 하고. 좀 전엔 숨어서 미안했다고."

이씨! 확 째려보는데 발소리와 함께 방문이 살짝 열린다.

"김도팔, 두통약 어디 뒀지?"

태산의 목소리에 도진을 방패 삼아 등뒤에 숨는다. 혹여나 보일까봐 심장이 쪼그라든다. 문이 살짝 열린 게 그나마 다행이랄까.

"티브이 장 서랍에."

시선은 이수에게 고정된 채다.

"땡큐."

태산의 목소리가 멀어지고 나서 도진이 문을 닫는다. 딸칵, 문 닫는 소리에 그제야 안심하는 이수다. 이수가 도진에게서 황급히 떨어진다. 도진은 재킷을 벗어 침대에 던진다.

"좀 쉬어요. 난 씻을 테니까."

도진이 입고 있는 피팅감 좋은 셔츠는 남자의 몸이 가진 직선의 미학을 극대화시켜준다. 씻는다는 말에 이수가 가슴께에 양손을 가져다 댄다.

"왜 씻어요, 이 상황에?"

"현장 갔다 먼지 뒤집어쓰고 퇴근하는 길에 누구 전화받고 두 시간째 찝찝한 중이거든요."

자기 때문이라 뭐라 말리지도 못하고 집에 갈 수도 없고 침대에 앉을 수도 없다. 도진은 미련 없이 욕실로 들어가버린다. 이수만 안절부절 방 안을 서성인다.

잠깐. 방문 잠갔던가? 행여 발소리에 태산이 들이닥칠까 싶어 까치발을 들고 살금살금 문고리로 향하는데……

"김도진 너 진짜 밤새울 거야?"

또 태산이다. 이수가 숨을 참는다. 대답이 없자 노크를 해온다.

"뭐해, 씻냐? 나 잠깐 들어가도 돼?"

이번엔 진짜 들어올 기세다. 기겁한 이수가 총알같이 튀어 욕실 문을 열고 들어간다.

"태산씨가 방금, 똑똑……"

도진은 상반신을 드러낸 채 세수를 하고 있었다. 그 모습에 더욱 놀라 새어나오는 비명을 손으로 간신히 막는다. 욕실 안에 정적이 흐른다.

"김도팔 씻냐?"

방에 들어왔는지 태산의 목소리가 가깝게 들린다. 이수는 똑같은 실수를 반복하지 않으려 욕실 문부터 잠근다. 왜 빨리 대답을 안 하는 거야, 저자는! 이번에 소리를 내면 정말 들릴지도 모른다. 소리도 못 내고 손짓 발짓으로 도진에게 사인을 보낸다. 도진이 문 쪽으로 한달음에 다가오더니 욕실 문 위쪽을 손으로 짚는다. 팔 안에 이수를 가둔 꼴이다.

"어. 샤워중이야, 왜?"

숨결이 닿을 것만 같다. 도진의 젖은 머리카락에서 물이 뚝뚝 떨어진다. 상쾌한 비누 향에 도진의 체취가 섞여 묘한 냄새가 풍겼다. 몸과 몸 사이가 닿을 듯 아슬아슬하다. 긴장해 있는 몸과 젖어 있는 몸이. 심장이 터질 듯 두근거린다. 태산에게 들킬까봐서만은 아니다. 그걸 저자에게 들키고 싶지 않다.

"주차장에 니 차 왜 그러냐? 사고 났냐?"

도진은 자신의 쇄골 근처에 닿는 이수의 콧김에 옅게 미소짓는다. 지금 이 상황이 어떻게 싫을 수 있을까. 사색이 된 채 오들오들 떨고 있는 이수를 보고 있는 게 즐겁다. 오도가도 못 하고 얌전하게 갇혀 있을 수밖에 없는 이 여자……

"사고가 난 게 아니라 사고를 냈어, 내가. 어떤 여자 땜에."

도진이 일부러 느린 말투로 대답한다.

"뭐라고?"

태산이 반문하는데 때마침 문자 수신음이 울린다. 잠시 정적이 흐른다. 차마 맨손바닥으로 만지지는 못하고 검지로 꾸욱 도진을 밀어내는데 꿈쩍도 않는다. 도진의 쇄골 부근에 빨간 손가락 자국이 남는다.

"방금 록이 문자 왔는데, 술 먹자다. 너도 갈래?"

옳거니! 빨리 가겠다고 하라는 뜻으로 이수는 도진을 향해 고개를 빠르게 끄덕인다. 도진이 급할 것은 없는 상황이다.

"미안. 오늘 안에 끝내야 되는 일이라서."

"그래. 그럼 일해."

태산의 발소리가 멀어진다. 상황이 얼추 정리되자 이수가 안도의 한숨을 내쉰다. 이제 볼일 끝났으니 도진의 품을 빠져나가려고 몸을 꿈틀거려본다. 이렇게 틈이 없냐, 어떻게. 야무지게도 서 있네.

"근데 태산아."

제 갈 길 잘 가는 사람은 왜 또 부르나, 이 사람아. 도진의 팔을 가까스로 빠져나가던 이수가 행동을 멈추고 도끼눈을 뜬다. 태산이 다시 문 가까이 다가오는 소리가 들렸다.

"술 너무 많이 마시지 말라고."

괜히 쓸데없는 말을 해서 이 상황을 유지하려는 거다. 이자가 정말! 도진의 수를 읽은 이수는 분하지만 어쩔 도리가 없다. 그냥 소리지르면서 뛰쳐나가버릴까. 그러면 안 되겠지.

문틈에 얼굴을 들이밀고 있는 바람에 도진의 살냄새가 더욱 짙어진다. 정신이 혼미해지려 한다. 말 한마디라도 하면 입술이 닿을 것만 같다.

"니가 내 마누라냐?"

"내가 너 사랑하는 거…… 알지?"

말은 태산에게 하면서 시선은 이수를 내려다본다. 태산에게 하는 말인 걸 알지만, 꼭 이수 자신한테 하는 것으로 들린다. 이수는 자신의 눈을 마주 보고 있는 한 남자의 갑작스런 사랑 고백에 얼굴 근육이 굳어버린 것 같다. 돌처럼 굳은 이수를 도진이 지그시 본다. 이런 눈빛을 하는 건 반칙이다. 이수는 그런 생각이 들었다. 이건 너무 위험하잖아.

"베티 때문에 맛이 갔구나, 니가. 간다."

이내 쾅 소리가 난다. 문 소리가 나자마자 도진을 밀친 이수가 욕실 문을 열고 나온다. 밀치면서 탄탄한 가슴이 닿아버렸다. 젖어 있기까지 한. 그 이상한 감촉에 눈을 질끈 감는다. 분명 얼굴은 시뻘겋게 달아올랐을 거다. 저자가 보기라도 하면 나를 또 놀려대겠지, 아. 침대에 던져놓은 클러치백을 들어 얼굴에 부채질을 하는데 현관 도어락이 잠기는 소리가 들린다. 태산이 나간 걸 확인하고서야 침대에 털썩 주저앉는다. 도진은 천천히 셔츠 단추를 잠그며 욕실에서 나온다. 자신의 몸을 과시라도 하는 듯 아주 천천히. 얄밉도록 아무렇지 않은 표정을 하면서. 저자가 자신감을 가질 만한 외모긴 하다. 심장 뛰는 소리가 도진에게 들릴까 불안하다. 이수는 들킬까봐 되레 크게 소리를 지른다.

"뭐하는 짓이에요?"

"그만한 각오 없이 남자가 씻고 있는 욕실로 뛰어든 거예요?"

"들킬까봐 그랬죠!"

"여자의 위기는 남자에겐 기회죠."

"아 진짜, 이런 시정잡배 같은."

"놈?"

"그럼 '분'이겠어요? 이것 좀 빌려요."

이수가 침대 시트 위를 장식하고 있던 러너를 들더니 대충 숄을 만들어 걸친다. 아이보리색 새틴 천에 페이즐리 무늬가 잔잔한 게 꽤 그럴싸하기도 하다. 도진이 그런 이수를 지켜보다가 픽 웃는다. 오늘은 상의에까지 문제가 생겼네.

"이 여자 의외로 임기응변에 강하네. 데려다줄게요."

"됐어요. 더이상 신세지기 싫어요. 그냥 삼만원만요."

"삼만원은 신세 아닌가?"

이수는 여기서 밀리면 안 된다고 스스로를 독려하며 세게 밀고 나가본다. 도진의 말이 맞긴 하다. 삼만원도 엄연히 신세지는 거다. 하지만 서이수, 여기서 무너지면 안 된다.

"그래서 싫다고요?"

도진이 단추를 두 개쯤 푼 셔츠 위에 재킷을 걸친다.

"좋을 리 있겠어요? 이 시간에 굳이 가겠다는데?"

도진이 지갑에서 만원짜리 세 장을 꺼내는데 갑자기 이수가 지갑을 낚아챈다. 자기 사진이다. 학생들의 졸업앨범에 있어야 할 사진이 도진의 지갑 포켓에 떡하니 꽂혀 있다.

"이거 뭐예요? 어디서 났어요?"

어이가 없는지 이수가 도진 코앞까지 지갑을 들이민다.

"메아리 앨범에서 오렸어요. 짝사랑에 두각을 나타내고 있는 중이죠."

생각지도 못한 말에 이수가 전의를 상실한다. 이 사람, 진심으로 이러는 걸까. 이런 짓까지 할 줄은 몰랐다. 혹시 장난처럼 어필했던 '짝사랑중'이라는 말이 진심일까.

이수가 말이 없자 도진이 손을 잡고 지폐를 쥐여준다.

"택시는 불러줘도 되죠? 그것도 신센가?"

최초로 도진의 심중이 궁금하다. 지금까지 내게 보인 행동들 모두가 혹시, 진심에서 그런 거였다면. 만약 그렇다면, 난 어떡해야 하지.

· · ·

아지트에 들어서자 태산과 정록이 바에 앉아 있다. 도진은 자연스럽게 둘 옆에 앉는다. 빤히 자신을 보는 시선이 느껴지지만, 못 느낀 걸로.

"왜. 뭐?"

"정록이 시켜 나 불러내고 호텔 방에서 누구랑 뭐했냐?"

"이정록이 고자질하는 소리 좀 안 나게 해라."

쟬 믿은 내가 잘못이지.

"그걸 일렀냐?"

"안 일렀거든? 승택아, 블랙러시안 하나."

"니 방에서 가방 봤다, 손바닥만한 거."

이수가 빨개진 얼굴을 감싸던 클러치가 떠오른다. 들키기 싫다더니, 언행일치가 안 되는 여자네.

당황한 채 도진 품에서 떨고 있던 그 여자. 욕실 조명이 여자를 예뻐보이게 한다는 속설을 정설로 인정하는 걸로. 이수의 뺨이 달아올랐을 때 도진은 주먹을 꽉 쥐어야 했다.

"근데 왜 이렇게 빨리 와. 나까지 팔았으면 하늘도 보고, 별도 따고, 뽕도 보고, 님도 따고. 아, 바뀌었나?"

바텐더가 도진 앞에 블랙러시안을 내려놓는다.

"바뀌니까 되게 야하다. 어? 윤이 형 오는데요?"

몇 시간 전 삽질한 게 떠올라 도진이 인상을 구긴다. 쟨 또 누가 불렀어.

"오늘 네가 봤던 일련의 사건들에 대해 함구할 거면 앉고 아니면 가."

"윤이는 봤어, 누군지? 얘랑 같이 있던 여자 누구냐?"

한 공간에 있었음에도 머리카락 하나도 못 본 태산은 약이 오른 건지, 궁금해 죽겠는지 윤이 앉기가 무섭게 재촉한다.

"대가성 로비 없이 거래가 성립되는 시대던가, 이십일 세기가?"

"그렇지."

윤의 말에 도진이 고개를 끄덕인다. 윤이 한숨을 팍 쉰다.

"널 위한 게 아니야. 그녀를 위한 거지. 으이구, 미친놈아. 어떻게 차를 받아!"

"사고 날 때 너 도팔이랑 같이 있었어?"

윤이 도진을 보고 씨익 웃는다.

"뭐라고 포장해줄까."

영민함을 이런 데 이용하지 마라, 최윤. 도진이 차마 입 밖으로 뱉진 못하고 속으로 으르렁거린다. 윤이 입을 열면 매우 쪽팔려지는 수가 있다.

"한 남자의 열정에, 차가 좀 망가지고, 돈이 좀 든 걸로."

무슨 이야긴지 집중해 듣고 있던 정록이 미간을 구긴다. 무슨 말인지 하나도 모르겠다는 표정이다.

"그나저나 정팔이 생일이랑 너랑 이번엔 사흘 차이더라?"

벌써 그렇게 됐나. 윤이 날짜를 헤아린다. 도진은 계산이 잘 안 되는지 뚱하다.

"왜 그렇게 돼?"

"한 놈은 양력으로 하고 한 놈은 음력으로 하니까. 지혜가 없어 지혜가. 어떡할래."

"지혜롭게, 몰아서 해."

남들에겐 특별한 날일 수도 있지만 윤에겐 그저 연례행사일 뿐이다. 남의 일인 것처럼 시큰둥하다. 윤의 무성의한 말에 정록이 발끈한다.

"하늘이 준 기횐데, 그걸 왜 몰아! 따로 해, 따로. 난 따로 할 거야!"

"야, 이 새끼 잡아, 반지 빼서 다시 먹이게."

태산은 정말 다시 먹일 기세다. 몸 안에서 반지를 찾던 쓰린 기억이 떠오른 정록이 바텐더에게 다급히 도움을 요청한다.

"야, 뭐해. 말려, 빨리."

"셔터 내리고 간판 불 끌까요?"

어제의 아군이 오늘의 적군이었다니.

· · ·

간신히 집까지 온 이수는 레지던스 침대에서 걷어 제 몸을 감싸고 온 러너를 둘둘 말아 옆구리에 낀다. 세라가 깰까 까치발을 들고 살금살금 계단을 오르는데 현관문이 열린다. 바로 연습복 차림의 세라가 나온다.

"늦었네? 아니, 이른 건가?"

"완전 끔찍한 하루였어······"

"그리고 산행 갔니? 구두도 내 거 같은데."

세라가 눈만 내려 구두를 본다. 졸지에 주인 허락도 없이 멋대로 신고 나간 게 된 이수가 머쓱해진다.

"다 좋은데, 이 시간에 들어오면 어쩌자는 거야? 나 태산씨랑 있겠다 그랬잖아."

"태산씨 없는 거 알고 온 거야."

"어떻게 알았는데?"

가시 돋친 세라의 말에 이수가 주춤한다. 오늘 있었던 일을 어디서부
터 설명해야 하나.

"지나가는 거…… 봤어."

스스로 생각해도 변변치 않은 변명이었다.

"그래? 서울 참 좁아. 그치?"

태산과 안 좋은 일이라도 있었는지 세라는 연신 저기압인 티를 팍팍
낸다. 이수는 더 변명도 못 하고 세라의 뒷모습을 보다 힘없이 현관문
을 닫는다.

세라는 연습장에 들어서 장갑을 끼는 순간까지도 알 수 없이 찝찝하
다. 컨디션도 영 개운치가 않다. 손목이며 어깨의 스트레칭을 하면서도
머릿속엔 딴생각뿐이다. 어젯밤 태산과 다툰 게 신경쓰여서가 아니다.
툭하면 다투고 화해하고, 싸운 일로도 또 싸우면서 지치지 않고 다퉈온
두 사람이다. 싸움이라면 이골이 날 때도 됐거늘. 이번엔 이수 때문이
었다.

"이수씬 네 친구야. 이수씨한테 그러는 건 못나 보여."

태산이 이수를 여자로 보지 않는 건 잘 알고 있다. 심판님이자, 여자
친구의 룸메이트니 존중하지 않는 게 더 이상한 일이라는 걸 세라도
안다.

핸드폰에는 부재중 전화 한 통도 없다. 뜬눈으로 밤새우는 것보다 연
습이 낫지 싶었는데. 이런 상태로 공이 퍽이나 잘 맞겠어. 세라가 장갑
을 벗어 가방에 휙 던진다. 이내 가방을 챙겨 연습장을 나선다.

"마침 뵈러 가던 길인데, 기억하실지 모르겠어요. 이기잡니다."

차 트렁크에 골프백을 싣는데 상대하기 싫은 기자를 마주쳤다.

"안녕하셨어요."

세라가 작은 가방을 마저 싣고 운전석 문을 연다.

"오늘은 제가 좀 바빠서요."

차에 오르려는데 열린 문 사이로 고개를 들이민다.

"이번 시즌에도 성적 안 좋으면 스폰서 계약 파기된다는 얘기가 있던데요."

업계에서 무슨 이야기가 나오는지는 세라도 잘 알고 있다. 계속되고 있는 부진, 긴 슬럼프, 외모만 돋보여…… 인터넷 뉴스에 올라올 기사의 헤드라인은 안 봐도 뻔하다.

"오늘은 그냥 가주세요."

정중하게 거절하는데도 악착같이 들러붙는다. 세라가 질린 듯 한숨을 쉰다.

"그러게요. 그런 얘기가 있더라고요. 근데 제가 언젠 실력 좋아 먹고 살았나요? 얼굴로 먹고살았지. 모르시나본데, 스폰서 안 잘리려면 골프 연습보단 몸매관리가 중요하거든요. 그래야 티 한 장을 입어도 화보고 클럽 하날 들어도 그림 같죠. 원하는 답이 됐는지 모르겠네요."

"뭐, 충분할 거 같네요. 그럼."

세라의 기세에 눌린 기자가 잠시 당황하더니 자리를 떠난다. 감정이 격해져 뭐라고 했는지도 모르겠다. 하필 오늘 마주칠 게 뭐람. 세라는 뭐하는 짓인가 싶어 참담한 표정이다. 이번 시즌은 정말 중요하다.

세라가 이를 악물고 트렁크를 연다. 골프백을 다시 꺼내 연습장으로 향한다.

                    • • •

"소장님, 손님 오셨는데요."

비서가 고개를 내민다. 회의 분위기를 깨는 게 미안했는지 겸연쩍은
표정이다.

"손님?"

도진이 보드마커 뚜껑을 닫으며 묻자 태산이 등을 떠민다.

"가봐, 마무린 내가 할 테니까. 클라이언트가 아니라 손님인 걸 보
면, 여자란 소리네. 사무실까지 온 거 보면 둘 중 하나고. 오빠, 나 책임
져, 거나 나 책임져, 오빠, 거나."

손님이라는 여자는 은지였다. 문 닫히는 소리에 도진을 향해 돌아
선다.

"우리 비서가 생각보다 일을 못하네."

은지와의 관계는 깔끔하게 정리된 터였다. 더군다나 은지가 질척거
릴 스타일은 더더욱 아니고. 도진의 말에 은지가 쓰게 웃는다.

"울고 짜고 할 거 아니라고 얘기했거든."

"아쉬웠겠다. 막장 드라마 좋아하는데. 차 뭐 줄까."

담백하게 말하는 도진을 은지가 물끄러미 본다. 왜? 시선을 느낀 도
진이 눈으로 묻는다.

"나 이제 진짜 그냥…… 손님이구나……"

"그 얘긴 다 끝난 줄 알았는데."

"알아. 그래서 온 거야. 이거."

은지가 책상 위의 박스를 가리킨다. 이수에게 주려고 샀던 구두다.

이수가 집까지 찾아와서 돌려준 걸, 이수 앞에서 상자째 은지에게 건넸었다.

"나 주려고 산 것만 내 거야. 만나든 끝나든 그건 마찬가지고. 짝사랑은 잘돼가?"

"잘 안 돼가."

"저런 구두 줘도 못 받는 여자랑 괜찮겠어? 아무리 짝사랑이더라도."

"그게 그 사람의 룰이면 맞춰보려고."

담백하게 뱉는 도진의 모습은 꽤 낯설었다. 김도진이 짝사랑한다는 게 진짜였구나.

"난 내가 싫증나 헤어진 줄 알았는데."

은지가 허탈하게 웃는다. 김도진이 정말 짝사랑중이었다니. 이 남자가 여태껏 해온 것과는 다른 방식으로 어떤 여자를 대하고 있다니. 은지가 아는 한 도진과 짝사랑이라는 단어는 매치 자체가 어려웠다.

"내가 좋은 놈은 아니지만, 거짓말하는 매너 없는 놈은 아니라고 생각했는데."

은지가 믿기지 않는 듯 도진을 물끄러미 보다 호탕하게 웃는다. 사무실에 경쾌한 웃음소리가 울린다.

"당신 때문에 울고 짜고 했을 여자들 대표로 웃은 거야. 매너 없는 남자보다, 마음 없는 남자가 더 나쁘니까."

비록 길지 않은 만남이었지만 도진과 은지는 서로에게 딱 적당한 만큼의 배려와 예의를 베풀었다. 서로가 암묵적으로 정해놓은 선을 넘지 않으면서. 이상적인 교제였다.

"당신이 짝사랑한다는 그 여자가 당신한테 꼭 상처 주면 좋겠다. 응원한다고 전해줘. 갈게."

더없이 쿨하고 산뜻한 마무리다. 도진은 은지의 그런 면이 좋았다. 주인을 잃은 구두 상자가 덩그러니 놓여 있다.

. . .

정록이 중지와 약지에 왁스를 살짝 묻혀 구레나룻에 바른다. 적당한 손놀림으로 강하지도 약하지도 않게 눌러 단장을 마치고 방을 나선다. 거실 창문으로 들어오는 햇살을 받은 민숙이 소파에 앉아 있다. 지나치게 단아한 자세로 티포트에서 홍차를 우려내고 있다.

"준비 안 하고 뭐해. 갤러리 안 나가?"

정록이 차 키를 챙기며 물어도 대답 없이 티포트에 담긴 홍차를 스트레이너를 대고 다시 한번 거르고 있다.

"백혜주가 정수기 파니?"

"어? 그…… 저기…… 어떻게 알았지?"

"거짓말이라도 좀 해라. 그렇게 인정해버리면 나는 어떡할까."

아차 싶은 정록이 저자세로 민숙에게 다가간다. 늘 한치 앞을 못 본다지만 이번에 나 이정록은 정말 결백하다. 정록이 민숙 옆에 엉덩이를 붙이고 앉는다.

"당신 지금 그거 오해야. 걔랑 나 진짜 그런 거 아니야."

"아닌데 정수길 스무 대나 샀어?"

역시 스무 대는 좀 심했나.

"그걸 내가 왜 샀냐면……"

"내가 이 세상에서 제일 꼬시기 어려운 남자가 누군 줄 아니?"

"에이, 청담마녀가 뭔 소리야."

"이정록, 바로 너야. 난 세상에서 제일 꼬시기 어려운 남자가 내 남편이라고!"

오해할 만한 여지는 충분하지만 혜주와는 민숙이 생각하는 그런 관계가 아니다. 평소의 크고 작은 사고들로 민숙이 받았을 상처의 깊이를 정록은 짐작이나 할까. 하지만 정록도 정도는 아는 남자다. 정록이 민숙의 양어깨를 잡고는 남자답게 아이컨택을 시도한다.

"혼자 소설 쓰지 말고 들어. 그래, 정수기 샀어. 산 건 사실인데, 내가 걔랑 당신이 생각하는 그런 관계였다면 난 정수기 안 샀어. 나한테 걘 여자 아냐."

"여자 아님 뭔데?"

"그냥 이혼하고 혼자 애 키우는 형편 빠듯한 대학 동창. 당신이 걱정하는 그런 일 없어."

혜주는 이제 더 도와줄 수 없겠다. 아직까지는 과거의 정 때문이었다. 지금 거실의 정록은 차분하고 단호하다. 늘상 헐렁하고 가벼운 모습만 보여주던 사람이 정색하면 더욱 진실성 있게 다가오는 법이다. 정록도 때로는 진심을 전할 줄 아는 사람이다. 다시 원래대로 복귀하는 시간이 지나치게 빨라서 그렇지.

민숙은 정록을 가만히 보다 손가락의 반지가 눈에 들어온다. 뱃속에 있어야 할 반지가 용케도 저기서 반짝거리고 있다.

"그 반진 다시 샀니?"

"사긴. 찾았지."

"차, 찾아? 어디서, 어떻게?"

설마…… 민숙의 눈이 불안으로 일그러진다. 반지를 찾을 수 있는 곳은 한 곳뿐일 텐데, 설마. 정록이 반지 낀 손을 천천히 들어 민숙의 볼을 다정하게 쓰다듬는다. 아련하게 젖은 눈빛으로.

"무엇을 상상하든 그 이상을 듣게 될 거야."

"으아악! 저리 가. 가까이 오지 마. 가까이 오면 이혼할 거야!"

정록이 느끼하게 웃으며 민숙을 쫓아간다.

· · ·

정오가 가까워오자 카페에는 회사원들이 벌떼같이 몰려들기 시작한다. 평일 점심시간은 주말과는 비교가 되지 않을 정도로 붐빈다. 열두시부터 한시 반까지가 피크타임이다. 정록은 아직 모습을 드러내지 않고 있었다.

"사장님 안 나오실 모양인가보다."

메아리와 나란히 설거지를 하던 매니저가 중얼거린다.

"제가 온 후로 든든하신 거죠."

메아리가 우쭐한 듯 어깨를 으쓱해 보인다. 젖은 머그잔을 선반에 놓는데 출입문 소리가 난다. 메아리가 손을 닦고 오더카운터 앞에 선다. 별로 달갑지 않은 손님이다. 메아리가 입술을 샐쭉 내민다.

"주문하시겠어요?"

"망고키위 하나, 망고코코넛 하나. 여기서 마실 거예요."

모니터에 메뉴를 찍는데 걸리는 게 있다.

"망고코코넛이요?"

윤이 자주 마시는 음료다.

"맞아요. 최선배 거예요."

강변이 웃으며 결제금액에 딱 맞춰 현금을 내민다. 여유 있는 강변의 태도에 메아리는 짜증이 팍 난다.

"현금 받았습니다."

"가져갈게요."

강변이 계산대 옆에 놓인 진동 벨을 하나 집으며 말한다.

"제가 갖다드릴게요. 그 김에 저도 오빠 얼굴 좀 보게요……"

메아리가 진동 벨을 잡고 억지로 웃어 보이자 강변이 힘줘 진동 벨을 당긴다.

"가지러 올게요."

메아리가 지지 않고 잡고 버틴다.

"갖다드릴게요."

끝까지 웃음을 잃지 않으려 노력하는데, 순간 메아리의 손등이 불에 덴 듯 따갑다. 강변북로가 손등을 쳐냈다는 걸 알기까진 시간이 좀 걸렸다.

"됐다니까!"

방금 나한테 뭘 한 거지? 지금, 때린 거야, 내 손을? 놀랍고 어처구니없고 황당하다. 기가 차서 그다음에 어떤 행동이 나올지 지켜보고 있는데 강변은 유유히 진동 벨을 챙겨 자리로 가 앉는다. 기막혀. 윤이 오빠 저런 여잔 거 알고 맨날 그렇게 감싸는 거야? 메아리가 성큼성큼 강변 테이블 앞에 가 선다. 이건 따져야 마땅하다.

"방금 저한테 뭐하신 거예요?"

"진동 벨 가져왔는데? 뭐, 문제 있어요?"

"무슨 일이야."

윤이다. 메아리가 윤의 목소리에 반갑게 돌아보며 팔에 매달린다.

"오빠! 방금 이 여자가 나 때렸어."

메아리의 기대와는 달리 윤은 황당한 얼굴이다.

"뭐?"

"아, 살짝 부딪힌 건데. 아팠다면 미안해요. 사과할게요."

와, 방금 매섭게 내 손등을 때린 그 여자가 아니다.

"아줌마! 방금 아줌마가 나 때렸잖아요, 완전 세게, 팍!"

"야, 인마. 말버릇이 그게 뭐야."

윤은 오히려 메아리를 나무란다. 분해서 말도 안 나온다. 강변은 분명 고의로 그랬다고. 메아리가 억울한 마음에 씩씩대며 윤을 째려본다.

"가서 일봐. 우리 할 얘기 있으니까."

"오해한 건데 그만해요, 선배. 앉아요."

강변이 윤을 대하는 표정은 뻔뻔하기까지 하다. 너그러운 자신이 관대하게 용서하겠다는 저 태도는 뭔가. 졸지에 나를 몰상식한 어린애처럼 만들어놓기까지 하면서. 때리는 시엄마보다 말리는 시누이가 더 밉다더니. 가만히나 있지.

"미안, 강변이 이해해. 몸은 괜찮아? 병원에선 뭐래. 후유증 같은 거 없대?"

메아리는 이미 안중에 없는지 대화를 시작하는 두 사람이다. 서러워, 진짜. 내 말 안 믿어주는 최윤 때문에 너무 서러워.

메아리가 축 늘어져 카운터로 향한다. 비에 젖은 병아리보다 더 안돼 보인다.

"매니저님, 저 오늘 삼십 분만 일찍 조퇴하면 안 돼요?"

"정말 저 손님이 너한테 그랬어?"

볼이 통통 부은 채 오더카운터로 돌아온 메아리에게 매니저가 걱정스레 물었다. 자신을 걱정해주는 부드러운 말에 금방이라도 울 것 같은 얼굴이 된다.

"그냥 한 번만 보내주심 안 돼요? 핸드폰도 잃어버려서 찾으러 가봐야 하거든요."

"핸드폰 잃어버렸어?"

• • •

태산이 건축서적과 도면을 가득 넣은 상자를 안고 들어온다. 여비서가 안에서 문고리를 당겨준다. 땡큐. 앞이 안 보여 간신히 책상까지 걷는데 도진의 자리가 비어 있다.

"김소장은?"

"잠깐 걷고 오신다고."

여비서가 생수를 잔에 담아 내온다. 안고 있던 상자를 내려놓은 태산이 목이 탔는지 물을 단숨에 들이켠다.

"근데 저기……"

여비서가 모니터를 가리킨다.

"보셔야 될 거 같은데. 사진은 되게 예쁘게 나왔던데……"

"뭔 소리야."

이딴 걸 기사라고. 태산이 굳은 얼굴로 모니터를 뚫어져라 응시하고 있다. 미간이 절로 좁혀진다. 스포츠뉴스 카테고리는 세라의 사진과 함께 자극적인 헤드라인으로 장식되어 있다. '필드의 요정 홍세라, 골프 연습보단 몸매관리 중요' '홍세라! 부진한 성적에도 스폰 계약 따낸 비

밀 털어봐'…… 헤드라인만 보면 세라를 오해하기 십상이다. 안 그래
도 대회 앞두고 예민해져 있는 애를. 세라를 악의적으로 괴롭히는 기사
내용에 꼭지가 도는 것 같다.

태산이 급히 세라에게 전화해보지만 소리샘으로 연결된다. 어디서
술 마시는 거 아냐. 바로 일어나 재킷을 챙긴다.

─전원이 꺼져 있어 소리샘으로 연결됩니다……

받아라, 좀! 청담동 일대에 세라가 자주 갈 법한 가게를 뒤지면서 세
라에게도 수시로 전화해보지만 여전히 그 상태다. 급하게 또다른 가게
로 이동하면서 문자를 찍는다.

걱정되니까 어딘지라도 알려줘, 어?

전송 버튼을 누르고 단골가게 중 한 곳인 이자카야 안으로 들어가봤
지만 소득이 없다. 태산이 다시 뛰다시피 걷는다.

여기에도 없으면 더 찾을 데가 없다. 태산이 멤버십 바 실내를 빠르
게 살피는데 역시나, 없다. 태산이 마침 바에서 나온 여사장을 발견하
고 다가간다.

"아, 사장님. 혹시 홍프로 안 왔어요, 여기?"

"아니. 연락 안 되는구나? 그렇지 않아도 나쁜 기사 터져서 술 마시
러 오려나 하고 있었는데."

"세라 자주 가는 데 아는 곳 있으세요?"

"글쎄. 보나마나 상훈씨나 박프로나…… 맨날 만나는 패밀리랑 있
겠지 뭐. 아니면 민혁이나 태일이 둘 중 하날 거고."

세라의 패밀리가 죄다 남자라는 데 태산은 기분이 더 상한다. 어떤

남자가 좋아하겠냐만은, 세라의 주변에 있는 남자들은 그들의 교제에 있어 꾸준히 문제가 되어왔다.

태산이 잔뜩 얼굴을 구긴 채 바를 나선다. 아직 아무 연락도 없다. 답답함은 점차 분노로 변한다. 어디서 남자들이랑 술 먹고 있는 거면…… 다시 전화해봐도 여전히 꺼져 있다. 이번엔 소리샘으로 넘어가도록 끊지 않는다.

"야, 홍세라. 왜 이렇게 연락이 안 돼? 일부러 안 받는 거야? 너 지금 술 마시지. 누구랑 마셔. 어떤 새끼랑 마시냐고! 너 이게 대체 몇 번째야!"

말하다보니 분노 게이지가 점차 올라간다. 태산은 걷잡을 수 없이 솟구치는 화를 전화기에 죽어라 쏟아낸다.

"넌 대체 날 뭐라고 생각하는 거냐. 우리 그냥 오늘 끝장 보자! 너랑 같이 있는 그 새끼들 잡히기만 하라 그래, 아주! 내가 오늘 싹 다 죽여버릴 테니까! 알았어?"

속에서 부글부글 끓던 걸 죄다 쏟아내고 녹음완료 버튼을 누른다. 혈압이 올랐는지 이마가 뜨겁다. 후, 후, 후. 심호흡을 하면서 간신히 분을 삭인다. 천천히 이성을 되찾자 머리가 차가워진다.

잠깐…… 혹시?

텅 비다시피 고요한 연습장. 간간이 골프공 때리는 소리가 나는 게 전부다. 야간 조명 아래서 혼자 쓸쓸히 연습하고 있는 세라가 보인다. 꽤 오랜 시간 그러고 있었는지 이마며 어깻죽지에 땀이 송글송글 맺혀 있다. 밸런스가 안 맞았는지 골프채를 어깨 뒤로 젖힌다. 자세를 바로하고 다시 스윙을 한다. 미안하고, 대견하고, 애처로워 태산은 가슴이 먹먹해진다. 내가 잘못 짚었구나. 후— 태산이 한숨을 쉰다. 화를 삭이려는 것과는 다른 한숨이다. 인기척에 세라가 태산을 돌아본다. 물끄러미 보다 클럽을 내려놓는다. 이마며 목덜미에 밴 땀을 손등으로 천천히 훔친다. 도톰한 입술이 바싹 말라 있다.

"왜 혼자 이러고 있어."

"모처럼 공이 잘 맞아서……"

"전환 왜 안 받고."

태산의 목소리가 갈라진다. 세라는 정면으로 맞춰오는 태산의 눈을 살짝 피한다. 다신 안 볼 것처럼 나갔던 그날 밤이 떠올라서.

"우리 그만 보기로 한 거 아니었나? 전화 왜 했는데?"

세라가 소지품이 놓인 곳으로 걸어가 핸드폰을 꺼내려 하자 태산이 어깨를 잡아 돌려세운다. 안 돼! 의심에 눈이 멀어 남긴 덜떨어진 흔적들을 듣게 할 순 없다. 사나이 임태산, 어떻게 지켜온 자존심이고 간진데. 세라는 자신의 어깨를 잡고 있는 태산을 동그란 눈을 하고 본다.

"왜 그래?"

"내가 왜 이러냐면, 기사, 기사 떴더라. 너 그거 볼까봐."

"무슨 기사? 또 누가 나 씹어놨어?"

다급한 태산과는 달리 세라는 오히려 대수롭지 않아 보인다. 다시 액정을 켜려는 세라를 격하게 끌어안는다. 거친 포옹에 다행히 핸드폰이 바닥에 떨어진다.

"됐어. 확인하지 마. 지금 너한텐…… 이게 더 중요한 거 같다."

숨이 막히도록 껴안은 채 놔주지 않는 태산이다. 세라가 그 품에서 버둥대다 쏙 빠져나온다.

"그래도 뭐라고 썼나 봐야 대응을……"

그러곤 떨어진 핸드폰을 다시 주우려 한다. 에라 모르겠다! 태산이 기지를 발휘해 핸드폰을 쾅쾅 밟는다.

"나뻐! 기사 나뻐. 에이, 이, 나쁜 기사!"

투박한 신발 밑창에 밟힌 핸드폰은 처참히 깨진다. 정신 나간 게 아닐까 싶은 태산의 태도에 세라는 황당하다. 먼저 찾아와준 건 고맙지만, 왜 이래, 오늘?

"무슨 짓이야?"

"어? 어…… 강경대응한 거지, 강경대응. 넌 아무 걱정하지 마."

"핸드폰이 뭔 잘못인데."

"잘못이야. 무조건 잘못이야. 너는 그렇게만 알면 돼!"

이쯤 되면 세라도 상황이 이상하다는 걸 감지했을지도 모른다. 태산이 마저 수습하려 다시 세라를 와락 안는다.

"사랑한다, 오빠 믿지?"

태산이 달콤하게 속삭이면서 한쪽 다리로는 핸드폰을 짓이긴다. 핸드폰의 삶이란……

• • •

서류를 넘기던 윤이 뭔가 떠오른 듯 인터폰을 누른다. 법을 왜 이렇게 고친 거지?

"2001년에 개정된 상표법, 어떤 취지로 개정됐는지 좀 알아봐줘요."

"알겠습니다. 그리고 방금 일층 디저트 카페서 알바하시는 여자분이……"

여직원 말이 채 끝나기도 전에 노크 소리가 들린다. 동시에 문이 벌컥 열리며 메아리가 들어온다. 상체를 숙인 채 인터폰 가까이 있던 윤이 자세를 바로한다.

"나 지금 놀아줄 시간 없거든?"

왜 매번 저런 식일까. 윤은 메아리가 로펌에 찾아올 때마다 불청객 취급을 한다. 저런 태도에 더 열받는다. 강변북로 때문에 화딱지가 나 밤잠까지 설쳤다. 내가 여기 놀러 온다는 발상은 하지 말아줘요, 애도 아니고.

"나도 여기 놀러 온 거 아니거든요? 나 정식으로 강변북로 고소하려고요. 지인 할인 없이 수임료 다 줄게요. 그 여자가 진짜 나 때렸거든."

"니가 오해했겠지."

"그 여자가 거짓말한 거라니까요! 왜 내 말 안 믿어?"

"증거 있어? 강변이 널 때렸다는 증거."

내 말은 다 진실이다. 내가 피해자이자 증인이고, 내 기억이 증거다. 아무리 강변북로가 얄밉다고 해도 없는 말을 지어내 윤의 관심을 끌 만큼 지각 없는 철부지는 아니다.

"내가 증인이잖아. 혹시 그 여자도 오빠 재워주는 여자 중 하나예요?"

서슴없이 내뱉자 윤이 얼굴을 붉힌다.

"야, 인마."

격앙된 목소리의 윤. 말할 기회 따위 주고 싶지 않다. 윤이 밉다. 미워서 한 대 때려주고 싶다.

"아님, 왜 자꾸 강변북로만 편드는데!"

"상식적으로 납득이 안 되잖아. 강변이 널 왜 때……"

말이 끝나기도 전에 메아리가 윤의 볼에 기습적으로 입을 맞춘다. 가볍게 닿고 떨어지는, 깃털 같은 입맞춤이었다. 윤이 그대로 얼어서 멍하게 메아리를 본다. 메아리의 눈에 물기가 어려 있다. 금방이라도 울음을 터뜨릴 것 같다.

"난 방금 오빠한테 뽀뽀 왜 했게요? 나처럼 이렇게 어리고, 이쁘고, 돈 많은 집 외동딸이. 이건 상식적으로 납득이 가요?"

화가 나서 막 쏟아붓는데 윤은 대답 없이 보고만 있다. 쓸데없이 깊은 눈이다. 윤의 눈동자에 비친 자신을 본 메아리의 코끝이 붉어진다. 이런 걸 눈부처라고 한다고 했던 것 같다. 왜 그런 말이 있는지 메아리는 알 것 같다. 무슨 짓을 한 거야, 나. 창피하다. 윤이 오빠를 보고 있을 수가 없다.

"갈래요."

돌아서는데 윤이 손목을 잡아 세운다. 손이 뜨거운 게 여기에도 심장이 있는 것만 같다. 열기에 놀란 메아리가 어깨를 흠칫 떤다.

"너, 대체……"

"……"

"누가 이러래, 누가! 어? 너 진짜 혼나야 말 들을래? 어?"

"오빠, 내가 오빠 책에 낙서해놓은 일곱 살이에요? 왜 애 혼내듯 그래요?"

메아리는 아이 대하듯 나무라는 윤이 항상 서운했다. 자신의 감정에 대해서는 한 번도 후회해본 적 없다. 윤을 좋아하게 된 이유에 대해서도 고민해본 적도 없다. 대가를 바랐다면 태산과 윤을 배려하지 않는 못된 행동을 서슴지 않았을 거다. 가슴이 봉긋하게 올라오기 시작하고, 키가 윤 어깨에 닿을 사춘기 무렵부터 윤 앞에서만큼은 여자이고 싶었다.

"나 정 싫으면 스물네 살한테 정식으로 거절해요. 난 오빠 앞에서 한 번도 일곱 살이었던 적 없으니까."

메아리가 윤에게 잡힌 손목을 뺀다. 들어올 때완 달리 정중히 문을 닫고 나간다. 윤은 허전해진 손을 꽉 쥔다. 아무것도 잡히지 않는다.

"태어날 때부터 지금까지 누군갈 지켜본다는 건…… 어떤 기분이에요?"

문득 강변의 물음이 떠오른다. 행복이자 불행인 기분…… 윤이 씁쓸하게 읊조린다.

. . .

저기구나. 저만치 보이는 카페를 보고 콜린이 멈춰 서서 메모지를 펴본다. 이정록이란 이름과 핸드폰 번호, 카페 주소가 적혀 있다. 천천히 정록의 카페로 다가가는데 건물 입구에서 어디선가 본 적 있는 얼굴이 튀어나온다. 어? 그 여자애다. 메아리는 씩씩거리며 카페 입구로 걸어가더니 누군가 발견하고 멈춰 선다. 동그란 눈이 금세 뾰족해진다. 콜린이 메아리의 시선을 따라간다. 뭐지? 흥미롭다는 듯 지켜본다.

딱 걸렸어. 메아리는 차에서 내리는 강변을 발견하고 의기양양하게 팔을 크게 흔들며 강변을 향해 돌진한다. 메아리를 발견한 강변이 눈썹을 찡그린다. 왜 저래?

메아리는 개의치 않고 씩씩하게 강변에게 다가간다. 강변과 메아리의 간격이 점차 가까워진다. 강변의 눈앞까지 간 메아리가 손목을 소리 나게 탁 친다. 물론, 강변의 손목을.

"아! 무슨 짓이야, 이게!"

"어, 그냥 살짝 부딪힌 건데, 아팠다면 쏘리. 요즘 운동을 너무 했나?"

메아리가 태연하게 걸어가며 목을 푸는 것처럼 돌린다. 속이 다 후련하네.

· · ·

"여보!"

갤러리 현관에서 민숙이 나오고 있다. 핸드폰을 만지작거리던 정록이 반갑게 손을 흔든다.

"어쩐 일이야?"

민숙은 늘 그렇듯 싸늘하다. 정록은 개의치 않는다.

"어쩐 일이냐니. 완전 보고 싶어서 모시러 왔지."

"혹은, 찔리는 게 있거나. 이천오백짜리 호텔 피트니스 회원권 끊었더라?"

그걸 어떻…… 아, 카페에 말도 하는 초능력 감시카메라가 있었지. 임메아리라고.

"여보, 그거 메아리가 잘못 안 거야. 이천오백이 아니라 십 프로 할인 받았어."

"당장 환불해."

"아, 왜! 나 운동할 거야. 당신 몸 좋은 남자 좋다며."

정록은 블랙셔츠에 적당히 물 빠진 청바지를 받쳐입어 여유로우면서도 와일드한 섹시미를 풍겼다. 그러고는 어린아이처럼 발을 굴러댄다. 민숙은 성가신 표정이다.

"그래, 몸 좋은 남자 좋지. 다른 여자들도 몸 좋은 남자 좋아해. 몸 좋은 내 남편은 다른 여자들을 좋아하고. 나 빼고 서로 좋아하지."

부정하고 싶지만 빈틈이 있어야 부정하지. 다 맞는 말이다. 정록이 저도 모르게 고개를 끄덕이고 있다.

"바람 피우는 남자들 필수 코스가 헬스야. 전화 안 받아도 알리바이 확실하고, 속옷 갈아입어도 당연하고, 비누 냄새 풍기고 들어와도 괜찮으니까."

"아…… 그런 게 가능했던 거구나, 나는?"

"뭐? 아우, 정말!"

정록의 이런 능청스러운 태도는 안 맞을 매도 번다. 민숙이 핸드백으로 구타하려 하자 정록이 손목을 턱 잡는다. 민숙이 잡힌 손을 보곤 입술을 깨문다.

"이거 안 놔?"

정록은 이번엔 다른 한 손으로 민숙의 허리를 당겨 자신의 몸에 밀착시킨다. 민숙이 몸을 비틀자 더욱 단단하게 옥쥔다. 정록이 씨익 입을 벌리며 웃자 민숙의 이마에 따뜻한 숨결이 닿는다.

"어허! 하늘 같은 서방님한테."

민숙은 보란 듯 자신을 안고 있는 정록의 품에서 빠져나오려 애쓴다. 직원들이 볼까봐 신경쓰인다. 청담동에 내 건물이 아닌 내 스트리트를 가지고 있는 박민숙의 체면이 걸린 일이다.

"여기 내 갤러린 거 잊었어?"

정록이 자신의 손에 닿는 감촉을 여유롭게 즐긴다. 민숙의 허리가 맞춘 듯 손에 들어맞는다.

"어떻게 아직도 허리가 한 줌이야?"

민숙이 눈을 흘긴다. 서로의 숨결이 맞닿을 것처럼 가까이 있다. 정록이 민숙 입술에 기습적으로 입을 맞춘다.

"슛! 또 폭력 쓰기만 해봐."

배시시 웃는 정록은 소년 같다. 좋게 말하면. 휘파람을 불며 무심코 핸드폰을 확인하던 정록이 흠칫 놀란다. 지금 보여서는 안 될 문자가 떠 있다. 아차 싶은 마음에 시선을 들자…… 민숙도 액정을 보고 있다.

요즘 정록씨 때문에 살아가는 나인 거 알지.^^

민숙이 손을 내민다. 내놓으라는 듯. 식겁한 정록이 핸드폰을 뒤로 감춘다.

"나, 남자야, 남자. 강사장인데 당연히 남자지. 거의 백 킬로? 키도 백팔십오 넘을걸? 다리에 털이 막, 아우."

"내놔."

"당신 진짜 이럴 거야? 당신 진짜 나 그렇게 못 믿어? 진짜 남자면 어떡할 거야. 당신 진짜 잘 생각해야 돼!"

"내놓으라니까!"

민숙은 강경했다. 안 되겠다 싶었는지 정록이 상처받은 척 눈썹을 팔八자로 만든다.

"당신 정말…… 사람이 아니라고 하면 좀, 어? 정말 나 그렇게 못 믿어? 어? 에잇!"

정록이 잠시 망설이다가 핸드폰을 내려쳐 박살낸다.

"서로 믿지도 못하는 이게 무슨 부부야!"

마무리로 소리를 빽 지른다. 증거가 사라졌으니 민숙도 어쩔 수 없을 것이다. 정록이 초조하게 눈치를 살핀다. 민숙은 박살난 핸드폰을 빤히 보고 있다. 이대로 넘어가는 건가? 침이 꼴깍 넘어간다. 긴장되는 순간이다.

"유심칩 꺼내."

유…… 뭐? 그게 뭔데? 유심칩까지는 생각 못 했다. 정록이 샐샐 웃으며 몸을 서서히 낮춘다. 핸드폰을 사수하려는 듯.

나 때문에 산다는 강사장 때문에 난 오늘 죽게 생겼다.

．．．

태산이 부서진 핸드폰을 진열대 위로 내민다. 약간의 경제적 손실이 있었다고는 하지만 결과는 만족스러웠다. 세라가 미심쩍어하는 부분들은 몸의 대화로 해결했고. 욱해서 앞뒤 안 가리고 핸드폰에 해댄 말들을 세라가 들었다면 어떤 일이 벌어졌을까. 생각만 해도 피곤하다. 태산이 헛기침을 한다.

"같은 기종으로 해주세요. 안에 연락처나 데이터는 다 옮길 수 있죠?"

"그럼요. 잠시만 기다려주세요."

"천천히 하세요, 천천히."

진열장에 즐비하게 놓인 핸드폰을 건성으로 보고 있는데 문 위에 매달린 종이 흔들린다. 반사적으로 돌아보는데 정록이 들어오고 있다.

"설마 너도?"

"야, 잘 만났다. 집에 남는 방 있지. 나 며칠만."

정록은 잃어버린 전우를 만난 양 기뻤다. 역시 사람이 죽으란 법은 없구나. 팔을 잡고 늘어지는데 태산은 생면부지 남 대하듯 모른 척한다.

"너 씨, 이게 다 니 동생 때문이거든?"

고로, 메아리를 조지기로 한다. 아니, 회유하기로 한다.

다음날. 넥타이 부대와 오피스 레이디들이 한바탕 휩쓸고 지나간 카페는 황폐했다. 매니저와 메아리가 부지런히 테이블 따위를 정리하며 점포 위생에 신경쓰는 동안 정록은 뚫어져라 메아리를 주시한다. 왜 저래? 오늘따라 유독 뜨거운 눈빛을 보내오는 정록이 부담스러운 메아리다. 주방 정리까지 끝마친 메아리를 정록이 불러세운다. 동그란 이마에 휘핑크림이 살짝 묻어 있다.

"네가 간과하고 있는 아주 중요한 게 있어, 메알."

"그게 뭔데요?"

이렇게 머리회전이 안 되나. 정록이 가볍게 탄식한다. 적군을 아군으로 만들 기회는 언제든 오게 돼 있다. 나…… 윤이 친구거든. 네가 아주 오래전부터 연정을 품고 있는 그 최윤의 절친.

"난 윤이 언제 올지, 언제 갈지를 알지. 아참, 부를 수도 있네?"

"그러니까, 저보고 지금 이중 스파이를 하라는 거예요?"

"일단 스파이는 맞단 소리구나?"

자백한 이상 메아리를 일단 쿨하게 용서하기로 한다.

"조건이 파격적이었거든요."

메아리가 아무렇지도 않게 어깨를 으쓱한다. 양심의 가책 같은 게 없는 스파이도 엄연히 존재하는구나. 정록이 신사답게 티슈 한 장을 건넨다.

"이마에 뭐 묻었다. 열한시 방향."

메아리가 정록이 건넨 티슈로 이마를 훔친다.

"네가 날 지켜볼 시간을 아낀다면 거울 볼 시간이 생기지 않을까?"

"좋아요. 단, 조건이 있어요. 당분간 윤이 오빠 여기 못 오게 해주세요."

눈으로 하트를 만들며 반길 줄 알았는데 메아리는 의외로 덤덤하다. 근데 이를 어쩌나.

"진작 말하지. 윤이 오기로 했는데."

"언제요?!"

정록이 턱짓으로 입구를 가리킨다.

"지금쯤?"

정록의 시선을 따라가자 윤이 들어오고 있다. 메아리가 카운터로 가선다. 그러게 뽀뽀는 왜 해가지구! 쑥스러워 고개를 못 들겠다. 윤이 점점 오더카운터로 다가오고 있다.

"어서 오세요……"

개미 소리만한 목소리다. 볼에 기습 뽀뽀를 하는 당돌함을 보여준 여자는 어디로 간 거지?

"알바 바꿔. 안 예쁘다."

이씨. 또 얄밉게 군다. 하지만 지금은 반격할 수가 없다. 얼굴도 제대로 못 보면서 무슨. 그때 문을 열고 들어오는 한 남자.

"어서 오세……"

어? 혹시. 메아리가 콜린을 알아보곤 저도 모르게 손가락으로 가리킨다. 콜린이 긴 다리로 성큼 걸어온다.

"맞아. 밥 사준다면서 전화가 없어서."

"나 여기서 알바하는 건 어떻게 알았어? 나 취해서 별 얘길 다 했구나."

처음 보는 남자다. 윤이 콜린을 찬찬히 훑어본다. 취해서? 무슨 관계인지 궁금하지만 아무렇지 않은 척 비켜선다. 암만 후하게 쳐줘도 스무 살을 갓 넘겼을까. 어린 걸 반증하듯 피부도 보송보송 하얗다. 정록도 호기심 어린 눈으로 콜린을 주시한다.

"밥 사기로 한 건 기억나?"

"사실 가물가물해. 근데 밥 살게. 구해준 건 기억나거든."

콜린이 아니었으면 클럽 화장실에서 쓸쓸히 여생을 마감했을지도 모른다. 굉장한 과장이긴 하지만. 화장실 문고리가 도통 열리지 않을 때 메아리의 심경은 진정 그러했다. 나, 임메알은 시인의 감성을 가진 여자이므로 간혹 비극의 여주인공이 된 자신을 상상해본다. 아니, 상상할 것도 없다. 윤이 오빠와 내가 로미오와 줄리엣이 아니면 뭐람?

"잠깐 저쪽에 앉아 있을래?"

메아리가 앞치마를 벗는다.

"서로 동지 된 기념으로 저 삼십 분만 일찍 퇴근합니다."

스탭 룸으로 가려는 메아리를 정록이 붙잡는다.

"누구야?"

테이블로 걸어가는 콜린의 뒷모습을 턱짓으로 가리킨다.

"클럽에서 나 구해준 남자요."

클럽? 구해줘? 두 사람의 이야기를 안 듣는 척 괜히 손목시계를 보던 윤이 잠시 움찔한다. 그러고는 계속 아무렇지도 않은 척하며 멀찍이 시선을 준다.

"구해줘? 왜?"

윤은 정록의 물음에 메아리가 뭐라고 대답할지 기다리고 있다. 메아리는 쑥 스탭 룸으로 들어가버린다.

"뭐야, 왜 저렇게 쳐다봐? 애가 좀 놀게 생기지 않았냐? 연한가?"

테이블에 자리잡고 앉은 콜린은 오더카운터 쪽을 뚫어져라 보고 있다. 정록이 똑바로 쳐다보는데도 눈을 피하지 않는다. 윤은 클럽이란 장소가 내심 마음에 걸린다.

"클럽에서 만났으면, 이상한 앤 아니겠지?"

"임메알 보통 아니다. 리틀 박민숙이야. 저 남자앨 걱정하는 게 맞지."

윤은 메아리가 평소에 뭘 하고, 어떻게 지내는지 전혀 모르고 있었다는 데 생각이 미친다. 처음으로 자신이 모르던 메아리의 사생활을 알게 됐다. 저 남자애의 존재도 함께. 더 알고 싶어도 물어볼 수 없는. 윤은 그게 찜찜하고 언짢다. 메아리에 대한 어떤 권리를 내세울 수 있는 관계도 아닌데 말이다.

"간다."

윤이 애써 걸음을 옮겨 카페를 나선다. 정작 음료는 마시지도 않았다. 창밖으로 지나가는 윤을 콜린이 한참 눈으로 좇는다.

• • •

사무실로 돌아온 윤은 오래전에 끊은 담배 생각이 간절하다. 앉아 있는데도 몸 어딘가가 불편하고. 목 아래 부분이 꽉 막힌 듯 답답하다. 의자에 등을 기댄 채로 책상 위에 다리를 올린다. 그나마 좀 낫다. 심호흡을 하며 눈을 감는다. 왼쪽 빰에 가만히 손을 대본다. 메아리의 입술이 닿았던. 차가운 볼을 뜨거운 손으로 쓸어내린다.

소중한 게 생기면 불안에 휩싸이는 법이다. 혹여나 잃게 될까봐. 윤은 그게 무엇인지 들여다볼 용기도 내지 못한 채, 어느 순간부터 가만히 떨고만 있었다.

천천히 눈을 뜬다. 텅 빈 천장이 눈에 들어온다. 더없이 쓸쓸한 윤의 눈빛을 닮아 있었다.

• • •

세라가 부글거리는 표정으로 노트북을 노려본다. 죄다 악의적인 보도뿐이다. 이수는 곁에서 빨래를 개고 있다. 세라가 노트북을 덮는다. 부서지지 않을까 싶을 정도로 세게.

"그렇게 보지 말라니까."

이수가 고양이무늬 팬티를 접으며 슬쩍 중얼거린다. 세라는 대꾸도 없이 시계를 본다.

"태산씨 핸드폰 산 거 가져온댔어. 괜찮아?"

"무슨 그런 말이 있어. 괜찮지, 그럼."

아무 의미 없는 말일 수도 있지만 언제부턴가 세라가 태산씨 이야길 할 때면 묘하게 공기가 서걱거린다. 빨래를 마저 개는데 세라가 했던 말이 떠오른다.

"야구장에서 봤던 그 키 큰 남자? 직업이 뭔데? 돈 많아?"

그때 이수는 기분이 나빴다. 소개팅을 할 남자에 대해 묻는 건 세라의 권리일 수 있었지만, 이수에게는 태산씨를 모욕하는 것처럼 들렸다.

"근데 있잖아. 태산씨네 집…… 부자야?"

물어보면 안 되는 걸 묻는 것도 아닌데 이수는 괜히 조마조마하다.

세라는 말없이 빤히 보고만 있다.

"너도…… 몰라?"

"너 내가 돈 없는 남자 만나는 거 봤어? 넌 모르고 그랬던 거야?"

"뭘?"

"모르고 친했냐구. 너 메아리 담임이었잖아. 메아리도 태산씨도 몸에 걸친 것만 중형차 한 대 값인 날도 있는데."

충격이다. 중형차 한 대 값…… 세라의 비유를 속으로 되뇐다. 뭘 어떻게 입어야 그런 가격이 나오는지 잘 모르겠다. 얼떨떨한 이수가 괜히 말을 돌린다.

"배 안 고파? 내가 사올게. 바람 좀 쐬러 가야겠다. 니 점퍼 좀 빌린다."

이수가 개던 후드 점퍼를 팔에 꿴다.

"샌드위치 괜찮지?"

맨얼굴이라 후드까지 뒤집어쓰고 주머니에 지갑을 넣는다.

어떻게든 자리를 피하긴 했는데 머릿속은 여전히 어지럽다. 멍한 표정으로 현관을 나서는데 뭔가 이상한 느낌이 든다. 문 열 때 뭔가 보인 것도 같았는데. 걸음을 멈추고 돌아보니 도진이 손에 구두를 들고 서 있다. 한눈에 봐도 예쁜 구두다. 저건 또 뭐지.

"깜짝이야. 거기서 뭐해요?"

"노크하려던 참이었는데 문이 열렸으니 난 얼마나 놀랐을까."

문 앞에 서 있다 벌컥 열린 문에 화들짝 놀랐을 도진을 생각하니 웃음이 터진다.

"뭐예요, 그 구둔?"

이수가 턱짓으로 구두를 가리킨다.

"서이수씨가 얘기한 짝사랑의 룰에 대해 생각해봤어요."

짝사랑의 룰이라. 백삼십만원짜리 구두를 들고 도진의 집으로 찾아간 날을 이야기하는 거다. '통상적으로 상대방이 부담을 느끼지 않는' 십만원 미만 선에 맞는 구두를 찾아다니는 도진이 그려진다. 지나가는 말로 하는 것 같지는 않다. 그래서 저자가 생각한 짝사랑의 룰이란 어떤 것일까.

"그래서 십만원 미만으로 준비했다?"

"아뇨. 전에 거보다 더 비싼 구두예요."

더 비싸? 지금 뭐하자는…… 이수의 눈썹이 꿈틀거린다. 잠깐이라도 이자에게 감동한 내가 천치지.

"그럴까봐 할부로 샀어요. 달에 십만원 꼴이죠. 내가 생각하는 구두의 가치와 서이수씨 룰의 절충안이랄까?"

"나 이렇게 사치스러운 구두 못 신어요."

"그럼 사치스럽게 말고 가치스럽게 신어요."

도진이 한쪽 무릎을 꿇고 이수 발 앞에 앉는다. 예상치 못한 도진의 행동에 이수가 한 발짝 물러선다. 도진은 스니커즈를 신고 있는 이수의 발 앞에 구두를 가지런히 내려놓는다. 현관 조명을 받아 구두코가 반짝인다. 도진의 긴 속눈썹이 그림자를 드리운다. 진실해 보인다, 이 순간만큼은.

"나한테 올 때 이거 신고 와요."

습관처럼 아무렇지 않게 엄청난 말을 하는 남자. 지금 그 모습은 온데간데없었다. 이수의 눈앞엔 부드러운 목소리로 묵직하게 고백하는 남자가 있을 뿐이다.

도진이 일어나 이수를 지그시 바라본다. 자주 마주쳤던 눈이고 눈빛이지만, 지금 이 눈빛은 한 번도 본 적 없는 것 같다.

"날 좋은 날. 예쁘게."

이수가 도진의 촉촉한 눈을 피해 시선을 내리간다. 갑작스런 전개에 혼란스럽다. 이 남자, 진심인가? 이번만큼은 다른 꿍꿍이가 있을 거라고는 생각하지 못하겠다. 팔꿈치 안쪽이 간지럽다.

그들은 서로의 너머를 보고 있다. 도진은 이수의 머리 너머를, 이수는 도진의 어깨 너머를. 도진의 눈에 태산이 들어온다. 태산은 도진과 눈이 마주치자 손가락을 입술로 가져간다. 쉿! 손에 쇼핑백을 든 채 살금살금 다가온다. 왜 저래? 뭐하는 건가 싶기도 하지만. 그때 이수가 고개를 든다. 은은한 샴푸 향기가 난다.

지금 서이수는 무슨 생각을 하고 있을까. 나는 조금, 떨리는데.

그새 이수 바로 뒤까지 다가온 태산이 이수를 와락 안는다.

"외간남자랑 무슨 얘기해?"

태산이 이수에게 묻는다. 귓가에 훅 끼치는 숨결에 이수가 숨을 삼킨다. 도진의 얼굴이 경악으로 일그러지고…… 태산씨……? 이수는, 이수는 아무것도 할 수가 없다. 숨을 쉴 수도, 움직일 수도, 말을 할 수도. 태산에게 안겨 있다는 걸 직시한 순간부터 거의 얼음 상태였다.

"오늘은 그립감이 아주, 다……른데?"

그와 동시에 현관문이 벌컥 열린다. 아직 상황을 파악하지 못한 태산은 계속 이수의 몸을 더듬거리고 있다. 현관문을 열고 나온 건 당연히 세라였다. 왜 세라가 저기…… 어? 태산은 뭔가 잘못됐다는 걸 그제야 깨닫는다. 이수와 눈이 마주치고는 기함하며 나가떨어진다. 이수는 아무 말도 못 하고 어깨를 잔뜩 움츠린 채 서 있다. 세라는 이 상황을 관망하며 나른하게 현관문에 기대서 있다. 태산은 놀란 가슴을 쓸어내리느라 정신이 없다.

"마중 갈랬더니 왔네, 벌써. 무슨 상황인지 누가 설명 좀 하지?"

"실수야, 실수. 난 넌 줄 알았지. 이거 내가 사준 옷이잖아. 완전 너라고 생각했지."

태산의 이마에 땀이 삐질 흐른다. 구원투수를 보는 심정으로 이수를 보는데 정작 이수는 바닥만 보고 있다. 뭐라고 말 좀 해봐요, 이수씨! 미치겠네.

"진짜야. 난 정말 넌 줄 알고 놀라게 해주려고, 이수씨일 줄은 생각도 못 하고. 이수씨, 정말 미안해요. 진짜 미안해요."

태산이 장황하게 상황을 설명하면서 이수에게 사과까지 건넸지만, 이수는 아무 말도 귀에 들어오지 않는다. 대답할 말도 못 찾겠다. 그저…… 등에 닿았던 태산의 체온과, 특유의 체취 같은 것들로 멍할 뿐이다.

모든 상황을 잠자코 보고 있던 도진이 이수에게 다가간다. 이수가 입고 있던 점퍼를 벗겨 세라에게 건넨다. 이수는 갑자기 드러난 목덜미에 한기를 느낀다.

"이 옷이 문제였네. 건축가란 놈 눈썰미가 이 정도예요. 어디 가서 소문 내지 마라. 우리 간판 내릴라."

도진이 아무 일도 아니라는 듯 이를 환하게 드러내며 웃어 보인다. 그러고는 아직도 정신 못 차리고 망연자실 서 있는 이수의 팔목을 낚아챈다.

"어디 가던 길이죠? 갑시다."

도진이 이끄는 대로 비척거리며 걷는 이수. 그 모습을 보던 세라가 집으로 들어간다.

"뭐 이런 일이 다 있냐."

태산이 잽싸게 따라 들어간다. 재차 변명 아닌 변명을 해보지만 돌아오는 반응은 냉랭하다. 텅 빈 현관 앞에 구두 한 켤레가 놓여 있다.

• • •

근처에 이런 데가 있었나. 집 근처를 조금 벗어났을 뿐인데 흐드러지게 핀 벚나무들이 즐비하다. 간간이 켜져 있는 가로등 때문에 벚꽃 잎이 빛나고 있다. 봄이라지만 밤이어서 쓸쓸하다. 얇은 외투라도 걸치지 않으면 금세 감기가 걸릴 것 같은 날씨다. 밤바람이 불기 시작하자 벚꽃이 춤추듯 날린다.

이수는 넋 나간 사람처럼 앞만 보고 걷고 있었다. 태산에 대한 감정을 들킬까 노심초사 지내던 며칠이다. 세라의 뾰족한 말이 심상치 않았던. 그런 이수에게 이런 일이 생겼으니 넋이 나간대도 이상할 일은 아니다. 도진은 언제부턴가 이수의 마음을 이해할 수 있는 범위가 점점 넓어지고 있었다. 동병상련이라 그런가.

"좀 괜찮아요? 홍프로까지 나와서 더 당황했겠네. 태산이도 실수한 거니까 너무 불쾌하게 생각하진 말아요."

이수의 긴 머리카락 사이로 내려앉는 벚꽃을 전에도 본 적이 있다. 도진이 상상하는 초원에 앉아 있던 이수의 머리카락에도 꽃잎이 내려앉았다. 우리는 버드나무 아래 있었던 것 같다.

"알아요. 분명 실수인 거 아는데…… 너무 생생해요."

이수가 걸음을 멈춘다. 아직도 태산이 품에 안겨 있는 것처럼 얼떨떨한 표정을 지으며.

"지금도 내 등뒤에 있는 것 같아요, 태산씨가."

내가 아무리 노력해도, 임태산이 한 번 나타나면 모든 게 다 무너진다. 이수가 말했던 짝사랑의 룰을 생각했던 시간도, 떨리는 마음을 달래며 했던 고백도 다 쓸데없다. 갑작스러운 태산의 포옹으로 모든 게 사라져버렸다. 그거 하나로 모든 것이. 도진은 슬슬 화가 나기 시작한다.

"느낌이, 너무 생생해서…… 아직도 안겨 있는 거 같아요."

도진은 순간 자신이 백조처럼 느껴졌다. 고아한 척 호수에 떠 있지만 수면 아래서는 미친 듯이 발버둥을 치는 그 새처럼. 도진은 화가 나도 내색할 수 없는 자신이 싫다. 나는 왜 이렇게 담담한 척을 해야 하는지. 그리고 이 여자는 겨우 한 발 내디디면, 또 그만큼 멀어진다.

"생생한 게 문제면, 그럼 이렇게 합시다."

도진의 목소리에 이수가 도진을 본다. 이제야 날 봐주는구나. 도진이 그대로 이수의 턱을 당겨 입을 맞춘다. 살짝 대고 마는 수줍은 입맞춤이 아니다. 서로의 입술과 입술을 기억하고 있는 과거의 연인처럼. 이수가 움찔하자 도진이 살며시 양어깨를 잡는다. 이수는 도진을 밀어내지 못한다. 입술이 부드럽게 젖는다. 도진이 천천히 입술을 뗀다. 이수는 자신이 눈을 감았었다는 걸 그제야 깨닫는다.

명백히 키스였다. 지금, 도진의 입술이 닿았다 떨어졌다. 이 정도로 정리하는데도 이수는 한참이 걸린다. 도진은 담담한 얼굴로 재킷을 벗어 어깨에 걸쳐준다. 단단히 잡혀서 선택의 여지가 없다.

"어때요. 더 생생한 다른 고민거리가 생겼는데."

벚꽃잎이 바람결에 날려 눈앞에서 흩어진다. 도진의 눈빛은 이수를 보며 빛나고 있다.

그 눈빛에 이수는, 아무 생각도 할 수 없다. 아닌가, 태산 때문인가. 그렇지만 입술의 감촉은 이렇게 생생한데. 머리가 얼얼하다.

. . .

"뭐?!"

침대에 팔베개를 하고 누워 있던 태산이 벌떡 일어난다. 세라는 화장대 거울을 보며 머리 묶는 데 집중하더니 말끔히 묶인 머리를 한번 흔들어본다.

"정말 모르는 거야, 모르는 척하는 거야?"

세라가 거울로 태산을 보며 물어도 태산은 고개만 절레절레 흔들고 있다. 믿어지지가 않는다. 답답한 마음에 세라가 돌아앉는다.

"이수 수첩에 끼워져 있는 임태산 사진, 이수 침대 밑에 숨겨둔 임태산 등번호 새겨진 장갑. 이건 말이 되나?"

구체적인 물증을 들이밀자 더 말문이 막힌다. 놀라움도 아직 가시지 않았다. 세라는 무슨 의도로 저런 말을 하는 거지? 말도 안 되는 얘기다. 이수가 좋아하는 건, 도진이다. 눈앞에서 고백하는 것까지 봤다. 무슨 설명이 더 필요할까.

"정말 몰랐어? 이수가 태산씨 좋아하는 거? 알면서 은근히 즐긴 건 아니고?"

"비꼬지 말고 정확하게 다시 물어. 대체 뭐가 알고 싶은 건데."

더이상 알고 싶은 것도, 알 필요도 없다. 다만 태산에게 확인하고 싶을 뿐이다.

"이수의 이십 초 남자가 임태산 당신이었다고! 지금도 마찬가지고."

"......"

"뭐가 알고 싶냐고? 당신 기분이 어떤지 알고 싶어."

세라보다 이수 기분을 배려한 적도 한두 번이 아니다. 한번 의심하기 시작하니까 걷잡을 수가 없다. 저를 갉아먹는 열등감을 발전의 기저로 삼고 싶은 걸까. 세라는 어쩌면 지금 어떤 끝을 보고 싶은 건지도 모르겠다. 그 끝에서 자신에 대한 태산의 확신을 얻을 수 있다면 좋겠지만. 태산이 자신을 어느 정도로 생각하고 있는지 궁금하다. 여자의 직감이란, 때로 모든 것을 알 수 있게 하기도 한다. 세라는 그걸 믿는다.

"관심 없다, 별로다, 그 말은 안 나오네."

태산이 혼란스러워하는 모습이 보기 싫다. 이럴 줄 알고 태산에게 말하는 것을 미뤄왔는지도 모르겠다. 그렇지만 오늘은 도저히 참을 수 없었다. 사탕발림으로 맹세했다면 좀 나았을까? 아니다. 가짜 마음은 가짜 보석보다도 더 나쁘다.

이수는 차마 문을 열지 못하고 서 있다. 도진이 놓고 간 구두가 현관을 향해 놓여 있다. 문을 열어줄 누군가를 기다리고 있는 것처럼. 오늘 밤에 일어난 모든 일들이 이수에겐 너무 버거웠다.

도진이 걸쳐주고 간 재킷에서 그의 냄새가 난다. 코앞까지 다가오던 도진을 떠올리자 어깨가 떨려온다. 그러니 눈을 감은 건 당연하다, 어쩌면. 그때 태산이 현관문을 열고 나온다. 전에 없이 복잡한 표정이다. 태산이 문가에 놓인 구두를 들어올려 이수에게 건네고 그대로 지나쳐 간다. 눈인사도 없이. 태산을 돌아보지도 못하고 집으로 들어가지도 못하고, 하염없이 서 있는 이수다.

・ ・ ・

술맛 떨어지는 소리 좀 안 나게 해라. 정록과 윤은 그런 심정이었다. 맞은편에 나란히 앉아 세상 근심 다 짊어진 사람처럼 술잔을 기울이는 두 녀석 때문이다. 시간차를 얼마 안 두고 들어와서는 말도 없이 자작질이다. 한 놈이면 그런가보다 하겠는데, 다른 놈도 마찬가지다.

"대체 왜 그러는데. 무슨 일이냐고."

보다 못한 정록이 물어도 대답이 없다. 둘 다.

"뭔데. 회사 망했냐? 부도야?"

윤도 나서보지만 묵묵부답 각자의 잔에 술만 따른다. 단번에 잔을 비운 도진이 입술에 묻은 술을 닦으며 못 이기는 척 한마디 한다.

"그런 거 아니야."

그냥 뒀다간 무슨 상상의 나래를 펼칠지 몰라 던진 말이다. 태산이 밭은 숨을 내쉰다.

"내가 뒷모습만 보고 세란 줄 알고 이수씨를 안았어. 세라가 그걸 봤고."

"여자들이 좋아하는, 백 허그?"

정록이 신난 얼굴로 눈을 반짝이자 도진과 태산이 동시에 주먹을 든다. 분위기 파악 못 하는 건 국가대표감이다. 이걸 콱!

・ ・ ・

거품이 한 번 피어나기 시작하자 순식간에 불어난다. 심란한 마음에 무작정 몸이나 담그면 낫겠지 싶었다. 하지만 별 소용이 없다.

"짝사랑을 시작해보려구요, 댁을."

짧은 시간 동안 너무 많은 일이 일어나버렸다. 멍한 표정으로 뭉게뭉게 인 거품을 휘젓는다. 양손으로 풍성한 거품 한 덩이를 떼어내 훅 불어본다. 작은 비눗방울 한두 개가 포르르 떠오른다. 그 부드러운 감촉에 거품이 닿을 듯 말 듯 팔을 쓸어본다. 눈이 저절로 감긴다.

"이쪽은, 내가 짝사랑하는 서이수씨."

떠오르는 비눗방울마다 도진과의 일들이 투영된다. 도진을 떠올리면 떠올릴수록 욕실엔 더 많은 비눗방울이 부유한다.

도진은 생각 이상으로 여기저기 흩어져 있다. 이수의 허리를 뒤에서 안은 채 거리를 걷기도 하고, 때론 샤워가운을 입고 있기도 하고, 상반신을 노출한 채이기도 하다. 이수는 머릿속에 피어오른 기억들을 거품에 담아서 천장으로 띄워 보낸다.

도진이 맞았다. 키스는, 결국 포옹보다 더욱 생생하다. 지금 이수에게는 그 일이 새로운 고민거리가 됐다. 습기로 뿌옇게 된 욕실에 가득차 있는 비눗방울이 환상처럼 느껴진다. 조명을 받아 무지갯빛으로 반짝거려서 더 현실감이 없다. 도진의 입술 감촉이 두려우리만치 생생하게 남아 있다. 도진의 입술을 타고 흘러나왔던 말들도. 이 감정을 뭐라 설명할 수 있을까.

6. 위에 있는 여자, 아래 있는 남자

나른하다. 길고 긴 목욕을 끝낸 터라 손 하나 까딱하고 싶지 않지만
건조함은 피부노화의 적. 화장 솜에 스킨을 덜면서도 온통 딴생각뿐.
도진이 벗어주고 간 재킷은 얼마 전에 있었던 일의 목격자처럼 남아 있
다. 아직도 얼굴이 뜨겁다. 입술의 감촉이 아직도 생생하다. 내가 너무
늦게 밀쳤나? 즐겼다고 생각하는 거 아냐? 미치겠네…… 혼자 중얼거
리며 서랍을 여는데 즐겨 입는 팬티가 안 보인다.

"야옹이 팬티 어디 갔지? 안 빨았나?"

. . .

4월 18일 수요일…… 도진이 침대에 누운 채 중얼거린다. 부스스 일
어나 습관적으로 전자시계를 본다. 선명한 숫자에 잠이 확 깬다. 18이
아닌 19다.

펜. 펜 어디 갔지. 도진이 급히 이불을 걷어내고 옷장을 연다. 재킷들의 앞주머니를 빠르게 살펴보지만 어디에도 펜은 없다. 아무것도 기억나지 않는다.

굳은 얼굴로 방을 나서는데 고소한 냄새가 풍긴다. 앞치마를 곱게 두른 처자, 아니 윤이 찌개 간을 보고 있다. 식탁에는 깔끔하게 밥상이 차려져 있다. 무슨 상황인지 모르겠다. 도진이 천천히 식탁으로 다가간다.

"뭐……하냐?"

"아침하잖아. 씻고 나와, 찌개 다 끓었어."

이 대화는 뭘까. 그러고 싶지 않지만 보통 어떤 관계에서 이런 대화가 오가는지 생각하게 된다. 도진이 흠칫한다. 하려던 중요한 이야길 까먹을 뻔할 정도로.

"혹시 나 어제 몇 시에 들어왔는지 알아?"

"같이 들어왔잖아."

"어디서 만났는데."

"정록이 가게에서. 너, 혹시."

윤이 몸을 돌리자 화사한 꽃무늬 앞치마가 드러난다. 으악, 내 눈!

"어, 일 년 반 만이다. 나 어제 무슨 일 있었나?"

그동안 잠잠하다 했다. 이렇다 할 굴곡도, 별 탈도 없이 이어지던 일상이었다. 서이수를 만나기 전까지는.

"무슨 일은 태산이한테 있었지. 어제 태산이가 서선생 안았다던데?"

하루 동안의 기억이 증발된 사이, 부디 아무 일도 없길 바랐건만.

"너도 봤어. 니가 목격자였거든."

"나 어제 뭐 입었냐?"

더욱 펜을 찾는 게 시급해졌다. 그 안에 잃어버린 '어제'가 들어 있을 것이다.

. . .

"정말 몰랐어? 이수가 태산씨 좋아하는 거?"

조감도 위로 세라의 목소리가 툭 튀어나온다. 태산이 미간을 좁힌다. 이수씨가 날 좋아한다니, 금시초문이었다. 하루이틀 안 사이도 아니다. 태산은 세라가 농담이라 말해주길 바랐다. 만약 세라 말이 사실이라면, 내색 한 번 않은 이수의 심중도 궁금하다.

앞으로 불어닥칠 일들에 대한 걱정에 태산은 복잡한 표정이다. 세라가 큰소리를 낸 것도, 마음에 걸린다.

"이수의 이십 초 남자가 임태산 당신이었다고! 지금도 마찬가지고."

후— 태산이 긴 한숨을 내쉬자 한참 준비하고 있는 프로젝트를 설명하던 최팀장을 비롯한 모두가 시선을 집중한다. 회의에 전혀 집중하지 않은 셈이 됐다. 그래도 명색이 소장인데. 태산이 머쓱하게 일어선다. 일단 머릿속에 꼬인 매듭을 풀지 않으면 아무것도 집중하지 못할 것 같다.

"미안한데, 회의 이따 퇴근 전에 다시 합시다."

"잠깐 얘기 좀 하자."

태산 곁에 앉아 있던 도진이 따라 일어선다.

"미안. 집중 못 했어."

도진도 집중이 안 되기는 마찬가지였다. 태산과는 다른 이유로 머릿속이 복잡했다. 펜을 어디에 놔둔 거지? 그것 때문에 회의 내내 초조했다.

"어제 나 말이다."

태산이 바로 도진의 말을 자른다.

"잠깐, 나부터 하자."

도진이 걸음을 멈추고 태산을 본다.

"내가…… 사과해야 할 단계인 거냐?"

무슨 소리지? 도진은 알 수 없다. 태산은 곤란한 표정으로 뒷머리에 손을 가져가 헝큰다. 망설이는 표정이다. 태산이 실수로 이수를 안았다는 건 잘 알고 있다. 내가 목격자라는 걸 윤으로부터 들었다. 대체 왜 그 여자를 안은 거야? 사과해야 할 단계라는 게 뭐지?

"어제 내가 이수씨한테 실수한 건 확실한데, 너한테도 실수한 건지 해서. 이수씨랑 너, 정확히 어떤 사이인지 묻는 거야."

우리가 정확히 어떤 사이인지 나도 알고 싶다. 누구에게 물어야 확실한 대답이 나올까. 도진은 딱히 해줄 수 있는 말이 없다. 같은 질문을 이수에게 했다면 또 손사래를 쳤겠지.

나는 태산이 이수를 안은 상황에서 어떤 반응을 보였을까.

"니가 보기에 어제 내 반응은 뭐였는데?"

태산은 도진의 말이 퍽 밉살맞게 들렸다.

"나 진지하게 묻는 거야."

정색하는 태산에게 도진도 무언가를 말해주고 싶다. 나도 아는 바가 없으니 답답하단 말이다. 도진은 어제의 일을 떠올리려 할수록 머리 한 구석이 지끈거릴 뿐이었다.

"난 어제의 정황을 묻는 거야. 네가 서선생을 왜 안았는지. 그후에 무슨 일이 있었는지. 희극이야, 비극이야?"

"무슨 소리야. 너 혹시?"

"어, 다시 재발했나봐."

"녹음기 안 들었어?"

"없어, 녹음기가. 어제 입었던 재킷도 없고."

펜을 갖고 다니며 모든 일상을 녹음하는 덴, 이유가 있었다. 남들이 오해한다는 것도 안다. 그렇다고 자아도취도 아니고 변태적인 취미가 있는 것도 아니라고 일일이 이해시켜주고 싶지는 않다. 혹시 모를, 이런 날을 위해서다.

"이수씨가 걸치고 있던데? 병원부터 가봐."

"녹음기부터 찾고."

도진이 잠시 생각에 골몰한다. 만약에 하루 정도의 기억이 사라져야 한다면, 그날이 지독하게 괴로운 날이었으면 좋겠다고 생각한 적이 있었다. 지금은 아니다.

그리고, 구두.

"아, 혹시 내 방에서 구두 상자 못 봤나? 내가 사서 사무실로 들고 온 것까진 기억이 나는데, 사무실에 없어서. 되게 예쁜데, 그거."

"그것도 이수씨한테 있더라."

태산의 말에 도진이 지체 않고 바로 걸음을 옮긴다.

"나 오늘 생리휴가."

보기엔 아무렇지 않아 보였는데. 최근에 스트레스가 심했나. 완벽해 보이는 도진이 갖고 있는 유일한, 병이자 약점이다. 태산은 착잡한 마음에 발걸음이 떨어지질 않는다.

学교 앞은 하교하는 학생들로 붐볐다. 도진은 갓길에 차를 세우고 편안히 몸을 기댄다. 얼마쯤 흘렀을까. 멀찍이 이수가 보인다. 동료 선생으로 보이는 여자와 이야기를 나누다 도진을 보고 눈이 커진다. 이수가 곤란한 듯한 표정을 짓고 도진을 향해 다가온다.

"여긴 어쩐 일로……"

이수가 쭈뼛거리며 도진의 표정을 살피지만 아무것도 읽을 수 없다. 이수로선 키스 후 처음 맞닥뜨리는 거라 영 어색하다. 시선도 잘 못 맞추겠다.

"내가 내 전화 받으라고 했죠. 왜 안 받아요?"

도진 곁에 가까이 온 순간부터 얇은 입술이 신경쓰여 죽겠다. 도진은 평소랑 다르지 않다. 내가 어색할까봐 일부러 저러는 건가? 배려라는 생각까지 든다. 이수는 어제 일이 오버랩되지 않도록 애써 시선을 내리깐다.

"학교에선…… 전화 잘 안 받아요."

"핑계는. 혹시 약속 있어요?"

도진이 조수석 문을 연다. 이수는 잠시 망설인다. 지금 이 차를 타면, 우리 사이가 많이 바뀌게 되는 건 아닐까. 다른 사람들은 키스 후에 어떤 얼굴로 서로를 대할까. 처음 키스해본 것도 아닌데 어떻게 대처할지 모르겠다. 전에 어땠는지 전혀 기억나지 않는다.

조신하게 조수석에 올라타자 도진이 차 문을 닫는다. 문 닫히는 소리에 괜히 어깨가 움찔한다. 사귀는 사이도 아니면서 어떻게 키스할 수 있냐고 호들갑 떨 나이는 아니다. 그럼에도 쉬운 여자처럼은 보이고 싶지 않다.

아무 말도 않고 창밖만 보고 있는데 도진도 말없이 운전만 한다. 아씨, 왜 말을 안 시켜…… 참다못한 이수가 최대한 덤덤한 표정으로 도진을 본다. 날렵하게 빠진 옆얼굴을 훑다 자연스레 입술에 시선이 안착한다.

"우리 지금 어디……"

"집에요."

도진에게서 돌아온 대답은 생각지도 못한 거였다. 집엘 왜? 데이트도 아니고, 집에?

"우리 집에……"

"네, 내 재킷 갖고 있다면서요."

도진은 너무도 담담하다. 어제 정도의 일은 도진에게 아무것도 아닌 건가. 아님, 혹시 내가 꿈을 꾼 건가? 혼란스럽다. 나 혼자 김칫국 마시고 있던 건 아닐까. 민망함에 얼굴이 달아오른다. 약간 화도 나고.

키스한 거, 없던 일인 셈 치는 건가?

"데이트하는 줄 안 모양인데, 다음에 합시다. 오늘은 내가 여러 가지로 상황이 안 되니까."

"그런 게 아니라, 저한테 뭐 할 말 없으세요?"

"내가 할 말이 있어야 되는 상황입니까?"

참 뻔뻔하다. 이수는 순간 수치스럽다. 저자는 별것 아니라고 생각하는 일을 혼자서 엄청나게 부풀리는 여자가 된 것 같다. 기가 막히고, 창피하다. 억울하고 분하기도 하고. 저런 자와 키스한 것을 곱씹고 곱씹었던 바보 같은 자신이.

"고마웠어요."

이수가 굳은 얼굴로 재킷을 건넨다. 도진은 포켓에 꽂힌 펜부터 확인한다. 제대로 꽂혀 있는 펜을 확인한 후에야 밭은 숨을 내쉰다. 안도하듯.

"따뜻했어요?"

평소의 짓궂은 김도진으로 돌아와 있다. 모드 변환이 빠르기도 하지. 이수는 기가 막힐 노릇이다. 이자가 지금 뭘 하자는 건지 모르겠다. 혹시, 가지고 노는 걸까? 의심이 들기에 충분한 상황이었다.

"따뜻했던 걸로. 그럼 갑니다."

"……그냥 저도 모른 척하면 되는 건가요?"

뒤돌아서 가던 도진이 멈춰 선다. 무슨 일이 있긴, 있었구나. 아무 정황도 모르기에 이수를 마주쳤을 때부터 어떤 대처도 할 수 없었다. 무슨 말이라도 해주길 바라다가 이내 체념한다. 도진으로선 그저 빨리 녹음기를 들어야겠다는 생각뿐이다. 괜히 공백을 메우려 떠들어뎄다 무슨 바보 같은 말을 할지 몰랐다.

"김소장님처럼 아무 일 없던 척, 하면 되는 거냐고요."

"우리 어제, 무슨 일 있었어요?"

아무렇지 않은 도진의 표정에 이수는 다시금 화가 치밀어오른다. 혼자 난리법석 떤 꼴이다. 억울해. 가슴 떨려했던 게 바보 같고, 우리 사이가 달라질 거라고 기대한 게 비참하다.

"제가 착각했네요. 이렇게 나올 줄은 생각도 못 하고, 그냥 실수다, 아무 일도 없었다. 쌩까도 내가 쌩까려고 그랬는데, 완전 황당하네요. 지금."

"계속해봐요."

"물론 이런 거……"

스스로에겐 '이런 거'가 될 수 없다는 게 비참하다. 자신이 바보 같다는 생각이 들어 울컥한다. 이러다 볼썽사나운 꼴을 보일지도 모른다. 최악의 경우, 눈물을 흘린다든가 하는.

"되게 촌스러운 줄은 아는데요, 저한텐 별로 사소한 일, 아니었거든요."

"혹시 어제 우리, 잤습니까?"

"김도진씨!"

바짝 약이 오른 주먹을 도진의 태연한 얼굴에 대고 꽉 쥐는데 핸드폰이 울린다.

"전화부터 받아요."

도진이 고갯짓으로 핸드폰을 가리킨다. 예상치 못한 이름이 떠 있다.

"태산이죠?"

그런 이수의 표정을 읽은 도진이 대답할 틈도 안 주고 전화를 빼앗아 든다.

"어, 난데."

이수가 어버버거리며 어쩔 줄 모른다.

"같이 있어. 근데 뭔지 모르지만 나 계속 바보 같은 소리 하고 있나 봐."

핸드폰을 어깨에 낀 도진이 재킷에서 펜 녹음기를 꺼내 주머니에 넣는다.

"찾았어. 이제 가서 들어봐야지. 끊는다."

도진이 급히 전화를 끊곤 이수 손에 핸드폰을 쥐여준다.

"갈게요. 하던 얘긴 내일 다시 합시다. 그게 뭐든."

성큼성큼 걸어가는 뒷모습을 보는데 어안이 다 벙벙하다. 뭐 저런 자가 다 있어! 신경질적으로 현관문을 잠그고 돌아서는데 도진의 마지막 말이 불길하게 스쳐간다.

펜을…… 듣는다고?

· · ·

사무실로 돌아온 도진은 덤덤한 표정으로 녹음기를 듣고 있다. 태산은 그런 도진을 살피고 있다. 자신이 이수를 안은 부분이 나오면 어떤 반응을 보일지 조마조마하다.

아니나 다를까, 한참 듣던 도진이 미간을 팍 구기며 돌아본다.

"그립감?"

헤드폰을 낀 채라 꽤 목소리가 크다. 도진의 기세에 움찔한 태산이 배시시 웃는다.

"다 듣고 한꺼번에 얘기해."

태산은 적당히 수습하고 괜히 미니어처를 들여다보고 있다. 도진이 다시 녹음기에 집중한다. 내색은 않고 있어도 오히려 조마조마한 건 도진 쪽이다. 뭔가 불안한 전개가 기다리고 있을 것 같아서.

'생생한 게 문제면, 그럼 이렇게 합시다.'

그리고 예감은 적중했다. 헤드폰을 낀 도진의 눈빛이 수초간 흔들린다. 서이수가 화를 낼 만한 상황이 확실하네. 술에 취했던 것도 아닌데 모르쇠로 굴었으니. 물론 기억이 없는 건 사실이지만.

일상생활에 심각하게 피해를 일으키는 수준은 아니었지만 도진은 이런 일이 생길까봐 종종 두려웠다. 순간의 조각들에는 그때만의 공기 같은 게 있다. 아무리 녹음을 하더라도 그것까지 복원할 수는 없다. 그 순간의 내가 어떤 감정이었을지, 그 여자는 어떤 눈빛을 하고 있었을지. 당시가 아니면 두 번 다시 오지 않을 감정들을 나는 잃어버린 것이다, 영원히. 상상력을 발휘해보지만 여전히 구멍은 있다. 내 의지로 인해 일어났던 모든 일들에서 '내 의지'가 무엇이었는지 모르므로.

도진의 행동에 이상한 낌새를 느낀 태산이 행동을 멈춘다.

"왜. 뭐, 실수한 거 있어?"

도진은 대답 없이 헤드폰을 슥 벗는다. 황망한 표정이다.

"실수는 오늘 한 거 같다. 근데 어제의 난…… 너무 매력적인데?"

저 자식, 진심이다. 방금 진심으로 이야기했다. 다시 녹음기에 집중하는 도진. 태산은 조금 심란해진다.

· · ·

"녹음기요?"

윤이 고개를 끄덕인다. 이수가 커피를 한 모금 들이켠다.

"그 펜이 녹음기라고요?"

확인하듯 물으면서도 심장이 두근거린다.

"네, 도진이는 하루 이십사 시간 일 년 삼백육십오 일 모든 일과를 녹음해요."

"왜요?"

윤이 곤란한지 이마를 계속 만진다. 이수는 그 모습을 종이컵을 쥔 채 초조하게 지켜본다. 무슨, 병이라도 있나. 신체는 무지 건강해 보이던데.

"도진이한테 특이한 증상이 좀 있어요. 뇌에는 아무 이상이 없다는데, 쇼크성 스트레스를 받으면 짧게는 몇 시간, 길게는 하루 정도를…… 잊어버려요."

컵을 쥔 손에 힘이 들어간다. 혹시나 동정하는 표정을 지어버릴까봐, 도진의 남모를 사정에 필요 이상으로 동요해버릴까봐.

"지금이야 번듯한 건축 사무소지만, 태산이랑 스물일곱에 회사 차려서 지금처럼 키우기까지 세 번 망했거든요."

"망했……었어요?"

조금 놀랐다. 영화의 반전을 지켜볼 때처럼. 그렇게 잘나 보이는 그 자에게도 사연이 있었다니. 추락과는 거리가 먼 사람 같은데. 지금의 완벽해 보이는 모습은 어쩌면 그런 평지풍파를 겪으며 단련된 걸까.

"첫번째 망했을 땐 자존심 잃고, 두번째 망했을 땐 집도 잃고 차도 잃고, 세번짼 좀 심각했죠. 빚은 그렇다 쳐도 사람 잃고, 상처받고, 배신도 당하고…… 그때 생긴 병이에요, 그게."

마음 한구석이 찌르르하다. 시큰거리는 거 같기도 하고. 마냥 짠했다. 늘 자신감 넘치고 당당해 보여 그런 상처가 있을 줄은 상상도 못 했다.

"그래서 성격도 그렇게 까칠하게 변한 거구나……"

윤이 피식 웃는다.

"그건 원래 성격이구요. 어릴 때부터 쭉, 일관성 있게 까칠했어요."

윤의 증언이면 확실히 믿음이 간다. 변호사가 위증을 할 리 없으니까. 잠깐. 어젯밤 내내 녹음기는 내 방에 있었다. 켜져 있던 것은 아니겠지. 그자를 알고 난 뒤 혼잣말하는 습관은 더 중증이 된 터라…… 악, 비가 쏟아지려고 밀려오는 구름떼처럼 불안감이 몰려온다.

"그 녹음기 설마 이십사 시간이나 길게 녹음되고 그런 건 아니죠?"

"사십팔 시간도 가능할걸요?"

오 마이 갓. 목욕 후 혼자 중얼거린 멘트들……이 거기 고스란히 담겨 있을 가능성이 농후하다. 이수가 귀신을 본 사람처럼 벤치에서 벌떡 일어난다. 그자를 알고 난 뒤 스피드를 요하는 일이 유독 많다. 지금이 바로 그 순간이다.

"안녕히 들어가세요!"

꾸벅 인사하곤 냅다 뛰어가는 이수. 벤치에 덩그러니 남겨진 윤이 고개를 갸웃한다.

"정말 이상 없어요?"

세번째다. 대답하기도 지친 의사가 MRI를 가리킨다. 보고도 모르겠냐는 듯이. 도진이 단발적으로 기억을 잃는 증세가 생긴 뒤 수년째 찾고 있는 주치의라면 주치의다. MRI상으로 알 수 있는 것은 아무것도 없다. 돈만 쓰고 이게 뭐냐고. 의학적으로는 아무 이상이 없다는데, 그렇다면 내 육체엔 이상이 찾아온 게 의학적으로는 거짓이라는 건가? 현대의학에 대한 불신이 다시금 싹튼다.

"최근에 뭐 신경쓰이는 일 있었어?"

의사가 차트를 넘기며 묻는다. 도진이 피식 웃는다.

"결국 스트레스다? 현대의학 유치하다니까. 원인 못 찾으면 다 스트레스래."

"그러니까 심보를 곱게 써. 스트레스가 만병의 근원인 거 모르냐?"

"만 가지 병 중 내 병 하난 좀 구체적인 이유가 있었으면 좋겠거든요?"

"정신은 육체를 지배하고 있다고. 한동안 괜찮더니 뭔 일이 있어서

니 육체가 이렇게 지배당하냐. 화나거나, 불안하거나, 우울하거나, 그래, 요즘?"

최근 들어 수시로 찾아오는 감정들이긴 하다. 정확히 말하자면 그 여자를 만난 뒤 계속 나를 사로잡고 있는 감정들. 스트레스의 근원은 의외로 가까운 데 있을지도 모른다.

한 사람을 좋아한다는 건 그만큼 다양한 신경을 자극하는 일이었다. 설레다가, 가슴 졸이다가, 눈이 확 뒤집힐 만큼 화가 나기도 하고, 쉬이 잠들지 못하는 밤이 많아지고……

"셋 다요. 최근에 짝사랑을 시작했거든요. 더 최근엔 질투에 눈이 멀어 확!"

"사실 사랑보다 극심한 스트레스가 또 어디 있냐. 사랑, 그거 병이다. 만성 되기 전에 고쳐."

결국 내 몫이란 거네. 도진이 자리를 털고 일어난다. 비싼 진료비를 낸 보람이 없진 않다. 덕분에 내 감정 중에 적어도 세 가지는 면죄부를 얻었으니까. 나는 화나거나 불안하거나 우울할 이유가 합당한 사람이었다.

그 여자와 관련된 거라면 하루에도 열두 번씩 전복된다. 습관이 돼버렸으니 대처하는 수밖에 없다. 기억을 잃지 않도록. 이수에게 오늘 같은 실수를 반복하지 않도록. 상처가 됐을 테니까.

• • •

"내가 너무 늦게 밀쳤나? 즐겼다고 생각하는 거 아냐? 아, 미치겠네…… 괜찮아, 괜찮아. 입 안 벌렸으니까 됐어."

"어? 야옹이 팬티 어디 갔지? 안 빨았나?"

풉. 재킷을 벗던 도진이 참지 못하고 웃음을 터뜨린다. 거실 홈시어터에서 흘러나오는 이수의 목소리가 집 안에 울려퍼진다. 그런 속옷 취향이었나. 의외의 수확이다. 야옹이 팬티에 미련이 남는지 서랍 뒤지는 소리가 한참 계속된다. 도진이 웃음을 참으며 부엌으로 향한다.

"나쁜 자식. 키스를 아주 적금 붓듯 했어. 매달 꾸준히 꼬박꼬박. 사용감 없는 미사용 입술이나 다름없구만, 아우 씨!"

이수의 말끝에 탕 소리가 묻어난다. 불쌍한 주먹을 어딘가에 내리친 거겠지.

"이놈의 살은 빠지면 가슴부터 빠지지. 으흐."

이제 브래지어를 입나……보다. 자꾸 보이지 않는 것을 상상하게 된다. 브래지어 끈을 튕기는 소리에 이어서 작은 한숨소리가 들린다.

목소리가 하도 생생해 눈앞에 이수가 있는 것 같다. 지금이라면 속옷 차림일 테지만. 이수의 몸은 어떤 선으로 이어지고 있을까. 느긋하게 앉아 이수를 상상하는데 초인종 소리가 울린다. 누가 본 것도 아닌데 정신이 번쩍 든다. 도어폰 화면에 이수가 서 있다. 문을 열어주자마자 번개같이 튀어들어온다.

"그거……!"

다급함이 느껴지는 헐떡임이다. 도진이 현관문 위를 잡은 채 이수를 내려다본다. 방금 전까지 서이수 몸을 상상하며 혼자 즐거워했던 김도진은 없었던 걸로.

이수는 말을 잇지 못하고 숨을 고르고 있었다. 보고 있는 사람이 숨이 다 찬다.

"그 펜 녹음기라면서요!"

"누가 그래요. 혹시 윤이 만났어요?

"녹음된 거 들었어요?"

그래서 이렇게 득달같이 달려오셨군. 도진이 먼저 거실로 들어가자 이수가 슬금슬금 따라 들어온다. 방금 전까지 이수의 목소리를 들으며 실물을 상상했는데 이렇게 바로 손수 실물이 대령해주시다니. 쫌 즐거운걸. 속옷 차림의 이수가 겹쳐져서 약간 곤란하기도 하지만.

"왜요, 뭐 내가 들으면 안 되는 거 녹음됐어요? 혼자 있을 때 뭔 짓을 하길래 이래?"

"들었어요, 안 들었어요?"

"듣고 있는 중이에요."

별일 아니라는 듯 내뱉자 이수가 사색이 된다. 낮말은 새가 듣고, 밤말은 쥐가 듣는다고 했던가. 정말 그럴듯한 성현들의 지혜가 담긴 속담이다. 도진이 가진 자의 여유를 부리며 소파에 걸터앉는다.

"어디까지 들었는데요?"

두 손을 모은 채 대답을 기다리고 있는 이수가 귀여워 웃음이 나올 뻔했다.

"우리가 키스한 데까지?"

"정말요? 아, 다행이다. 맞아요, 어제 우리 벚꽃도 막 날리고…… 악!"

내가 뭔 말을 하고 있는 거야. 항상 이놈의 입이 방정이지. 이수가 냉큼 제 입을 막고 도진의 눈치를 살핀다. 저런 모습을 보이면 괜히 더 놀리고 싶어진다.

"내 입술이 꽤 장한 일을 했나봐요?"

"나 지금 바쁘거든요? 녹음기 어디 있어요? 김도진씨 방 어디예요?"

창피한지 외려 더 큰소리를 낸 이수가 행동을 개시한다. 여러 개의 문들을 가리키며 여기? 여기? 라며 다급해하자 도진이 가장 안쪽 방문을 가리킨다. 녹음기는 바로 제 옆에 있는데 말이다.

"잠깐만 실례할게요."

이수가 방문을 잡으며 조심스레 들어가려는데 도진이 녹음기를 집어 든다.

"그래요. 녹음긴 여기 있으니까."

도진이 유유히 손을 흔들어 보인다. 흐억, 소리를 삼킨 이수가 냉큼 달려와 낚아채려 하지만 쉽지 않다. 자리에서 일어선 도진이 손을 높이 들자 닿을 방도가 없다.

"아, 좀 줘봐요. 잠깐만."

이수가 필사적으로 발돋움해보지만 도진은 뒤로 물러나며 약을 올릴 뿐이다.

"무슨 짓을 했길래 이러실까?"

도진이 소파 쪽으로 슬슬 걸어가며 이죽거리는 게 얄미워 죽겠다. 이수도 어쩔 수 없이 그쪽으로 다가간다.

"좋은 말로 할 때 내놔요!"

"입장 바꿔봐요. 이렇게 적극적인데 궁금해서 주겠어요?"

아, 정말! 더는 못 참겠다. 이수가 발군의 운동신경을 발휘해 힘껏 뛰어오르자 도진이 휙 피한다. 피하는 것까진 좋았는데 무게중심을 잃는 바람에 이수는 소파로 눕다시피 넘어진다. 그것도 도진과 함께. 도진을 덮치기라도 하듯 이수가 도진의 위에 겹쳐져 있다.

어떡하면 좋지? 얼굴이 아픈 건 둘째치고 몸이 너무 밀착해 있다. 얇은 셔츠 사이로 도진의 체온이 느껴진다. 낯익은 체취에 어제 일까지 떠오른다. 몇 번이고 되새긴 장면이긴 하지만 지금이라면 곤란하다. 이수가 황급히 몸을 일으키는데 뜻대로 되질 않는다. 밑에 깔린 도진이 티셔츠를 잡은 탓이다.

얼굴은 시뻘겋게 달아올랐지, 닿아 있는 자세가 민망해서 제대로 눈도 못 쳐다보겠지. 그 와중에 더 움직였다간 옷도 늘어날 것 같다. 몇 번 안 입은 건데.

안절부절못하는 이수와는 달리 한 팔로 여유롭게 팔베개를 하고 있는 도진은 마냥 편해 보인다. 그 팔베개를 한 저 손에 녹음기가 쥐어져 있다. 고지가 눈앞인데!

"봐요."

"놓을 생각 없어요. 무슨 여자가 매번 이렇게 한치 앞을 못 봐."

도진이 티셔츠 쥔 손에 힘을 준다. 살짝 잡아당기는데도 배가 드러날 것처럼 아슬아슬하다. 이수가 벗어나기 위해 두 손으로 도진의 가슴을 누른다. 그러지 않으면 아예 도진의 품에 고꾸라질 것 같다. 여기서 더 민망한 상황이 펼쳐지게 할 순 없다.

"하지 마요!"

뱉어놓고 아차, 싶다. 뭘 하지 말라는 걸까, 난.

"뭘? 지금 할 거, 아님 앞으로 할 거?"

도진의 눈빛이 깊어진다. 다분히 의도를 담은 말이다. 성인이라면 누구나 알아들을 수 있는 말. 심장은 밖으로 튀어나올 것 같고, 그야말로 환장할 지경이다. 코너에 몰린 이수가 되는대로 소리부터 지른다.

"나 당신 고발할 거야!"

기대도 안 했지만 도진은 전혀 동요하지 않는다.

"환자한테 너무하네. 녹음기에 대해 들었으면, 내 상황도 대충은 알

왔을 텐데."

저런 표정 짓는 건…… 반칙이다. 순간이긴 하지만 보호본능을 자극하니까. 한창 날뛰다 진지한 분위기가 되자 잠시 정적이 흐른다.

"그러니까 오해 말아요. 모른 척한 게 아니라 기억을 못 한 거니까. 내가 어제 키스한 거."

"……알았으니까 이거 놔요."

"좋은 생각이 아니에요. 야옹이 속옷 다 보일 텐데."

야옹이 속옷? 이거 봐, 다 들었어! 망했어! 죽자, 죽어. 왜 하필 야옹이 속옷이야, 왜 서이수. 인간아.

"딱 내 스타일이에요. 난 원더우먼보다 캣우먼을 더 좋아하거든요."

팽팽히 당기던 고무줄을 탁 놓은 듯하다. 긴장감이 풀리는 동시에 창피함이 몰려온다. 이수가 도진의 가슴을 마구 때린다. 들었어, 들었어…… 쥐구멍이라도 있으면 숨고 싶다. 이수가 달아오른 얼굴을 두 손으로 가리며 맥없이 무너진다.

나 어떡해…… 중얼거리는데 뭔가 이상하다. 도진 위에 있었으니, 당연히 도진 가슴에 무너진 거다. 위치 선정에 문제가 있었다곤 하지만 내가 뭔 짓을 한 거야! 쪽팔림에 뒤로 물러나는데, 여전히 한치 앞을 못 보는 건 마찬가지다. 넘어질 것 같은 이수의 손목을 도진이 잡고 있다.

"이 여자 정말 스트레스네……"

아까부터 위에 올라타 모노드라마를 보여주시고 있다. 연출 서이수, 주연 서이수. 이 여자는 정말 존재 자체가 스트레스다. 더 손목을 당겨볼까, 부드러워 보이는 볼에 입 맞출까. 머릿속에 온갖 생각이 스친다. 이 짧은 시간에도 수없는 세포들이 활동하는 게 느껴진다. 짝사랑에 기인한 스트레스의 위력이란 엄청난 것 같긴 하다. 닿아 있는 자세도 신경쓰이지만 무엇보다도 이 여자의 표정이 스트레스의 근원이다. 붉으락푸르락 어쩔 줄 몰라하는 모습을 바로 눈앞에서 보고 있어야 한다니.

여자의 사랑스러움이란 때때로 보는 이로 하여금 고통을 동반하게 한다. 생물학적인 고통과 정신적인 고통을 함께. 동물로서의 본능과 그 본능을 억누르려는 이성이 싸운다. 그런데 이거, 누가 이기는 게 좋은 거지. 빨개진 눈가며, 헝클어진 머리카락, 살짝 드러난 하얀 배……

핥듯이 바라보는 도진의 눈빛에 이수의 심장박동이 좀더 빨라진다. 어쩌면 이수는, 어떤 행위가 이어지기를 기다리고 있는 걸까. 도진은 문득 어젯밤 이수와의 키스를 상상해본다. 어떤 감촉이었을까. 도진이 손목을 놓는다.

"가요."

"……"

"가요, 얼른. 지금 안 가면……"

이수는 도진의 말이 채 끝나기도 전에 벌떡 일어나 현관으로 달려간다. 뭘 또 저렇게까지 행동력 있어. 도진이 멀뚱히 보다 말을 끝맺으려 하지만, 이수가 말을 막는다.

"안 들어도 알아요. 지금 안 가면, 나 당신 안 보내, 뭐 그럴 거잖아요."

볼은 불그스름해져서는 필사적으로 외치는 이수가 귀엽다. 역시, 그게 뭐가 됐든 기대하고 있었어.

"지금 안 가면 차 막힌다, 그럴라 그런 건데?"

"진짜예요?"

몸을 일으킨 도진이 현관으로 걸어와 문을 연다.

"가요, 빨리."

현관문 위를 잡고 이수를 내려다본다. 이수가 잽싸게 꾸벅하더니 도망치듯 복도로 사라진다. 도진은 이수가 안 보일 때까지 하염없이 서 있다가 아쉬운 듯 현관문을 닫는다.

진짜일 리 있겠어요. 당연히 거짓말이죠.

"으, 보내기 싫다……"

· · ·

창밖에서 경적 소리가 울린다. 경미한 추돌사고라도 난 것 같다. 멍하니 턱을 괴고 있던 태산이 느릿하게 고개를 돌린다. 컴컴한 사무실엔 스탠드 불빛만 덩그러니 켜져 있다. 은은한 불빛이 태산의 얼굴에 음영을 만든다. 창밖을 바라보지만 눈에는 아무것도 담겨 있지 않다. 머릿속엔 온통 세라와 나눈 대화가 반복될 뿐이다.

자신의 기분이 어떤지 알고 싶다던 세라의 말에, 아무 말도 하지 못했다. 혼란스러움에 시간만 좀먹은 하루다. 태산은 종일 일이 손에 잡히지 않았다. 세라의 말에 무어라 대답했으면 만족스러웠을까. 세라도, 태산 스스로도.

누군가 나를 좋아한다는 건 듣는 것만으로도 숨을 죄어온다. 타인의 진심에 어떤 답도 해줄 수 없는 데서 온 미안함이었을까. 아니면 내 진짜 마음이 뭔지 확신이 없었던 걸까. 태산은 답을 찾고 싶었다.

한창 요란하던 셔터 소리가 일순 멈춘다. 카메라 액정을 보던 사진감독이 손을 든다. 쉬었다 가자는 액션이다. 세라가 손부채를 만들어 열을 식힌다. 뜨거운 조명 아래 몇 시간째 서 있었더니 진땀이 난다. 현장 스타일리스트가 세라의 동선을 따라 의상을 들고 걸어온다. 가방에서 핸드폰을 꺼내 확인하지만 기다리던 이름은 없다. 범래며 상훈이 같은 술친구들의 문자 몇 개가 전부다. 땀이 식으며 몸이 차가워진다.

"왜 그래. 무슨 일 있어?"
상훈이 잔을 내려놓으며 묻는다.
"아무 일 없어. 술이나 마셔."
늘 까칠하게 구는 세라니 그리 신경쓰지 않는 분위기다. 세라는 일행이 건배를 하든 말든 아까부터 핸드폰만 만지작거릴 뿐이다. 온통 남자들뿐인 술자리다. 세라가 만나는 친구들은 이수 외엔 이성친구밖에 없으니까. 태산에게선 여전히 아무 연락도 없었다. 장시간 화보 촬영을 하느라 체력도 바닥에 가까웠다. 그럼에도 악착같이 친구들을 만나러 왔다.
세라가 미련이 남은 듯 연신 핸드폰을 만지작거리는데 진동이 울린다. '마이 산'이 떠 있다. 하루 종일 기다리던 반가운 이름이다. 액정을 본 세라의 눈가가 보기 좋게 휜다. 야살스럽게 웃으며 핸드폰을 의자에 던지듯 놓는다. 그제야 술잔을 들자 범래가 부딪쳐온다.
"안 받아? 무슨 전환데?"
"아까 왔어야 하는 전화……"

세라는 아까보다 한층 여유 있어 보인다.

"이캐디님, 아직 대답 없으셔?"

범래는 고개를 젓는다. 대회가 코앞으로 다가왔다. 정신적으로나 실력으로나 버팀목이 되어줄 사람이 시급하다. 시기가 시기니만큼 캐디 구하기가 영 쉽지 않다.

"진짜 삼고초려라도 해야 하나?"

"기사까지 그렇게 났는데 뭐, 포기해. 딴 캐디 알아봐줄게."

소파에 놓인 핸드폰이 다시 울리기 시작한다. 범래가 눈썹을 찌푸린다.

"아냐. 내가 알아서 할게."

세라의 시선은 범래를 향해 있지만 온 신경이 핸드폰에 가 있었다. 진동 소리가 거슬리는 범래다.

"그냥 받아라, 아님 꺼놓든가."

보다 못해 한 소리 하지만 세라는 피식 웃을 뿐이다.

"못 받아. 받으면, 안 찾으니까."

적어도 내가 한 말에 상처받지는 말아야지. 세라는 스스로에게 되뇐다. 미지근하게 식은 술로 입술을 적신다. 오늘 같은 날은 술도 안 취하지. 세라가 무의식적으로 고개를 돌리는데 반가운 얼굴이 보인다. 태산이 술집 안을 두리번거리고 있다.

"봐, 안 받으니까 찾아왔잖아."

태산은 지쳐 보인다. 태산은 세라를 찾아 술집 뒤지고 다니는 게 언제부턴가 습관이 되었다. 몸의 피로까지 더해져 자존심이고 뭐고 생각할 여력이 없다. 다툼 후에 이어지는 소모적인 신경전을 끝내는 게 먼저다. 태산이 성큼성큼 걸어와 테이블 앞에 선다.

"서운하시겠지만, 좀 데려가겠습니다. 일어나."

맞은편에 앉아 있던 범래는 곱지 않은 시선이다. 태산을 올려다보는 데서 불온함이 느껴진다. 세라만 감지할 수 있는 건지도 모른다.

"누구?"

가만히 지켜보던 상훈이 의아한 듯 세라에게 물었지만 답을 들을 순 없다. 태산은 세라만 물끄러미 바라보다 손을 내민다. 그 손을 세라가 천천히 잡는다.

"내가 너 남자 만나는 거 가지고 뭐라는 게 아니잖아. 연락 안 되고 늦으니까 그렇지."

집 근처 골목으로 들어서자 태산이 손에 힘을 준다. 놓치지 않으려는 듯 손을 꼭 잡는다. 세라는 그 체온이 사랑스러우면서도 태산을 약 올리고 싶어진다. 끊임없이 질투를 유발하는 습관이 작동하고 있는 건지도.

"솔직히 말해봐. 내가 딴 놈이랑 잘까봐 겁나?"

세라에겐 이게 사랑을 확인받는 방식이었다. 아주 오래전부터. 질투를 유발함으로써 더 열정적인 사랑의 맹세를 받기. 그 점 때문에 연애에서 무엇보다 안정과 신뢰를 가치로 두는 태산과 꾸준히 부딪쳐왔고.

"그럼 신나겠냐?"

"긴장감은 있잖아."

"까분다. 우리 화해한 지 한 시간도 안 됐거든?"

피곤한 목소리였지만 달래는 투다.

"내가 오늘 전화 얼마나 기다렸는지 알아?"

세라가 잡은 손을 흔들며 투정부리지만 태산은 웃지 않는다.

"난 뭐 노냐? 여기서부턴 혼자 갈 수 있지?"

그 말에 세라가 잡은 손을 확 놓는다.

"배웅을 왜 하다 말아?"

또 신경이 날카로워진다. 세라는 느낌표처럼 이수가 떠올랐다.

"왜, 이수랑 마주칠까봐?"

"좋을 게 뭐 있어, 서로."

"실수였다며. 그럼 그걸로 끝 아니야? 왜 그렇게 신경쓰는데? 왜, 이수 보면 설렐까봐 겁나?"

태산이 멈춰 서서 엄하게 세라를 본다. 요즘 이수 때문에 한창 예민해져 있는데 태산까지 이런 식으로 나오면, 까지 생각한 세라가 입술을 꾹 깨문다. 이건 명백히 불쾌감이다. 지금 태산이 가장 신경써야 하는 건 이수가 아니라 나, 홍세라다. 지금뿐만이 아니라, 늘 그래야 한다.

"태산씨 나한테 미안하단 말도 안 했거든, 아직?"

"내가 뭘 미안해야 하는데. 이수씨가 나 좋아하는 게 내가 너한테 미안해할 일이야?"

연애 초기엔 세라의 통통 튀는 구석들이 자극적이고 신선했다. 하지만 이젠 피로가 앞선다. 이 시간에 언 놈이랑 어디서 뭘 하는지, 술취해 위태롭게 걷고 있는 건 아닌지.

오늘 힘들었던 건 피차 마찬가지다. 세라는 지금 태산을 전혀 배려하지 않고 있다. 몰아세우기만 할 뿐.

"나 누구랑 술 마시든, 당신 말고 딴 남자랑 안 자. 그러니까 그건 걱정 말고, 당신 입장이나 말해! 이수가 좋아한다니까, 설레? 좋아 죽겠니?"

"싫을 건 또 뭐야."

세라가 이성을 잃고 몰아붙이는 통에 태산은 욱하는 기질이 스멀스

멀 올라오려 한다. 세라가 이러는 건 신뢰의 문제다. 날 굳게 믿는다면, 이런 식으로 나오진 않을 거다.

"이수씨처럼 괜찮은 여자가 나 좋다는데 싫을 게 뭐냐고."

"지금…… 말 다 했어?"

"그러게 왜 떠봐, 성질나게! 하루 종일 일도 못 했어, 걱정돼서. 너 지금처럼 이딴 식으로 나와서 너한테 몇 안 되는 좋은 친구 잃을까봐."

"잃어야 하면 잃어야지. 이수 내보내면 그만이야."

"그렇게 해, 그럼."

태산은 아무 표정이 없었다. 세라가 불안에 가득 찬 심리 상태를 보이는 것도 이해한다. 하지만 그전에 태산도 하나의 인격체다. 나를 몰아세워서 네가 얻는 게 뭐니.

태산이 씁쓸하게 웃곤 진동하는 핸드폰 액정을 세라에게 보인다.

"마침 이수씨네. 방금 니가 잃은 친구."

의기양양하던 세라의 눈빛이 흔들린다. 세라 스스로 자초했다 하더라도, 상처받는 건 어쩔 수가 없다. 태산은 지금 나쁜 말을 했다.

머릿속이 마구잡이로 얽혀 속까지 메스껍다. 태산의 다정한 목소리도.

"네, 그쪽으로 갈게요. 네."

태산은 세라의 얼굴이 창백해지든 말든 쳐다보지도 않는다.

"들어가, 못 바래다줘 미안하다."

손을 잡고 골목을 걸을 때의 다정하던 태산은 온데간데없었다. 태산은 미련 없이 발걸음을 옮긴다. 가로등 밑에 세라 혼자 덩그러니 서 있을 뿐이다.

바에 들어서자 이수가 손을 번쩍 든다. 표정은 잔뜩 굳어 있다. 태산이 바텐더에게 손인사를 하곤 테이블로 자리를 옮긴다. 이내 칵테일과 데킬라가 서빙된다. 이수가 빨대로 한 모금 들이켜곤 눈치를 살핀다.

내 감정 하나로 한 커플을 깨뜨릴 순 없다. 준비한 멘트를 머릿속으로 정리한다. 최대한 자연스럽게, 태산이 더는 난처하지 않게.

이수의 큰 눈이 좌우로 굴러가는데 꼭 강아지 같다. 조금 경직돼 있던 태산이 그 모습에 표정이 간신히 누그러진다.

"전 너무 괜찮고 아무렇지 않은데 혹시 세라가 오해했거나, 태산씨가 불편해하실까봐 뵙자고 했어요."

고맙게도 이수가 먼저 너스레를 떨어준다. 태산이 옅게 웃는다.

"전 정말 괜찮아요, 살면서 누구나 한 번씩은 다 겪는 일이잖아요."

이내 이수가 특유의 밝은 톤으로 하하 웃어 보인다. 태산은 그런 이수가 고마웠다. 세라가 이수를 미워하는 일이 생기지 않으면 좋겠다. 그러기 위해선 무엇보다 세라의 믿음이 절실하지만. 이수와의 우정, 나와의 사랑 모두를 지키려 한다면.

"만약 세라가 속상해하면 같이 막 제 욕하면서 편들어주세요. 여잔 그래야 풀려요."

애써 밝게 이야기하지만 태산의 표정은 쉬이 풀리지 않는다. 이수는 꽤 민망했지만 최대한 자연스러운 척한다.

"이수씨."

태산이 입을 떼자 이수가 긴장한 듯 숨을 삼킨다.

"저 세라 많이 좋아해요."

태산에게서 들은 말 중, 가장 아린 말이 아닐까. 가슴 한구석이 시큰 거리지만 이것조차 내 몫이 아니다. 이제는 내가 누릴 수 있는 감정이 아니다. 이수가 간신히 입꼬리를 당겨 웃는다.

"알죠……"

"이수씨는 아는데 세라가 모르는 것 같아서요."

태산의 눈빛은 꼭 마른 땅 같다. 곧 쩌억 소리를 내며 갈라질 것 같았다. 그 모습에 마음이 아픈 걸 보면, 아직 멀었다. 저 눈빛은 최근에도 본적이 있다. 세라가 없는 집 앞에 우두커니 서성이던 태산이 떠오른다.

억지로 미소지어보지만 금방이라도 울 것 같다. 입술을 꾹 깨문다. 앞으로 나는 어떻게 해야 할까.

현관 앞에 우두커니 앉은 이수가 무릎에 고개를 묻는다. 처음부터 잘못된 것 같다. 태산을 좋아하는 감정이 이렇게 죄스러운 일이 될 줄, 일년 전에는 몰랐다. 결국 내 잘못이다. 일 년이란 시간이 있었음에도 정리하지 못한 내 감정이 문제다. 더는 계속할 수 없다.

현관에 터덜터덜 들어서 구두를 벗는데 소파 앞에 앉아 있는 세라가 보인다. 세라는 방금 전의 이수처럼 위스키를 마시고 있었다. 술병이 꽤 비어 있다. 심상치 않은 분위기에 발끝에 힘이 들어간다.

"술…… 마셔?"

세라는 대답이 없다. 불편한 상황을 피하고 싶어 이수가 방으로 들어가려는데 세라가 다가온다.

"너한테 더 잘 어울리는 거 같아서. 입어."

세라가 건넨 건 이수가 입었던 후드 점퍼였다. 이런 식으로 나올까봐 피하려던 거였다.

"이러지 말자. 실수였단 거 너도 알잖아."

이수는 더 물러설 곳이 없었다. 최대한 차분히 말해보지만 세라는 이수를 향해 내밀고 있는 팔을 거둘 생각이 없어 보인다.

"태산씨랑은 무슨 얘기 했어? 나랑 있다 너 만나러 갔거든."

"그냥…… 서로 껄끄러워지지 말자고. 실수니까."

이수는 잔뜩 주눅 든 목소리다. 그 말에 세라가 후드 점퍼를 식탁 위에 놓는다.

"그게 다야?"

세라가 얼음이 든 위스키 잔을 빙글빙글 돌리고 있다. 얼음 찰랑이는 소리만 조용한 거실에 울린다.

"태산씨가…… 너 많이 좋아한다고."

세라가 픽 웃는다.

"그렇대? 너는 안 좋고?"

"무슨 그런 농담을 해."

"네 침대 밑에 있는 태산씨 등번호 새겨진 장갑, 네 수첩 속의 그 사람 사진, 그것도 농담인가?"

침대 밑에 숨겨져 있는 장갑, 수첩 속에 꽁꽁 감춰놓은 사진…… 실행속도가 한참이나 느린 컴퓨터처럼 이수가 말을 잇지 못한다. 일기장이라도 들킨 것처럼 수치심이 앞선다. 혼자 감춰온 것들이라 들킬 일이 없을 거라 생각했는데. 짝사랑에 소질을 보인다고 생각했었는데. 세라는 언제부터 알고 있었던 걸까.

"어떤 기분이었어, 우리 보면서? 우리 헤어지길 기다렸니?"

"무슨……"

"아님, 이미 나 몰래 사귀고 있나?"

"홍세라!"

"어, 말해. 나도 니가 뭐 어쩌자는 건지 되게 궁금하거든."

손끝이 벌벌 떨린다. 식은땀이 난다. 이수는 최대한 차분해지기 위해 애쓰고 있다. 호흡을 고른다. 정공법으로 나가자. 진심으로 사과한다 해도, 세라가 받아줄지 모르겠지만.

"조심성 없어서, 더 배려 못 해서, 너까지 알게 한 거…… 미안해. 할 말 없다, 진짜. 근데, 뭐 어쩌자는 거 없었어. 무슨 의도 없어. 그냥, 어 쩌다보니까……"

"잘 됐네. 니가 그렇게 뭐 어쩌자는 거 없을까봐 내가 대신 했어."

세라는 가볍게 말했지만 이수는 피가 식는 것 같았다. 세라가 '대신' 했다는 건, 설마 죽도록 노력하며 지켜온 내 감정을, 아무렇게나 펼쳐 보여줬다는 건가. 거리에 나부끼는 전단지처럼.

"네가 못 한 고백 내가 대신 했다고, 태산씨한테. 서이수가 당신 좋 아한다."

세라가 아무렇지 않게 덧붙인다.

"반응이 궁금했거든."

한두 해 알아온 사이가 아니다. 서로 삐걱거릴 때도 있었지만 이수의 무덤덤함으로, 세라의 쿨함으로 부드럽게 넘어갔다. 세라는 조금도 날 배려해줄 여유가 없었던 걸까. 아니면, 그러고 싶지 않았던 걸까. 앞으 로 태산씨 얼굴을 어떻게 봐야 하지. 눈물이 핑 돈다.

"장갑 봤다고 했지? 그거 살 때 나, 고백할 마음이었어. 근데 하필 그 날, 태산씨가 니 전화번호 물었고 난, 가르쳐줬어."

세라는 모르는 이야기였고, 앞으로도 쭉 몰랐음 했다. 태산은 좋은 남자다. 이수는 제 감정보다 두 사람이 틀어지지 않는 게 더 우선이었다. 그래서 세라가 더욱 야속하게 느껴졌다.

넌 어떻게 그럴 수 있니. 어떻게 그걸 말할 수 있니.

"내 입장 같은 건 전혀 상관없었어? 딱 그 정도만 내 자존심, 지켜줄
순 없었어?"

"내가 왜 그래야 하는데?"

"우린 친구니까."

"……"

세라의 얼굴에 당혹감이 스친다. 굽히지 않을 세라라는 것도 안다.
내 최소한의 자존심은 지켜줘도 됐잖아. 친구끼린, 그럼 안 되잖아. 서
운한 마음에 울컥 감정이 북받친다.

"나갔다 올게. 나 들어왔을 때, 너 자고 있었으면 좋겠다. 니 얼굴 마
주치기 싫어."

이수가 세라를 뒤로하고 다시 신발을 신는다. 세라는 황망히 선 채
사라지는 이수를 보다 머리를 잔뜩 헝큰다.

　붉은 악마의 함성으로 가득 찼던 2002년, 월드컵 경기가 있는 날이면 시청 광장은 응원의 열기로 바람 잘 날 없이 뜨거웠다. 'Be the Reds' 티셔츠가 불티나게 팔려나갔고, 우리 국민의 정체성을 대표하는 하나의 상징이 되었다. 붉은 악마 코스튬을 한 온 연령대의 사람들을 심심찮게 마주칠 수 있었던 여름이었다. 그때 우리는 뜨거웠고, 따뜻했다. 눈을 마주치면 웃었고, 서로를 지나치게 사랑했다.

　청사초롱 담당인 도진 곁으로 젊은이들이 박수를 치며 지나간다. 짜악 짝짝, 깔끔하게 떨어지는 박수 소리와 함께 응원구호인 '대~한민국'을 외치면서.

　대한민국이 4강에 진출했던, 믿기 놀라운 결과를 얻은 2002년. 누가 뭐래도 오렌지족의 대표였고 야타족의 대명사였던 정록인, 한일 월드컵의 열기로 후끈하던 그해 6월……

"함~ 사세요!"

구멍 뚫린 오징어를 쓴 태산이 화답하듯 외치자 젊은이들이 열광적인 리액션으로 화답한다. 도진은 청사초롱, 윤은 기러기 한 쌍을 든 채 으리으리한 저택 대문 앞에 선다.

그렇다. 정록이는 그해 6월, 우리들 중 제일 먼저 인생의 무덤, 결혼에 입관했다.

동네 주민들이 웃으며 구경하는 것도 진풍경이다. 세 남자는 대문 앞에서 목청이 터져라 "함 사세요"를 외치지만 문은 열릴 기미가 없다.

"신부 친구들 뭐하는 거야. 왜 아무도 안 나와."

태산은 강렬한 오징어 냄새에 기절할 것 같았다. 도진과 윤은 여유롭게 서서 다시 합창할 준비를 한다. 하나 둘 셋.

"함 사세……"

말을 채 마무리짓기도 전에 문이 열리고 말았지만. 문 앞이 런웨이라도 되는 양, 웬만해서는 보기 힘든 누님들이 걸어나온다. 구두의 곡선이 여자의 힙라인마냥 유려하고, 종아리 위로는 뭔가 빛나는 것들이 반짝거린다. 인상적인 등장이다.

누님들은 한눈에 보기에도 평범하지 않은 옷들을 입고 있었다. 주름진 모양이라든가 재단이라든가, 기성복에서는 나오기 힘든 오묘한 아우라를 뿜어내는 그런 옷들을. 아무리 어리게 봐주려 해도 삼십대 중반 이하로는 안 보이는 아름다운 누님들이 서서히 다가온다. 저 누님 중 한 분만 건져도…… 묘한 기대와 두려움을 동시에 느낀 세 남자가 서로에게 가까이 붙어선다. 뭉치면 살고, 흩어지면 죽는다.

"제수씨 건물이 몇 개랬지?"

도진이 윤에게 바싹 달라붙는다. 시선은 여전히 누님들에게 고정한 채다.

"일일이 세기 힘들어서 블록으로 세신대."

바람에 오징어 냄새가 훅 끼친다. 냄새의 발원지는 두 사람에게 고개를 바싹 들이민 함진아비 임태산이다.

"임대료만 덜 나가도 우리 회사 안 망했을 텐데."

"너도 변호사 사무실 차려야지."

"차려야지……"

"동생들~ 반가워~ 어머, 너무 잘생겼다."

가장 원로로 보이는 누님 한 분이 입맛을 다시며 세 남자 앞에 선다. 윤은 긴장했는지 침을 꿀꺽 삼킨다.

"아우, 말씀 낮추세요."

태산이 넉살 좋게 대처하자 한 누님이 바싹 다가온다.

"어떻게, 누나가 노래 한 곡 할까요?"

"노래는 저희가 해야죠. 뭐해, 누님들 기다리시잖아."

대답은 네 놈이 해놓고 왜 내 옆구리를 찌르냐. 윤이 살기 어린 표정으로 도진을 갈겼지만 이미 엎질러진 물이다. 변호사 사무실도 차려야 하고……

윤이 잽싸게 손으로 마이크 모양을 만들더니 입에 가져다댄다.

"미디엄 템포…… 괜찮으세요?"

울며 겨자 먹기로 리듬까지 타보는 윤이다.

그렇다. 기네스북에 등재만 안 됐을 뿐, 우린 함잡이 역사상 최단시간을 버티는 기염을 토하며 정록의 입관을 도왔다. 애석하게도 그 역사

386

는 예식장까지 이어졌다.

"자 찍습니다!"

사진기사의 말에도 민숙은 표정 하나 안 바꾸고 카메라만 보고 있다. 눈의 여왕 뺨칠 정도로 싸늘한 표정은 말할 것도 없음이다.

"자기, 팔자주름 간다. 스마~일."

정록이 살살 눈치를 보며 민숙을 달래보지만 돌아오는 건 매서운 눈초리뿐.

그럴 만도 한 게, 신랑측 하객 중 남자라고는 도진들뿐이고 전부 여자들이었다. 설상가상으로 어리고 쭉쭉빵빵한. 그 사이에 낀 도진, 태산, 윤은 행복할 따름이다. 신랑 친구들이 신부 친구들보다 어리고 예쁜 사상 유례없는 결혼식은, 모든 이들에게 축복이었다.

물론 그때도 그렇고 지금도 그렇고, 그 모든 이들에서 결혼의 당사자들은 빠진다는 점이 함정이지만.

7. 거절의 기술

카페 문이 열리자 정록과 메아리가 서로 먼저 들어오려고 난리다. 오더카운터에서 주문을 받던 매니저가 혀를 찬다.

"아우, 진짜!"

메아리가 성질을 빡 내고는 앞치마에 팔을 끼우고 있다.

"어떻게 같이 와?"

매니저의 물음에 메아리가 정록을 째려본다. 동글동글 귀여운 인상의 강아지 눈매가 어쩜 저렇게 순식간에 길게 찢어지는지 미스터리다.

"집에서 쫓겨나서 우리 집에 빈대 붙어 사시는 중이거든요."

"그 집이 니 집이냐? 태산이 집이지?"

며칠 전, 핸드폰 가게에서 태산과 마주친 걸 신의 계시이자 마지막 지푸라기로 여긴 정록이었다. 태산의 집에서 구박받으며 쪽잠 자고, 퇴근과 동시에 귀가했으나⋯⋯ 살아 있는 CCTV이자 이중 스파이 메아리가 민숙에게 이런 정록의 바람직한 생활을 보고하지 않고 있었다. 내가 너한테 잘 보이려고 술 한 방울 안 마신 것 같니, 메아리……

민숙의 심복인 메아리다. 일거수일투족 보고할 줄 알았는데 정록에게 이득이 되는 건 안 하고 버틴다. 엿 먹으라고 일부러. 퉁퉁 부은 얼굴로 째리는 메아리에게 오버랩되는 이가 있어 섬뜩하다.

"그런 표정 좀 하지 마. 완전 박민숙 같다고! 빨리 전화나 해봐."

"내가 왜요? 알고 싶지 않대요, 언니가!"

"너 스파이잖아! 나를 알려야지!"

"그래서 내가 생각을 해봤는데, 오빠가 도진 오빠네로 가는 건 어때요? 윤이 오빨 우리 집으로 보내고?"

오, 그런 굿 아이디어가 있었구나! 정록이 한껏 동조하는 얼굴로 손뼉을 친다.

"왜 그 생각을 못 했지? 그럼 난 마누라한테 쫓겨나, 태산이 손에 죽을 수도 있겠는데? 와우."

끙…… 안 통하네. 메아리가 입맛을 다시며 탈의실로 향한다. 그 뒤에 대고 정록이 애절하게 소리치지만 메아리는 무시한다. 콜린으로부터 문자가 와 있다.

. . .

변호사라는 직업을 선택해 좋은 이유 한 가지를 꼽으라면, 윤은 단번에 자유로움이라고 대답할 수 있다. 회사원보다 출퇴근시간에 제한이 없는 편이고 필요한 시간을 빼서 쓸 수 있다. 그러고도 쌓여 있는 서류들을 감당할 수 있는 능력만 된다면. 회사원이었으면 이 시간에 암, 어림도 없지. 윤은 문득 그런 생각이 들었던 것이다. 정록의 카페 앞에서 쏙닥거리는 두 청춘을 보기 전까진.

저 낯익은 실루엣은 분명 전에도 메아리를 찾아온 아이다. 종종걸음을 치며 콜린 앞까지 다가온 메아리를 보는데 슬슬 심기가 불편해진다. 정록과 같은 건물을 쓰는 덕에 하루에 한 번은 꼭 메아리가 눈에 걸린다. 어떤 식으로든.

메아리는 뭐가 그렇게 재밌는지 밝게 웃는다. 큰 소리로 호탕하게 웃고 있을 것이다. 문득 윤은, 메아리의 웃음소리가 여기까지 들렸으면 좋겠다 싶다. 니가 아무 고민도 망설임도 없이 밝게 웃는 걸 언제 마지막으로 봤더라. 윤이 고개를 젓는다. 우두커니 서서 보고 있자니 씁쓸해진다.

치킨과 햄버거가 담긴 쟁반을 들고 가는 콜린을 메아리가 뒤쫓아간다. 손엔 음료수 두 잔 달랑 든 채다. 창가 자리를 발견하고 먼저 앉으려는데 의자가 메아리 쪽으로 쑤욱 밀려나온다.

"뭐냐 방금?"

콜린이 테이블 밑으로 발을 뻗어 민 것이다.

"앉으라고 의자 빼준 건데."

콜린이 제 양팔을 으쓱해 보인다. 손이 없으니 발로 밀었다 이건가. 그래도 그렇지, 이씨.

"매너 한번 이국적이네. 잘 먹을게."

아까부터 치킨 냄새에 괴로웠다. 손으로 먹음직스러운 닭 가슴살을 파전 찢듯이 찢고 있는데 콜린이 눈썹을 찡그린다.

"그냥 입으로 뜯지?"

질색하는 표정과 함께.

"니 환상 지켜주는 거야, 그게 예의지."

"잘 배웠다. 남자 많았나봐?"

메아리는 그새 햄버거 포장을 풀고 있다.

"왜, 그중에 하나 될래?"

콜린이 픽 웃는다. 메아리의 통통 튀는 반응은 매우 흥미롭다.

"이름이 뭐냐."

"일찍도 묻는다. 임메아리. 우리 오빠 임태산. 특이하단 얘기 많이 들어."

메아리가 햄버거를 한입 베어물더니 술술 잘도 말한다.

"우리 엄마 아빠가 산 마니아거든."

콜린은 음식에 손도 안 대고 유심히 지켜보고 있다.

"오빠 결혼했어?"

낌새가 이상함을 느낀 메아리가 입술에 들러붙은 치즈를 손등으로 슥 닦는다.

"너 좀 이상한 거 알아? 분명 나한테 관심은 있는 거 같은데, 꼭 나한테 있는 거 같지는 않단 말이야. 너 혹시……"

햄버거 포장을 풀던 콜린이 멈칫, 긴장한다. 들켰나?

"게이니?"

"……애석하게도 그런 덴 취미 없어."

"그럼 혹시 내가 그날 술 마시고 돈 많다고 자랑했니? 그래서 접근한 거야?"

다행히 메아리는 번지수를 잘못 짚었다. 콜린이 티나지 않게 안도의 한숨을 내쉰다.

"돈이 많아?"

"그럼 그냥 오로지 내 미모에 반한 거야?"

메아리는 말하는 동안에도 쉬지 않고 햄버거며 감자튀김을 섭취한다. 콜린이 가볍게 헛기침을 한다.

"저기, 부탁 하나 해도 될까?"

콜린이 갑자기 정중하다. 음식으로 입안이 한가득인, 볼이 빵빵한 메아리가 이젠 콜라까지 입으로 가져간다.

"어, 뭐?"

"다 먹고 말하면 안 될까? 내가 비위가 좀 약해서."

"켁!"

마시던 콜라가 얹혔는지 메아리가 주먹으로 콩콩 가슴을 두드린다. 숨쉬기가 힘든지 잔뜩 찡그리고 노려보는데, 애 좀 귀여운 거 같다. 콜린이 그제야 여유롭게 햄버거를 먹는다.

· · ·

집 앞에 당도한 이수의 표정이 어두워진다. 집 앞에 세라 차가 있다. 얼굴 마주치기가 거북해 퇴근하자마자 밟아서 왔는데, 세라가 더 빨랐던 모양이다. 집 안에서 불빛이 새어나오는 걸 보곤 세라 차 옆에 주차한다. 뭘 하면서 시간을 죽이나.

같은 시각, 도진도 이수 집으로 향하고 있었다. 내 전화 꼭 받으라고 신신당부를 했건만, 오늘도 역시 '고객이 전화를 받지 않아'로 시작되는 여자의 음성을 들어야 했다. 어쩌면 이 예의바른 여자를 짝사랑하게 될지도 모르겠다.

코너를 도는데 집 앞에 드물게도 차 두 대가 나란히 주차되어 있다. 어디에 대나, 중얼거리곤 주차할 곳을 찾아 이수 차를 지나쳐 직진하는데 차 안에서 희미하게 불빛이 반짝인다. 어? 다시 후진하자 운전석에 앉아 맥주 마시며 DMB를 보고 있는 이수가 보인다. 뭘 또 저렇게까지 청승맞게 앉아 있어. 도진은 집을 코앞에 두고 굳이 차 안에서 뻗대고 있는 이수를 의아하게 본다.

이수는 캔맥주까지 세팅해놓고 한창 중계에 집중하려 했지만 사실 정신은 딴 데 가 있었다. 이수가 멍하니 맥주를 마시는데 조수석 문이 벌컥 열린다.

"깜짝이야!"

도진이라는 걸 확인하고 나서도 놀란 건 진정되지 않는다.

"합승 안 합니까?"

멋대로 올라탄 도진이 문을 닫는다. 노트북을 자신의 허벅지에 내려놓으면서.

"왜 문도 안 잠그고 이러고 있어요? 겁도 없이. 전환 대체 왜 안 받고. 어떻게 한 번을 안 받아."

"퇴근하면 원래 잘 안 받아요."

"학교에선 안 받아, 퇴근해도 안 받아, 니 전환 안 받겠다? 혹시 지난번에 집에 왔을 때 내가 그냥 보내서 삐졌어요?"

이수가 눈을 흘긴다. 이자의 입에서 나오는 말들은 어째 늘 이런 식인 거냐.

도진은 아랑곳 않고 노트북을 들어 보인다.

"최신형이에요. 비키니 사진 업데이트하는 걸로."

이번에도 드라마틱한 반응을 보여줄 줄 알았는데 영 조용하다. 째려볼 때 좀 귀여운데, 아쉽다.

이수는 노트북을 보고 있는 것도 같고, 그 너머 다른 델 보고 있는 거 같기도 하다. 멍하니 지갑을 뒤지던 이수가 만원짜리 세 장을 꺼낸다.

"전에 진 신세요."

"고맙단 인사도, 이자도 없이?"

"고마웠어요."

이수의 말엔 아무 높낮이도 없었다. 도진이 분위기가 이상함을 감지한다. 하긴, 집 앞에서 죽치고 앉아 맥주를 마시는 정황부터가 노멀하진 않지.

"무슨 일 있어요?"

이수가 한참 맥주 캔을 만지작거린다.

"내가 태산씨 좋아하는 거, 세라가 알아버렸어요. 당사자인, 태산씨도 알게 됐구요."

"……"

"고백도 못 해본 내 짝사랑이, 끝나버렸어요. 짝사랑은 상대가 아는 순간 자동종료니까."

"나한텐 좋은 소식이네요."

평소 같았으면 이수는 화를 냈을 거다. 한데 오늘은 맥없이 앞만 보고 있다. 보는 사람까지 기운 쭉 빠지는 표정으로.

"아뇨. 앞으로 김도진씨도 안 봤으면 좋겠어요."

"의견 물어본 적, 없는데."

이수가 어정쩡한 자세로 노트북을 제 허벅지에 가져다 올린다.

"노트북은 받을게요. 이거 빌미로 또 보는 일 없어야 하니까."

차라리 평소대로 파르르 떨며 보채거나, 발끈하는 걸 보는 게 좋겠다. 다시 안 봤으면 좋겠다는 건, 진심인가? 이수가 이러는 이유를 모르겠다.

　"김도진씨 자신감 있고 멋있고 얼굴값하고 산 거 알겠어요."

　도진이 긍정하듯 어깨를 으쓱한다. 누가 봐도 맞는 말이긴 하지.

　"근데, 내 관심을 끄는 데는 실패했어요. 왜냐면 앞으로 나……"

　지금까지 도진의 페이스대로 잘 끌려다닌 여자다. 장난 같은 짝사랑 고백이라지만 딱히 싫지도 불쾌하지도 않은 것 같았는데. 조금만 더 당기면 될 듯도 싶었다. 이번엔 확실하게 거절을 하려는 건가 싶어 도진이 긴장한다.

　"연하 만날 거거든요."

　허탈함에 어깨가 축 처진다. 잔뜩 긴장했던 모양이다. 이 여자가 오늘 정말 왜 이러는 거지? 평소에는 행동패턴이 워낙 통속적인 편이라 오차범위 내에서 충분히 예상 가능했다. 그런데 오늘은 어디로 튈지 감을 잡을 수가 없잖아. 게다가, 연하?

　진심이라면 도진으로선 방법이 없다. 나이는 노력할 수 없는 거니까. 이 여자, 진심으로 하는 소린가. 아니면 무슨 일이 있었던 건가.

　"다른 조건은 없어요? 그냥 연하면 돼요?"

　"연한데 뭘 더 바래요. 뭐, 웃기고 재밌으면 더 좋겠죠. 여잔, 남자가 웃기고 굵기지만 않으면 같이 살 수 있는 거 같아요."

　연속 2연타다. 내가 연하였다면 서이수를 이렇게 고민하게 할 필요도 없었을 텐데. 그런 바보 같은 생각이 잠깐이나마 들었다. 사람이 걱정을 하고 있는데 진심인지 농담인지 모를 말을 계속 던지고 있다. 대체 왜 그러는 겁니까, 서이수씨. 알고나 당합시다. 그래도 아직 저런 말

을 할 수 있는 거 보면 최악까진 안 갔나보다. 이수는 천연스레 도진을
보고 있었다. 뭐라 할 말이 없다. 근데 연하 만난다는 말, 농담이겠지?
끙. 도진이 앓는 소리를 낸다.

• • •

"아, 짜증나!"

메아리가 새된 목소리로 성질을 부려도 정록은 땡땡 부은 얼굴로 머
리만 긁고 있었다. 방금 깼는지 부스스한 차림이다.

"대체 수건을 몇 개나 쓰는 거예요!"

메아리가 바닥에 놓인 빨래바구니를 가리킨다. 정록이 멍하니 손가
락을 접는다.

"머리, 몸통, 발, 세 개……"

"아침 저녁, 하루 여섯 개잖아요!"

"니가 빨래하냐? 세탁기가 하지. 그리고, 좀 봐라. 남다른 몸매와 기
장 땜에 어쩔 수가 없다니까! 세 장도 적어!"

정록이 잘 떠지지도 않는 눈을 부릅뜨면서 티셔츠를 들춘다. 탄탄한
복부가 드러나지만 메아리에게는 그러거나 말거나 상관없다.

"아우, 내가 미쳐! 그러니까 민숙 언니한테 쫓겨났지!"

억울한 정록이다. 말은 바로 해줄래, 메아리?

"내가 수건 많이 써서 쫓겨났냐? 한눈팔다 쫓겨났지!"

"자랑이다."

출근 준비를 마치고 방에서 나오던 태산이 핀잔을 준다.

"록이 오빠 좀 빨리 내보내, 미치겠어 아주."

메아리가 태산에게 참새처럼 달라붙어 톡 쏜다. 태산이 메아리의 이마를 콩 때린다.

"너 인마, 오빠한테! 니가 잘못이지, 니가."

"그지, 태산아. 얘가 이런다?"

역시 믿을 건 친구뿐이구나. 정록이 태산의 가슴에 팔을 대곤 조신하게 얼굴을 묻는다. 태산이 질색하며 정록을 떼어낸다.

"왜 수건을 다 내놔, 딱 한 개만 내놔야지. 얼른 싹 다 감춰!"

"……진짜 이럴 거야, 니들? 나, 니 사장이고 너네 건물주 남편이거든? 내가 진짜 이런 수모를 당하느니!"

정록이 주머니에서 핸드폰을 꺼내 키패드를 꾹꾹 누른다. 볼에 심술이 가득하다. 얼마 안 가 통화가 됐는지 소리를 버럭 지른다.

"박민숙, 너 지금 어디야! 나와, 당장!"

정록이 지 할 말만 하고 전화를 끊는다. 정록의 패기에 두 남매의 입이 떡 벌어진다. 먼저 정신이 든 태산이 정록의 어깨를 잡고 앞뒤로 흔들어댄다.

"너 미쳤어?"

"안 받았어. 받으면 하겠다는 거지, 받으면."

씨익 웃는 정록을 보는데 한숨이 나온다. 목숨을 담보로 하지 않는 이상, 안 하길 바란다.

"근데 너, 왜 자꾸 내 팬티 입냐?"

"메아리 건 작아서."

"아……"

아? 둘의 대화를 듣고 있자니 기가 막힌다. 메아리가 신경질적으로 빨래바구니를 들고 세탁실로 향한다. 정록은 민숙에게 전화를 다시 건

다. 그 순간부터 똥 마려운 강아지마냥 안절부절이다. 아, 왜 이렇게 안
받…… 헉, 받았다.

지지 마, 이정록.

"어, 난데. 지금 좀 만나자."

•••

아치 모양의 문이 묵직하게 열린다. 컴컴하던 성당에 햇살이 쏟아진
다. 바닥에 그림자가 길게 드리워진다. 머리부터 발끝까지 샤넬로 도배
한 민숙이 성당 안으로 들어선다. 이번엔 또 무슨 수작이야.

십자가 앞에 무릎 꿇고 앉아 있는 정록의 뒷모습이 보인다. 훈훈한
바깥 공기와는 달리 성당 안은 선선하다. 순간이동이라도 해서 다른 세
상으로 넘어온 것 같다. 하지만 그런 것들이 민숙의 경계심을 누그러뜨
리진 못한다.

성당 안에 하이힐 소리가 공명한다. 자기 쪽으로 다가오는 소리에
정록은 연기 모드로 돌입한다. 거룩한 자태로 처연히 십자가를 올려다
보는 죄지은 자의 컨셉으로. 장발장이 이렇게 거룩했을까. 잠깐, 이 장
면 어디서 많이 본 것 같은데? 민숙이 미간을 좁힌다. 불길한 예감이
스친다.

아니나 다를까, 정록이 출제 범위 안에 있는 대사를 읊기 시작한다.

"신부 박민숙은 총명합니다. 지아비밖에 모르는 열녀입니다. 또한
강남구에 건물을 수십 개 가지고 있는 꽤 괜찮은 임대업자 겸 사업가입
니다……"

민숙에겐 눈길도 안 주고 크고 아름다운 십자가만 하염없이 보는 정

록이다. 언제부터 저렇게 신실했대.

"근데 어느 날, 벼락을 맞죠. 진 구덩이에 빠집니다."

민숙의 시선이 느껴질 텐데도 아랑곳 않고 말을 잇는다. 민숙이 가소롭다는 듯 팔짱을 낀다.

"당신께서 저한테…… 네 죄가 무엇이냐 물으신다면, 이 사람을 만나고 사랑하고! 매일 밤 홀로 남겨둔 게 가장 큰 죄일 것입니다."

가지가지 한다, 정말. 박신양의 울먹이는 톤까지 고스란히 베껴왔다. 대체 〈약속〉이 몇 년 전 영화야. 발연기인 건 어쩔 수 없다지만 감까지 떨어지네.

"하지만 이 사람을 사랑하는 데 있어서만큼은 정말이지, 인간이고 싶지 않았습니다……"

정록이 민숙을 올려다본다. 한 마리 순한 양의 탈을 쓴 표정으로.

"일어나."

"어, 그래."

정록이 냉큼 일어난다.

"이게 내 진심이야."

정록은 기대에 찬 눈빛이다. '진심'이라는 말에 민숙의 눈빛이 잠시 흔들린다.

민숙이 정록에게 바라는 건 거창한 게 아니었다. 잠깐이라도 한눈팔면 고삐 풀린 망아지처럼 이곳저곳 들쑤시고 다니는 정록을 십 년간 견뎌왔다. 학벌, 재력, 미모, 연하의 남편까지, 민숙이 갖췄다고 말할 수도 있는 것들이다. 다 피상적일 뿐이다. 모든 걸 다 가진 듯 보이는 민숙도 갖지 못한 게 있었다. 소소한 일상에서 오는 안도감. 늘 곁에서 나를 지켜보고 있다는 안도감을 주는 한 사람.

괜찮다, 다 괜찮다 자위하다보니 어느 순간 괜찮은 게 어떤 건지조차 헷갈렸다. 그걸 몰라주는 정록이 야속했고. 여자만 잘 다룰 줄 알지, 아내를 어떻게 대해야 할지 아직도 서툰 이정록. 아니면, 정록에게 난 여자가 아니거나.

"다른 여자 만나는 것만이 배신이 아니야. 네 맘속에서 날 제쳐놓는 것도 나한텐 배신이야."

정록은 드디어 민숙이 넘어왔구나 싶어 손을 덥석 잡는다. 더욱 오버하면서 고개를 마구 끄덕인다. 지금 심정으론 민숙이 어떤 말을 한다고 해도 그럴 수 있을 것 같다.

"근데, 넌 둘 다 했어."

정록이 성급했다. 그렇게 쉽게 풀릴 앙금 같았으면 애초에 쫓겨나지도 않았을 것이다. 민숙이 정록의 손을 뿌리치고 왔던 길을 되돌아간다. 하이힐을 더 또각또각 찍으면서.

"여보, 누나! 박민숙씨! 저기요!"

웅장한 문이 닫히고 성당엔 다시 어둠이 찾아온다. 정록의 얼굴에도. 망했다……

· · ·

메아리가 하트 모양 케이크를 가리킨다. 윤의 생일을 함께 축하하는 게 얼마 만의 일인지 모르겠다. 벌써부터 볼이 발그레하게 상기돼 있다. 어지간히 설레 보인다.

"최변호사님 선물은? 가방 만든다고 난리더니."

점원이 케이크를 포장하는 새 이수가 지갑에서 카드를 꺼낸다.

"단둘이 있을 때 줘야죠, 짠, 하고! 쌤도 같이 가요, 윤이 오빠 생판데. 할 일도 없잖아요."

"할 일이 왜 없어. 근심도 해야지, 걱정도 해야지, 할 일이 태산이다, 아주."

게다가 오늘 가면 태산은 물론, 꽃다운 김도진씨까지 맞닥뜨려야 하니까.

"할 일이 울 오빠라고요?"

"재미없거든?"

포장된 케이크를 들고 제과점을 나서는데 메아리는 여전히 얼굴에 물음표가 가득이다.

"쌤, 진짜 울 오빠랑은 안 되는 거예요?"

그 말에 이수가 멈칫한다. 메아리는 아직 스물넷이니까, 이런 말을 해도 마냥 철없는 걸로 치부될 수 있다. 하지만 나는 아니다. 친구 애인까지 넘봐가며 연애할 정도로 치기 어린 이십대도 아니고. 거기다 태산도 그럴 사람이 아니고.

"최변호사님껜 못 가서 죄송하다고 전해주고."

이수가 메아리에게 케이크를 건넨다.

사람은 아무도 없는데 테이블 위는 벌써 세팅을 마친 상태다. 메아리가 양주며 과일안주, 훈제 칠면조 등을 조금씩 밀어내고 빈 공간을 마련한다.

윤이 오빠가 벌써 마흔하나구나. 만으로 초를 달랠걸 그랬나.

케이크에 초를 꽂고 있는데 가장 먼저 정록이 룸으로 들어온다. 모델 포스의 쭉쭉빵빵한 여자들과 함께.

"너, 뭐, 뭐해, 여기서! 누가 불렀어!"

메아리가 오는 줄 알았다면 여자들은 초대 안 했을 거다. 아니면 메아리를 다른 데로 따돌렸든가.

"아마도, 오빠여야 할 것 같죠?"

"그……럼, 그럼. 너 안 올까봐 걱정했다, 오빠가. 초면이지? 도진이가 초대한 분들인데, 길을 모르신대서."

메아리의 두 눈이 ON! AIR! 감시카메라 모드로 작동한 걸 안 이상 설설 기는 수밖에 없었다. 민숙 귀에만 안 들어가면 된다.

"이쪽으로 앉으세요."

정록이 여자들을 앉히는데 태산과 윤이 들어온다. 메아리를 본 태산의 표정이 굳는다. 메아리는 태산의 잔소리도 짜증나는데, 헐벗은 여자들의 시선까지도 견디게 생겼다. 정록이 어떤 의도로 여자들을 데려왔는지 모르는 것도 아닌데다, 이 여자들 쓸데없이 육감적이다.

"니가 여기 왜 앉아 있어?"

윤은 메아리와 눈이 마주치자 애써 외면한다. 메아리는 못 들은 척 밝게 웃으며 초를 마저 꽂는다.

"록이 오빠가 굳이 꼭 참석해서 자리를 빛내달라고 해서."

"어! 그랬어, 내가 그랬네! 왜 서 있어, 앉아 앉아!"

태산이 메아리 옆에 앉는다. 아무도 반기지 않지만 주눅 들지 않으려 메아리가 고개를 빳빳이 든다. 윤이 맨 끝에 앉는다. 긴 생머리에 색기 흐르는 여자 옆이었다.

"오랜만이네요. 그때 뵙고?"

거기다 저 둘, 면식이 있다. 메아리가 도끼눈을 뜨고 귀를 기울인다.

"네, 잘 지내셨어요?"

윤이 부드럽게 응수한다. 메아리가 보고 있는 게 느껴졌지만, 최대한 의식하지 않는 척. 정록이 고개를 갸웃하더니 윤을 툭 친다.

"그후로 연락 안 했어? 그때 연락처 주고받았잖아."

정록이 얘기한 '그후'는 장례식 이후다. 전직 모델 출신인 미망인의 모델 친구들과 성공적인 애프터가 성사된 셈이었다. 메아리가 있는 게 큰 구멍이긴 했지만.

이 상황에서 윤이 메아리를 조금만 성의 있게 대해도 태산에겐 굉장히 거슬리는 일일 것이다. 윤은 남에게 피해를 주고 싶지 않았다. 도진이 있었다면 한마디 건넸을 것이다. 한 번 왔다 가는 심플한 인생 운운하며.

"도진인?"

"금방 온댔어. 자, 그럼 오자마자 경황 없이 일 잔 하지 뭐. 제정신이 건강에 굉장히 나쁘거든."

태산이 윤 옆에 앉은 여자에게 잔을 건넨다.

"한잔 받으세요."

모두에게 잔을 돌리는데 메아리만 쏙 빼놓는다.

"넌 마시지 마."

메아리가 입을 삐죽 내밀곤 윤을 본다. 저도 모르게 원망하는 눈빛이 된다. 무슨 죄를 지은 것도 아닌데 애써 눈을 피하는 윤이다. 부탁이니 그렇게, 대책 없이 순수한 눈빛으로 보지 말아줄래. 널 어떻게 해야 좋을지 모르겠으니까. 윤이 기포가 맺혀 있는 술잔을 엄지로 쓸어내린다.

　바야흐로 1993년 여름, 이곳은 패스트푸드점이다. 워크맨 이어폰을 꽂은 저 커플은 아마 서태지와 아이들 테이프를 듣고 있을 것이다. 세상의 트렌드와는 별 세계인 공대 안에서도 서태지와 아이들은 붐이었다. 1993년은 서태지와 아이들, 고소영, 대전 엑스포로 대표되는 해였다. 불타는 젊음을 소비하는 우리들도 주말이면 〈엄마의 바다〉를 보기 위해 집으로 기어들어갔으니 말이다. 고현정을 보기 위해 그 드라마를 본다는 사람도 있었지만, 우리에게는 고소영이 최고였다. 1993년의 한국에서 상상할 수 있는 적당히 도도하고 적당히 얄미운 그런 여대생의 현신이었으므로.

　1993년, 문민정부가 출범했고, 대전 엑스포가 개막했으며, 서태지와 아이들의 신곡 〈하여가〉가 발표된 역사적인 해였다. 우린 아마도, X세대라고 불리는 그 충격적인 신세대였던 것 같다.

패스트푸드점에 모여 앉은 X세대 네 남자는 그리 안색이 좋지 않다. 마주 앉은 세 명의 미팅녀들이 모두 폭탄 수준이었기 때문이다. 솔직하고 직설적인 것이 X세대의 특징이었지만, 우린 '너넨 왜 다 폭탄이니?' 같은 말을 입 밖으로 낼 수 있을 정도는 아니었다. 그렇지만 아마 우리는 한마음이었던 것 같다.

상대는 셋. 한 놈만 살아남는다. 딱, 한 놈만.

훗날 대표 오렌지족이 될 새싹답게 정록은, 당시 압구정에서 나름 잘나간다고 자부할 수 있는 사람만이 입는다는 프랑소와저버 멜빵바지를 입고 있었다. 이주노인지 양현석풍으로 한쪽 어깨끈을 과감하게 내린 채. 정록은 혹여나 이 세련되게 흐트러진 차림이 앞에 앉은 여자들에게 치명적인 매력이라도 뽐을까 겁이 났다. 이런 데 앉아 있자고 더듬이처럼 내린 앞머리에 오렌지색 브리지로 힘을 준 게 아니었다.

"어쩌지? 나 지금 집에서 급하게 삐삐가……"

먼저 배수진을 치는 정록이다. 8282가 찍힌 삐삐 액정을 비스듬히 들어 보이는 정록을 일동 매섭게 쏘아본다.

"돈을, 부쳐줬나봐! 오늘 신나게 놀라고. 와우."

정록은 일단 한풀 꺾일 수밖에 없다. 미팅 주선한 새끼 잡히면 죽여버린다. 네 남자는 모두 속으로 이를 갈았다. 어떻게든 살 궁리를 하던 정록이 이번에도 역시 첫 테이프를 끊는다.

"그럼 식순에 의거, 자기소개부터 할까? 고교 재학시 삼 년 내내 전교 꼴등을 놓친 적 없는 록이라고 해."

과하게 칠한 입술을 새침하게 오므린 채 듣고 있던 미팅녀들이 고개를 갸웃한다. 일등이 아니라, 꼴등? 미팅녀들의 의아한 눈빛이 곧 윤에게로 집중된다. 동그란 뿔테 안경에 말간 얼굴. 어깨에 살짝 두른 카디 건까지. 누가 봐도 모범생 태가 나는 미청년이다.

"나 미팅하는 거 엄마한테 말 안 하고 나왔는데. 엄마 알면 안 되는 데, 힝."

작은 얼굴에 오밀조밀 박힌 이목구비는 매우 사랑스러웠지만, 아무리 아도니스가 강림한다고 해도 마마보이는 곤란하다. 내심 윤을 찜해 뒀던 미팅녀가 입을 댓 발 내민다. 태산이 그런 윤을 툭 친다.

"넌 숙녀분들 계신데! 드세요, 오늘 제가 삽니다."

호탕하게 웃어 보이는 태산을 향해 미팅녀들이 박수를 친다. 쾌남 같은 미소에 홀딱 넘어간 듯 보인다. 하지만 곧 바나나가 후드득 떨어질 것 같은 티셔츠를 입은 태산도 심정은 마찬가지였다. 이런 꼴을 보자고 한 올 한 올 정성스레 세팅한 앞머리가 아니다. 대체 무스를 얼마나 들 이부었는지. 좀더 소중한 곳에 쓰고 싶었다.

태산이 미소를 잃지 않은 채 콜라를 입으로 가져간다. 가져가기도 전에 후덜덜 손이 떨려 보는 사람이 다 위태로웠지만. 흘러내린 콜라로 태산의 옷이며 테이블이 볼 만하다.

"신경쓰지 마세요. 제가 지병이 있어서."

생긴 건 멀쩡하지만 하나같이 하자가 있는 세 남자에게서 절망을 맛본 미팅녀들이 눈을 반짝이며 도진을 본다. 마지막 희망이다.

"안녕?"

도진의 상큼한 인사에 미팅녀들의 눈이 순간 하트가 된다. 역시, 남아 있길 잘했어. 곧 터지지 않는 게 이상할 만큼 꽉 끼는 원피스를 입은 미팅녀가 찡긋 윙크를 날린다. 목에 달린 프릴이 파르르 떨리고 남자들의 마음도……

"난, 김도딘이야. 후덴티후다이 먹을래?"

뭘…… 먹자고? 미팅녀들의 얼굴에 핏기가 싹 사라진다. 도진들이 폭탄 처리반의 기분이었다면, 미팅녀들은 하자 전담반이 된 심정이었다.

"늦어서 미안."

그때였다. 단정하면서도 생기 있는 목소리에 네 남자가 일제히 고개를 돌린다. 남자들의 로망인 흰 티에 청바지를 입은 긴 생머리의 여자가 이쪽으로 다가오고 있었다. 급하게 달려왔는지 헝클어진 머리카락을 아무렇게나 귀 뒤로 쓸어넘기는데, 머리카락에서 꽃잎이 후드득 떨어질 것만 같다.

쌍꺼풀 진 커다란 눈, 오똑한 코, 도톰한 입술, 백옥같이 하얀 피부…… 여신이 실제로 존재하다니……

"반갑다. 은희야, 김은희."

은희가 자리에 와 앉는 순간 네 남자는 모두 같은 생각을 했다.

딱 한 놈만 살아남는다. 여전히.

8. 혼자 하는 이별

"그래서 내가 표를 사러 미친 듯이 달려갔는데!"

"배가 딱 끊겼다?"

정록의 이야기가 클라이맥스로 향하는데 태산이 맥을 끊는다. 진부한 전개에 모두 혀를 차는데 그에 굴할 정록이 아니다.

"그렇지! 그러니 어떡해, 섬인데. 그래서 그날……"

"은희랑 뭔 일이 있었다?"

이번에도 태산이다. 자신의 얘기에 스스로 도취되었는지 정록은 서 있는 채였다. 엉거주춤 내밀었던 엉덩이를 조금 집어넣는다.

"있다뿐이냐? 그럼 그 긴긴 밤 게임 했겠냐?"

둘의 대화를 잠자코 듣고 있던 윤이 피식 웃는다.

"자식들. 아까부터 무슨 소리를 하는지 모르겠네."

가진 자의 여유와 함께 못 가진 자에 대한 비웃음도 포함되어 있었다. 먼 산을 보듯 윤의 시선이 아득해진다. 마치 그날로 돌아가기라도 한 양.

"시간이 많이 흐르긴 흘렀나보다, 내가 이런 얘기까지 다 하는 거 보니. 미안한데, 은희 그날 나랑 춘천행 기차에 있었거든? 느낌……인가? 그 노래 불러준 게 기억난다."

윤의 말투는 연극 무대에 오른 배우처럼 작위적인 구석이 있었다. 기억이 가물가물하다는 듯 머쓱하게 웃어 보일 때도 표정이 한결같다. 아무 생각 없는 정록은 윤에게 눈을 흘기고, 그나마 좀 배운 태산은 의심을 지울 수 없다. 곰곰이 생각에 잠겨 반박을 준비하던 태산이 코웃음을 친다. 증인이 내세운 알리바이의 허점을 발견한 변호사라도 되는 것처럼.

"와, 변호사란 놈이 증인 없다고 막 갖다붙이긴. 진짜 미안한데, 사실 나 이등병 때 은희가 면회 왔었다. 여인숙 창밖으로 눈은 하염없이 내리고 우린…… 여기까지."

모두 한날한시에 은희와 있었다고 주장하는 상황을 여자들은 멀뚱히 지켜보고 있었다. 화젯거리가 떨어져 나온 이야기에 세 남자들이 죄다 달려들었다. 과연 누구의 말이 맞는지 가려질 수는 있을까.

"웃기고 있네! 은희랑 내가, 야!"

역시나 여인숙이라는 자극적인 단어 선택으로 선을 넘은 태산의 발언이 화를 키운다. 윤과 정록이 분개한다. 보다 못한 여자 1호가 중재하고 나선다.

"근데, 은희가 누구예요?"

약속이라도 한 듯 세 남자가 동시에 대답한다.

"제 첫사랑입니다."

한번 자기를 믿어보시란 듯 태산이 널찍한 가슴팍을 팡팡 두드린다. 여자 1호는 순간 선거에 출마한 정치인의 기운을 느끼고는 뜨악한 기분이 된다. 이게 말이 되는 이야긴가. 여우가 둔갑술을 부리지 않고서는 하룻밤에 세 남자와 같이 있기는 불가능하다. 얼마나 예쁜 여잔지, 어떤 매력이 있는지 한 번 봤으면 싶다. 그 여자와의 에피소드를 마련한 저 남자들의 눈이 그리 낮아 보이지는 않는데.

· · ·

요란스레 벨소리가 울린다. 소리가 너무 커서 화들짝 놀란다. 아차, 집이었지. 액정에 떠 있는 '꽃다운 그자'의 영향력이 이 정도라니. 벨소리를 무음으로 돌리곤 침대에 몸을 던진다. 전원을 켜자 노트북이 단번에 부팅된다. 윈도 부팅이 끝나자마자 요상한 바탕화면이 모습을 드러낸다. 이수는 입을 다물 수 없다.

이게 무슨…… 발합성이야…… 도진의 침대 사진 위에 비키니 차림의 이수가 어설프게 합성돼 있었다. 침대 위에 대각선으로 누워 있는 서이수. 이런 발칙한 짓을 저지른 도진이 기가 찬다. 이 사진 보여주겠다고 노트북을 사주겠다고 한 건가, 이자가.

잠잠하던 핸드폰이 다시 시끄럽다. 의외로 끈질긴 구석이 있는 자다. 아예 침대로 던지는데 방바닥으로 불시착한다. 일을 두 번 하게 하네. 침대에 엎드린 채로 핸드폰을 집어 침대 위에 던져놓는데, 침대 밑으로 삐죽 나온 상자 모서리가 보인다. 열어보지 않아도 뭐가 들었는지 안다. 아마 영원히 전해주지 못할 선물.

멀뚱히 상자를 보던 이수가 잠시 고민하다 뚜껑을 연다. 장갑에 새겨진 836을 만지작거린다. '꽃다운 그자'는 침대 위에서 소리없이 존재를 알릴 뿐이다.

발신음이 금방 소리샘으로 넘어간다. 내 전화 받으라고 했을 텐데. 고의로 피하는 것쯤 잘 알고 있다. 도진은 화가 나진 않았다. 다만 조금 서운했다. 술집 앞에서 한참이고 전화를 걸었지만 돌아오는 건 안내 메시지뿐이라니. 술집 안으로 들어가자 태산이 반갑게 맞는다.

"어, 왓섭 맨!"

어? 룸에 들어선 도진의 한쪽 눈썹이 올라간다. 이건 무슨 조합이지? 두 놈 생일에 어째서 장례식장에서 만난 모델들이 와 있는 걸까. 정록이 짓이구나. 획 쳐다보자 정록이 어정쩡하게 웃는다.

"맞아, 장례식장에서. 기억나지?"

나지. 도진이 고개를 까딱하곤 앉는다.

"장례식장에서 만난 인연이라는 것부터가 참 문학적이지 않아요?"

나머지 세 남자가 정록의 말에 뜨악한다. 웬 허세야, 저 새끼. 손발이 다 오글거려 견딜 수가 없다. 여자들은 저런 게 뭐가 좋다고, 진짜.

"근데 네 분은 왜 아직 싱글이세요?"

여자가 긴 다리를 꼬며 호기심 어린 눈빛을 보내온다. 일동은, 정록에게 뜨거운 눈빛을 보낸다. 네 분? 싱글 네 부우운? 정록이 메아리 눈치를 보며 역시나 어색하게 미소짓는다. 박민숙 귀에 제발 안 들어가길 바라면서.

"도진 오빠도 왔으니까 생일 축하합니다. 하자."

메아리가 초에 불을 붙이는데 윤 옆에 앉아 아까부터 거슬리던 여자가 풋 웃는다.

"마흔 넘어도 소원 빌고 촛불 끄는구나."

불붙이던 메아리만 졸지에 유치하게 됐다. 안 그래도 불청객 취급에 심기가 불편한데. 그리고 이건 오빠들을 무시한 처사기도 하다. 자기는 나이 안 먹나. 마흔하나가 어때서. 윤이 오빠는 저렇게 멋있기만 한데.

"왜 웃어요?"

"아, 기분 나빴다면 미안해요. 그냥 뭔가 언밸런스한 거 같아서."

"웃자고 한 말에 한 사람도 안 웃었으면 그건 실례죠."

메아리가 톡 쏘아준다. 분위기가 점차 험악해지자 태산이 일어나 수습을 하려고 한다.

"임메알! 너 지금 시간이 몇 신데 이러고 있어. 집에 가, 얼른."

태산의 말에 메아리는 아까부터 참았던 게 터질 것 같다. 올해 스물넷, 결코 애라고 부를 수 없는 나이다. 오빠 딴에는 나를 보호하려고 그런다는 걸 알지만, 미성년자도 아니고 엄연한 성인인데 억울하다. 나이가 좀 어리다는 것 말고 저 여자들과 내가 뭐가 다른 거지? 왜 이렇게 창피를 주는 거야.

"내가 뭘 잘못했어! 소원 비는 게 웃겨?"

"이 자식이! 열시 넘었다고! 나와. 택시 잡아줄 테니까."

"시간 때문 아니잖아! 내가, 윤이 오빠 좋아해서 그런 거잖아!"

순간 정적이 흐른다. 당사자인 윤은 굳은 표정으로 멈춰 있다. 메아리는 닭똥 같은 눈물만 하염없이 흘릴 뿐이다. 서러워서 눈물이 멈추질 않는다. 정록과 도진이 긴장한 채 윤을 살핀다. 하지만 이중 가장 화가 나 있을 사람은 태산일 것이다. 모두가 알고 있지만 아무도 언급하지 않는, 그들 사이의 금기를 당사자인 메아리 입으로 직접 들었으니.

"일어나. 나와!"

태산이 목까지 시뻘게져선 메아리 손목을 잡아 일으킨다. 눈물을 뚝뚝 흘리는데도 아랑곳 않는다.

"놔, 아퍼."

버티고 선 메아리의 손목을 태산이 더 꽉 잡고 끌어당긴다.

"너 말 안 들어? 나와, 얼른!"

메아리의 얼굴은 이미 눈물범벅으로 엉망이다. 메아리가 태산에게 끌려가며 빨간 눈가를 훔친다.

"아프다고. 왜 나 이렇게 보내. 나 창피하다고."

"시끄러! 나와!"

메아리의 팔을 잡고 확 끌어당겨 나가려던 태산은 순간 당황한다. 윤이 태산의 팔을 잡은 거다.

"그 손 놔."

계속 눈물이 흐르는 바람에 눈가를 아무렇게나 훔치던 메아리도 잠시 눈물을 그친다. 윤은 차분해 보였다. 감정을 읽을 수 없는 표정이다. 태산은 굳은 채로 아무 말도 하지 못하고 있다. 메아리에게 살갑게 대하지 않는 윤이, 내가 가장 믿는 윤팔이가.

"할 말 있으면 나한테 해. 메아리 대신 내가 들을게."

윤의 차분한 목소리에 태산이 눈썹을 구긴다. 메아리는 태산의 여동생이기도 하지만, 여긴 우리끼리만 있는 자리가 아니다. 여자로서 메아리를 받아줄 순 없지만, 한 인간으로 존중해줄 수는 있다. 그게 윤의 최선이었다. 최소한의 예의고.

그리고 무엇보다 태산의 모습에 그간 자신의 부적절했던 행동들이 겹쳐진다. 윤도 메아리를 일곱 살 아이처럼 다뤘었다.

"모르는 사람들도 있잖아, 여기."

윤이 태산의 손에서 눈물만 떨구고 있는 메아리의 손을 빼낸다.

"메아리 좀."

윤이 도진에게 메아리를 맡긴다. 태산은 얼얼한 표정으로 윤의 행동을 보고 있을 뿐이다. 윤이 태산의 손을 제지했을 때 머릿속에서 얼마나 많은 생각들이 오갔을까.

사태의 심각성을 깨달은 정록은 모델들을 에스코트해 밖으로 나간다. 일행이 모두 자리를 비우자 태산이 마른세수를 한다. 이 상황을 어떻게 해결할지 모르겠다. 메아리의 마음이 아무리 그렇다 해도, 윤은 어떠한 여지도 주지 않을 걸 알고 있었기 때문일까. 아니, 태산은 윤이 그럴 거라고 믿었다.

팽팽한 긴장감으로 목이 죄어오는 것 같다. 윤은 말을 아꼈다. 태산이 바지 주머니로 손을 가져가다 허망하게 웃는다. 끊은 담배가 간절하다.

"담배 있냐?"

태산의 말에 윤이 고개를 젓는다.

"같이 끊은 거 기억 안 나냐."

윤도 담배가 당기긴 마찬가진지 괜히 하관을 쓸어내린다. 손바닥이 마른 나무처럼 거칠다.

"홍세라랑 열 번을 헤어졌어도 담배 생각은 안 났는데……"

착잡함에 입안이 쓰다. 윤이를 잃고 싶지 않다. 윤이 더이상 상처받지 않았으면 좋겠다. 윤에게 상처는 사별로 충분하다. 태산이 복잡한 표정으로 머리를 헝큰다.

"자리 옮겨서 나랑 한잔 더 안 할래?"

"……"

"너 아직 나한테 생일 축하한다고도 안 했어."

윤이 애써 투정부리듯 말했지만 분위기는 누그러지지 않는다. 꼭 발로 차면 쓰러질 것 같은 낡은 건물에 들어와 있는 것 같다.

"정록이네 바에 가 있다."

윤이 힘들게 발걸음을 뗀다. 혼자 남은 태산이 연신 손으로 얼굴을 쓸어내린다.

겨우 마음을 다잡고 술집을 나서자 도진이 서 있다. 윤은 이미 사라지고 없었다.

"메아리는?"

허깨비를 본 듯한 목소리다. 도진이 어깨를 으쓱해 보인다. 메아리가 가 있을 곳 정도는 충분히 예측 가능하다. 태산도 예의상 물은 것인지 더 대답을 구하지 않는다. 도진이 제 차로 가자고 고갯짓을 한다. 태산이 조수석에 오른다.

"요즘엔 고딩도 열시엔 집에 안 들어가."

예기치 않게 엎어진 생일파티에 가장 서운할 사람은 윤과 정록일 것이다. 도진이 태산을 흘끗 본다. 아무 반응도 없다. 넋 나간 사람처럼 차창 밖만 하염없이 보고 있다. 아니, 아무것도 보고 있지 않다는 게 더 적당한 표현일 거다.

"윤이가, 나한테…… 그 손 놔, 그랬지?"

"그럼 그 발 놔, 그랬을까."

평소 같으면 '이 자식이 형님이 진지하게 말씀하시는데' 하면서 반기를 들었을 태산이지만 오늘은 다르다. 도진의 말은 이미 한 귀로 듣고 한 귀로 흘린 것 같다. 지금 태산은 친구를 잃을지 모른다는 두려움이 가장 클 것이다. 열일곱에 만나 볼 꼴 못 볼 꼴 다 보며 지금까지 함께해온 우리다. 도진은 묵묵히 운전에 집중한다.

"윤이가 나한테……"

"니가 애 손목을 너무 꽉 잡았으니까 그렇지. 안 그래도 쪼그만 애를."

"외탁해서 그래……"

심란한 와중에도 짚을 건 짚는 태산이다. 확실히 아까보단 조금 진정이 됐나보다.

"아우, 임메알. 내가 저를 어떻게 키웠는데."

"그냥 좀 지켜봐. 윤이가 누구냐? 우리 중 제일 똑똑한 놈이고, 제일 따뜻하고, 니가 제일 믿는 놈이잖아."

태산이 얼마나 섭섭할지 도진은 잘 상상되진 않는다. 지방에 있는 부모와 떨어져 지내는 동안 태산이 대신 부모 노릇해온 걸 지켜본 우리다. 메아리는 모두의 여동생이나 다름없었다. 태산에겐 여동생을 넘어딸 같은 존재겠지만. 그래도 이건 잘 모르겠다. 아무리 그렇다 해도 태산이 메아리의 감정까지 쥐락펴락하는 건……

. . .

"안 마주치려고 최선을 다해 늦게 들어왔는데."

세라가 거실에 들어서며 골프백을 내려놓는다. 이수도 마침 나가려던 참이었다.

"나도 너 올 시간 됐다 싶어 나가려던 참인데, 마주쳤네. 쉬어."

아직 앙금이 남은 탓에 어색한 기운이 흐른다. 둘이 함께 있으면 안될 것 같다. 이수가 카디건을 걸치고는 세라를 스쳐 현관으로 향한다.

"잠깐 앉자."

세라의 목소리엔 피로감이 묻어났다. 이수가 그대로 선 채 세라와 눈을 마주친다.

"말해."

세라의 눈엔 아무런 적의도 없다. 그날 그리 표독스럽게 굴던 애가 맞나 싶을 정도다.

"사과할게."

"……"

"네 말이 사실이고, 뭐 어쩌자는 의도 없었다면 좀 오버한 거야, 내가. 니 자존심 못 지켜준 거, 미안했어. 그리고 일정 부분 고맙게 생각해."

세라는 덤덤했다. 이수가 괴로웠던 만큼, 세라도 괴로웠을 것이다. 그러나 세라가 고맙게 생각한다는 낯선 말을 해 또 분위기가 틀어질까 두려웠다. 이수가 밭은 숨을 내쉰다.

"고맙다니, 뭐가?"

세라가 마른 입술을 깨문다. 며칠 사이 얼굴이 핼쑥해졌다.

"내가 태산씨를 많이 좋아하고 있다는 걸 알게 됐거든, 니 덕분에."

"……그 와중에 별걸 다 했네, 내가."

세라는 진심이었다. 방금 전의 이수는 어떤 의식을 치렀다. 태산에게 주려던 장갑을 손에 끼워보는 것으로 혼자만의 이별의식을. 그리고 나서 침대 밑으로 더욱 깊숙하게 상자를 밀어넣었다.

"사과는 받는 거지?"

세라의 목소리에 이수가 침대 밑에서 빠져나온다.

"태산씨는, 우리한테 벌어진 이 일에 대해서 몰랐으면 좋겠어. 니가 태산씨한테 다 얘기해버린 거, 나는 모르는 일이라고. 이건 지켜줘."

"……그럴게."

이수는 아무것도 잃고 싶지 않다. 숨겨왔던 자신의 감정 하나로 더는 파장이 생기지 않기를 바랐다.

"나 어떡할까. 내가 나가는 게 편하면 내일이라도 나가고."

이 집의 주인은 세라다. 그렇다고 이수가 어떤 경제적 부담도 지지 않으면서 얹혀살고 있는 것도 아니었다. 이수로서도 불편함을 감수해야 할 특별한 이유가 없다. 한 공간에 있는 것 자체가 힘들어진다면 같이 안 살면 된다. 이수가 나가는 게 가장 빠른 해결책이었다.

"나도 그게 좋긴 한데, 나 지금 너한테 빼줄 돈 없어. 더이상 대출도 안 되고. 상금 받아서 줄게. 그러려면……"

세라가 묵직한 골프백을 힘겹게 들어올린다. 다른 것들의 무게도 함께.

"더 열심히 해야겠네."

방으로 들어가는 세라의 뒷모습에 이수는 마음이 좋지 않다. 잠깐 서 있는데도 꽤 긴장하고 있었나보다. 발끝이 저린 줄도 모르고 서 있었다.

집을 나선 이수가 걸음을 멈춘 곳은 의류수거함 앞이었다. 빵빵한 카디건 주머니에서 장갑 한 켤레를 꺼낸다. 그렇다. 상자만 침대 아래 두었다. 장갑과는 이로써 이별이다. 한 번도 껴본 적 없는 장갑과, 오늘 있었던 일들은 나중에 어떻게 기억될까. 잔뜩 흐리고, 희끄무레한 하늘 같으려나. 이수는 수거함에 장갑을 구겨넣는다.

• • •

머리를 맞대고 앉은 정록과 도진의 시선은 한 곳에 집중돼 있다. 좀 떨어진 테이블에서 태산과 윤이 술잔을 기울이고 있다. 마주 앉은 채 말없이 술만 들이켠 지가 벌써 한참이다.

"쟤네 무슨 얘기해?"

"꼭 들어야 아냐? 지혜가 없어, 지혜가."

도진과 정록 모두 시선은 여전히 테이블을 주시하고 있었다. 특히 정록은 아까부터 잔뜩 긴장한 표정이다. 간혹 불안한지 검지로 술잔을 두드린다.

"근데 넌 왜 그렇게 쳐다봐."

"혹시 기물 파손할까봐."

안 묻는 게 나을 뻔했다. 육탄전이라도 벌어지길 기대하는 관중 심리가 아예 없다고는 말 못 하겠다.

"넌 쟤네 둘이 싸우면 누구 편들 건데?"

도진이 정록에게 물었다.

"윤이."

정록은 일말의 망설임도 없었다.

"왜?"

이번 대답은 좀 그럴싸했으면 좋겠다.

"박민숙의 유언장 내용을 알고 있는 유일한 사람이니까. 넌 누구 편들 건데?"

"정록이 편."

도진이 입꼬리를 올리며 사악하게 웃어 보인다.

"그렇지!"

정록이 장하다는 듯 술잔을 부딪쳐온다. 이러고들 앉아 있다. 술잔을 마른 헝겊으로 닦으며 둘의 대화를 듣고 있던 바텐더가 혀를 찬다.

벌써 몇 잔째인지 모르겠다. 윤이 잔을 비우자 태산이 머뭇거리다 술병을 든다.

"괜찮겠어?"

거의 빈속이나 다름없을 텐데 연거푸 마시는 게 걱정스럽다. 윤은 어깨를 조금 움츠리며 테이블에 팔꿈치를 붙인다. 한결 편해 보인다.

"오늘 같은 날 안 마시면 언제 마셔."

잔에 술을 따르던 태산이 잠시 멈칫한다. 항상 단정하고 곧은 윤의 흐트러진 모습은 꽤 오랜만에 본다.

"생일이잖아."

윤의 말에 태산은 가슴이 먹먹하다. 마저 술을 따르고 제 잔도 채운다. 윤이 무슨 말을 기다리고 있든 태산이 할 수 있는 말은 하나뿐이었다. 술기운을 빌리고 싶진 않다. 또렷한 정신에, 분명히 말하고 싶다.

"이따위로밖에 말 못 해 미안한데, 최윤팔, 나 너 믿는다."

무슨 뜻인지 절절할 만큼 잘 알고 있다. 메아리의 작은 등이 문밖으로 사라질 때, 나는 어떤 생각을 했더라.

"걱정 마. 네가 걱정하는 그런 일, 없을 거야."

사랑과 우정, 둘 중 하나를 택해야 한다면 우린 모두 사랑을 택할 것이다. 그 기저엔 우리의 우정은 선택하고 말고의 여지조차 없다는 확신이 있다. 하지만 이번만큼은 이야기가 다르다. 윤은 눈앞에 아른거리는 잔상을 부드럽게 더듬는다. 아무도 눈치채지 못하게. 이거면 된 거다. 메아리와 나 사이엔 더이상 어떤 상상력도 발휘할 수 없다.

"내가, 죽어라 노력중이니까."

담담히 고개를 든 윤이 부서질 것처럼 웃는다. 태산은 윤의 표정에 기시감이 든다. 저런 얼굴을 전에도 본 적이 있었다. 심장이 끝도 없이 내려앉는 것 같다. 윤아. 속으로 나지막이 불러본다.

"이런 지 좀 됐다."

아무에게도 말한 적 없었다. 윤은 무게를 덜고 싶었다. 여기까지 온 이상, 더 물러설 곳도 없다.

태산과 윤의 기색을 살피고 있던 정록이 호들갑스럽게 도진에게 치대며 말한다.

"둘 다 표정 완전 안 좋은데?"

역시나 두 사람을 살피고 있던 도진이 고개를 끄덕인다.

"메아린, 데려다줬어?"

참 빨리도 묻는다.

"극구 사양하셔서."

도진이 바텐더에게 제 잔을 가리킨다. 이내 호박색 술이 채워진다.

"찾아봐야 되는 거 아냐?"

"어딘진 몰라도 누구랑 있는지는 짐작 가. 근데 그분이 내 전화 안 받는다는 게 문제지."

정록의 눈빛이 호기로워진다.

"그 의식 있으신 분이 누군데?"

더 귀찮게 됐다. 코앞까지 얼굴을 들이밀고 묻는 정록을 도진이 질색하며 밀어낸다. 마침 태산과 윤이 자리에서 일어선다.

"윤이랑 같이 안 가?"

윤과 시간차를 두고 출발한 태산의 차 뒤에서 정록이 손인사를 한다. 두 사람의 이야기가 일단락된 지금 가장 곤란한 입장이 된 건 도진이다. 이 상황에서 윤과 단둘이 집에 있다고 생각해보라. 이정록은 역시 지혜가 없다.

"지금 윤이한테 필요한 건 무관심이야. 잠깐, 문자 좀."

도진이 잽싸게 액정을 확인한다. 정록이 도진의 어깨에 고개를 걸친 채 몸을 축 늘어뜨린다. 눈이 절로 감긴다. 한 것도 없는데 쓸데없이 피곤한 하루다.

메알이랑 찜질방에 있어요. 걱정 마시라고요. 특히 최변호사님. 시리도록 낯선 곳에서의 하룻밤이야 어떻게든 지나갈 테니까요.

도진이 미간을 좁힌다. 문자 내용이 좀 이상하다. 특히 최변호사님? 이라니. 그게 여기서 왜 나와. 그래도 종일 연락 안 되다 온 문자라 반갑다.

"메아리 지금 찜질방에 있대. 너네 바 단골손님이랑."

"찜질방? 찜질방에서 자겠단 거야? 여자 둘이?"

그러다 무슨 생각이 들었는지 정록의 눈이 반짝인다.

"아무래도 우리가 가봐야겠지?"

도진이 화답한다.

"신사니까."

. . .

"누가 데리러 온다는 거야?"

찜질방 진짜 오랜만에 온 건데, 찜질이나 제대로 할걸 그랬다. 영문도 모르고 밖으로 나오긴 했는데 데리러 오는 사람이 태산씨일까봐 걱정스럽다. 내가 아닌 메아리 때문에 오는 거겠지만.

"혹시, 태산씨야?"

이수의 말이 끝나기 무섭게 메아리가 눈을 치켜뜬다.

"당분간 그 이름은 꺼내지도 마세요. 어! 왔다."

도진의 차가 다가오고 있었다. 태산과 한데 묶고 싶진 않지만 도진을 보는 것도 껄끄러운 건 마찬가지다.

"김도진씨 불렀어?"

메아리 옆구리를 쿡 찌르자 배시시 웃는다. 이 녀석의 이런 미소 뒤엔 늘 사건사고가 뒤따른다. 불안하다.

"공식적으론 쌤이 부르셨어요."

"너 또!"

핸드폰에 비밀번호를 걸어놓든지 해야지. 오늘도 소 잃고서야 외양간 고칠 다짐을 하는 서이수다. 다신 보는 일 없었으면 좋겠다 으름장 놓은 지가 얼마나 됐다고. 정말이지 민망하다.

메아리는 그새 도진의 차 앞에 가 있었다. 정록이 내리자 메아리가 냉큼 차 안을 살핀다.

"왜 둘만 와요? 윤이 오빠는?"

도진이 모처럼 오빠답게 인자하게 웃으며 메아리에게 속삭인다.

"록이 오빠랑 진이 오빠로는 안 되겠니?"

"아우, 어떻게 둘만 와? 센스 없이?"

"오빠가 아깐 못 챙겨줘서 정말 가슴 아팠거든. 일단 오빠네 집으로 가자."

아무래도 정록 이거는 눈치가 없는 건가. 나 잘되는 게 배 아픈 건가. 친구란 새끼가 연애사업에 이렇게 도움을 안 줄 수가 있나. 메아리 핑계로 집에 들어가려는 수가 빤하다. 도진이 혀를 찬다.

"슛! 얘도 쫓겨난 거 알지? 오빠네 레지던스로 가자. 게스트룸 있어."

게스트룸. 이수가 몇 번이나 갔던 그곳이지 싶다.

"너, 내가 너희 집에 빈대 붙는 거 싫지? 그래서 이러는 거야. 나랑 지금 우리 집에 가서……"

"우리 쌤은 어쩌고요. 우리 쌤도 룸메이트랑 대판 해서 집에 못 가시는데."

거침없는 메아리의 말에 이수가 흠칫 놀란다. 그런 얘기까지 하면 저자가 더 유리해지잖아, 이 녀석아!

"어차피 집에 못 가는 거였어? 그럼 메알은 록이네로 가고, 서선생은 나랑 가는 걸로."

도진의 눈빛에서 음흉함을 간파한 메아리가 냉큼 이수의 팔짱을 낀다.

"오늘 우리 세트거든요?"

순진한 척 큰 눈을 여러 번 깜빡거린다.

"아, 왜!"

정록과 도진이 동시에 짜증을 팍 낸다. 이러기냐, 메아리. 이건 일종의 배신이다. 이제 와서 아무것도 모르는 표정 지어봤자 소용없다고. 도진이 신사답게 인내하며 차에 오른다. 약은 오르지만 참자. 도진이 핸드폰을 꺼내 문자를 찍는다.

메아리 레지던스로 데려가 재운다. 걱정하지 마.

수신자는 태산과 윤, 두 사람이다. 두 녀석이 그나마 잠이라도 편히 잤으면 좋겠다. 오늘 밤 그 누구보다 꿈자리가 뒤숭숭할 테니까.

레지던스 앞에 차를 세우자마자 메아리가 튀어나간다. 오는 내내 화장실 가고 싶다고 징징대더니. 내려서는 오도가도 못 하고 있다.

"그냥 로비 화장실 써."

×××

도진이 남의 집에 난 불 구경하듯 시큰둥하다.

"거긴 집중이 안 되잖아, 나 급해!"

메아리가 발을 동동 구르다 회전문으로 뛰쳐들어간다. 보다 못한 도진이 정록에게 키를 건네고 뒤따라간다. 정록이 도진의 뒷모습에 대고 오케이 표시를 한다.

"우리 이제 제대로 통성명해야 할 시간이 온 것 같죠? 카푸치노 같은 남자, 록이라고 해요."

"하하. 서이숩니다."

정록의 느끼한 농담은 역시…… 느끼하지만 여자들에게 웃음을 주는 구석이 있나보다. 두 사람이 화기애애한 분위기로 엘리베이터로 향한다. 그런 두 사람을 머리부터 발끝까지 올 블랙으로 휘감은 민숙이 보고 있는 줄도 모른 채.

레지던스 안은 조용했다. 이젠 익숙한 공간이 되어버렸단 생각이 들자 이수가 고개를 휘휘 젓는다. 도진의 사적인 공간이 익숙해졌다는 게 이상하잖아. 우리가 무슨 사이라고. 얼굴이 조금 달아올라 손등으로 식히는데 초인종이 울린다. 문을 따고 들어오지 않는 걸 보니 룸서비슨가.

"누구……"

현관문 앞엔 처음 보는 여자가 서 있었다. 샤넬의 시그니처가 귀에서 달랑이고 있는 인상적인 여자다. 민숙은 이수 말에 대답도 없이 안으로 들어온다. 둘러봐도 정록은 보이지 않는다.

"넌 씻고 왔니? 비누 냄새 난다?"

"저기, 죄송하지만……"

"씻으러 들어갔고?"

다짜고짜 반말에 말할 틈도 주지 않는다. 기세에 눌린 이수가 머뭇거리며 민숙을 뒤따라간다.

"아, 씻으시나? 그러신 거 같은데……"

"니가 강사장이니? 아님, 백혜준가?"

이번에도 역시 누구시냔 말은 꺼내보지도 못했다. 무례한 건 둘째치고 도무지 무슨 이야길 하는지 모르겠다. 상황 파악이 안 된 상태라 최대한 예의바르게 대응하는 수밖에. 그리고 보니 비슷한 장면을 막장 드라마에서 많이 본 것 같다. 부부클리닉 〈사랑과 전쟁〉의 단골 시퀀스이기도 하고.

화나고 어이마저 없어지려 하는데 이 사람들은 왜 안 나오는 거야.

"아뇨, 전 공무원인데요. 누구신지 모르지만 뭔가 오해하신 모양인데 초면에 너무……"

"그렇지. 초면, 오해, 왜 그 단어 안 나오나 했다. 딱 감 안 와? 내가 누군지?"

서늘하게 돌변한 민숙에게 아무 말도 못 하고 섰는데 방에서 정록이 나온다. 이렇게 반가울 수가 없다.

"여, 여보?! 당신이 여긴 어떻게……"

민숙이 아연실색하는 정록을 같잖다는 듯 무시하더니 이수를 내려다본다. 분명 시선의 높이는 비슷한 것 같은데 어쩐지 위에서 내려보는 느낌이다. 그런데 어디서 본 것도 같고.

"봤니? 일단은 저렇게 나오는 거야. 순진해 보이려면."

"아내……분?"

"네. 어떻게 왔냐니까. 나 여기 있는 건 또 어떻게 알고."

정록이 슬슬 웃으며 민숙에게 다가온다. 민숙은 정록은 쳐다보지도 않고 이수와 눈싸움을 하고 있었다.

"아내분? 앤 내공이 쫌 있다? 아내분을 보고도 놀라지도 않아. 준비된 변명 있어?"

그제야 말할 기회를 얻은 정록이 민숙에게 손을 뻗는데 등뒤에서 도진의 목소리가 들린다.

"제수씨?!"

"어? 언니!"

도진과 마찬가지로 맞은편 방에서 나온 메아리도 민숙을 발견하곤 반갑게 인사한다. 꽤 민망한 상황이 연출되는 듯도 싶었지만…… 누구와는 달리 번개같이 상황을 파악하곤 이수에게 손을 내미는 민숙이다.

"제 소개가 늦었네요. 박민숙입니다. 공무원이시라고요? 나 세금 많이 내는데."

싸늘한 아우라가 걷히고 본래의 시크한 민숙으로 돌아왔다.

"서이숩니다."

민숙의 소개에 이수가 겸연쩍게 웃는다. 귀여운 분이시네. 메아리가 쪼르르 달려와 민숙에게 팔짱을 낀다. 메아리의 애교에 민숙이 슬며시 미소짓는다.

"저 고딩 때 스승님이세요. 언닌 우리 여기 있는 거 어떻게 알았어요?"

"당신 혹시! 나 미행했어? 아, 뭐 그런 걸 하구 그래. 나 걱정돼서 엄청 찾았구나."

오랜만에 집에 들어갈 수 있을지도 모른다는 희망을 품은 정록이 들뜬 마음에 민숙의 어깨를 툭 친다. 애교 섞인 목소리에 민숙이 얇은 입술을 꼭 깨문다. 이 진상을 어떡해야 하나 싶다. 정록은 여전히 분위기 파악을 못 하고 윤의 생일파티에서 있었던 일을 구구절절, 약간의 과장을 더해 민숙에게 브리핑하기 시작한다. 메아리는 윤의 이름이 나오자 겨우 잊고 있던 장면이 떠올라 울상이 된다.

"그래서 여차저차, 메아리 보호차, 여기 온 건데 왜 여기 있지, 여보는? 이 늦은 시간에 호텔에? 당신 혹시……"

정록이 정혼자의 외도를 눈치챈 여주인공 같은 표정을 짓는다. 진부한 상상력하곤.

"난 여기 스파 회원이야, 삼 년째……"

민숙이 보기 드문 표정을 짓는다. 아주 잠깐이었지만 축 처진 듯한, 어딘가 잘려나간 사람처럼 아픈 표정이었다. 정록이 아차 싶은지 초조하게 민숙을 살핀다. 민숙은 여느 때의 청담마녀로 돌아와 있다.

"지배인한테 얘기해놓을 테니까 이 호텔에서 하시고 싶은 거, 드시고 싶은 거, 다 하세요."

"우와 진짜요?"

"맛있는 거 먹고 기분 풀어, 메알."

클러치백을 옆구리에 끼고 현관을 나서던 민숙이 이수 앞에 잠시 멈춘다.

"초면에 실례 많았어요".

도도한 말투였지만 가식이 아니라는 건 충분히 느껴진다. 이수가 가볍게 목례한다.

"간다. 노세요, 이수씨. 여보, 우리 집은 잘 있어? 나 안 보고 싶대?"

정록이 민숙을 요란스레 따라나선다. 문이 닫히자 이수가 참았던 웃음을 터뜨린다.

"왜요?"

메아리가 눈을 동그랗게 뜬다. 우리 쌤이 또 실성했나?

"나 저분 본 적 있거든. 작년 이브에 최변호사님 사무실에서. 어떤 남편이랑 살면 이브에 이혼하겠다는 생각을 할까 궁금했는데, 아직 이혼 안 하셨구나."

메아리는 그럴 만도 하다는 듯 고개를 끄덕이는데 다시 현관문이 열린다. 정록이 축 처진 표정으로 서 있다.

"뭐 두고 갔어요?"

메아리가 물어도 넋 나간 사람처럼 멍한 정록이다. 도진이 어떤 상황인지 감을 잡곤 혀를 찬다.

"저 인간을 두고 갔네, 제수씨가. 곧 이혼하겠네요."

도진과 눈이 마주친 이수가 코를 가만히 긁는다.

"박민숙이 우리 뭐든 다 하랬지."

거실을 서성이던 정록이 수화기를 들어 호기롭게 프런트 번호를 누른다.

"룸서비스죠?"

도진이 그 모습을 보고 애잔한 표정을 짓는다.

"또 매 일시불로 번다."

메아리는 졸린지 연신 하품이다. 울기도 많이 울었고 감정소모가 많았으니 여러모로 피곤한 날일 것이다. 윤의 먹먹한 얼굴이 떠올라 또 눈물이 날 것 같다.

"난 그냥 잘래. 완전 피곤해."

"그래, 들어가자."

잘됐다 싶은 이수가 메아리 쪽으로 가려는데 도진이 손목을 잡아온다.

"어, 잘 자. 굿나잇."

도진이 메아리를 들여보내곤 이수를 제 곁으로 당긴다. 이대로 잡혔다간 또 무슨 봉변을 당할지 몰라 이수가 팔을 비튼다. 왜 이래, 진짜? 도진은 도리어 손목을 더 꽉 잡는다. 놔줄 의사가 없어 보인다.

"와인으로 하자. 치즈는 뭐 있나 물어봐."

정록이 손가락으로 오케이를 해 보인다.

와인 잔을 마저 비운 이수가 소파에 등을 기댄다. 입에서 노래가 흘러나온다. 거의 흥얼거림에 가까웠지만 거실이 워낙 조용해 귀 기울이지 않아도 잘 들린다. 적당히 술에 취한 이수가 흥이 났는지 머리를 좌우로 가볍게 흔든다. 그 모습을 빤히 보던 정록이 빙그레 웃는다.

"우리 단골께선 주사가 노래시구나, 완전 못하시는데."

"아직 덜 취해서 그렇거든요? 이봐, 잔 비었네. 이 와인 맛있어요."

그러곤 와인 잔을 흔들며 더 따르라는 시늉을 한다.

"뭔들."

도진의 대꾸에 이수가 눈을 흘긴다. 도진은 아무렇지 않게 이수의 잔을 채운다. 병의 기울기가 라벨이 매우 잘 보이는 각도다.

"아, 맞다."

정록이 와인 병 라벨을 가리킨다.

"이거 도진이가 디자인한 건데."

그 말에 이수가 병을 당겨 자세히 들여다본다. 건축가가 이런 것도 하는구나.

술기운 탓에 초점은 잘 안 맞지만 구조적이고 추상적인 그림이 그럴싸해 보인다. 건축가의 아이덴티티도 느껴지면서. 하지만 그런 이야긴

하지 않는다. 겸손을 모르는 김도진씨가 우쭐대는 걸 봐서 좋을 게 뭐 있나.

"뭘 그런 걸 얘길 해."

도진은 머쓱한지 정록을 나무랐지만 입가에 번지는 미소가 그의 심정을 대변해준다. 좋으면서 싫은 척은.

"얘길 해야 이수씨가 다신 안 마시지. 니가 이거 그리고 매출 떨어졌지?"

"판매량 급등했거든? 넌 지금 졸리고 있어. 가서 자!"

도진이 와인 병을 뺏어 제 잔에 따른다.

"아, 나 졸리고 있어?"

정록이 정말 몰랐다는 표정으로 도진을 본다.

"그럼 자야겠다. 근데 나 왜 재워?"

여기까지 했으면 눈치 있게 좀 알아먹어야 할 텐데, 처음부터 끝까지 도움이 안 되는 정록이다. 자라면 자. 도진이 복화술로 정록에게 속삭인다.

"저도 이것만 마시고 잘 거예요."

눈치 없는 건 이쪽도 마찬가지다. 자리를 털고 일어나려는 시늉에 도진이 잔을 빙글 돌린다.

"그럼 난 누구랑 마셔. 난 댁 만취했을 때 들고 안고 업고 여기까지……"

"김도진씨!"

이수의 새된 목소리에 도진이 말을 멈춘다. 정록은 이미 상황 파악이 다 끝났다는 듯 의미심장한 눈빛이다.

"어쩐지 층수도 알고, 호수도 알고, 한두 번 와본 솜씬 아니더라니.

둘이 사귀어?"

"아우, 아뇨."

손사래까지 치는 이수다. 강한 부정은 때로 강한 긍정이라는데. 정록이 알겠다는 듯 손바닥을 탁 친다. 아!

"그냥 잠만?"

"네, 그렇…… 그게 아, 아니고요."

"정숙함을 추구하는데 머리가 못 따라가."

거드는 도진이 더 밉다. 타이밍 좋게 정록의 핸드폰이 울린다. 액정을 본 정록이 냉큼 방으로 들어가면서 인사한다.

"난 잔다."

도진은 대충 손을 휘저어 인사를 대신한다.

정록이 사라지자 적막한 공간에 둘만 남았다. 심장박동이 빨라진다. 여기서 심장이 뛰면 어떡해, 꼭 뭐라도 기다리는 것처럼. 심호흡을 천천히 하면서 간신히 진정시켜본다. 도진에게 들릴까 겁난다. 꼬투리를 하나 잡으면 물고 놓지를 않는 자니까.

"마셔요. 취해주면 더 좋고."

웃고 있어 진짜. 이상한 분위기가 조성될까봐 도진을 무시하고 일어나는데 무릎도 못 펴보고 다시 주저앉는다. 도진이 손목을 홱 잡아당기는 바람에. 아우, 꼬리뼈야.

"어딜 가요. 이 순간을 몇 시간이나 기다렸는데."

도진이 손을 꼭 잡아온다. 맞닿은 손이 뜨겁다. 다른 남자가 했으면 손발이 다 오글거렸을 대사인데 도진이 하면 묘하게 다른 느낌이다. 머리로 판단하기에 앞서 몸이 반응해온다. 몸이 기억하고 있는 아찔한 스킨십의 추억 때문인가.

"연하남은 만났어요?"

농담처럼 했던 말인데.

"서너 살 아래면 좋겠다, 까지만 정했어요."

"그렇군요……"

도진이 씁쓸하게 웃는다. 저런 표정이 바로 이수를 헷갈리게 하는 것 중 하나다. 잠시 말없던 도진이 진지하게 물어온다.

"전문가니까 말해봐요."

"뭘요?"

"짝사랑은 처음이라 어디 상담할 데도 없고 해서 묻는 건데, 원래 짝사랑 삼 개월 차에는 이렇게 자주 화가 납니까?"

"왜 화가 나는데요?"

"난 왜 싫은데?"

단도직입적으로 물어와 이수는 순간 할 말을 잃었다. 도진의 뾰족한 물음에 부러 상처받은 아이 같은 심정이 된다. 애써서 농담 같은 말들의 행간을 읽고 싶지 않다. 문득 드러나는 도진의 진심이 할퀴고 지나간 자리엔 정의내릴 수 없는 자신의 감정만 덩그러니 남았다. 서로의 시선이 끈질기게 얽혀든다. 이수도 이번엔 도진의 눈을 피하지 않는다.

도진은 어쩌면 매번 치열하게 물어왔을지도 모른다. 그걸 받아들이기엔, 도진에게 집중하기엔 이수의 상황이 편하지 않았다. 서서히 도진의 감정에 물들고 있음에도.

"잘생겼죠?"

"네."

너무 냉큼 대답해와 도진이 멈칫한다. 의외의 수확이다. 이 여자가 이렇게 순순히 긍정해준 적이 있던가?

"넘어만 오면 진도는 꽤 빠르겠네, 이 여자."

"내 스타일은 아니지만."

"거부할 수 없는 취향이라는 게 있죠."

이수가 희미하게 웃는다.

"자신 있어서 좋아요."

이수는 진심으로 그렇게 생각했다. 도진이 쓸쓸히 잔을 입가로 가져간다.

"이성 말고 감성에 자길 맡겨보는 건 어때요. 아님 술에라도."

도진이 잔을 가볍게 흔들어 보인다. 그 모습에 이수가 피식 웃는다. 불쑥 도진의 손이 코앞까지 다가온다.

"아님, 나한테 맡겨보든가."

도진의 손이 이수의 얼굴선을 타고 부드럽게 쓸어내린다. 나른한 손놀림에 등줄기가 서늘해진다. 롤러코스터를 탈 때처럼 갑자기 뭔가가 가슴을 뚫고 지나가는 것 같다. 이수가 긴장한 채로 도진의 손길에 몸을 맡긴다. 이 순간만큼은 부드러운 촉감에 집중하고 싶다. 모든 감각을 동원해 부드럽고 싶다. 위험한 생각이라는 자각은 있다. 자각이 있다는 게 다행일까, 불행일까.

도진이 손바닥으로 이수의 얼굴을 감싼 채로 서서히 다가온다. 반사적으로 눈이 감긴다. 도진의 숨결이 가까워졌을 때쯤 안쪽 방문이 벌컥 열린다. 식겁한 이수가 거실에 철퍼덕 눕는다. 이거야말로 빛의 속도네. 도진은 그런 이수를 보며 터져나오는 웃음을 참는다.

"안 들려요? 잠깐만요."

핸드폰을 얼굴에 딱 붙인 정록이 입 모양으로 자? 하고 묻는다. 도진이 씨익 입꼬리를 올린다.

"음. 아주 깊이 잠들었네."

"안아다 눕혀."

정록의 말에 도진이 이수의 등과 무릎 밑에 손을 넣는다.

"그래야겠지? 넌 소파에서 자. 우리 이 방 쓴다."

우리? 우리이? 잠깐만요, 카페 사장님. 말려주셔야 하는 거 아니에요? 우리라는 청천벽력 같은 말을 부정하고 싶어도 이제 와 눈을 뜰 수도 없고. 어쩐다. 미치겠다. 도진이 이수를 들어올려 침실로 향한다. 발버둥이라도 칠까. 떨어지면서 깬 척하면 자연스럽지 않을까? 머릿속에 여러 가지 대처방법이 빠르게 스쳐가는 사이 정록의 목소리가 멀어져 간다. 도진이 발로 문을 닫는 소리에 이수가 눈을 번쩍 뜬다.

"내려요, 얼른!"

소리도 못 내고 입 모양으로 말하는 이수다. 도진은 더 세게 안아올 뿐이다. 그 여파로 도진의 심장 소리에 가까워진다. 이수의 심장은 그에 비하면……

"아직 침대까지 안 갔는데?"

정수리에 얄미운 목소리가 떨어진다. 도진에게서 풍기는 체취는 이제 익숙할 지경이다. 도진의 심장은 약 오를 만치 정박으로 뛰고 있었다. 머뭇거리던 이수가 입을 뗀다.

"좋은 말로 할 때……"

"알았어요."

도진이 침대로 저벅저벅 걸어가더니 거의 내동댕이치듯 내려준다.

"악!"

말이 내려주는 거지 내던지는 것과 다를 바가 없었다. 덕분에 꼬리뼈가 통증을 호소한다.

"내려달라며."

"여기로 들어오면 어떡해요."

"늘 내가 쓰는 방이니까."

지금 그런 이야기가 아니지 않나. 둘을 '우리'라고 말하면서 '같이' 침실에 들어오면 어떤 오해를 사기 좋은지 말하는 거다. 여기저기 소문 다 내고 같이 잘 만큼 간이 크진 않다. 얼굴은 좀 두꺼워도. 소문을 내지 않아도 같이 잘지는 모르겠지만.

"같이 자는 줄 오해할 거 아니냐구요."

"오해받는 게 싫으면 진짜 같이 자든가. 참고로 난 소파에서 못 자요."

"그럼 다시 안아요!"

이수가 야무지게 양팔을 내민다. 도진이 뚱한 표정으로 이수를 지켜본다. 의중을 모르겠다.

"다시 안아서 메아리 있는 방에 들어다놓으라고요. 지금 와서 깬 척하고 나갈 순 없잖아요."

아, 다시 안으라고? 도진이 모른 척한다.

"두 번은 못 들어요, 몇 킬로그램이야, 대체."

진심 반 농담 반 푸념하는 도진이다. 이렇게까지 나오면 보통 입을 다물어버리는 이수다. 한데 이번엔 꽤 강경하게 나온다.

"좀 들어봐요! 이러다 메아리까지 깨면 어떡해요!"

도진은 들은 척도 않고 어딘가로 문자만 보내고 있다. 저 인간을 진짜! 갑갑해진 이수가 제 머리를 마구 헝큰다. 어쩔 수 없다, 이렇게 된 이상.

결심한 표정으로 일어서는 이수를 도진이 의아하게 본다. 무슨 컨셉이야, 저건? 이수는 마치 방금 잠에서 깬 것처럼 머리를 긁으며 거실로 나간다. 미처 덜 닫힌 문 사이로 정록의 목소리가 들려온다.

"안 잤어요?"

"지금 막 깼어요. 주무세요."

뻔뻔하게 하품까지 해 보인다.

"네, 주무세요."

두 사람의 대화를 듣고 있자니 웃음밖에 안 나온다. 그제야 도진은 침대에 편히 몸을 누인다. 방으로 들어온 정록이 눈을 동그랗게 뜨고 곁에 와 앉는다.

"소파에서 자라더니 뭘 어쨌기에 각방이야."

"소파에서 자라는 건 계속 유효해. 굿나잇."

도진이 친절히 문 쪽을 향해 손짓까지 해준다. 이 새끼가. 정록이 울상이 된다.

· · ·

그냥 똑같은 옷 이틀 입으면 어때서. 정록으로부터 핀잔을 받은 게 떠오른다. 도저히 같은 옷 입곤 출근 못 하겠는데 어쩌나. 도진이 거실로 들어서며 중얼거린다. 근데 뭔가 이상하다. 공기가 바뀐 것이. 낯선 냄새가 온 집 안에 배어 있다. 냄새의 정체는 김치찌개인 것 같은데. 불길한 예감이 든 도진이 부엌으로 다가간다.

앞치마를 두른 채 찌개 간을 보고 있는 저 뒷모습, 최근에도 본 적이 있다. 윤이가 대체 왜 이러는 거지. 잠이 덜 깨 더 혼란스럽다. 깔끔하게 차려진 아침 밥상에선 새댁의 기운이 느껴질 정도다. 그러니까 어째서 내가 너로부터 새댁의 향기를 느껴야 하느냐고.

"너 뭐하냐?"

도진을 발견한 윤의 눈이 부드럽게 휜다. 눈이 다 부실 정도다. 너의 꽃무늬 앞치마도.

"요리에 취미 붙여보려고."

"그 앞치마는 어디서 났어. 이 집에서 꽃다운 건 나 하나로 족한 거 같은데?"

"샀어, 접시 사면서. 앉아, 국만 뜨면 돼."

"하지 마."

"뭘."

싱글벙글 국그릇을 들고 국자를 잡는 본새가…… 무엇이 우리 최윤을 이렇게 만들었나.

"방금 새댁의 멘트였어. 그것도 외박한 남편한테 아침 밥상 차려주는."

윤은 아랑곳 않고 도진 앞에 예쁘게도 담은 국그릇을 놓는다.

"냄새 죽인다, 먹어봐."

시식을 기다리는 윤의 표정에 도진이 억지로 숟가락을 든다. 입에 넣는 순간 뭐라 표현할 수 없는 기묘한 맛이 느껴진다. 보기 좋은 떡이 먹기 좋지 않을 수도 있음을 증명하고 있는 한 사례다. 지금 이 비주얼로 이런 맛을 내면 어떡하자는 거냐.

"왜, 맛없어?"

도진의 표정이 점차 안 좋아지자 윤이 국을 한 숟가락 뜬다. 먹어보곤 조용히 숟가락을 내려놓는다. 잠시 침묵이 흐르고 윤이 식탁 한쪽에 놓인 바게트 봉지를 뜯는다. 윤이 연애시켜야겠다. 도진은 진심으로 그렇게 생각했다. 나한테 딴맘 있는 게 아니라면, 욕구불만이 분명하다.

난 희생자가 된 것이고.

"왜 내 문자에 답이 없어?"

박선생의 앙칼진 목소리가 귀에 꽂힌다. 몽롱한 머리로 수행평가 채점중이던 이수가 엉거주춤 고개를 든다. 핸드폰은 어제부터 임종 상태였다. 이수가 충전중 화면이 떠 있는 액정을 들어 보인다.

"배터리가 방전돼서요. 무슨 일로……"

칫솔과 컵을 챙겨든 박선생이 당당하게 말한다.

"아침에 커피가 땡겨서, 늦을 거면 좀 사다달라고."

저번부터 느낀 거지만 개념이 없는 건지, 원래 성격이 그런 건지 감이 안 잡힌다. 빠직, 인내심의 끈이 끊어질 것 같지만 간신히 표정을 누그러뜨린다.

"아, 예…… 근데 제가 오늘 좀 일찍 와서."

"그니까."

박선생이 안타까운 표정을 지어 보이곤 다시 칫솔을 입에 문다. 유유히 교무실을 나서는 모습이 꽤 얄밉다. 참자, 참아. 다시 점수를 매기려 펜을 드는데 문자 알림음이 울린다. 꽃다운 그자다.

태산아. 나 지금 서선생이랑 한 방에 있는데, 이 여자 너무 예쁘다.

무슨 말이지? 도진과 합의하려 고군분투했을 때 이런 식으로 문자를 주고받은 적이 있었다. 그때 한 삽질들이 떠올라 잠시 입가에 썩은 미소가 고인다. 근데 이건 언제 보낸 거지? 고개를 갸웃거리는데 어제 레지던스에서 문자 보내던 도진이 떠오른다.

근데 나가겠다고 안으라네? 안으면 눕힐 거 같은데 어떡하지?

한 공간에 있으면서 아무렇지 않은 얼굴로 이런 문자를 쓰고 있었단 말이지. 그럼에도 도진의 이런 너스레들이 싫지 않다. '이 여자 너무 예쁘다'에서는 괜히 설레기까지 한다. 비록 문자 메시지지만 도진의 진심이 묻어난다. 담백하고 간결한 도진의 단어와 문장의 틈새가 이수의 일상으로 들어오려고 시도하는 중이다.

수업을 마치고 교실을 나서는데 동협이 씨익 웃으며 목례한다. 저 자식은 암만 봐도 고등학생의 아우라가 아니란 말이지. 이수가 건성으로 받아주며 핸드폰을 보는데 '맞선남'이 떠 있다. 아…… 소개팅. 저번에 저지른 실수도 있어 곤란한데…… 전화를 받을까 말까 잠시 망설이다 통화 버튼을 누른다.

• • •

이수가 허겁지겁 응급실로 들어와 내부를 빠르게 훑는다. 저만치 세라가 보인다. 걸음이 바빠진다. 링거를 맞고 누워 있는 세라는 부쩍 수척한 모습이었다.

"어떻게 된 거야. 괜찮아?"

"위경련. 운전을 못 하겠어서. 와달라고 해서 미안."

하얗게 뜬 얼굴로 미안하단 말을 하는 세라를 보니 가슴 한구석이 저리다. 잠시 말문이 막힌 이수가 손사래를 친다.

"아프진 않아? 의사 선생님은 뭐래?"

"스트레스고 피로지 뭐. 그럴 만하잖아, 요즘."

침대 가에 서서 세라의 얼굴을 살피던 이수가 멈칫한다. 세라의 스트레스엔 자신도 포함돼 있을지 모른단 생각이 들어서. 허리를 세워 앉으려던 세라가 경미한 통증에 인상을 찡그린다. 한참 망설이던 이수가 입술을 잘근 깨문다.

"태산씨한테는 연락했어?"

제 입에서 태산의 이름이 나오는 것조차 죄스럽게 느껴졌다. 세라의 파삭한 얼굴을 보니 괜히 다 자기 탓인 것만 같다.

"뭐하러. 두어 시간 쉬면 괜찮다는데."

세라는 되레 덤덤한 표정이다.

"그래도 연락은 해야지. 아픈데 혼자 누워 있음 어떡해?"

세라는 대꾸 없이 침대 끝만 보고 있다. 보다 못한 이수가 핸드폰을 꺼내 분주히 손을 움직인다.

"하지 말라니까……"

말은 그렇게 하지만 안 말리는 세라다. 태산과 통화가 됐는지 이수가 반색한다.

"네, 태산씨 통화 가능하세요? 세라가 연습장에서 쓰러져서 지금 응급실에 있거든요."

—세라, 옆에 있어요?

세라가 아예 고개를 돌리고 눕는다. 이수가 목소리를 낮춘다.

"아뇨, 저 지금 밖이에요."

—상태는 괜찮아요?

"스트레스성 위경련인데, 지금 링거 맞고 있어요. 두어 시간 정도 쉬래서요."

—그럼 이 전화 안 받은 걸로 하죠.

"네?"

목소리가 너무 컸다.

—이수씨가 수고 좀 해주세요, 그럼.

태산의 전화가 맥없이 끊긴다. 어떡하지? 아플 때일수록 더 태산에게 기대고 싶을 텐데. 끊긴 전화에 황망히 서 있던 이수가 아무렇지 않게 말을 이어간다.

"아, 지방이시구나. 알겠습니다. 들어가세요."

끊긴 전화를 이어간 게 머쓱하다. 표정을 가다듬고 돌아보자 세라는 잔뜩 웅크려 있다.

"태산씨 지금 현장이래, 지방……"

세라는 꿈쩍도 않는다. 이수가 간이의자에 앉는다.

"멀리 갔네……"

세라는 태산이 무어라 했을지 충분히 짐작할 수 있었다. 최악의 경우에는 자신이 아프다는 게 쇼라고 생각할 수도 있고. 예전 같았음 지방이든, 어디였든 한달음에 달려왔을 태산이다. 그들에게 물리적인 거리는 중요하지 않았다. 태산의 땀냄새를 맡으며 태산의 품에 안겨 쉬고 싶었다. 다 괜찮아질 거라고, 지치지도 않고 등을 쓸어내리는 큰 손을 떠올리며 눈을 감는다.

우리는 멀어진 게 아닐까. 차오르는 눈물에 어금니를 꽉 깨물지만 한번 흐르기 시작한 눈물은 멈추질 않는다. 참을수록 오히려 꺽꺽 새어나온다. 가장 친한 친구인 이수에게도 보여주고 싶지 않은 모습이었다. 자존심 하나로 사는 홍세라가 이렇게 무너져버리면, 너무 비참하잖아.

• • •

태산은 한참이고 핸드폰을 쥐고 있었다. 손안의 핸드폰에는 세라가 웃고 있었다. 우리가 이렇게 웃고 있었던 적이 있구나. 그 나날들이 아득하다. 의자에 몸을 묻고 있던 태산이 마른세수를 한다. 손이 꺼칠하다.

책상 위에 흩어진 홈바 스케치며 디자인 샘플을 한데 모은다. 이걸 지금 붙들고 있는 게 맞는 걸까. 세라에게 달려가는 게 맞는 걸까. 세라의 얼굴이 아른거린다. 핸드폰에서처럼 웃고 있다가 …… 운다.

메아리도 울고 있었다. 방 한구석에 마련해놓은 작업대엔 가죽 샘플들이며, 실밥이 즐비하다. 메아리는 재봉틀 앞에 앉아 하염없이 눈물만 흘리고 있었다. 윤에게 전해주지 못한 생일선물을 내려다보며 입술을 꾹 깨문다. 엉엉 소리내 울고 싶지만 이 순간에도 어디선가 윤이 듣고 있을 것만 같아 간신히 참는다. 달려와 안아주었으면 좋겠다는 말도 안되는 생각을 해본다.

윤은 어디에도 없는데. 내 바람일 뿐인데.

그때 태산이 문을 열고 들어왔다. 노크 소리에 뒤를 돌아봤을 땐 이미 문이 열린 상태였다. 다 커서 청승맞게 울고 있던 것도 민망하고, 술집에서 있었던 일 때문에 아직 분위기가 어색하다.

"있으면서 왜 대답을 안 해."

마음은 그렇지 않으면서도 말은 퉁명스럽게 나온다. 그런 태산을 누구보다 잘 아는 메아리다. 태산의 마음을 모르는 것도 아니고, 오빠로서 충분히 이해할 수 있다. 방에 처박혀 울며 계속 윤과 태산 생각밖에 안 했다.

"낼모레 세라 언니 시합이야. 파이팅 문자 하나 남겨."

"이따 할게."

"지금 해. 너랑, 할 얘기도 있고."

부러 무뚝뚝하게 나오는 태산이다. 메아리가 이 작은 등을 들썩거리며 울었을 걸 생각하면 가슴이 찢어질 것 같지만, 그래도 확실히 해둘게 있다. 그 편이 앞으로도 모두를 위해서 좋다. 어찌 보면, 이 상황에서 가장 힘든 건 태산일지도 모른다. 메아리는 동생이고, 윤이는 둘도 없는 친구니까.

"뭘 말 할지 알아. 윤이 오빠 얘기잖아."

"윤이 얘기 아니야. 내 얘기야."

이런 상황이 태산은 착잡했다. 한국 들어온 지 얼마나 됐다고 이 사달이 다 나냐. 태산이 마른 입술을 손으로 훔친다. 꽤 망설이고 있는 듯 보인다.

"오빠 얘기 뭐?"

메아리는 하도 울어 잘 떠지지도 않는 눈을 손등으로 비빈다. 윤이 오빠 얘기 아니면, 나 때문에 자기 힘들단 얘기겠지 뭐.

"너 없는 이 년 동안 오빠, 너 보고 싶어 죽는 줄 알았어."

태산의 입에서 흘러나온 건 예상 못 한 이야기였다. 한 번도 생각해본 적 없는 것이기도 하다. 메아리가 미국에 있을 때도 메아리의 보호자는 태산이었다. 태산의 진심 어린 말에 메아리는 다시 코가 시큰거린다. 이제 하도 울어서 눈이 따가울 지경이다. 그런 메아리를 지켜보는 태산도 마음 아프긴 매한가지다. 태산의 미간에 깊은 주름이 팬다.

"오빠한테 너 또 비행기 태우게 하지 마……"

아련한 목소리에 메아리의 고개가 아예 푹 꺾인다. 태산은 조용히 방을 나선다. 가득 고인 눈물이 문이 닫히는 소리에 곧 흐를 것 같다.

태산에게 미안해서, 그럼에도 이 순간마저 윤이 떠오르는 자신이 안됐어서.

• • •

밤기운이 축축하다. 바닥에 앉으려던 윤이 잔디를 만져본다. 그대로 철퍼덕 앉을까 하다 이내 자리를 털고 일어선다. 손안의 야구공이 묵직하게 느껴진다. 그대로 팔을 들어 축구 골대 앞 박스에 던진다. 가볍게 들어간다. 아무도 없는 운동장은 적막했다. 가끔 윤이 던지는 공이 바람을 가르는 소리만 스산하게 울린다. 꽤 적적한 인상을 주는 풍경이다.

아직 팔이 좀 경직된 감이 있다. 목과 어깨를 돌려 가볍게 풀고 다시 자세를 바로잡는다. 비스듬히 서서 숨을 들이마시고 팔을 드는 찰나 인기척이 느껴진다. 태산이었다. 글러브를 끼고 포수 자세로 앉는다. 방금 왔다는 듯이. 갑작스런 태산의 등장에 윤은 팔을 내리지도 못하고 서 있다. 희뿌연 조명이 두 사람을 비춘다.

태산이 손을 바닥으로 향해 천천히 송구사인을 보낸다. 처음 보는 사인이다. 윤이 뜻을 읽으려 미간을 좁힌다. 태산은 아랑곳 않고 계속 사인을 보낸다. 참다못한 윤이 팔을 거둔다.

"무슨 사인이 그래, 뭐라는 거야?"

윤의 말에도 태산은 똑같은 사인을 반복한다.

"야밤에 혼자 뭔 청승이냐고."

"……그러는 넌."

"너 여기 있을 거 같아서."

윤을 잠시 보던 태산이 또다른 사인을 보내온다. 뭔데 그건 또. 윤이 조금 장난스럽게 던져본다. 원래 그랬던 것처럼.

"늦었지만…… 생일 축하한다."

태산의 얼굴은 웃지도 찡그리지도 않아서 무표정하게 보일 수도 있지만 윤은 알고 있다. 우리가 몇 년 사인데. 윤은 잔뜩 날 서 있던 신경이 미농지 젖듯 푹 누그러지는 것 같았다. 태산의 널찍한 어깨가 유독 작아 보인다. 내가 여자였다면 이런 마음을 보이며 태산 품에 달려들고 싶다. 남자라는 사실이 애석하다. 이제야 마음에 조금 여유가 생긴다.

"맨입으로?"

윤이 들고 있던 공을 기습적으로 던진다. 태산의 눈이 잠시 커지더니 곧 뛰어난 반사신경으로 멋지게 잡아낸다. 손에 쥔 공을 보고 태산은 씩 웃더니 다시 공을 던져온다. 화답하듯.

"술 한잔할래?"

윤이 웃음으로 대답을 대신한다. 어깨에 밤안개가 내려앉는다.

• • •

아지트엔 이미 청승 1호가 뒷모습을 보인 채 앉아 있었다. 축 처진 어깨를 한 도진이다.

"오늘 청승들 많네."

태산이 픽 웃곤 두 사람 옆에 앉는다. 인기척을 느낀 도진이 태산과 윤을 발견하곤 눈을 크게 뜬다.

"연습한다더니?"

윤은 말없이 멋쩍게 웃는다. 그때 바 안에서 정록이 귀신처럼 다가온다.

"야, 니들 나 죽으면 내 장례식에 올 거냐?"

정록은 온몸으로 암울한 기운을 내뿜고 있었다. 사실 정록은 오늘 희망에 차 있었다. 간만의 민숙의 부름에 말 잘 듣는 강아지처럼 단숨에 달려갔었다. 부부동반 모임이었다. 민숙에게 드디어 면죄부를 받았나 싶었는데 결과는 참혹했다. 배불뚝이 중년 남자들 틈에서 유일한 연하남으로 민숙의 사기를 드높였으나 모임이 끝남과 동시에 버림받았다. 날 먹고 버리다니, 허니……

평소와 다르게 꽤 처진 목소리였지만 아무도 신경쓰지 않는 눈치다. 그나마 태산이 반응해준다.

"하다하다 별…… 언젠데."

"올 거야, 말 거야?"

정록은 부루퉁했다. 비단 태산의 무성의한 대답 때문은 아닌 것 같다.

"강남에서 할 거야?"

태산이 눈앞에 놓인 육포를 질겅질겅 씹는다.

"차 막힐 시간 피해 잠깐 들르든가."

마치 편의점 들르듯 말하는 도진을 윤이 나무란다.

"그래도 들러, 엔간하면."

"이것들이. 부조는 얼마나 할 건데."

오늘은 어째 사연이 구구절절하다. 또 무슨 사고를 쳐놓고 이러는 거야. 셋 다 그리 좋은 컨디션은 아니어서 시시콜콜 상대해주기 벅차다. 물론 컨디션이 좋았더라도 결과는 같았을 테지만.

"이대론 못 살겠다. 그냥 위자료 주고 확 이혼할라고."

정록이 바 안에 놓인 의자에 털썩 주저앉는다. 혼 빠진 사람마냥 눈에 초점이 없다.

"얘 또 왜 이러냐."

심상치 않음을 느낀 윤이 도진을 쿡쿡 찌른다. 정록에게 시선을 고정한 채 가만히 칵테일을 홀짝이던 도진이 진지하게 묻는다.

"근데 삼십만원으로 이혼이 돼?"

"……십만원씩밖에 안 할 거야?"

"대신 우리가 관은 들어준다. 파이팅 있게."

이어지는 친구들의 우정 어린 발언에 정록이 점차 울상이 된다. 마누라 복 없는 놈 친구 복도 없다더니. 그래도 친구라고 있는 것들이, 확! 하는데 앙증맞은 문자 알림 소리가 울린다.

당장 퇴와.

울상이던 정록이 문자를 확인하곤 부리나케 재킷을 걸쳐입는다. 흙빛이던 얼굴이 환하게 피었다. 그래, 먹고 버릴 의리 없는 인사가 아니지, 박민숙 여사가. 받은 대로 고스란히 돌려주기는커녕 이자까지 두둑이 쳐주시는 인성의 소유잔데. 그게 은혜든, 복수든.

"뭐? 엔간하면 잠깐 들러? 성의껏 십만원? 너네, 돈 많이 벌어둬라. 다음달부터 월세 대폭 인상이다."

정록은 뭐가 그리 신나는지 명랑하게 양팔을 흔들며 나간다. 그러다 금세 씩씩대며, 수건으로 설움을 줘? 따위의 혼잣말을 한다. 세 남자는 그런 정록의 뒷모습을 구경하고 있다. 뭐야, 왜 저래? 곧 죽을 것 같던 놈이. 수건으로 받은 설움이 뭔지 아는 태산만 작게 웃는다.

. . .

들어갈 자리가 있을까 싶었는데 속옷 파우치가 가방 한구석에 꼭 맞는다. 짐 싸는 덴 이제 도가 튼 세라다. 시합을 위해 짐을 쌀 때면 수많은 상념과 불안감, 부담감을 함께 가방 안에 동여맨다. 가방 앞주머니를 마저 여미려다 골프공 하나를 발견한다. 태산이 음흉한 눈을 그려놓은 골프공이다. 시합 전날까지 태산에게선 아무런 연락도 없다. 심지어 앙숙인 메아리조차 문자를 보내왔는데. 그래도 생각해주는구나 싶어 한참을 들여다봤더랬다. 메아리 문자처럼 이왕 나간 거 1등 하고 싶은 마음이 굴뚝같다. 이번에도 부진을 떨치지 못할 경우 스포츠뉴스 난에 뜰 기사 헤드라인들이 머릿속을 스친다. 세라가 고개를 젓는다. 떨쳐내야 한다. 자신과의 싸움에서조차 이기지 못하면 안 된다. 이수가 파우치를 들고 들어온다.

"목욕용품은 내가 챙겼어."

"거기 놔."

"몸은 괜찮아? 병원에서 괜찮대? 하루이틀도 아니고 일주일 내내 시합인데."

"무리라도 나가야지. 상금 타서 니 돈 빼주려면."

세라의 말엔 뼈가 있었다. 이수가 얼어붙는다. 낮게 가라앉은 세라의 목소리가 묵직하게 가슴을 눌렀다.

"일주일 동안은 너 편하겠다. 나 신경쓰지 않고 집에 들어와도 되고."

"……"

"왜, 더 할 말 있어?"

"너무, 스트레스받지 말고 경기 잘하라고…… 응원한다고."

이수가 애써 웃어 보인다. 진심이었다. 성적 부진에 대한 기사가 뜰 때마다 괴로워한 걸 옆에서 지켜봤으니까. 이번만큼은 만족할 만한 결과를 얻기를 바랐다.

"고마워. 진심이면."

쿨한 것과 차가운 것 사이에는 분명히 차이가 있다. 이수는 세라와 관계가 틀어진 순간부터 그걸 피부로 느끼는 중이었다.

방으로 돌아온 이수는 침대에 털썩 앉아 멍해진다. 손끝에 피가 다 빠져나간 것 같다. 세라를 잃고 싶지 않았다. 이미 돌이키기 어려운 지점까지 와버린 걸까. 무의식중에 손톱을 물어뜯다가 메아리에게 전화를 건다.

"어디야? 주말에 잠깐 봤으면 해서."

"제가 전화드릴게요. 지금 통화 못 할 상황이라서."

같은 시각, 메아리는 윤의 로펌에 와 있었다. 이수의 전화를 끊고 윤을 내려다본다. 사람이 왔는데 고개도 안 들고 모니터만 보고 있는 윤이다. 아까부터 투명인간 취급당하는 통에 자존감이 계속 깎여나가고 있다. 생일축하도 제대로 못 해주고 처음 보는 건데, 메아리는 울컥 눈물이 날 것 같다. 하지만 또 울지 않을 거다. 윤을 만나러 오기 전까지도, 충분히 울었다. 더는 부은 눈으로 아침을 맞이하고 싶지 않다.

"바빠요?"

윤의 방을 나설 땐 남아 있는 자존심이 거의 없는 메아리가 될지도 모른다. 메아리가 손에 쥔 쇼핑백 손잡이를 만지작거린다. 종이 재질이라 금세 부스러기가 밀려나온다. 윤은 여전히 눈도 안 마주친다.

"나 안 볼 거예요?"

"급한 일 아니면 가줄래."

이렇게 차가운 윤은 처음이다. 암만 그래도 사람과 사람이 이야기할 땐 눈을 맞추는 게 예의 아닌가. 남보다도 못한 사이가 된 것 같다. 내가 윤이 오빠를 좋아한다는 이유만으로.

"알았어요."

메아리가 간신히 목소리를 짜낸다.

"이것만 놓고 갈게요."

잠시 망설이다 쇼핑백을 책상 위에 올려놓는다.

"이거 내가 만든……"

"가져가."

윤은 쇼핑백 쪽은 처다보지도 않는다. 바쁜 척하는 거 다 아는데, 알면서도 아무 말도 할 수가 없다. 시간이 죽도록 느리게 흘러가기를 바라고 있는 나도 문제다. 이렇게라도 윤을 보고 있는 시간이 좋은걸.

"잠깐 들어가도 돼요?"

문 사이로 강변이 고개를 빼꼼 내민다.

"들어와."

윤이 건조하게 응수하자 고운 보자기에 싸인 도시락으로 보이는 것을 들고 들어온다. 메아리 같은 건 보이지도 않는다는 듯 책상 위에 내려놓는다.

"아까 선배 법원 가셨을 때 이미경이라는 분이 맡기고 가셨어요."

이미경이란 이름에 윤의 얼굴에 그늘이 진다. 누구기에 저렇게까지 격렬하게 반응해? 눈앞에 있는 나는 없는 사람 취급하면서. 메아리의 눈이 서운함으로 물든다.

"도시락인데, 맛있게 드시라고…… 생일 챙겨주신 건가보다, 그쵸?"

윤은 짧게 신음하곤 괴로운 듯 도시락을 본다.

"말씀 나누세요."

강변이 메아리 곁을 스치며 흘낏거린다. 그 눈빛에 묘하게 여운이 있어 메아리의 눈이 매서워진다.

"이미경이, 누구예요?"

"가, 그만."

"누군데요."

대체 누군데 그런 표정 짓는 거예요. 오빠한테 중요한 사람이에요? 메아리는 턱까지 차오르는 말을 간신히 삼켰다. 본 적 없는, 처음 보는 표정이었다. 무척 괴로운 사람처럼 보이기도 하고, 아련한 옛 추억을 상기시키는 것 같기도 한. 스물네 살 메아리가 이해하기엔 너무 멀리 있는 어른의 표정. 손을 뻗으면 닿을 거리에 있으면서, 너무 먼 사람처럼 느껴진다.

"그 모델 중 한 명이에요? 왜 내 선물은 안 받고 이건 받는데요?"

"……장모님이셔."

윤의 눈꼬리가 축 늘어진다. 그 모습이 꼭 버림받은 강아지 같다. 메아리가 침을 삼킨다. 모래알을 삼키는 것처럼 따갑다.

· · ·

"늦어서 죄송해요."

카페 창가에 앉아 있던 이수가 천천히 고개를 돌린다. 메아리가 의자를 당겨 앉는다.

"내가 부탁한 건……"

이수가 말끝을 흐린다. 며칠 새 좀 수척해진 것도 같다. 메아리가 이수의 기색을 살핀다.

"가져왔어요."

가방에서 졸업앨범을 꺼내 건네자 이수가 펼쳐 넘긴다.

"근데 이건 왜요?"

테이블엔 이수의 지갑 외에 스카치테이프가 놓여 있었다. 구멍 뚫린 페이지를 발견한 이수가 지갑에서 태산의 사진을 꺼낸다. 뻥 뚫린 곳에 그것을 가져다 맞춘다. 사진을 조심스레 잡은 채로 스카치테이프로 고정시킨다.

"뭐하세요?!"

"버릴 수도 없고, 태울 수도 없더라. 그래서 제자리로 돌려놓으려고."

각 모서리엔 테이프를 작게 잘라 한번 더 꼼꼼히 붙인다.

"왜요? 쌤 이제 우리 오빠 싫어요?"

차분한 이수의 태도에 메아리가 목소리를 높였다. 이수는 앨범에 도로 가져다놓은 태산의 얼굴을 아련히 본다.

"그냥 모든 게…… 원래 자리로 돌아갔으면 좋겠어."

제자리에 돌아간 태산의 사진을 하염없이 보는 이수다. 자신이 깔끔하지 못해 벌어진 일들에 대해선, 앞으로 차근차근 봉합할 거다. 어쩌면 딱 그 정도의 감정이었는지도 모르겠다. 어느샌가 누군가에게 흔들리기도 하니까.

메아리는 이수의 표정에서 무슨 일이 있어도 단단히 있구나 싶지만, 묻지 않는다.

"무슨 일인지 모르지만, 전 세라 언니보다 울 오빠보다 쌤 편이에요."

"고맙다. 근데 난 세라 편이야. 그동안 나 너무 내 편이었거든."

아스팔트 위에 뒹구는 낙엽처럼 쓸쓸한 웃음이다. 애써 웃고 있지만 지켜보는 사람에게는 아슬아슬한.

"쌤은 진짜 어른이긴 어른인가봐요. 어떻게 그렇게 마음을 숨기고 티를 안 냈어요?"

"내가 좋아하는 사람이, 내가 좋아한다는 이유로 불행해질 수도 있으니까."

이수의 꺾여버린 짝사랑을 누가 동정할 수 있을까. 이수가 앨범을 덮어 메아리 쪽으로 민다.

"짝사랑의 부작용이지."

똑같은 패턴, 똑같은 대화, 똑같은 상황, 똑같은 결말. 짝사랑의 말로엔 이변이란 없다. 그를 품은 마음만이 무한반복될 뿐이다. 앞으로 나가지 못하고 제자리를 맴돌 뿐인 것들은 쓰러지게 되어 있다.

메아리와 헤어져 걷던 이수가 멍하니 읊조린다. 아직 남은 얘기는 꼬깃꼬깃 접어, 심연 어딘가 깊숙하게 박아둘 것이다.

도진은 오늘 몇 번이고 전화를 해왔다. 한 번도 받지 않았다. 그 결과 이런 문자 메시지가 와 있다.

태산아, 서선생이 내 전화 안 받는다?

태산과 세라는 현실의 연인이었다. 내 짝사랑은 백일몽이었는지도 모른다. 꿈에서 깼을 때 느껴질 공허 혹은 허무감. 나는 그게 두려웠던 거다. 그럼에도 몇 번이고 나는 왜 같은 꿈을 꾸었던 거지.

왜 안 받느냐고 따지면 안 되겠지? 좀, 서럽네. 짝사랑……

도진과 나는 지금 혹시, 같은 꿈을 꾸고 있는 건 아닐까. 패턴은 비슷하지만 등장인물만 다른 그런 꿈을. 나는 이미 휘둘리고 있다. 빠져나

오기엔 늦었을지도 모른다, 이미. 이 남자의 문자가 이리도 먹먹한 걸
보면.

(2권에 계속)

신사의 품격 1

ⓒ 김은숙 박민숙 2012

1판 1쇄 | 2012년 8월 1일
1판 3쇄 | 2012년 8월 28일

지은이 김은숙 박민숙
펴낸이 강병선

책임편집 박지영 | 편집 염현숙 조연주 | 디자인 엄혜리 최미영
마케팅 신정민 서유경 정소영 강병주 | 온라인마케팅 김상만 이원주
제작 안정숙 서동관 임현식 | 제작처 영신사

펴낸곳 (주)문학동네
출판등록 1993년 10월 22일 제406-2003-000045호
주소 413-756 경기도 파주시 문발동 파주출판도시 513-8
전자우편 editor@munhak.com | 대표전화 031)955-8888 | 팩스 031)955-8855
문의전화 031)955-8890(마케팅), 031)955-8864(편집)
문학동네카페 http://cafe.naver.com/mhdn

ISBN 978-89-546-1887-8 04810
      978-89-546-1886-1 04810 (세트)

www.munhak.com